QIANWANG WEIZ

前往未知之地

星丛书系　　　　　　　noc ——— 著

广西科学技术出版社

·南宁·

图书在版编目（CIP）数据

前往未知之地 /noc 著 . — 南宁：广西科学技术出
版社，2024.1
ISBN 978-7-5551-2054-4

Ⅰ.①前… Ⅱ.① n… Ⅲ.①幻想小说—小说集—
中国—当代 Ⅳ.① I247.5

中国国家版本馆 CIP 数据核字（2023）第 178257 号

前往未知之地　QIANWANG WEIZHI ZHI DI
noc　著

策　　划：黄　鹏　　　　　　责任编辑：阁世景
责任校对：夏晓雯　　　　　　营销编辑：刘珈沂　李林鸿
责任印制：韦文印　　　　　　装帧设计：韦宇星
封面插画：吴蕙杏

出 版 人：梁　志
出版发行：广西科学技术出版社
社　　址：广西南宁市东葛路 66 号　　邮政编码：530023
网　　址：http://www.gxkjs.com　　　电　　话：0771-5827326

经　　销：全国各地新华书店
印　　刷：广西民族印刷包装集团有限公司

开　　本：889 mm × 1194 mm
字　　数：300 千字　　　　　　　印　　张：12
版　　次：2024 年 1 月第 1 版
印　　次：2024 年 1 月第 1 次印刷
书　　号：ISBN 978-7-5551-2054-4
定　　价：68.00 元

知了
ZHILIAO

自序：以梦为镜

在开始写小说之前，我已经写了若干年的梦日记。现在回看，这算得上是一种"元练笔"——梦境以非结构化的经验呈现，记梦则首先是用语言捕捉那些未成形之物并使之成形。这种捕捉是一种颇为费力但必不可少的基础转换工作。在那之上，才是描绘场景、整理情节等更为实际的步骤。

写小说给我类似的感觉。我逐渐意识到这并不奇怪。因为梦和小说都是"调参"了的现实，而所谓现实，对每个个体来说，便是由感官经验、心理活动和知觉构成的经验集合，其真实感并非恒常不变，而只是因为它使用的是早已被习惯了的默认参数。可以说，梦、小说和现实生活是同构的。

书中的五个故事陆续写于 2015 年至 2019 年。写作重心从单纯享受做梦（调参）的乐趣，慢慢转移到通过调参来推演、映射和表达。在了解到"概念突破"这一写法后（感谢慕明、双翅目的科普），调参成了一种美妙的工具，构筑出演绎认知转变过程的舞台。今年修订时，我重写了《俱乐部故事》的结尾，试图用概念突破的方法还原经验本身的质地。

写小说的这几年，我得到过很多朋友的支持和帮助。感谢练笔小组的小伙伴和给我阅读反馈的朋友们。感谢家人的理解和支持。

阅读愉快。

noc

2023 年 6 月

目录

西斯空计划

0

按下按钮之后，到底会发生什么？

孤独、寂寞、迷茫、恐惧……所有这些情绪将如洪水般释放。这样的自己，真的能承受住它们吗？或者，它们也将如洪水般冲垮这具脆弱的躯壳，重新流入它们的来时之地，在黑暗的街角汩汩流淌，在人们的梦魇里生生不息。一切努力都付之东流，就如同一切相遇都注定归于别离。

会是这样吗？

一只颤抖的手悬于按钮上方。

四双眼睛紧紧盯着。

三个月前

1

树几乎是在闹钟刚响起时就醒来了。他睁开眼睛，盯着天花板上的一处灰点，等待神智和身体恢复活力。

半分钟后，他起身穿上拖鞋，戴上黑框平光镜，想了想，又在床边坐下，翻出包里的 A5 线状横格本和 0.38 毫米针管水笔，在米黄色道林纸上记下脑袋里的句子。

《灰灰》

天花板上有一粒灰尘

也可能是只年幼的蜘蛛
我不太确定
盯了很久以后
我发现它的确是蜘蛛
因为会移动

2

树对早晨过敏，尤其是夏季城市的早晨。

时间还不到八点，但七月的阳光早已让他觉得炎热难耐。由于阳光的强度不断增强且后劲十足，这份炎热的感受里还混合着一丝绝望。

街道上满是来来往往的人类。上班族们提着公文包去赶地铁，老人们带着孙辈出来散步，沿街的铺面正在开张。每个人都各司其职，人流繁忙有序。

然而，让树过敏的并不是炎热的阳光或如织的人流，而是眼前景象中潜藏着的什么东西。起起落落的脚步、驶过身边的车辆、传入耳中但听不分明的交谈……在所有这些繁杂中，似乎诞生了某种活物。它的呼吸是早晨的热气，它的低鸣是从脚步声、引擎声和交谈声中升腾而起的谐振泛音——这是一头属于城市的巨兽。那么多个早晨，树一次又一次感觉到这头巨兽的苏醒，每次他都会起一身鸡皮疙瘩。

树知道，他自己也正在成为或已经成为它的一部分。

3

树的工作平平无奇——图书馆的一名流通部馆员。扫描、消磁、递书，把归还来的书分类，偶尔从旁边的预约架上取下一两本书籍，偶尔翻翻闲书，偶尔收罚款，午休，然后重复。就这样，一天很快就会结束。没有太大的乐趣，但尚可忍受。

基本上，这也是树对这世上大部分事情的态度。

时间已临近晚上八点，树着手整理桌面，准备下班。

"请问，你们除了负责借阅外，是否也负责帮忙找书？"一个语调几乎没有起伏的女声。

树抬头，发现面前站着一个大概二十多岁的年轻人。白色衬衫，黑色长裤，清瘦的身材，利落的中分及肩短发。她的眼睛就像她的衣着一样黑白分明。

"你是说，你有书找不到？"坐在一旁的同事问。

来者点点头。"系统显示那本书目前并没有被借出，但是我找过了，架上没有。"

"我知道了，你把书名给我吧。"

女子把包放到借阅台上，找出便利贴和笔，唰唰写完，把纸片递过来。

是本英文书，内容似乎和脑科学有关。树接过纸片起身走向书库。他很快发现了原因：外文区的新归还书籍还没上架。树在其中找到了那本书。

女子在接过书时非常礼貌地道了谢，只不过仍旧没有什么表情。树目送着她走出图书馆，不由产生了一丝好奇：这会是个怎样的人？学医学或是心理学的学生，还是某个阅读趣味古怪的读者？还有她的打扮和古板的说话方式……简直像个机器人。

有人敲了敲他肩膀——同事已经收拾完东西了，边接电话边朝他挥了挥手，大意是其他就交给你了，随后脚步轻快地蹿了出去。这时大厅的钟刚好敲过八点。

一个夜生活丰富的当代青年，树默默评论。他关掉电脑主机和屏幕，站起身揉了揉脖子。这时他发现桌子上有件不属于自己的东西。

那是个近似长方体的黑色盒子，做工马马虎虎的样子。盒子正面有一粒指示灯和一小块液晶显示屏，侧面有个传输接口。可能是随身听或是迷你收音机之类。

一定是刚刚那人翻包时落在外面的，树想着，伸手拿起那件东西——结果左手拇指沿着盒子底边的弧度非常顺遂地滑进了背面的凹槽，仿佛那个盒子就是为此设计的。

下一秒，拇指掠过一阵触电般的轻微振动。树吓了一跳，慌忙把盒子抛回桌上，仔细观察手指。

还好，没有出血也没有破皮。他差点以为这是某个网络阴谋论里的陷害道具。

树凑近查看那个罪魁祸首——仍旧只是个普普通通的黑色盒子，只不过现在指示灯亮起了一闪一闪的蓝光，而液晶屏上显示着三个数字：000。

树有点纳闷。他用两根手指捏住盒子边缘，把它翻转一圈，发现上面没有其他按钮，也看不出要怎么把它关掉。正当树琢磨着是不是该直接把它放去失物招领处时，失主本人从前门跑了进来。

"太好了，"树举起盒子，"这个是你掉的吧？"

女子冲到借阅台前，盯着显示屏看了几秒钟，慢慢地问："你碰过感应按钮了？"

"你说的是反面的开关吗……怎么了？"树隐约感觉不妙。

女子双臂抱头，以极缓慢的速度蹲了下去。

树原地愣了一会儿。这是什么情况，他想。他看了看四周，三楼大厅已经没有其他人了。

"那个，"树清了清喉咙，把盒子递了过去，"东西还给你。"

女子摇头，"没用了。"

那简直是树这辈子听过的最绝望的语气。难不成刚刚他碰的是某个定时炸弹的开关？

不……现实才没那么戏剧。

"是不是被我弄坏了？"树问，"我赔你就是。"

没反应。树只好尴尬地等着。终于，对方叹了口气。

"不怪你，是我搞砸了。"女子直起身，挤出一丝勉强的微笑，"抱歉，给你添麻烦了。"她接过树手中的盒子便准备离开。

树突然觉得要做点什么。这很不像他，通常他总是让自己尽量远离麻烦。在那个时候，树以为驱使他的是愧疚。

"我能帮忙吗？"树问。

她犹豫了一下，停住了脚步。"我不确定，也许会很花时间。而且……"

"什么？"

"那个地方离这里有段距离。"

树看了眼挂钟。八点刚过，离他平时到家的时间还有半个多小时，离他翻翻书或是看完一部电影然后洗漱完毕躺在床上，还剩三个多小时，离他百无聊赖地瞪着天花板直到真正睡着，还剩五个多小时。

"你说的那地方，在哪儿？"

4

高压钠灯在车窗上投下一道道一晃而过的黄色晕影。街边景物飞驰，写字楼和商业广场渐渐变成了小商店街和居民楼。每隔几分钟，坐在前排的 AI 小姐（这是树暗地里给她起的绰号）便会用简洁的"往前""路口右转"之类的短语向司机指点路线。二十分钟后，目的地到了。

两人下了车。司机麻利地翻起计价器，驶进了夜色。

"走吧。"AI 小姐说。

石板铺就的人行道并不宽敞，两人只能一前一后走着，不时还得绕开违规拓展的店面和胡乱摆放的自行车。树以为他们要找的是某个电器修理铺子，但走了两百多米后，女子带着他拐进了一片居民小区。

这是片典型的老式居民区。砖红色的大楼外墙绑满了用途不明的锈铁丝和电线，路灯昏暗，零星的蛾子和小飞虫在灯光下飞舞。一个踩着三轮车的中年大叔在经过树身旁时瞥了他一眼。

树突然觉得有点犹豫。自己到底是在干什么？脑海某处，关于碰瓷和敲诈之类的社会新闻冒了出来。

"怎么了？"女子察觉到树放慢了步伐。

树耸耸肩。怎么可能呢，现实才不会那么戏剧。

"我只是在想，我该怎么称呼你。"

"你可以叫我阿希。我要怎么称呼你？"

"树。不过你知道吗，其实我已经给你起了个外号。"

"什么？"

"AI。"树答道。这时他突然意识到自己相当不礼貌。今天的他到底是怎么回事？

不过，对方只是撇了撇头，似乎完全不介意的样子。"我理解你为什么会想到这个名字，"她说，"随你喜欢。"

树一时不知道该怎么回应。通常来说，人与人之间的社交存在着一套有迹可循的程式，一方在发起会话的同时，会把相应的线索封装在语言、语调或是表情中，另一方顺着那些线索做出回应并如法炮制。可是这套方法似乎完全无法用于眼前这个家伙身上。

正在树胡思乱想的时候，女子突然停住了脚步。"到了。"她说。

树抬头看着眼前的大楼——绿底白字的门牌号标着"36"。

"这是你家？"

"不，这件东西并不属于我，"AI解释，"我需要询问它的主人。如果能修的话，会需要你帮忙。总之，得麻烦你在这里待一会儿。"

树点点头。

楼道里 101 室的门虚掩着。AI 推开门，树跟着跨了进去。

"阿希，"一个仿佛自带重低音效果的男声响起，"我说过，这里不能带外人来。"

树转头，看到客厅的沙发上坐着两男一女，其中一个身材高瘦的男子啪的一声合上笔记本电脑，站起身来。树发现他的脑袋很大，和身体完全不成比例，简直让人担心他走路时会重心不稳。

"很抱歉，不管你是谁，你必须离开。"他的语气友善但毋容置疑。

"等等，事情是这样的。"AI 把黑色的盒子递给男子，随后深吸一口气，像是鼓足勇气般开了口。

她把发生的事原原本本地说了一遍——包括她是怎么把盒子落在了图书馆，又是怎么发现树按下了按钮。

"总之，是我的错。"她说完最后一句，便垂头靠在旁边的墙上。

"哼，一来就给我们添麻烦。"开口的是坐在沙发上的女子，声音略有些沙哑。她的手腕上戴着色彩和数量都相当夸张的手链，一小撮头发挑染成红色，画着黑色眼线的眼睛毫不客气地瞪着 AI。

后者背倚着墙，不打算做任何反驳。

"别那么说，"另一个男子似乎想打圆场，"有办法补救没？"

"我在想，能不能以逆向解码的方式取消绑定，所以才会拜托他本人跟我一起过来。"AI 指了指树。她随即又补充，"我没有为自己开脱的意思。我会尽我所能承担损失。"

房间陷入了沉默。树开始觉得这地方有点诡异。他对自己所处的状况毫无头绪，并且从进门开始，他就不断听见不知从哪传来的鼓点声。他环视周围，从客厅可以看到厨房和卫生间，一扇朝向外面的窗，还有两扇关闭的房门。然而鼓声隐隐约约的，似乎不是来自窗外或隔壁，而更像是来自地下。树不由自主地想到了某个远古软体生物……

今天真是够了，树打断自己。得趁早搞清状况才行。

"AI，那个盒子，到底是什么东西？"他悄声问。

"有趣。"高瘦男子突然大步走到树身边，硕大的头颅以泰山压顶之势凑了过来，像是要嗅出点什么似的。"AI是你给阿希起的外号？"

"呃，是的……"

"相当精准。"男子摸了摸下巴，"试试给我们三个起外号。"

树瞪着他。这是什么展开方式？

"来吧。别考虑太多，只说你想到的就行。"他指了指沙发上的女子。

"女巫。"树说。

红发女子回了个白眼。

"我？"男子反指自己。

"大头。"

"意外地普通啊。他呢？"男子指着剩下的那个人。

树看了眼沙发上的男子。他穿着普通的T恤，留着普通的平头，长相也毫无特别之处。不过树眼尖地发现，他脸颊边长着三颗小痣。

"晚期痣人。"看到那人露出疑惑的神色，树又补充了句，"一颗痣的痣。"

高瘦男子发出了雷鸣般的大笑。

树不确定地瞥了眼其他三人，发现他们都耐心地等待着。

五秒钟后，笑声戛然而止。"哦，对了，"男子转头对AI说，"绑定确实是一次性的，不管用什么方法都无法取消。"

AI沉默了一会儿。

"所以，我还是搞砸了，是吗？"她说。

"除非，"男子接着说，"这位——你叫什么？"

"树。"

"——这位树先生愿意加入我们。这样我们就不会浪费这台感应器了，而且也正好凑齐六个人。你看怎么样？"他满怀希望地看着树。

"先等一下，"树举起双手，"我都不知道你们是干什么的。"

"你真的想知道？"

树点点头。

"我们是个秘密组织。"

树的心脏猛烈抽动了一下。

"你们的任务是……"树不动声色地问。

刚才一直隐约持续着的鼓声戏剧性地停了下来，房间内一片寂静。

"消灭孤独。"男子说的每个字仿佛都带着重量落在他心上。"我们要让这座城市里的所有人都不再孤独。"

树缓缓地呼出一口气。

就是这个，他想。

自从遇见 AI 之后，一切都透出一种诡异的非日常感。偶然的意外，古怪的同伙，莫名其妙的组织。

非日常。

这才是真正驱使他来到这里的东西。

这就是他一直在寻找的、能抵御那头城市巨兽的东西。

"我加入。"

男子露出了高深莫测的微笑。

"我就知道你会的。现在，这台感应器是你的了。"他把盒子递给树。"至于阿希，我要谢谢你带来了新的伙伴。毫无疑问，第六台感应器属于你。"

"对了，"树突然想起了什么，"你之前提到凑齐了六人，但这里连我一共只有五人。还有一个是谁？"

树话音刚落，两扇房门之中的一扇突然打开，一个脑门半秃、长相有点猥琐的中年男子提着两根鼓棒走了出来。当他看见树的一刹那，双方都呆住了。

"你怎么会在这？"两人同时说。

在所有树认识的人中，老陈应该是最不可能出现在这里的人。二十年如一日从未迟到或早退的模范员工、大龄单身汉、沉默寡言的保存本书库看守者、图书馆NPC①般的存在……如果要选择一个人代表树认知中的日常生活，老陈一定是首选。然而今天，"日常"这种东西似乎彻底缺席了。

"这是我们的新成员？"老陈狐疑地指着树。

其他人点点头。

老陈舒了口气。"很好，一根绳上的蚂蚱不会泄密。"

5

树还从来没这么期待过下班。

晚上八点一到，他便跟同事打了招呼，在对方惊异的眼神中大步跨出了图书馆。

两分钟以后，树踩着昨晚保养一新的公路自行车，在市中心纵横交错的道路间飞驰。他戴上了闲置已久的一体式成型头盔和骑行手套，裤兜里装着那台被称为感应器的东西。晚风仍然有些燠热，但不至于让人烦闷。

树看到了老陈和AI。

他捏了点刹车，慢慢靠过去，然后停在他们面前。

"晚上好。"他摘下头盔。

---

① NPC，Non-Player Character 的缩写，意为程序操控的背景角色。

两个人好像都吓了一跳。

"……一点都不像你。"老陈眯缝着眼说。

"你的画风也不太对。"树对着一身休闲装且头戴鸭舌帽的老陈说。

一阵难以言喻的、微微混杂了害羞的尴尬感弥漫在这两个认识已久却不甚熟络的同事之间。他们同时打了个冷战。

老陈清了清嗓子。

"树、AI，东西都带了吧？……嗯，你们两个都是新人，大头让我负责带你们一段时间。你们应该已经清楚任务是什么了。"

"呃，"树回想了一下，"我记得他昨天说的是，消灭这座城市的孤独？"

"没错。今天你们要学习的是第一步，那就是收集孤独。"

"孤独要怎么收集？"AI 问。

"首先，有个概念你们必须了解。"老陈从售票员风格的挎包中唰地抽出一块 A4 大小的白板，龙飞凤舞地写了几个字母。

老陈把白板一翻，字母朝向他们。

"来，跟我念一遍，Syscon。"

树和 AI 不确定地对视了一眼。

"别干瞪着。重音在前，发音短平快，收声要利落。跟我念，Syscon。"

"Sys……Syscon……"

"再来，Syscon。"老陈说。

"Syscon。"

"Syscon。"老陈重复。

"Syscon。"

"很好。"老陈把白板塞了回去。"好好记住这个词，它是一切的关键。"

"这词是什么意思？"树问。

"你们看那个人。"老陈指了指不远处的混凝土桥。一个男人倚着灰白色的桥栏眺望河水,烟头在夜色中忽明忽灭。他的公文包摆在一旁,孑然一人,身形疲惫,好像是在加完班回家的路上突然决定歇口气。

"你们觉得,他给人什么感觉?"老陈问。

"没有女朋友。"树说。

老陈瞥了他一眼。"我说的是感觉,不是推论。"

"好吧。"树仔细看了看那个人,想象着他的眼中所见——深邃的天空和水面、河道两侧的灯火,还有伴着细碎的水波起起伏伏的灯光倒影。

"……孤独?"树说。

AI 抱住了手臂,"寂寥。"

"好像还有点虚无。"树补充。

老陈看了看他们两个,露出了玩味的表情。"你们会发现,没有一个词可以准确概括这种感觉,除了这一个,"他顿了顿,"西斯空寂。"

AI 用手抵着下巴,想了一会儿。"似乎没其他词可以更贴切了。"她说。

"是这样。"老陈说,"而西斯空寂的强度单位,就是 Syscon。理论我们回头再谈,先开干。AI,你的感应器绑定过了没?"

AI 点点头,从口袋里拿出她的黑盒子。

"拨开接收开关,握住下半部分,然后把拇指贴上按钮,"老陈边说边指导,"然后看着那个人,深呼吸,以全身心去体会他的西斯空寂。"

"现在吗?"AI 问。

"对。"

AI 看起来还有疑问,但她还是照老陈说的握住了感应器。她看着桥边的男子，肩膀慢慢下垂，然后深深地吸了口气，像是在把他身上的孤寂感吸进体内一般。

树默默地等待着。有一阵，什么都没发生。

接着，感应器发出一阵蓝光。

"可以了。"老陈说。他示意 AI 把感应器翻转过来。

显示屏上的数字从"000"变成了"147"。

树和 AI 看着那个数字。

"所以，这就是那个人的西斯空寂？"树问。

"没错。刚才 AI 从他身上吸收了 147 个西斯空单位，并把它们储存进了感应器里。"老陈说，"当感应器的使用者以全部注意力去关注和体会的时候，他便能容纳那些西斯空寂，成为目标和感应器之间的通道。我得说，AI 很有天分。"

树抬起头，打量远处那些高楼大厦。它们伫立在深沉的夜色里，还亮着的窗口看上去像很多淡黄色的小方块。这景象很平常，和这座城市的任何一个夜晚都没什么不同。但树不确定一切是不是真的一如往常。树把手伸进裤袋，摸出了自己那台感应器。简直像是科幻电影里的玩意儿……而且，一个人身上的孤独和寂寞，真的可以被这样吸收和转移吗？

仿佛是在回答树的疑问似的，桥边的男子突然掐掉了烟，拎起提包开始往前走。不知道是不是错觉，树觉得他的姿势和神态都轻松了不少。

事情变得严肃了。树又一次感到他得做点什么。

"我能不能也试试？"他指着那个男子问。

"对同一个人，一天只能使用一次。"老陈说，"你换个目标。"

汽车和电摩在周围川流不息，却一时没有合适的行人经过。但树有了主意。

他朝 AI 晃了晃感应器，"可以吗？"

"你确定？"老陈在一旁皱着眉，"你们都做过绑定，我不知道这会不会影响收集过程。说不定根本就不会起效。"

"没关系，我也想体验一下。"AI说。

"随你们便吧。"老陈叹了口气。

树握住感应器，拇指贴上按钮，随后对上了AI的视线。

AI，阿希。树在心底默念。他应该如何去体会她的西斯空寂？除了这两个名字，他对她根本一无所知。他想象着她的生活、她的经历和性格，匆匆升起一些念头，又很快把它们擦去。他搜肠刮肚，却只是白费力气。

树垂下手臂。"没有……我什么都没感觉到。"

"我可以告诉你我刚才的经验，"AI说，"关键是放开思绪，信任你的感觉而不是理智。"

老陈打了个响指。"没错。就跟我之前说的一样。你要用全身心去体会，而不是推断。"

感觉，而不是理智。体会，而不是推断。

这并非树擅长的领域。不知道为什么，他觉得有些不安。

"树，"那双黑白分明的眼睛凝视着他，如同清澈的湖水，"再试一下。"

AI的眼神沉静而坦率，树平静下来。周围的嘈杂渐渐淡出，他看着AI，也看到自己在她眼中的倒影，一种与她同在此时此地的切实感打动了树。毫无疑问，他能感觉到有什么东西正在他们之间流动，透明，温暖，不受任何阻碍。脑海中，似乎有某种桎梏正在松脱。而在那桎梏之下的东西是什么呢？树分不太清，只是隐约感觉到悲伤。

"你做得很好。"老陈说。

树慢慢低下头，发现感应器闪着蓝光，显示屏上的数字是"132"。居然成功了。

"新人培训第一课圆满完成！"老陈举起双臂做了一个庆贺的姿势，扑面而来的违和感再次对树造成了冲击。"明天我们上第二课。树，我记得你明天应该休息，没安排吧？"

树耸耸肩。和图书馆其他部门不同，流通部的工作时间是早上九点到晚上八点，做二休一。明天正是树的休息日。对他来说，休息日意味着不用去上班，仅此而已。

"AI呢？"

"下午三点多下课，之后都没安排。"

"行，那明天我们在基地吃晚饭——哦，基地就是昨天你去的地方，"老陈对树补充，"到时大头会给你们上第二课。还有，感应器两周左右要换一次电池，另外，每使用过一次后需要时间冷却。一天之内不要再使用，不然会损坏。记住，这很重要。"他严肃地看着两人。

树和AI点头表示知晓。

"好了，今天就到这。你们回去好好休息。"

"树，"AI在树戴头盔时叫住了他，"谢谢你，在你用完感应器后，我好像真的轻松多了。"她微微一笑。

这好像是树认识她以来，在她脸上看到的最明亮的表情。

6

早上七点，闹铃响起。

树照例躺了半分钟，随后起床，戴上那副除了睡觉和洗澡以外从不离身的黑框眼镜。他从包里摸出笔和本子，记下脑袋里的句子。

《有些日子》

有些日子

过二十天

等于只过了一天

有些日子

过一天

就像过了二十天

树收起本子，然后上厕所、刷牙、洗脸。凉水泼到脸上的时候，他突然记起了昨晚的梦——梦里有一双黑白分明的眼睛。

7

树到基地的时候差不多是下午五点半。老陈给的时间是六点，不过他说早去也没关系。

给树开门的是晚期痣人。他友好地欢迎了树，还给他倒了茶。对于那天被起了外号这事，他似乎一点也不在意。

AI 已经到了，正在沙发上看书，看到树时点了点头作为招呼。女巫也在，她坐在沙发旁的小圆桌边，拿着台平板电脑在忙活什么。听到动静时，她只是抬头瞥了眼，便继续手上的事。

树觉得这人不怎么好打交道。

"要参观一下基地吗？"痣人问树。

"好啊。"树说。他注意到痣人在说基地这个词时非常自然。

"嗯，这间客厅差不多是活动室，有空的时候我们经常会来这里聚聚，看看书或是听听音乐。那边的书架上有书和唱片，可以随便挑选。旁边这间卧室是老陈的。"痣人指了指房门，"另一扇门去往地下室。"

"地下室？"

"嗯，要去看看吗？"

树点点头。原来如此，怪不得那天他觉得鼓声是从地下传出的。

跟风格相当宜居的客厅不同，楼梯间的装修程度只能说稍稍好于毛坯。廉价的复合地板，黑色铁管楼梯扶手，从天花板悬垂而下的钨丝灯泡……树边下楼梯边打量着。简陋是简陋，倒也别具风格。

到达底楼时，映入眼帘的首先是地上一堆乱七八糟的连接线，然后是摆在旁边的架子鼓和合成器。角落立着一把电吉他和一把贝斯。两台半米高的音箱贴墙并排放着，上面叠着一台面板十分复杂的仪器，树猜是效果器。

"你们还有个乐队？"树问。

"嗯。"痣人看起来相当自豪，"偶尔会去酒吧表演，然后每月在商业街有一次演出。"

"厉害。"树感叹。

"主要是大头的功劳。大部分词曲都是他写的，我只是帮忙编曲而已。"

"编曲也很厉害。"树说。

痣人腼腆地挠了挠头。

树想起那天老陈出现时拿着鼓棒。"让我猜猜，"树说，"老陈是鼓手，你是键盘手。大头给人的感觉是主唱，应该还兼吉他手？那么女巫就是贝斯手了。"

痣人露出了折服的表情。"的确如此。你挺了解啊，以前也玩过乐队？"

"没。只是大学里练过一阵子木吉他。"树说。

"噢。"痣人好奇地看着他。

此刻，树似乎应该继续聊一些关于吉他的事，但他发现自己没什么好说的了。大二那年他买了把木吉他，本以为它会带来什么改变，但没有——什么都没有发生。没有热闹的聚会，没有慕名而来的姑娘，而那种在大多数时候若有若无、偶尔会增强到需要去忍受的烦闷也没有消散。他仍旧只是他自己。当他意识到这点以后，便再也没有打开过琴盒。

树决定岔开话题。

"那间是做什么用的？"他指了指隔壁的房门。

"哦，那是大头的房间。他应该在写歌，我去叫他。"痣人过去敲了敲门，然后轻轻打开。

"喂喂，你怎么睡着了？"痣人说。

树看到大头正睡眼惺忪地从床上撑起身来，头发乱得像个鸟窝。"咦。"他嘟囔了句，似乎自己也觉得奇怪。这时他看到了树。

"你们来了？"他一下清醒过来，敏捷地跳下床。"去客厅吧，我们马上开始第二课。"

8

铺着地毯的客厅里，餐桌和茶几被移到了角落，占据原有位置的是一块移动白板。树和 AI 坐在沙发上，看着大头抬起修长的手臂，在上面写下"Syscon"这个词。

大头摸了摸下巴，放下笔，转身面向他们。这套动作让他看起来像个大学讲师。

"你们昨天应该都对 Syscon 有过切身体会了吧？"他问。

两人点点头。

"我想，你们一定有很多疑问。"他狡黠地看着两人。

树将手肘架在膝盖上，十指相对。"老陈昨天只是大概介绍了 Syscon，我想知道它的具体定义。"

"好问题。"大头往白板上写下"1s"的字样。"一个西斯空单位，等于风里的第一丝秋天气息在你心里唤起的感觉。"

"第一丝秋天气息……"树和 AI 咀嚼着这句话。

"谁此时没有房子，就不必建造；谁此时孤独，就永远孤独。"一旁的痣人突然开口。

"我好像听过这句诗。"AI 说。

"里尔克的《秋日》。我在听到西斯空的定义后，第一反应就是这句话。"

"痣人。"女巫从平板电脑上抬起头。

"什么？"痣人问。

"你真'娘'。"

痣人瞬间涨红了脸。"你又来了！那只是文艺，文艺你懂吗！你不能因为我文艺就老是说我'娘'。"

"你生起气来也很'娘'。"女巫冷静地指出。

"……你！"

"好了你们两个。"大头说，"女巫，你今天不是在赶工吗？痣人，晚饭拜托你可以吗？冰箱里有食材。"

"看在老大的份上。"痣人叹了口气，朝厨房走去。女巫则奸笑一声，似乎因为欺负了痣人而心情大好。

"我们继续吧，"大头揉了揉眼角，"AI，你有问题吗？"

"我好奇的是西斯空是如何量化的。"

大头沉吟半晌。"我只知道，那是组织通过无数次的实验和计算得到的结果，但具体方法我也不清楚。"

"组织？"

"啊，没错，"大头说，"我说的秘密组织当然不止我们六个。组织由六个首领创建，他们管理着六个小组，每个小组之下又有六个小组……这样的层级一共有六级。我们属于最基层的那一级。"

"这么说，"AI思考着，"组织的总人数一共有……"

"四万多人。"树说。

"没有那么多。"大头说，"不是每个小组都招齐了六个人。"

即便如此，组织的人数应该也有两三万，树想。几乎是一个超大型企业的规模。

大头走到茶几旁边，在笔记本电脑上敲了几下，随后把屏幕转向他们。

——暗黑色的窗口背景中，液晶点阵风格的"Plan Syscon"

字样挂在显眼的位置。一串绿色数字在下方不时闪动，每闪动一次，数字都会增加。树数了一下：七位数。

"这是？"AI 问。

"提示一下，每台感应器都有内置的联网模块。"大头说。

"原来如此，"树推了推镜框，"我猜，屏幕上的数字是组织当前收集到的 Syscon 值。"

"反应挺快啊。"大头看了他一眼。

"等一下，"AI 说，"我刚才看到那个数字突然减少了好几千。这应该怎么解释？"

"哈！那就是你们第三课的内容了。"大头双眼发亮，一副兴致勃勃的样子。"每台感应器能储存的 Syscon 值上限是 999。储存空间满了之后，需要把那些西斯空寂消解掉才能继续收集。刚才的变化，就是某个小组正好清空了他们的存货。"

"我好像明白了。"树慢慢地说，"这就是你说的'消灭孤独'的意思？先是收集人们的孤独，然后再将它们消解。就这样不断循环，直到这座城市里所有的西斯空寂都消失为止？是这样吗？"

大头点了点头。

树用下巴抵着双手指尖。"那么我的问题就只剩下这个：那些西斯空寂要怎么消除？"

"别着急。我说了，那是你们第三课要学的。"大头眨了眨眼，"那堂课会安排在月底，在那之前，有两项功课要留给你们。"

"我毕业之后就再也没做过功课了。"树说。

"放心，简单得很。第一项功课是，在月底前把感应器的 Syscon 值刷到 999。你们已经有过一次经验，应该很容易。第二项是，平时注意留意所有和西斯空寂有关的东西。当你察觉到西斯空寂的出现时，用全身心去体会和感受它，就像你在使用感应器时一样。这会让你成为更好的'容器'，换句话说，你在收集西斯空寂时建立的通道会更稳定。"

树在脑海里记下这些，转头扫了眼 AI，发现她正在勤奋地写笔记，不禁一阵莞尔。

窗外响起了一声短促的车鸣。透过玻璃窗，树看到一辆黑色汽车缓缓停在楼前——他认识那辆车，那是老陈的座驾。

半分钟后，老陈顶着一头稀疏的一九开发型走了进来。他看到了大头的笔记本电脑屏幕。"哟，在上第二课了？"

"快结束了。"大头说。

"AI、树，请听题。"老陈说，"我们组织进行的这项任务名叫西斯空计划，也就是屏幕上的 Plan Syscon，简称 S 计划。那么，如果该计划有个备用的 Beta 版，简称会是什么？"

三人沉默了一会儿。

"别理他，"大头疲惫地说，"我们开饭吧。"

9

这是一顿为 AI 和树而设的欢迎宴。六人分别做了自我介绍。树由此得知，女巫是平面设计师，痣人和 AI 都还在读研。痣人读的是文学系，AI 则果然是心理系的学生，并且，她来这里的时间只比树早了一天。大头身为组长，直接受雇于组织。在不知情者眼里，他只是个玩乐队的社会闲散人员。

菜肴不算丰盛。熟食店买的烧鸡、酱鸭和素什锦，蔬菜色拉，以及无限量供应的罗宋汤和椰浆咖喱饭——都是些用现有材料就能马上做出来的东西。不过，对树来说，这些已经是让人流泪的美味了。

树边吃边听着女巫和痣人隔着餐桌唇枪舌剑——女巫仍然在吐槽后者"太娘"，而此次的论据是菜的口味过于清淡……不知为什么，树竟然感觉有些愉悦。在平时，除了无法躲开的聚餐外，树总是尽量避免和其他人一起用餐。他回想着上一次和很多人一起吃饭并且感到轻松愉快是什么时候，结果是没想起来。

"对了，树，有个问题我很好奇。"老陈说。

"什么？"

"你给其他人都起了外号，有没有给我起过？"

树沉默。

"有没有？"老陈说。

"你不会想知道的。"

"那就是有了。"

树继续沉默。

"说吧。"老陈催促。

客厅顶灯的淡黄色光线照着整张餐桌，并在那个中年男子的头颅顶端留下一块形状完美的圆形光斑。

"……咖帕。"树说。

"咖帕？什么意思？"老陈问。

"是日语里河童的意思。"树小心地回答道。

从其他几个人那里，传出了虽然努力压制但仍从嘴角溢出的吃吃笑声。但老陈的表情非常严肃。

"树，"他说，"今天所有的碗都由你来洗。"

10

一顿饭用到的碗的数量和用餐人数的关系，并非线性的，而是呈几何级数增长的。这是树刚刚得出的结论。

女巫因为要赶工已经先行离开。大头又窝进了地下室，不知道是去写歌还是睡觉了。树洗完碗，待着没事干，又不想这么早离开，便晃到书架前细细端详。

那些书并不像图书馆里那样按类别放置，不过每本都摆得工工整整，边上还插了书立。树一本一本地扫视过去——萨特和加缪的小说，黑塞和里尔克的诗集，欧文·亚隆的著作，一些杂书，一些曲谱和漫画，还有几本什么什么仁波切的书（树从来都没法念清那些名字）。书柜最底下是整排的唱片，类别比书更杂乱，披头士的旁边是蠢朋克，世界末日女朋友的隔壁摆着……他没看错，一张云南民歌精选集。

"啊，那张是老陈的。"痣人说。

"这些都是你们自己带过来的？"树问。

"嗯。"

"那些诗集是你的吧？"

"对。"痣人摸了摸后脑勺。

树又指了指那几本佛教类的书。"这些呢？"

"女巫的。别看她这样，她可是个正经的禅修者。"

树很惊讶。他还真没看出来。

他们在那里又待了半个多小时才离开。三人在门口告别。痣人决定去做一次收集任务，AI 乘地铁回学校，树则骑车回家。他踩着踏板，迎面而来的气流里充斥着人声和夜晚的霓虹，掠过皮肤，轻轻裹挟着他。就在几天之前，他还只能靠电影打发漫长的夜间时光，而现在，他是秘密组织的成员，口袋里装着奇妙的设备，肩负着神秘而宏大的任务，还有五个怪人是他的伙伴。

这一切真是太酷了。

11

八点已到。树迅速地做好了整理工作。

"你这家伙，最近是不是交了女朋友？"同事问。

"……你想多了。"树说。

走出图书馆，树看到了等在门口的 AI。

"抱歉，"树说，"还得麻烦你过来一趟。"

AI 摇摇头。"没关系，就当是出来散心了。只是，你真的一次都没完成？"

树把感应器拿出来给 AI 看——显示屏上的数字依然是 132。

连树自己都没想到的是，自从那天的新人培训后，他居然没有成功完成过一次收集任务。每次他想去体会别人的西斯空寂时，种种思绪始终在脑海里盘旋不休，他根本没法沉下心去感受。离月底只有一个多礼拜了，无奈之下，他想到了请 AI 帮忙。毕竟他的第一次成功正是得益于她的指导。

AI 看了眼显示屏，又看了眼树，似乎在思考什么。

"这样，先边走边找目标吧。"她说。

他们沿着人行道漫步。过了一会儿，AI 转头轻声问："前面那个怎么样？"

是个中年大叔，正坐在长凳上看手机。屏幕发出的银白色光线照亮了他面庞边缘。

"我试试吧。"树做了次深呼吸。

"放松些，"AI 说，"把一切交给感觉就行。"

也许是因为 AI 无甚起伏的语调，也许是因为她始终镇定自若的神色，树觉得，只要站在 AI 身边，他就能安定下来。他握住感应器，将自己的感知投向目标，思绪缓缓平息，像雪片轻柔地落入山林，像沙土层层沉降至湖底。他的头脑清明开阔，同时又什么都没在思考。在这一刻，一切阻碍都被清除了，目标的西斯空寂慢慢传了过来。那股淡淡的悲伤也再一次出现，他的心智沉浸在柔和而难以言明的情绪中，就像空白的画纸被露水沾湿。

不用看感应器，树就知道，这次他成功了。

"让我看看。"AI 说。

树举起感应器，上面的数字变成了"269"。刚刚他吸收了137 个单位的西斯空寂。

"比我预计的顺利，"AI 说，"我本来还以为会花很久。"

"这都是你的功劳。"树叹了口气,"有时间吗?请你吃点东西吧。"

AI没有反对。于是他们又往前走了一段,结果没找着咖啡馆和面包房之类的地方,最后只能很没新意地去了炸鸡店。

树要了薯条和咖啡。他以为AI会点些差不多的东西,没想到她要了可乐麦乐酷、菠萝派和玉米杯,还特意在隔壁柜台点了块麦芬蛋糕。

还真是一点都不含糊。

树边喝咖啡,边观察坐在对面的AI认真对付那些食物。无可否认,AI确实是他遇到过的最奇怪的人——连同基地的其他几人在内。

"怎么了?"AI注意到了树的目光。

"呃……我能不能问,你是怎么加入组织的?"

"我之前在期刊上发了篇文章,没过多久就收到了一封匿名邮件,让我去基地报到。"

"我猜猜,"树推了推眼镜,"你写的那篇文章是关于孤独的?"

"嗯。"

"然后你就去了?一般人会觉得很可疑吧。"

AI不急不慢地吸了口可乐。"那天你不也是什么都没问,就跟我走了?"

树瞪了AI几秒,最后只得承认她的论据很有力。"对了,"他想起来,"你的收集任务进度如何了?"

"一个礼拜前就完成了。"

"这样啊,"树苦笑,"我好像是组织里唯一拖后腿的人。"

"我不这么认为。我觉得大头很器重你。"

"有吗?"

"我是这么想的。而且你没发现吗,他们都开始用你起的外号了？我本来叫阿希，现在所有人都叫我 AI。"

树朝她瞥了一眼，确定她并不是在生气。"很可能他器重我只是因为我擅长起外号。"他说。

AI 做了个不置可否的表情。"说起来，树，"她说，"你对组织是怎么看的？"

"什么意思？"

"就是说，你觉得组织对你意味着什么？"

树放下手里的薯条，思索了一会儿。"对我来说，它是真实。"

"真实？"

"我知道这听起来会有点奇怪……但我觉得进入组织之后，我才来到了真实世界。"

AI 皱眉，"难道你认为之前的生活是虚假的吗？"

"至少是不那么真实的。我总觉得有时候日常生活就像是被编写好的程序，一天、一周、一个月，都没什么差别。这样的生活，能说是真实的吗？"

AI 沉默了一会儿。"我说不好。"她说，"我也觉得加入组织之后，就像是发现了世界的另一面。可是除此以外，组织总是给我种感觉……"

"什么？"树问。

"我不知道怎么形容，就是有哪里不对劲的感觉。与其说是真实，不如说是超现实。这一切都太过完美了。"

"什么意思？"

"你想一下。"AI 说，"基地、秘密组织、S 计划……这些不就是和你所谓的日常生活完全相反的东西？它们完美填补了原有生活的空虚。正因为过于完美，所以才让我觉得……"

"要是这么说的话，的确如此。"树啜了口咖啡，"但是，这一切确实发生了。我在想，也许感受到日常生活空虚的人不止你我，也不止是我们基地的六人，甚至不止是组织里的那些成员。也许这座城市里的大部分人都是如此……只不过被选中的恰巧是我们而已。"

他们不由自主地停下来，环视周围。学生、上班族，女人、男人，年轻的、年老的……这些不同的人身上，会不会有着相同的孤独和空虚？树打量着那一张张面孔，却无法看到他们的内心。餐厅灯光明亮，音响系统播放着舒缓悦耳的流行曲，在这本该让人安心的氛围中，那些人仿佛成了一个个无法触及的谜。

两人默默地吃完了剩下的东西，走出店门。就在刚才那段时间里，外面下了阵急雨，路面湿漉漉的。

"西斯空寂。"AI 轻声说。

"嗯？"树不明所以。

"路灯在潮湿的柏油路面上的反光让我觉得西斯空寂。"

啊，原来如此。这是大头布置的第二项回家作业。

树把手插进口袋。"快餐厅的音乐和灯光让我觉得西斯空寂。"

"公交车轰鸣着驶过路口，让我觉得西斯空寂。"AI 说。

旁边突然传来一阵金属的声响——隔壁店铺正在关门，铝制卷帘门哗啦哗啦的声音划过夜晚的街道。

"卷帘门关上的声音……"树和 AI 同时开口。他们对视一眼，忍不住笑起来。

"AI，接下来的收集任务，还可以拜托你帮忙吗？"

"可以啊，只要你每次都请我吃东西。"

12

闹铃响了。

树翻身坐起，摸出笔和本子。

《特殊眼镜》
如果你戴上特殊眼镜
你就会发现
我身上有个拳头大小的洞
就在胸口中央
有时我戴着特殊眼镜出门
看到街上很多人
也有这样的洞

13

月底约定的日子到了。今天是周六，本来轮到树上班，但他提前跟同事调换了休息时间。

"你这家伙，绝对是交女朋友了吧？"

"说了你想多了。"树仍旧不温不火地反驳。

下午五点，他准时到达基地。除了老陈，其他人都在。

"树、痣人，来搬乐器。"大头招呼着。

他们跟着大头去了地下室。大头和痣人开始搬架子鼓，树拿起了角落的贝斯。

女巫从楼梯上风风火火地冲下来。

"我自己拿！"她从树手里夺过贝斯，又风风火火地上楼去了，手腕上的链子甩得啪啪响。

痣人拍了拍树的肩膀。"别在意。"他笑着说。

三人又忙活了一会儿，才把所有乐器都搬上楼。大头的衣领都湿了。

"这是今晚乐队演出要用的。"大头说。

"呃，我以为今天是要给我和 AI 上第三课。"树说。

大头笑得像个奸计得逞的小孩。"没错！第三课就是消解西斯空寂，它会在乐队演出时完成。"

简直酷炫，树暗想。

客厅的门砰的一声被撞开，老陈抱着一个硕大的纸板箱从门口挤了进来。"丹姆克斯！"他说。

"……谁是丹姆克斯？"AI 一脸茫然。

"别。"大头说。

老陈看了 AI 一眼。"丹姆克斯，'Damn 快递可重死了'的简称，用以吐槽快递不送货上门的专用词汇。D-A-M-X，重音在前，发音短平快，收声要利落。来跟我念，丹姆克斯。"

AI 看了一圈其他人，但连同树在内，所有人都移开了视线。

"丹姆克斯。"AI 闷闷不乐地说。

"完美。"老陈打了个响指。

"老陈，"树说，"你拿的是什么？"

"喔，是一会儿演出时要用的。"老陈拆掉外面的泡沫纸，割开胶带。树凑过去看了一眼——满满一箱零食，他小时候吃过的那种。树瞬间觉得脑子短路了。

"这和演出有什么关系？"

"我们的乐队名字叫'寂寞上帝'。"老陈捻着并不存在的胡子说。

树看着他。"所以……"

"你再看看那个包装。"

树拿起一包零食，上面绿色黑边的字体清清楚楚地写着：LONELY GOD。

"原来如此，"树说，"真是顿释涛涛。"

"什么意思？"

"表示释然程度非常之大。"

老陈注视着树，露出了棋逢对手的严肃表情。

14

大头的车是一辆改装过的金杯八座微型面包车。为了腾出空间装乐器，后面的座椅都已经拆了，而且车厢四壁都贴了减震垫。

"树，好好看着我的鼓，它们可比你值钱多了，要是磕着了得找你算账。"

"你还真有脸说啊。"树回道。他缩在车厢角落，双手努力稳住打包箱，而鼓的主人此时正坐在副驾驶座上跷着二郎腿。AI、痣人和女巫同样挤在车厢后部，保护其他乐器。"你们这是剥削新人。"树抗议。

"我才不是和你一样的新人，"女巫白了他一眼，"我只是不放心让别人来拿我的贝斯而已。"

痣人艰难地伸过手来，拍了拍树的肩膀。"别在意。"

他们到后台的时候，上一场乐队的演奏还没结束。那是支中规中矩的流行朋克乐队，旋律悦耳，歌词大多是歌颂自由与爱情，底下反响不错。

"话说'寂寞上帝'走的是什么风格？"树问。

"宇宙迷幻。"老陈严肃地说。

树点点头。他不知道除此之外还能做什么反应。

"当然，还混杂了一些实验、氛围、电子脉冲和极简元素，是宇宙灵魂和后摇的结合。"老陈说。

"……你真的明白你在说什么吗。"树说。

"当然，一会儿你听了就知道了。大头的作曲水平是天才级的。"

大头咳嗽了一声。"时间不多了，先开始准备吧。把你们的感应器给我。"他搬出那台效果器，然后把六台显示着"999"的感应器都插了上去。树才发现那上面有六个对应的接口。

"我从没见过这样的效果器。"树说。

"也是改装过的。"大头得意地说。"AI、树，一会儿你们的任务是，在演出开始时给观众派发零食。"

"我能问问这样做的用意是什么吗？"AI问。

"当然是吸引人流了，除此之外嘛……心理暗示对人的作用比你们想象的大。当他们看到'LONELY GOD'这两个词时，无意识中会对乐队产生更大认同，有助于我们进行同步。"

"我好像又听到了新的概念。"树说。

"同步，是指在场所有人的情绪和精神达到某种契合的状态，类似你们在做收集任务时那种息息相通的感受，只不过范围和强度更大。在那个时候，你们会感觉人群仿佛联结成一个整体。只有借助这种整体的力量，我们储存的西斯空寂才能被消解。"

原来如此，树想。这就是整个任务的最后一环。

"其他的小组也是以这种方式进行消解的吗？"他问。

"当然不是了，"大头用理所当然的语气说，"这座城市里一共才有多少支乐队？只要能达到这样的联结状态，用什么方法并不重要，只不过我们恰好选择了乐队演出的方式。"

这句话让树觉得有点熟悉，但他没有细想——外面传来了舞台主持的报幕，该大头他们上台了。

"我们也走吧。"树对AI说。

周六的夜晚，商业街挤满了人。霓虹灯和橱窗的灯光在他们眼中闪烁，热巧克力和爆米花的甜甜香味钻进了他们的鼻腔。在这一刻，就连积攒了一周的疲惫感也识相地褪去，好让他们享受这短暂的、无忧无虑的时光。

树和AI抬着箱子，向场内的观众一包包抛着零食，一些行人也渐渐被吸引过来。树有些乐在其中，可是AI却一副僵硬的样子。

"你怎么了？"树问。

"感觉有点蠢。"她皱着眉回答。

"哈哈哈，要记得这也是秘密任务的一部分。"

AI 叹了口气，还想再说些什么，却改了主意。"看啊，"她说，"他们开始了。"

亮金色的 LED 帕灯转为了柔和的淡蓝色和浅紫色，干冰烟雾从角落溢出，铺满了整个舞台。一阵沉寂之后，冷静内敛的吉他声缓缓进入——只是几个分解和弦的单音，却不可思议的动人。树看着大头站在银白色的追光束下，用修长有力的手指弹出一个个闪光般的音符。八小节之后，老陈也加入进来，细碎的鼓点与吉他声奇怪地错开，节奏中的不稳定感仿佛是要带着听者进入某个更深的隐秘之地。在电吉他和鼓点盘旋了两个来回后，贝斯和键盘加入了演奏。女巫的贝斯低沉却不阴郁，恰到好处地支撑着大头的吉他，而痣人用合成器奏出的特殊音色给乐曲增添了一丝迷幻效果。每个人都只专注于手上的乐器，然而四人的配合却出奇默契，仿佛他们只凭心意便可互相沟通。树站在台下，仰视那个在灯光和音乐中如同宇宙空间般的舞台，起初的惊奇完全变成了沉醉。

鼓点慢慢加大了力度，旋律在每一次循环往复中变化和递进，步调却并不着急。树看到有些人已经难以抑制地随着音乐晃起了脑袋。终于，老陈的鼓点契合上了大头的吉他，就在乐曲进行到高潮时，所有声音忽然停了下来——

真空般的静默。随后，音箱里传出了宛如来自亘古的悠长风声。

大头上前握住话筒，拾音器紧贴嘴唇。

尘埃，冰粒，恒久徘徊的陨石……

平静到不像是出自人类之口的念白。

年轻的恒星，死亡的黑洞……

时间深邃，难以名状……

鼓点轻敲。

哦，寂寞上帝，寂寞上帝……

来吧，来吧。

穿过翘曲空间，穿过一亿光年的孤独……

穿过记忆和过去的每一世……

鼓点轻敲。

万千星尘，在那里……

女巫和痣人以极低的音量加入演奏。

可以听见却无法触碰……

可以看见却无法抵达……

哦，寂寞上帝，寂寞上帝……

音乐渐强。

一瞬的闪光，永远的失落……

寂寞上帝……

请看一看，请看一看……

那些星星就是我们……

那些星星就是我们……

沉重的鼓点。

那些星星，就是我们……

电吉他的声音重新响起，像耀眼的彗星划过宇宙深空，主旋律在此刻回归舞台。在老陈、女巫和痣人的烘托下，大头的演奏转为明亮激越，同时，他以零乱无序的方式重复那些念白，声音饱含力量，却冷静到可怕。无论在之前演奏中被压抑的是什么，此刻都已经被全然释放。人群摇摆着，漫过一阵阵颤抖的迷狂，就连树也止不住地起鸡皮疙瘩。

终于，音乐渐渐和缓，大头的演奏也慢了下来。大滴汗珠从他的头发和鼻尖上落下，如同用去了全身力气一般。他摘下话筒，慢慢地躺倒在舞台上。

那些星星就是我们……

那些星星就是我们……

伴着轻柔的鼓点和贝斯，大头注视着夜空，以前所未有的温柔语气重复念着这句话，直到它和音乐一起变得越来越轻，越来越轻，终于杳不可闻。

15

从后台出来时，树感到身上的战栗仍未退去。

"演出太棒了，是吧？"树对 AI 说。

"的确，应该说……出乎意料。"AI 答道。

他们两人正步行前往地铁站。痣人和女巫因为顺路，所以还是搭面包车回去。在那之前，大头把已经清零的感应器还给了每个人。

"我已经等不及下个月了。"树回忆着刚才的演出，大头的声音似乎还在脑海里盘旋。

AI 沉默了一会儿，站定脚步。

"树，我还是觉得有点不对劲。"

树回头看她。

"虽然我仍旧说不出是哪里出了问题……"AI 皱眉望着地面。

"AI，"树说，"你想太多了。从理智的角度看，这一切确实很不可思议，但你不是教过我不要那么依靠理智吗？我敢说他们演出的时候，你也一定体会到了……那种所有人联结在一起的感觉。那些神奇的事物确实存在。"

AI 犹豫着点了点头。

路灯下，灰白色的小蛾子绕着灯光打转。这情景很像树第一次遇见 AI 的那个晚上。

"AI，"树突然说，"做我女朋友吧。"

"什么？"AI 抬起头。

"做我女朋友，你觉得怎么样？还是说，你已经……"

"不，只是觉得太突然了……我完全没想到。你为什么会有这个想法？"

树一时语塞，这并不是他期待的回答。

"呃，我只是觉得……跟你聊天很愉快，"他说，"而且某些地方我们挺像的。"

"我不知道，树。我在考虑很多东西，关于S计划，关于组织……这一切我还没理出头绪来。你呢，树？难道这段时间里，你完全没觉得奇怪和不安吗？"

树隐隐回想起了某些时刻。奇怪，不安。当然，它们的确出现过，可说到底，不管是谁遇上这样的事，都难免会这样想吧。

"那不过是普通人在碰上小概率事件时都有的感受罢了。"树说。

"你确定？"AI问。

"AI，也许你可以放松一些。不是所有人都会有这么奇妙的经历，所以，为什么不好好享受呢？"

AI看着树，那双黑白分明的眼睛黯淡了下去。

"原来是这样。"她说。

那语气好像是……失望？

"对我来说，至今为止发生的这一切，既是神秘难解的谜题，同时也是真真切切的人生。尽管困惑，尽管不安，但我始终都在认真对待。"AI望着马路上的车流，"可对你来说，树，这一切不过是一个游戏而已。"

树愣住了。

"你知道吗，树，"AI艰难地吐出字句，"最让我感到不安的，是你。"

好像有一大块又湿又重的布，突然压住了他的心脏。

"你很聪明，观察力也很敏锐，在第一次见到我们时，就给每个人起出了贴切的外号，你的冷笑话甚至可以跟老陈的媲美。可是，树，"AI看着他，"你的聪明，好像只是被用来编造梦境的，而你自己却从来不会真正参与到任何事情里。你好像总是躲在眼镜后面观察和计算，总是能做出最合适的反应，可是在那副眼镜后面，真正的你是谁呢？我什么都感觉不到。"

内心深处，好像有什么东西正在崩塌。

"树，在你眼里，我们其他人是什么样的？是不是身处可笑的游戏，却毫无自知之明的傻瓜？"

不，不是这样的。

"甚至……你的告白，有多少是出于真心？英雄总是会在拯救世界的同时收获爱情，你是这样想的吗？"

不！不是这样的……可是，为何我仍旧无法开口？

AI颤抖着叹了口气，往前走去。

"AI，等等！"

AI回头看了一眼，脸色苍白。"你还不明白吗，树？最像AI的人是你啊。"

16

一个人可以像一棵树那样活着吗？

给自己披上厚厚的外壳，然后安全地待在里面。淡然，超脱，仿佛什么都不在意，像是一棵无动于衷的树，就那样立于人群之中。我曾以为这是最好的结局，我曾以为可以永远这样生活下去。

结果，终究还是不行。

闹铃嘀嘀作响，我听凭它响了半分钟，才伸手按掉。习惯性地摸索那副黑框眼镜，然而内心突然涌起的厌恶让我把它放了回去。

啊，没错，那熟悉的烦闷感又回来了。

我曾以为我厌恶的是日复一日的生活，是这个无聊的世界。

但或许，我厌恶的只是自己罢了。

17

我又回到了一成不变的日常生活。不再是什么秘密组织的成员，也不再是城市夜晚的游荡者。每次上班，我都提早半小时从楼梯前往自己的工位，以避免在电梯里碰到老陈。

中间大头给我发了一次消息，问我为什么突然不去基地了。

"我之前只是在自己欺骗自己。"不知道为什么，我相当直白地这样回给他。我好像丝毫不担心他能不能看懂。

"我知道了。但是，你以后一定还会回来的。"大头这样回复我。

我盯着屏幕看了一会儿，决定不予理睬。

就这样过了快一个月。

这天是周五，刚开馆没多久，同事推了推我。

"那是老陈？"

我转头看去——老陈正站在门口外面盯着我。

"我去一下。"我叹口气，站起身。

老陈还是老样子，顶着那头一九开的发型。"树，你这段时间怎么都不来了？"他问。

"我没资格回去。"

"什么意思？"

我张了张嘴，却不知道要怎么解释。"总之，你们别管我了。"

"这叫什么话？"

"反正我连最简单的收集任务都完不成，去了也是拖后腿而已。大头那天一定是看错了人。"

老陈愁眉不展地搓着手。"事实上……我正是要来找你帮忙的。大头最近身体不适，正在休息，可明天就是这个月的商演时间了。我听痣人说，你以前弹过吉他？"

"你的意思是……要让我顶替大头？"

老陈点点头。

"我只弹过民谣，没练过电吉他。"我说。

"都是吉他嘛，适应一下有什么难的！而且，大家都念着你呢。"

不说还好，一提到这个，我更不可能去了。

"特别是 AI，"老陈接着说，"因为你一直不出现，她好像很难过的样子。"

我仔细看了看老陈，确定他不是在说笑。

"真的？"我问。

"是啊。所以回来吧，树。"老陈压低声音，用手比了个妖娆的 S 形，"组织需要你。"

18

36 号 101。

我在大门外站了好一会儿，才终于下定决心敲门。

开门的是女巫。

"树？你这段时间到底——咦！你的眼镜去哪了？"

"……碎了。"我说。

女巫双臂环抱，端详了一阵。"挺好，我更喜欢你现在的样子。"她往边上让了一步。

我正要走进去，女巫突然一把撑住门框，把我挡在外面。

我吓了一跳，不明所以地看着她。

"你那天对 AI 做了什么？"她逼近我问。

……果然，该来的还是要来。

我做了个深呼吸。

"我干了件蠢事。"我说。

她直直地盯了我一会儿。

"这样吧，树，"她以平和的语气说道，"AI 现在正在厨房洗碗，你进去后就去找她道歉。如果她原谅你，那最好。如果她没有……那你以后就别再来这儿了。"

"……好。"我点点头。

我们进了室内，客厅并没有其他人在。我听到厨房传来流水声。女巫走去书柜拿了本书，大大咧咧地在沙发上坐了下来。

我又做了几个深呼吸，然后穿过客厅，进了厨房。我觉得口舌发干。

"A……阿希。"我说。

她转过头。"树！你回来了？"

"我，呃……那天的事，我很抱歉。"我说。

阿希关了水龙头，转身面对我。"不，该道歉的是我才对。"

我茫然地看着她。

"我那时不该把话说得那么重，我应该就事论事的。"她垂下头。"可是，我却把自己的一部分压力用责怪你的方式宣泄出来，并且毫无自我觉察……是我没有控制好自己的情绪。而因为这样的过错，我害你一整个月都没有来基地，还耽误了组织的任务……我无法原谅自己。"

我愣住了。接着我回忆起了第一天遇见她的时候，那时，她也是把所有过错都揽在自己身上。

"阿希，不是这样的。你那天说的话都没错。"我说。

她抬起头看着我。

"我之前太轻率了，不管是对组织的态度，还是……"我揉了揉额头。"阿希，如果你那天做的也算错，那我犯的错就得有哈利波那么大了。"

阿希愣了一下。接着，我看到她笑了。

"总之，"我说，"我觉得你说的有道理，关于组织和 S 计划，还有超现实的感觉之类，以后我会和你一起调查的。"

"嗯。"

"除此之外……还有件事要谢谢你。"

"什么？"

"托你的福，我不再是过去的那个我了。"我指了指眼睛的位置。"就连女巫都说，更喜欢我不戴眼镜的样子。"

阿希仔细地观察了一番。"我也是这么想的。"她说。

我看着阿希认真的双眼，心里泛过一阵苦涩。"如果……我是说如果，"我说，"如果我真的喜欢你，要怎么样你才会觉得可以接受我？"

她温和地笑了。

"等你从一棵树变成一个人的时候。"她说。

19

走出厨房时，女巫从书本上方瞥了我们一眼，然后不动声色地继续阅读。

痣人和老陈从地下室的门口出来，正好看到我。"树！你终于出现了。"痣人很高兴的样子。

"哟。"老陈说。

"老陈，大头还好吗？"我问。

"没大碍，老毛病而已，休息几天就好了。"老陈说。他脑门上冒着汗，身上也汗津津的……

"你在看什么？"老陈问。

"没什么。"我说。

"有意见你就说。"

"真的没什么。"我说。

"我知道的，你是嫌我汗臭。"

"真没有。"我说。

老陈突然举起了手臂。"并不存在腋窝这种东西。"他说。

"哈？"

"这就跟角的定义一样，只有有了那两条射线，才能称其为角。但事实上，角只是那两条边之间的空隙，是人们定义出的概念。"老陈说，"它本身并不存在。"

"同样，如果没有手臂和躯干，腋窝也不会存在。"老陈平稳而笔直地挥动右手。"腋窝是由手臂和躯干和合而成的空幻之物，并不具备独立自性。至于腋窝产生的汗水，更是虚构之上的虚构。"

"总而言之，"老陈放下手臂，"无论是你看到的汗渍，还是闻到的汗臭，都不过是你由于执着假象而产生的错觉。"

我揉了揉太阳穴。"你什么时候对佛教感兴趣了？"

"最近闲着没事，翻了两本女巫的书。对了，我刚才说的怎么样？"老陈转向女巫。

后者比了个大拇指。

"那个……"痣人开口，"我觉得我们好像不应该再闲聊了……明天的商演还没着落呢。"

"哦，的确。"老陈说。

"树，你的水平如何？"痣人问。

"只能骗骗外行。"

"……我知道了。那么我们需要做一些改编……另外，这个月还差一首新歌，曲子倒是有了，但歌词……"

我突然想起了什么，低头从包里翻出了本子。"不知道这个能不能派得上用场？"

痣人接了过去。"这是？"

"只是些零碎的记录，要是有用的话，尽管拿去用吧。"

"也许的确能用上……"痣人逐张翻阅着。"这样好了。树，你先去熟悉下电吉他，剩下的我们想想办法。"

20

我练到很晚才回去。周六早上赶到基地的时候，我看到阿希正站在客厅中央练习贝斯。

"什么情况？"我问。

痣人从桌上抬起头。从那双标准得无可挑剔的熊猫眼来看，他应该整晚都没睡。

"女巫被公司叫走了。"他说。

我瞪着他。"所以……今晚的演出会有两个替补队员？"这可真是太棒了。

"贝斯这边倒是没关系，"痣人耸耸肩，"是个人都会弹。"

"痣人，"阿希开口，"我会把这句话转告给女巫的。"

我看到痣人的脸唰的一下白了。

"我们快点练习吧，"他结结巴巴地说，"贝斯可是很难的。"

我和阿希忍不住偷笑。

"话说回来，"我有点奇怪，"女巫怎么会舍得把她的贝斯给你？"

"女生之间的友谊，你们是不会懂的。"她说。

我突然对女巫产生一阵嫉妒。

21

我第二次来到这个商业街的舞台，只不过这次我站在了台上。

多亏痣人，他花了一整晚把谱子简化，以适合我和阿希的水平。吉他独奏被改成了简单的和弦，痣人自己承担了独奏部分。新歌的歌词则用了《特殊眼镜》。这个三脚猫组合居然撑完了整场演出，没有被赶下台去，实在是个奇迹。

从后台出来，我和阿希依然没有搭车。八月末的夜晚竟然已经有些凉意。我们沉默地走在人行道上，夜风吹过时，梧桐树叶沙沙作响。

"是时候讨论一下了。"我开口。

阿希转头看我。

"现在，就连我也能感觉到不太对劲了。"

她像是松了口气。"我已经憋很久了。"

"说说你的想法。"我说。

"首先是老陈。"

"老陈？"

"你有没有觉得他最近有点奇怪？"

他一直挺奇怪的，我想着。不过最近特别奇怪。

"我每次问他大头的情况，他都语焉不详地搪塞过去，也不让其他人进大头的房间。"阿希说。

的确。昨天我问起大头的情况时，老陈也很突兀地把话题转走了。

"大头病了有多久了？"我问。

"一个礼拜。你不觉得这也很奇怪？就算是重感冒，过了这么久也该恢复了。而且，你应该可以看出大头有多热爱音乐……我觉得除非迫不得已，大头是不会错过每月的演出的。"

确实，我思索着。

"基地的钥匙，是不是只有大头和老陈两个人有？"我问阿希。

"对。"

"周日老陈应该整天都在。你周一有空吗？"

"下午有空。"

我想了一会儿，把计划告诉了她。

22

周日晚上，我下班后去基地坐了一会儿。大头仍然没有出现。

周一下午，我去保存本书库找到了老陈。

"能不能借我下基地的钥匙？我昨晚可能把手机落在客厅沙发上了。"

老陈狐疑地看着我。"怎么现在才想起来？"

"本来想等到今晚再去拿的，但现在需要找个电话号码……我只存在手机里。"我暗暗祈祷老陈不会深究。

老陈叹了口气，从口袋里掏出钥匙。"记得开门轻点儿，别吵醒大头。"

"谢了。"

我回流通部请了假，然后直接打车去了基地。到的时候，阿希已经等在门口了。

进门后，我拿回昨天塞在沙发缝里的手机，然后和阿希一起去了地下室。

大头的房门关着。我轻轻推开。

——他的确在休息，只是似乎睡得并不安稳。我走近了些，发现他脸色很差。

也许是我的脚步声吵醒了他。大头突然睁开眼。

"呃……抱歉。"我说，"就想来看看你身体怎么样。我们好久没看见你了。"

大头的表情变得有些痛苦。他朝我们看了一会儿，问："你们是谁？"

我脑袋一阵发麻。

"是我啊，阿希，还有树。"阿希的声音有些打战。"大头，你睡糊涂了？"

大头皱起眉头。"我……我不记得。"他说完又闭上眼睛，像消耗了很多精力似的。

我和阿希对视一眼。"送医院吧。"我说。

我们把大头从床上架了起来。他看起来很虚弱，好在还算配合。阿希直接叫了辆车到楼下。

"人民医院。"她对司机说。

我看着仰靠在靠垫上的大头，心里隐约浮起不祥的预感。

23

"和上次的情况一样。"急诊医生举着磁共振片子，一边察看一边说，"水肿、颅内压升高和神经压迫导致了头痛和记忆受损。还是做保守消肿处理。"

我听不明白这些词，只觉得心愈发下沉。不论它们是什么意思，听起来都很严重。

"他……以前也来过？"阿希问。

"是啊，你们不知道？"医生看起来很惊讶。"以前都是一个秃头的中年人陪着。我还以为这次是他托你们带过来的。"

是老陈。

"医生，他得的什么病？"我问。

"他没跟你们说吗？晚期脑瘤，没多少时间了。"

我有种瞬间脱离了真实世界的感觉。医院低矮天花板上的日光灯和淡绿色的墙壁仿佛是某种可笑的布景。

阿希慢慢地坐在靠墙的椅子上。

"不可能吧？"她颤声说。

我摇摇头。一定是哪里搞错了。那可是大头啊。

我看了眼我们的首领、我们的主唱和天才吉他手，此刻他安安静静地躺在不锈钢推车上。我想要理出些思绪，却难以集中精神思考。

——不对，我可以做到。切断情感，仅仅让理智部分独立运行，对我来说这并不陌生。

"我要先回一下基地。"我说。

阿希看着我，然后用手背抹掉眼泪。"我在这里陪他。"她说。

24

就诊和检查花的时间比我预想的久。我回到基地时，已经是下班时分了。

我开门直冲大头的房间，在书桌和柜屉抽屉里一通翻找。

奇怪的是，连一份病历之类的资料都没找到。

也许老陈的房间有线索？

我上了楼。门口传来脚步声，我还没来得及想好要怎么做，他们已经进来了——是女巫和痣人。

"树？"女巫看到我一愣，"你不是八点才下班吗，怎么今天这么早？是老陈给你的钥匙？"

"我是回来拿东西的，但……听我说。"我把下午发生的事告诉了他们。

我说完之后，客厅陷入了沉默。不是那种震惊过后的沉默，也不是哀伤或深思熟虑的沉默，而是某种无法捉摸的、带有诡异氛围的沉默。

过了很久，痣人终于摇了摇头。"不可能。"

"你们一定是弄错了。"女巫说。

"是医生亲口告诉我的。"我一字一句地说。

痣人走到沙发旁坐下，盯着自己的脚。"一定是中间哪里出了问题。"他说。

"嗯，不会是这样。"女巫接口。

我难以置信地看着这两人，但他们一致避开了我的视线。

这一切究竟是怎么了？我简直怀疑自己是在梦里。

痣人和女巫仍旧默不作声。看来阿希的判断是正确的，组织绝对有问题。

我不再搭理他们，转身进了老陈的房间。既然他们俩到了，那意味着老陈应该也快回来了。我必须动作快些。

衣柜、写字台、床……我扫视了一圈，决定先从写字台开始。

桌面上摆着鼓棒和零乱的纸页，上面记着鼓谱，除此之外还有几本图书馆专业书。我大致翻了一下，没什么发现。我拉了拉书桌抽屉——锁着。

我掏出老陈的钥匙，一把一把轮流尝试，终于打开了。

叠放在抽屉顶端的是一张夹在透明文件夹里的 A4 纸。看清上面写的是什么后，我的脑袋里嗡的一声。

那是一张署名为陈力的精神分裂症诊断报告。

我喘着气，把报告塞回抽屉，上锁，然后站起身。老陈的房间仿佛在旋转，我努力控制住自己摇摇晃晃的身体。精神分裂？老陈？所以他才总是表现得那么奇怪？可他不让我们接近大头又是为了什么？

我走出老陈的房间，想要对痣人和女巫说些什么，却混乱到无从说起。

走廊响起了脚步声。

老陈回来了。

他进了客厅，然后安静地走到我面前。

"你拿钥匙怎么拿了那么久。"他用的并不是疑问的语气。

"老陈，大头病得很严重……你知道吗？"我说。

他愣了一下，突然一把推开我，朝地下室去了。我听到他重重的脚步声经过楼梯，经过底下的房间，然后再上来。

"你把大头弄哪去了！"

"在医院，阿希陪着他。"我说。

"为什么要背着我？"

"老陈，"我慢慢地说，"大头可能会死，你到底……知不知道？"

老陈的表情突然变成了淡漠。"我知道啊。"他用我无法理解的平淡语气说。

我不知道攻击一个精神病人是不是犯法。我一点都不在乎。在我意识到的时候，我已经一拳对着老陈的脸挥了上去。

两秒钟后，我们掐成了一团。女巫和痣人这时才从木头人的状态恢复过来。他们上前想把我们分开，但完全插不上手。

"陈力，"我抓着老陈的衣领，"我不会让你害死他的！"

老陈的动作突然停了下来。"你怎么知道大头的真名？"他问。

我喘着粗气。"你说什么？"

"你刚刚不是说了他的名字？"

我松开手，跌坐在地板上。"那你叫什么？"

"不想说。"老陈说。

"快告诉我！"

老陈啧了一声。"陈宝娣，"他说，"我叫陈宝娣。"

25

我、老陈、女巫和痣人围坐在客厅里。老陈的眼周青了一块，我鼻子流着血。

"老陈，快告诉我这一切究竟是怎么回事。"我说。

老陈叹了口气。

"其实大头得的既不是脑瘤，也不是精神分裂症。"他说。

我比刚才还要一头雾水。"那么医院的诊断报告是怎么回事？"

"那只是因为他表现出了这些症状，而目前的医疗体系给出的诊断结果，就是你看到的。事实是……在组织里，当一个小组首领是有代价的。"

"……什么意思？"

"做收集任务的时候，你自己会成为通道，西斯空寂经由你而从其他人身上转移到感应器里。相应地，在对那些储存着的西斯空寂进行消解时，大头会成为通道。当西斯空寂被储存时，这一过程对中继者并没有危害，但释放时就不是这样了。"

"而释放时的副作用，就会让大头病成这样？"我感到全身发冷。"老陈，我们所在的到底是个什么样的组织？"

老陈把手指插进本就寥寥无几的头发里。

"只是个概率问题，"他痛苦地说，"副作用出现的概率很低，可一旦出现，就是不可逆的。大头只是……运气不好罢了。"

"就为了这么个破任务，大头就必须得死吗？"我失声道。

"树，"老陈凄凉地看着我，"这条路是大头自己选择的。对大头来说，组织就是他的生命。和每个小组首领一样，他在接下这一职责时就被告知过可能的后果。所以从副作用开始出现的那一刻起，他就知道自己的结局了。而副作用的副作用是，"他干笑了一声，只不过笑得比哭还难看，"大头被诊断出精神分裂以后创造力提升了好几个等级。那首《寂寞上帝》就是在那之后写出来的。"

他抱着头沉默了一会儿，又说："这件事只有大头和我知道。我本不想告诉你们。"

女巫咬着嘴唇。

"其实，我之前就感觉不太对劲了。"她说，"这一两个月，我觉得大头越来越虚弱，但我根本不愿意多想。"

"嗯，我总觉得一切都会好的。毕竟，那可是大头啊。"痣人哽咽了。

我看着他们，终于明白刚才他们那种反常的表现是怎么回事了。其实他们早就有预感，只是不愿承认罢了。

"事情就是这样，"老陈抽了抽鼻子，"该告诉你们的，我都告诉你们了。你们说接下来怎么办吧。"

正常人的选择，也许是让大头尽可能地接受治疗，不再让他写歌，不再让他参加演出。但我早已不是所谓的"正常人"了。或者说，所有组织成员，从进入组织的那一刻起，都已经不是正常人了。

当晚，我们一起在医院陪着大头。盐水一吊完，我们就把他接了回来。

26

大头慢慢好转了一些。经过保守治疗，他的记忆也恢复正常了。我们几个都越来越常跑去 36 号 101 室，不愿把时间浪费在基地之外的地方。老陈把自己在一楼的房间换给了大头，后者起初并不愿意，说要自己看着那台组织配给他的效果器才放心，直到老陈再三保证地下室很安全，大头才勉强答应。

有时候，在一个晴朗的休息日早晨，大头会从房间里走出来，愉快地跟我们打招呼。

"早安！"他用依然洪亮的声音说，"我感觉不错，今天应该挂不了。"

每一次大头说起这种玩笑话，女巫和痣人的反应都是大声斥责他胡说八道。老陈则通常沉默不语。只有我可以像什么都没发生那样朝大头比一个大拇指。出乎我意料的是，阿希尽管会眼眶微微发红，但每次也都会回给大头一个微笑。

我重新开始使用感应器。现在的我，比以往任何时候都期盼看到 S 计划真正成功的那一天。不知道为什么，我发现自己可以独立完成收集任务了。

但我没有把这件事告诉阿希。有时我仍然会以任务不成功为由，把阿希拖出来一起散步。在那些夜晚，我的心被离别的预感笼罩，以至于当阿希走在我身边时，我总是忍不住偷偷看向她清瘦的身影，像是要把她的一部分刻进脑海里。

像是觉得有一天会连她也一起失去。

就这样，又到了月底。

演出前一天的晚上，我们聚在基地做最后的排练。

"大头，明天你能不能……"痣人欲言又止，但我们都知道他想说什么。

大头朝他笑了笑。"我想再上一次舞台，好好地做完最后一次任务。"他说。

我们继续演奏，好像达成了某种默契，没有人再说一句话。

27

我不知道该如何形容那场演出。明明只是一场马路旁的不知名商演，可它比我看过的所有演唱会都要难以忘怀。大头仿佛是把全部的生命力都注入了这场演出，而老陈、痣人和女巫也忘情地演奏着。人群中涌动着一波接一波的情绪激流，我和阿希跟着身边的观众一起欢呼。

我们都知道，这是最后一次了。

从那天以后，大头的身体状况急转直下。终于，我们不得不让他住进了病房。

28

即使日光灯全开着，仍然会感觉病房很昏暗。房间只有一扇门，还有一扇只能半开的窗，感觉就像一间小小的囚室。

"啊，你们来了。"大头说。他最近睡得很多，但每次我们一到，他都会很快醒来。

老陈从床边的椅子上起身，接过怹人手中的水果和花束。我们现在每天都会来探望大头，老陈更是在上班以外的所有时间都待在这里。

"我看可以考虑把基地迁到这里来了。"大头说。

我们聊了些有的没的，都是些无关紧要的小事。大头说上几句就要闭眼休息一会儿。

谈话渐渐沉寂下去，我们好像都没力气再说些什么了。

我突然意识到一件事：也许西斯空寂是永远无法被消灭的。只要这个世界上还存在着离别和失去，西斯空寂就永远不会消失。

"老陈，"大头睁开眼睛，"再讲个冷笑话吧。"

老陈张了张嘴，最后却只是垂下头。"抱歉。"他哑着嗓子说。

我靠着床沿，手指在护栏钢管上轻轻敲打。

"我想到一个。"我说着，从床头柜上的花束里抽出其中一枝，"猜猜这是什么？"

"蓝色妖姬。"大头配合地回答。

"那么，枯萎的蓝色妖姬应该怎么说？"

大头皱着眉冥思苦想。"……不知道。"他说。

"蓝色妖姬劳损。"

短暂的沉默后，他大笑起来。

"老陈，你听到没？你可以……把冷笑话之王的位置让给树了。"

老陈挤出一丝苦笑。"你休息吧，大头。明天让他们再来看你。"他陪着我们朝外面走去。

"树、AI。"我听到大头叫我们。

"什么事？"我问。

"过来一下。"

我和阿希疑惑地走到他旁边。老陈回头看了一眼，带着女巫和痣人先出去了。

大头稍稍撑起身体。"新人们，"他轻声说，"我有最后一个任务要交给你们。这次的任务是一个谜题，只有你们两个才能破解，就连老陈也不行。"

我和阿希对视了一眼。

"关于什么的谜题？"我问。

"关于一切。"

"听起来是个不可能完成的任务。"我说。

大头眨了眨眼睛。"我不能透露谜题的内容，"他说，"不过你们一旦领悟答案，自然就会明白谜题是什么。记住，所有线索都已经在你们手里了。"

大头躺回枕头上，闭上眼。

"我们会解开它的，对吧，阿希？"我说。

"嗯。"

我们朝门口走去。为信念而生，在平凡庸常的生活中做着他人无法想象的事，然后，为信念而死……我思索着大头的人生，它比我认识的任何人的人生都要耀眼。如果是我，应该会觉得没有遗憾了吧。

我握住房间门把手。

"树、AI。"大头轻声说。

"嗯？"我回过头。

大头平躺在床上，双目紧闭。淡淡的、像呼吸一样温柔的暮光从窗口照进来，照在他微微颤动的双眼上。

"不要忘记我啊。"他用几不可闻的声音说。

有什么东西在我体内拧成了一个湿重的拳头，击得我几乎无法呼吸。我慢慢走出房间，关上门，在走廊的椅子上坐下。胸口好像有一块硬壳正在裂成一千块碎片。在那之下，是深不见底的哀伤。我曾经惧怕它，逃避它，但此刻，它像温暖的海水一般将我包围。

我把脸埋进手掌，为大头，为自己，为人类的脆弱和柔软而潸然泪下。

一只手轻轻地搭在我肩膀上。

"这就是你一直以来的感觉吗？"我转过头，看向在我旁边坐下的阿希。

我一直以为我是最果决、最勇敢的。可是，真正勇敢而强大的人，阿希，是你啊。

29

什么是非日常？

非日常是命运般的相遇。

非日常是神秘而陌生的夜晚。

非日常是人们想说而无法说出口的事物。

非日常是我认识阿希之后所经历的一切。

什么是日常？

日常是日复一日的平凡生活。

日常是每一个渺小的人。

日常是生老病死。

我一度抱着这样的希望——那股非日常的神奇力量会永远持续下去。但是没有。

大头死了。

30

葬礼过后的周末，老陈把我们叫来基地。一进门，浓重的烟味几乎把我呛到。

老陈坐在沙发上，看着手上的烟。

"把你们的个人物品都拿走吧，"他说，"小组该解散了。"

我们都一愣。

"那 S 计划怎么办？"阿希问。

"这个不用担心。反正组织还会建立新的小组。组长一旦身亡，原来的小组即告解散，组织的规定就是这样。"

"我不懂，"女巫说，"为什么我们不能继续任务？如果放弃的话，不是前功尽弃了吗？"

老陈看了她一眼。"如果要继续，谁来当新的组长？"

众人都沉默了。

老陈摇摇头。"反正我是不当，你们也没必要勉强。之前的那段日子大家都做得很好了，我们就在这里结束吧。"

"我来当组长。"阿希说。

我震惊地看着她。

"为什么？"老陈问。

阿希垂着头不说话。我看着她那副熟悉的神情，明白过来。这家伙，一定又在自责了。

"阿希，你是不是觉得，大头的死你有责任？"我问。

"如果我能早点察觉，也许……"

"不，你什么都改变不了。"我说，"就连大头自己都救不了自己。"

"可是，大头为小组费了那么多心血，我们就这么离开的话，就好像……就好像是在抛弃他。我做不到。"

老陈吐出一口烟。"人各有命。大头他会理解的。"

我看着老陈，又看了看阿希，做出了决定。

"组长还是给我当吧。"我说。

阿希马上就要说什么。

"别拦着我，"我说，"与其让你出于愧疚当组长，不如让我来，因为我是真心想这么做。那次你不也说大头很器重我吗，我猜大头早就有这个想法了。"

"你真的是这么想的吗，树？"阿希问。

我点点头。

老陈弹了弹烟灰。"我劝你别这么鲁莽。"他说。

"老陈，你也说过，副作用出现的概率很低吧？我就不信同一个小组里会发生两次。"

"你会后悔的。"老陈说。

我没理他。

"告诉我，老陈，要怎么当上组长？给组织递交申请报告？参加考试？还是其他什么？"

老陈长叹一口气。

他起身离开沙发，去了地下室。过了一会儿，他抱着大头的效果器回来，把它放在了茶几上。

"把你们的感应器都拿出来。"他说。

他接过我们各自的感应器，连同大头的那台一起安装在效果器上。

"就像你们在进入组织时和感应器做过绑定一样，组长也需要和核心模块做绑定。"

"核心模块？那是什么？"我问。

"能够联结所有组员的感应器，具有同步和释放西斯空寂功能的东西。每个小组都有，我们小组把核心模块装在这台效果器里。现在大头死了，绑定已经自动解除。"

"所以，我只要和这台东西做个绑定就行了？"我问。

"对，但我要提醒你，在绑定的一瞬间，你会体会到这六台感应器里储存着的所有西斯空寂。我不保证你能扛得下来。"

"如果扛不下来……会怎么样？"

老陈耸耸肩。"我不知道，没人试过。"他意味深长地看了我一眼，说："你现在后悔还来得及。"

"树，算了，"阿希说，"这太危险了。"

但我已经决定了。

"告诉我怎么做。"

"看到侧面那个按钮了吗？"老陈问。

我看到了。造型和感应器背面的按钮相同。

"按上去就行了，就跟你绑定感应器时一样。"

我看着面前的效果器，还有那上面六台显示着"999"的感应器。

6×999 个单位的西斯空寂，我可以撑下来吗？

我是会成功让小组延续下去，还是……成为第二个大头？

一只颤抖的手悬于按钮上方。

四双眼睛紧紧盯着。

我按下了按钮。

31

一秒。

两秒。

五秒。

十秒。

每个人都屏息凝神地等待着。

……然而，我什么都没有感觉到。

老陈向后靠上沙发背，朝天花板吐出一口烟。

"我说过，你会后悔的。"他说。

我看着他，之前的怀疑渐渐确凿。

"你还有什么没告诉我们？"我说。

"树……你在说什么？"痣人问。

"回忆一下，从进入组织开始，你们碰到过多少次巧合？有没有想过组织的技术是从哪里来的？为什么这些技术明明很先进的样子，感应器的做工却那么粗糙？组织的规模如此庞大，为何我们之前却从没听说过，也从没碰到过其他小组的成员？还有，为什么老陈对组织的事知道的比谁都多？"

"别说了。"女巫的脸色突然变得非常可怕。

"老陈，解释一下。"我说。

老陈还是瞪着天花板。"你们本可以留住这个梦的。"他用毫无起伏的声音说。

我等待着。

"大头得病并不是在进入组织以后，也不是因为释放西斯空寂导致的副作用。"老陈说。

"继续说，老陈。"

"还需要我解释吗？大头最开始就得了脑瘤，至于之后为什么会变成精神分裂，可能是肿瘤导致的，也可能是因为心理上的打击。根本就没有什么组织，也没有什么Ｓ计划，一切都是大头的妄想。"

客厅里死一般的寂静。

"这不是真的。"女巫嘶哑地说。

"说得好，"老陈说，"这确实不是真的。我们经历过的一切，都不过是梦中的泡影。你们都被大头骗了，有时候，连我自己都差点相信。我说过，大头是个天才。"

"……你从最开始就知道真相？"我问。

老陈的烟已经快燃到头了，一截烟灰掉在沙发上，但他全然不在意。

"我认识大头是在三年前。"他开始回忆，"那时我手头紧张，所以把地下室租了出去，大头是我的租客，当时他靠在酒吧演唱过活。一年半以前，他发现自己得了脑瘤。"

"后来呢？"

"后来的事你们应该能猜到。大头慢慢产生了身属秘密组织的幻想，而且这种幻想变得越来越真实。他开始丰富组织的细节，还自己做出了感应器。最后他开始招收小组和乐队成员，第一个找到的就是我。"

"怎么会……"痣人喃喃道。

"怎么不会？"老陈突然大声说，"你们想想，现实里怎么可能有这么奇怪的组织？而且这样的技术，根本就不是现有的科技水平能达到的吧？什么六个首领管理着六个小组，每个小组有六个人……这只不过是因为他本身喜欢 6 这个数字而已。他说过，租房时挑的我的房子，就是因为我的门牌号是 6 的平方。还有什么'寂寞上帝'，什么零食和 LONELY GOD，这都是精神分裂症的联想障碍。"

我们沉默着。

"不信？好。"老陈突然坐起来，把效果器拉近自己。他在上面按了几个键，然后把它转过来给我们看：六台感应器的计数都被清零了。

"看到了吧？只不过是电路上的设置，根本用不着什么演出和同步。还有这个。"他从茶几抽屉里拿出大头的笔记本电脑。

"看浏览器记录。"老陈把笔记本电脑推过来。

我打开浏览器，最近记录里只有一个网站……而且，只是个本地文件。

我点开它。

熟悉的暗黑色界面，还有闪动着的绿色数字。如果把窗口切成全屏，就跟我那天在基地看到的界面一模一样。

我深吸一口气，点开源代码。

——那个数字根本就不是来自某个数据库，而是随机生成的结果。

老陈重新靠上沙发背，瞪着天花板。

"我不明白。"我慢慢地说。

"一切都很清楚了。"老陈说。

"不，我不明白的是……老陈，既然你早知道真相，为什么还答应做他的鼓手？还帮他做新人培训？为什么要帮一个精神病人编造如此庞大的谎言？你费这么大力气……为了什么？"

"我只是想让大头做完他的梦，其他我什么都不在乎。"

"为什么，老陈？究竟是为什么？"

老陈平静的脸此时被痛苦扭曲。他紧紧闭上眼睛。

良久，他终于开口："大头很像我儿子，连姓氏都和我一样。要是我儿子活着，也该有这么大了。"

……我脑袋里闪过好几个问题，但是，我终于没有去追问。老陈从没说起过他的过去，我不知道，单位的所有同事也不知道。也许他并不愿意回忆。何况，就算知道了也无济于事。

"事情就是这样。"老陈又恢复了平静，可是这平静在我看来就像是一潭死水。"一切都结束了，你们回去吧，去过你们原来的生活。"

痣人摇了摇头。"我们怎么可能还回得去？"

这个问题像幽灵般在房间上空盘旋。我们五个，谁都没有能力回答。

"树，"很久没说话的阿希突然开口，"难道大头最后给我们的谜题，就是这个吗？"

"什么谜题？"痣人问。

阿希把那天的事说了。

"事到如今，你们难道对他还有期待？"老陈说，"那肯定也是他的妄想罢了。"

"老陈，"阿希好像想起了什么，"还记得你给我们上的第一课吗？我的第一个目标……那个桥边的男人。在我用完感应器以后，他不是轻松地走开了吗？"

老陈冷哼一声。"你们以为他出现在那里是巧合？你们错了。那个人每天下班后都会在桥上抽一会儿烟，每次只抽半支，连时间都分毫不差。我已经观察了很久了。"

阿希的脸色变得苍白。"原来……是这样。"

不对。

不只是这样。

我的思绪回到了那个晚上。

还有什么被遗漏了。

"记得吗，阿希，我的第一个目标是你。"我说，"当我的感应器发出蓝光之后，你有没有说过，你感觉好多了？"

"那只是心理暗示而已。"老陈斩钉截铁地说，"大头也说过吧？心理暗示的作用比你们想象的大。"

"阿希，拜托你回忆一下。你那时候的感觉是实实在在的，还是只是因为老陈的暗示？"

"我不确定……我记不得了。"

"拜托，阿希！这很重要。"

"我做不到，时间已经过去太久了，太难了……"

我看着她。

"你能做到，你肯定能。因为你曾经做到过三次……不，何止是三次？你一直都是这么做的。'放开思绪，信任你的感觉而不是理智。'这是你当时对我说的话。"

阿希深吸了一口气，闭上眼睛。过了很久，很久，她轻轻点了点头。

"什么意思？"老陈问，"你点头是什么意思？"

"当时的感觉，是真实的。"阿希说。

老陈揉着头发。"疯了，你们和大头一样都疯了。"

"不，"我说，"我也确信那时的感觉是真实的。再说，我第一次使用感应器时没有成功，在阿希的指点下才找到感觉，感应器也恰好在那个时候发出蓝光，这怎么解释？"

"树，你为什么就不死心呢？"老陈烦躁起来，"一切都在大头的掌控之下。感应器本身可以随机生成数字，而他在制作那些感应器时，还做了一个遥控器。通过它可以修改西斯空寂的计数规则。第一次新人培训的时候，是我在旁边拿着遥控器，一边观察你的神态，一边悄悄控制你的感应器。至于二十四小时的冷却时间和所谓的个人绑定，不过是为了限制你们的使用，让你们没那么容易发现问题而已。"

我再也无法说出一句话。原来是这样。原来我们经历的一切，真的只是一场梦。

"你知道吗，"老陈干笑了一声，"大头行事完全没道理，全凭自己高兴。就比如说，树，给你们开欢迎宴那天，大头用遥控器修改了你那台感应器的规则，改成必须和阿希那台靠近时才能开始运作。我问他为什么，他也完全没给出解释。"

我呆呆地看着老陈。

"还有，在你没来的那个月，大头有一天突然把遥控器交给我。因为知道我的工作地点离你很近，他让我暗中接近你，然后把你的感应器的运作功能恢复正常。所有这些事情都是大头的一时之兴，你们却还在对它们苦思冥想，以为其中有什么深意。"

一件事情渐渐从我脑海中浮现。

那条短信！

大头一定是在收到我的回复后，才决定把我的感应器恢复正常的。我回想着那些成功使用感应器时的感觉——息息相通，没有隔阂。大头是在以此暗示什么吗？他是不是早就看穿了我的装模作样？假若真是如此，那他一定也看到了阿希的力量——那股坦率、沉静、直抵人心的力量，所以他之前才会把我的感应器设置成和阿希在一起时才能运作。

我十指交叉地握住双手，陷入沉思。以"西斯空寂"命名的秘密任务，性格各异的小组成员，"通道"、"同步"、难忘的演出，还有那种透明温暖的感觉……"这次的任务是一个谜题，只有你们两个才能破解。"我仿佛听见大头这样说着。

那些细碎的片段之间，渐渐产生了某种联系。我还没有放弃，我要最后再试一次。

"有件事，我想告诉你们，关于那一个月我为什么没有来基地。"我看向阿希，"可以吗？"

"没事，你说吧。"

我把我的自我伪装，我对这一切的游戏般的态度，还有我在那场演出后对阿希说的话，统统说了出来。

"所以……"女巫说，"大头之所以修改你的感应器规则，依照的是你心理状态的变化？"

"可是这又能说明什么？"痣人问。

"说起来……"女巫说，"我有在按着那些书里的做法练习冥想，"她用下巴指了指书柜，"而做任务时那种特别的感觉，和冥想带来的感受有点像……也许这一切真的不是幻觉？也许大头真的想要向我们传达什么？"

女巫的话给了我一些信心。

"我先问你们一个问题，"我说，"在做收集任务、在和大头一起演出的时候，那些不同寻常的感受，你们觉得真的可以用一句'心理暗示'来解释？还有，你们真的认为大头是出于好玩编造了这一切？他虽然是个精神病人，但他是那么残酷的人吗？"

阿希第一个摇头。老陈紧锁着眉默不作声。接着，女巫和痣人也慢慢地摇了摇头。

"我想到了一个假设，但是，必须得由你们一起验证。"

"说说看。"痣人说。

"我曾以为我们这几个人加入组织是巧合，但也许并不是。"我回想着那天在快餐厅里和阿希的对话。"也许我们都是那种需要组织、需要神秘的 S 计划来填补内心空洞的人。"

这句话似乎把老陈从麻木状态唤醒了。

"……说下去，树。"他说。

"我的自我伪装并不是毫无缘由的，而刚才，老陈也提到了一点点他的……经历。至于阿希，她那种习惯性的自责，我想你们都能看出来。所以，"我看着女巫和痣人，"你们两个呢，是不是也经历过什么？"

客厅再次陷入寂静。老陈的视线终于从天花板上移开，看向了女巫和痣人。

女巫叹了口气，摘下左手上的手链，然后把手腕伸给我们看。

"你呢，痣人？"我转向他。

痣人纠结地绞着手指，点了点头。

"现在，我有个提议。"我说。

32

首先是我，接着是阿希、女巫和痣人，最后是老陈。我们围坐在茶几旁边，卸下各自的面具和枷锁，像在深夜空无一人的房间里面对着自己时一样，一一诉说了各自的故事。

窗外，秋季的天空已转为深沉的灰蓝色，再过一会儿，就可以看见夜幕边缘被城市的灯火照亮，银灰色、靛蓝色或绛紫色的光晕中透出隐隐约约的星光，还有那一闪一闪的飞机航行灯，从目力勉强才可企及的高空云层间划过。在过去的三个月里，我和阿希曾于那片夜空下游荡——对于老陈他们来说，这时间更久——如同身怀机密的猎手，如同独立于世的隐者，我们以旁观者的姿态品尝着一个又一个陌生人的孤寂，却在那些梦一般的场合中，一次又一次地接触着最真实的自己。

我注视着面前的这四人——老陈、女巫、痣人、阿希。他们不再是那些外号，不再是一些仅仅用特征或符号就能概括的存在，而是成了活生生的、有血有肉的人。我看到过往的经历在他们身上留下的印痕，将他们塑造成他们此时的样子，正如它也同样塑造着我。悲伤、温暖以及熟悉的联通感在我们之间流动，就在此时，就在此地。从他们眼中，我知道他们也有相同的感受。

什么是非日常？

非日常是放下心防。

非日常是信任你的感觉。

非日常是勇敢说出无法说出的话。

"我真是……有够笨的。"阿希突然开口，她的嘴角忍不住翘起。

"怎么了？"

"从开始我就找错了方向。我翻阅了神经科学、电子通信，甚至是心灵感应方面的资料，想弄明白感应器的运作原理……但其实，根本没那么复杂。"

是啊，根本没那么复杂。

无需感应器，也无需什么秘密任务……只要你足够勇敢，就可以让西斯空寂消解。这才是大头想要告诉我们的谜底。

33

周六晚上，商业街。

老陈坐在乐队后方，一如既往地穿着和演出风格丝毫不搭调的休闲衫。痣人在另一侧，他的头发比以前留长了些，一小撮鬓角微微盖住耳朵，这让他显得清秀不少。阿希站在我旁边，我们两个分别拿着女巫的贝斯和大头的吉他。

站在乐队中间的，是手握麦克风的女巫。听过她醇厚而略带沙哑的歌声之后，我们一致决定让她当主唱。

女巫清了清嗓子。

"这首歌纪念我们的朋友，祝他一切安好。"她简单地说。

老陈敲响鼓点。

灯光随着音乐亮起。

和大头写的那些歌比起来，这首曲子少了那种动人心魄的魔力，但可以说，我们已经尽力了。这是我们五个最好的作品。

和着老陈的鼓点，我、阿希和痣人奏出那已经熟稔于心的旋律。而女巫轻轻开口。

> 你走过夜晚的小巷和街道……
>
> 你走过霓虹灯下的十字路口……
>
> 你走过俯瞰静默河水的桥……
>
> 你走过城市的每一个角落……
>
> 柏油路面上潮湿的反光，让你觉得西斯空寂……
>
> 快餐厅的音乐和灯光，让你觉得西斯空寂……
>
> 公交车轰鸣着驶过路口，让你觉得西斯空寂……
>
> 卷帘门关上的声音，让你觉得西斯空寂……

我和阿希凑近各自的麦克风，为女巫唱着和声。

> 寂寞上帝，不必害怕……不必害怕那虚空……
>
> 此时孤独，不必永远孤独……
>
> 当我看向你的眼睛……
>
> 在你眼里，我看到了星辰……
>
> 你呢？……你看到了吗？……
>
> 你看到那些星星了吗？……

我沉浸在这温润的一刻。音乐和歌声融合在一起，而我能从中听到我们五个人中每一个的存在。我微微转头看向阿希，她正认真演奏，食指和中指交替勾起琴弦。

亲爱的 AI 小姐，在你眼里，我现在算是个人了吗?

乐声飘向舞台下的人们，飘向载满人流的商业街。在涌动的人群之上，在鳞次栉比的商场和高楼之间，在华灯初上的城市上空，我仍能听到那头城市巨兽的低鸣。

但这次，我选择和它一起轻轻吟唱。

前往黑暗之地

1

莱拉排了三十分钟的队，才等到美术馆浮游眼的免费使用权限。

漆黑的背景墙上，几幅近期新作概览图一一呈现，但莱拉没什么心思欣赏，只希望读取进程能快些结束。终于，视野转亮，美术馆大厅的实时景象出现在她眼前。此时，视野右上角的倒计时显示着"14：47"，数字仍在不断跳动。莱拉打了个手势，浮游眼依着事先定下的游览路线，载着她悠悠飘入二号展厅。

位于展厅中央的是万达娜·谢蒂的新作《空无玫瑰》。展柜顶部，四枚由计算机控制的微型投影仪安置在四个角，投射出的图像交织成一小片星光下的林间空地，若隐若现的微尘在空气中浮动。空地中央，期待看到玫瑰的地方是三道由玫瑰色光线构成的动态线条。线条带着流畅优美的弧度向上伸展，随着视角的移动改换形态，仿佛一个沉思中的艺术家正对它们进行不断地擦除和重绘。与其说线条勾勒了玫瑰的姿态，不如说它们想要表达的是玫瑰的本质——脆弱、优美而短暂。莱拉绕着作品缓缓移动，欣赏着这场林间空地中的幻影之舞。

右上角的倒计时闪了一下。10：00。

莱拉叹了口气，依依不舍地离开谢蒂的展柜。她粗粗扫过展厅里的其他展品，然后从二号展厅出口直接前往最近的四号展厅。AI 艺术家奇客的新作《梵高的世界》正在那里展出。莱拉知道，奇客名义上是艺术家，实际上它的核心只是一套算法——提取所输入画作中的风格元素，并据此进行再创作。莱拉看过奇客的上一场展览——《莫奈的世界》。以《睡莲》系列画作为基础，奇客构造出了整个庭院的虚拟实境。尽管知道这一切只是运算的结果，但在游览时，莱拉仍被那惊人的色彩与丰富的笔触所震撼。不知道《梵高的世界》会是什么样子。会有大片大片随风舞动的向日葵花田吗？还是一场星夜下在波光粼粼的罗纳河畔的散步？

莱拉飘向四号展厅，她已经能看到展厅口泄漏出的橙色光线。

她的耳边传来一声哭声。

不！别是现在……

莱拉停了下来。哭声没有消失，反而越来越响了。

突然之间，种种情绪涌了上来。沮丧、委屈、厌倦……也许还有更多。我连这点时间都不能拥有吗？

右上角的倒计时还剩八分钟。

莱拉叹了口气，退出系统，摘下头盔。宽敞明亮的美术馆消失了，取而代之的是那间自己早已看厌的单元房。狭长的集装箱形房间，统一的米黄色墙纸和地毯。墙壁内部的循环过滤系统发出低沉的嗡嗡声。在昏暗的房间一角，多莉正躺在床上啜泣。

她站起身，走向她的女儿，预备着解决一切可能出现的问题。

就像任何一个母亲该做的那样。

* * *艾斯* * *

不知这一切是如何开始的，好像是从意识到有些不对劲的那一刻起，艾斯一行人就被困在这片沼泽之中了。

沼泽的黑暗比夜更深。它并非普通的阴影，而是浓厚得有如实体一般。在这一片凝滞的黑暗中，唯一的光源来自生命体，至于为什么只有生命体会在沼泽中发光，没人知道原因。格伦曾经管这种黑暗叫"地狱之雾"，不仅因为这里的景象使人联想起多雷笔下的地狱，还因为沼泽确实有如地狱一般严酷——这里的生物绝非善类，植物长满了荆棘和毒刺，动物则无一不是狡猾冷酷的猎手。它们不仅会循着人身上的光前来攻击，还似乎具有某种心灵感应的能力。有时候，越是害怕遇见它们，它们便越有可能现身。小队在刚进入沼泽时对这里的危险毫无意识，以致付出了惨重的代价，在那之后他们才知道要隐藏行踪，并尽量不去想，不去看。

艾斯走到岸上，等待靴子上的水沥干。作为小队的侦察员，艾斯似乎拥有一些特殊的技能。他知道如何观察那些怪物而不引起注意。关键是一种抽离，一种微妙的假装——就像用眼角轻轻地掠过某样事物，就像做梦时对自己说，那些可怕的东西不会伤着自己——如此就能切断那种不可见的联系。

他又瞄了一眼水面，暗中希望刚才只是自己看错了，但水面上迅速隆起又消逝的巨兽躯体再次证明了他的判断。

这条路行不通。他们不可能是湖怪的对手。

艾斯叹了口气。得把这个消息告诉考夫曼他们。他举起夜视仪，找到远处微弱的光亮——那是同伴们所在的据点。回到那里，还得走一段长长的、充满危险的路。

别去想，别去看，艾斯默念。只要不想，不看，他就是安全的。

他裹紧斗篷，向着据点而去。

2

莱拉牵着多莉的手，推开"益健"康复中心的玻璃大门。新风空调产生的冷气扑面而来，舒适而昂贵。

康复中心的入口大厅呈圆形，四周的展板上贴着孩子们的作品。多莉拉着她快步走到其中一块展板前，指着一幅画大喊：

"我的！"

雪白的铅画纸上，蜡笔印记歪歪扭扭地描画出一大一小两个人形，笔触粗糙。多莉五岁了，可是她的画仍像是两三岁小孩的信笔涂鸦。

但莱拉知道，多莉已经尽了最大的努力。

"多莉很棒。"莱拉蹲下身，吻了吻女儿的脸颊。

她们接着走过大厅和一条长廊。林女士正在教室门口迎接陆续到的孩子和家长。她们打了招呼。

"昨天我和皮特单独谈了谈，"林女士说，"我想他应该不会再那样了。"

"您费心了。"莱拉说。

皮特是福利小组的孩子之一——就是说，他是孤儿。康复中心并不会特意把福利小组的孩子和其他孩子分开，只不过每天下午，在其他孩子被接走后，值班人员会把福利小组的孩子聚在一起统一照看。这些费用都由与中心对接的公益基金会支付。前两天在活动时，皮特突然大发脾气，推倒了身边的几个孩子——包括多莉，幸好没人受伤。

莱拉仍有些担忧。她想叮嘱多莉尽量离皮特远些，但又觉得，当着林女士的面直接说似乎不太合适。最终，她只是跟多莉挥了挥手，看着她进了教室。

离开中心，莱拉走向广场对面的车站，搭上了去公司的班车——这年头，还需要所有员工跑到办公室工作的公司已经不多了。这些公司要不对保密性要求极高，要不就是老板没有远见或是没有钱升级云平台。很不幸，莱拉的公司属于后者。或许她应该趁早找好下家，免得到时和公司一起被淘汰。

她敲敲眼镜，习惯性地扫了眼自己的余额——令人忧虑。可惜忧虑不能当饭吃，而她早已学会更实际的策略。她戴上头枕，闭上眼睛，在短驳车轻快的嗡嗡声中迅速入睡，直到到站的提示音将她唤醒。

3

走进办公室时，有几个人已经开始工作。和莱拉一样，这些人都是虚拟设计师。他们戴着头盔和传感手套，在工位上自顾自地抬手，挥臂，缩放手指，指尖轻触着看不见的按钮，仿佛正对着某片隐形的大陆指点江山。这些动作被计算机化为数据，假以时日，它们将在网络空间中流向千千万万个对虚拟体验如饥似渴的消费者，变成他们在晚饭后尽情娱乐的幻象游乐场，或是一只爱吃电子骨头的掌中宠物狗。

莱拉启动自己的套件，登入工作平台。今天的任务是给某商场的促销活动布设场景。任务不难，但也远远谈不上令人愉快——不过是新时代的流水线工作而已。莱拉按部就班地选出需要的组件，稍加调整后拼合在一起，接着加上材质和灯光……进入渲染阶段时，莱拉摘下头盔，稍事休息。

"哟，王牌！"她的肩膀被拍了一下，"今天效率也很高嘛。"

莱拉转过身，看到邻桌的佑子那张充满活力的脸。长长的黑发垂在脸颊两侧，随着她头部的动作一晃一晃的。

"不努力干活，哪有饭吃。"莱拉伸着懒腰说。

佑子哈哈大笑。"要不要这么苦大仇深啊。"

"哼，像你这样的富家小姐是不会懂的。"

"是是是，你就好好努力吧。时间不多了，很快就连我们这样的工作也要被机器人代替了。"

"真的？"莱拉猛然坐直身体，"已经有相关的算法了？"

"……骗你的啦！"

真是个没心没肺的家伙！莱拉忍不住翻了个白眼。

"对了！"佑子说，"这周的聚会你来吗？"

莱拉摇摇头。

"是哦，你得照顾多莉。"佑子的声音轻了下去，好像感到抱歉似的。

一股微弱的愤怒感从莱拉心里掠过。她并不想要同情。

"不说这个，"佑子摆了摆手，像是要让莱拉高兴似的换了话题，"你的作品进行得怎么样？"

莱拉呼出一口气，感觉胸口某处松了下来。她知道佑子是真心实意地关心她。

"上一回的被拒了，现在在做新的。"她说。

莱拉说的并不是工作上的作品，而是……属于她自己的。内心深处，她并不满足于做一个流水工。她想要自己做出来的东西不仅仅是满足消费欲的工具，不仅仅是可以随便替代的廉价货。她想要它们独一无二，想要它们为了它们本身而存在，想要它们给人带来美和心灵的触动。

她想要成为一个艺术家。

这也是她去逛虚拟美术馆的原因。那么多个深夜，她徜徉在一件件作品中，默念着那些作者的名字，期望某天自己也会成为其中之一。

——只是一直没能如愿而已。

"我听说最近'尖端'公司出了种新技术，好像是能让人清醒地进入梦境。你要不要去试试？"佑子说，"虽然是用来娱乐的，但说不定能有灵感呢。"

莱拉抬了抬眉毛。她知道"尖端"。事实上，这家随着虚拟化浪潮而兴起的公司可谓无人不晓。城内大半的虚拟实境网吧都属于"尖端"。在来公司的路上，她就看到了不下十家他们的网吧，每一家都挂着醒目的蓝白色LOGO。

"谢啦，我会去查查看。"莱拉说。

4

深夜。

莱拉摘下头盔，向后靠在椅背上。她刚进行了一番搜索。"尖端"的这项新技术名为"超然梦境"，据称能让人在意识完全清醒的情况下在梦境中自由活动——奔跑、跳跃，甚至飞行。她看了讨论组里的一些帖子，有些人喜欢把梦境变成一场充满感官刺激的冒险；有些人则顺其自然，享受场景和情节的自然变幻；还有些人一次次地购买这一服务，只是为了能看上一眼思念的人。不过，讨论组里的共同观点是，超然梦境的体验远胜过最好的虚拟现实或增强现实设备。当然它的价格也贵得出奇——大约是她每月工资的三分之一。

莱拉转头，看向熟睡中的多莉。她扁扁的小鼻子正随着呼吸轻微翕动，一缕细软的鬈发从额头旁垂下。莱拉曾无数次想过，如果当时对筛查结果更谨慎一些，如果一切按照它应该成为的样子，她们现在的生活会是什么样。也许她就不用这么辛苦工作，也许她可以不时尝试些新奇的东西，也许格雷不会离开……

停，她对自己说。想那些有什么用？况且一个无法承担责任的人，还是走了的好。

她吐出一口气，甩掉在脑中盘旋的想法，甩掉那个"她本来能拥有的一切"的幻象。除了专注眼前的生活，她没有别的选择。她打定主意，价格堪比一个月房租的新奇玩意并不是她现在需要的东西。

* * * 艾斯 * * *

回到队伍藏身的山洞时，除了考夫曼和一名警戒的队员，剩下的人都在休息，长途跋涉与提心吊胆让他们个个疲惫不堪。艾斯没敢看他们，直接向考夫曼报告了侦察结果。出乎意料的是，当他说完后，没有人诅咒或抱怨，甚至连一声叹息都没有。艾斯心想，也许他们都已经麻木了。

最终考夫曼开口了。"你确定那是湖怪？"

"确定。"

"没有其他途径可以穿过那里？"

艾斯摇了摇头。

"知道了，你休息吧。今天我守夜。"考夫曼点起一支烟，陷入沉思。

艾斯琢磨着考夫曼的用词，不由感到一阵荒诞。说是守夜，其实这里根本没有白天黑夜之分，任何时刻都只是一片沉沉暗夜而已。

艾斯侧身躺下，看着考夫曼的背影。考夫曼会如何决定呢？大概是原路返回，寻找其他出口吧。虽然成功的希望渺茫——沼泽危机四伏，他们很可能在找到出路前就全军覆没——但这总比面对湖怪要好。

他的思绪飘向小队上次遇见湖怪的时候，那水面下如噩梦般浮起的庞大身躯和神出鬼没的利齿……他的挚友——格伦，就死于那场遭遇。明明在前一天，他们还约定走出沼泽后，所有人一起去看日出的。

——有着绚烂的朝霞，能映红水面的真正的日出。

说起来，格伦曾说过他对日出有印象。有次他们在值守时，格伦栩栩如生地描绘那无垠的天空以及明亮到无法直视的太阳。可在艾斯听来，那些图景无异于海市蜃楼。

"考夫曼？"艾斯低声说。

"什么？"

"你见过日出吗？"艾斯问。

考夫曼深深呼出一口烟气。

"没有。"他答道,"你也该忘了这回事。执着于幻梦只会让人更加痛苦。"

艾斯看着坐在那里静静抽烟的队长。这个人带领所有队员走到现在,没有他,他们根本撑不了这么久。

但在心底的某个角落,艾斯知道,自己恨他。

5

莱拉牵着多莉,沿广场外围走向康复中心。

广场中央正在进行什么宣传活动。莱拉对此类活动一向没什么兴趣,但一个熟悉的声音引起了她的注意。她转头看向展台。

是万达娜·谢蒂本人。

莱拉不由走过去。她才发现展台上方环绕着"尖端"LOGO的投影,以及超然梦境的眼球型标记。这是一场宣传会。

"是的,那种体验很神奇,"穿着红色长裙的谢蒂正在回答主持人的问题,"就好像你在做一个超级真实的梦,而你就是那个梦的主人。"

"它为你的艺术创作提供了灵感吗?"主持人问。他的个子很高,顶着一头褐色短发。

"没错,有几件作品的确是受了梦境的启发。"

"太棒了!不知各位是不是也对超然梦境跃跃欲试呢?"主持人向观众群里扫视。

"这位带着孩子的女士,您是否愿意上来跟我们聊聊?"

莱拉发现主持人正看着自己。她犹豫了一下,拉起多莉走上台。

"如何称呼您?"

"莱拉。这是我女儿多莉。"

"很高兴认识你们。我是超然梦境的项目负责人瑞德，这位是万达娜·谢蒂，我们的大艺术家。"

谢蒂朝莱拉笑了笑，棕色的眼睛看起来十分温和。

"我看过您的作品，"莱拉脱口而出，"最近的《空无玫瑰》，我也很喜欢。"

"喔，多谢！"谢蒂露出略微惊奇的神色，笑容也变得更为真诚。

"那么，莱拉，对于超然梦境你有什么想知道的？"主持人问。

莱拉想了想，转向谢蒂。

"刚才您说到，有些作品是受了'梦境'的启发。我想知道它是在哪些方面给予您灵感的？"

这不是一个泛泛的问题。谢蒂思考了一番。

"我想，是其中的感知吧。在'梦境'中，感知具有梦的魔力，远比日常的感知生动鲜明，与此同时，你又有足够的自知力去观察和细化那种感知，从中提取出精髓……而那正是创造艺术作品时需要的。"

瑞德此时插了进来。

"我猜你也是创意人士？"他问莱拉。

莱拉有些窘迫，本想否认。但她想到了自己正在创作的作品，想到了自己投给虚拟美术馆的那些稿件。

"算是吧。"她说。

"其实，我们今天的活动是要送出一张体验卡，"瑞德摊开手掌，一小片带有眼球形标记的透明卡片从中浮现，"恭喜，它是你的了。"

莱拉轻触那张卡片，看着它转移到自己手中。内置耳机里传出了新获得物品的提示信息。

她听到台下的人群发出一片羡慕的赞叹声。

6

这大概是莱拉头一次没有因为生病或是需要照看多莉而请假。

超然梦境的体验点位于城中商业区。送完多莉后，莱拉只搭了十分钟的短驳车就到了目的地。和"尖端"的那些虚拟实境网吧一样，超然梦境体验点的建筑外观同样采用蓝白色的未来风格，造型像是某种UFO。建筑上空，一些宣传投影正在循环播放。

莱拉再次核查了一下虚拟物品清单，然后跨进飞船舱门般的入口。

"67号，上周预约过。"莱拉在前台报出自己的信息。

"第一次来？"一个梳着莫西干头的工作人员热情地问。

莱拉点点头。

"请稍等。"工作人员读取了卡片，在面板上开始操作。莱拉则环顾周围——前台附近是铺了地毯的宽敞休息区，几个结伴而来的体验者正围坐在一起，七嘴八舌地讨论着方才结束的体验。一条长长的走廊连接着休息区尽头，拐向视线无法企及之处。室内纯白色的装修风格、线条柔和的墙体，以及显然经过静音处理的墙面和地板，都让莱拉联想起《2001太空漫游》中的发现一号。

"好了，请跟我来。"

莱拉跟着那人穿过休息区，进入长廊。尽管弧度并不明显，但莱拉还是能看出长廊呈环形，应该是正好绕了整个体验点一圈。走了一段后，他们拐入一条与长廊相交的通道，自此便进入了由一间间紧密排列而又互相独立的房间所构成的蜂巢般的内部区域。要不是有虚拟指示，她一定会在里面迷路的。

莫西干头在其中一扇门前停下。"您的房间到了。"他说，"需要我来做初次解说吗？"

莱拉摇摇头。"我看系统投影就行。"

"了解。如果有哪里不明白，可以用那边的面板呼叫前台。祝您拥有一次愉快的体验。"莫西干头露出一个明亮的商业笑容，转身离开。

走廊重归安静。一扇扇瓷白色的门扉向着远处延伸，像一条沉睡中的长龙。莱拉轻抚着自己的房门，沉思了一会儿，然后用卡片轻触感应区。

门安静地滑向一旁。铺着浅灰色地毯的房间中央摆着光滑的白色体验舱。舱壁上的流线型线条缓慢地闪着蓝光，显示它正处于待机状态。房间的另一端是沙发和饮料柜台，还有一扇小门，通往盥洗室。

她意识到，这是难得的、完全属于自己的时间，不用考虑生计问题，不用考虑多莉——但接着她马上为这种轻松感自责起来。

她走到饮料柜台，倒了一杯"锐必思"一饮而尽。杯子冰凉的触感让她稳定下来。别想太多，她对自己说，权当是给自己放个假。

她又倒了一杯，然后走到沙发旁坐下，开始观看说明投影。

"比梦境更神奇，比现实更真切。愿我们的努力，能让您获得此生难忘的珍贵体验。"伴随炫酷的片头，中性化女声愉快地报出了欢迎词。系统核查了莱拉的信息，在片头结束后直接转到了针对初次体验者的说明界面。

"人类对清明梦这一现象的正式记录始于一百多年前。从医学中心和神经科学实验室的研究团队，到西藏的瑜伽修行者，人们对清明梦的发生机理进行过形形色色的探索。而现在，"尖端"公司在前人的基础上开发出了独特的跨颅共振唤醒技术（TRA），在人体进入快速眼动睡眠时将其唤醒至清明梦状态，其成功率达到99.98%，高效并且安全。如今已有超过十万人体验过超然梦境的神奇。"

接下来是一段若干人对使用体验的描述集锦。

随后是体验舱的具体使用步骤。莱拉仔细地看完了那个部分。

终于，投影结束了。光线以漂亮的动态消隐效果化为一个蓝色光环，在体验舱周围的地面上微微闪烁。

莱拉将杯子摆到一旁，起身走向体验舱，躺了进去。软硬适中的记忆材料舒适地支撑住她的身体，她不由自主地发出一声叹息。舱盖慢慢合上，周围弥漫着温和的白光，有某种类似海绵材质的东西轻轻覆上她的额头。

"是否立即开始体验？"显示屏打出一行字。

莱拉注视着底下的确定选项。白光渐暗，舱内出现了一股淡淡的薰衣草的味道。

她打了个哈欠，睡意笼罩了她。

7

进入梦境后，莱拉的第一个感觉是恐慌。

巨大的、毫无来由的恐慌。

她正站在一条街道上，街道和周围的建筑内都空无一人。什么也没发生，但恐慌持续存在，就像下一刻会出现什么可怕的灾难——建筑会轰然倒塌，地面会裂开大口将她吞没，藏在角落的魔鬼会突然前来猎杀她。她狂乱地扫视四周，想弄清这究竟是怎么回事，但没用。恐慌压倒了她。

醒来，快醒来！莱拉无声呐喊。她甚至尝试用力睁大双眼，但她仍然被困在梦中。接着她想起了说明投影中提到的紧急求助方法。

她将眼球往左移动三次，往右移动三次，再往左移动三次。

"SOS。"

做梦时，眼球是人唯一能由意识控制的器官。这成为体验者向真实世界传递信息的途径。

莱拉耳畔传来轻柔的声音。

"您可能觉得有些不安。通常情况下，这种不安感是短暂的。您可以尝试四处走动，通过切换环境来慢慢减轻这种感觉，直到它消失。如果您没有感觉好转，可以再次发送信息，系统将执行苏醒程序。"

莱拉做了个深呼吸，觉得稍稍平静了下来。她决定按系统的指示去做。

她往前走了一些，拐过一个街角。然后再一个。如同移步换景，每一次拐弯都把她更远地带离先前的场所。建筑逐渐消失，平整的柏油路面则被草地取代。她在小径上拐过又一个弯，发现两侧出现了从未见过的高大树木——形态像是水杉，但比现实中的水杉还要高得多，抬头仰视，才能勉强望到环绕着云雾的顶部。青翠的针状树叶泛着湿润的光泽，而树皮微微带一点紫色。随着莱拉继续前行，树林变密了，最后几乎成为一座森林。当她停下步伐，感受脚下苔藓的松软时，她发现恐慌消失了。

莱拉突然意识到：现在的她是自由的。

她忆起了以往梦中曾有过的飞行，于是稍稍踮起脚，把自己推离地面。枝桠在身侧下降，森林以更广阔的面貌展现在眼前。她体会了一会儿这让人忍不住微笑的浮空感，然后选了个方向，飞向层层叠叠的绿色。

她上升，下潜，灵巧地转弯。形态各异的针叶和细枝迎面而来，带来风一般的触感，而她在通道般的间隙中穿行。她从未在梦中自由地飞行这么久——以往总是很快就醒了。而现在，梦的乐趣几乎无穷尽，并因为梦中特有的清晰感知而得到了增强。那些树不仅在视觉上现身，似乎还在某个超越表象的层面上和她联结在一起。只要集中注意力，她就能看到每一根针叶的独特轮廓以及上面细致的纹路和光影，同时也能感知到它们强烈而真切的存在。

原来这就是谢蒂所说的意思，莱拉想。

她放慢速度，开始寻找森林的出口。她已经获得了足够的乐趣，是时候办正事了。

左前方传来汩汩的水声。她循声而行，发现一条小溪出现在树根和苔石之间。溪水化为河流，变得愈发平静而宽广。在她两侧，树木被水面分开，向后退去。下一秒，河水笔直坠下。莱拉发现自己正悬浮于一道优美的瀑布上方。水流闪着微光，如缎子一般安静地没入底部的河滩，只发出了轻柔的、有如呼吸一般的声音。在与瀑布相对的天空中，悬着两颗巨大而奇异的星体。它们投下的光既不属于白昼，也不属于黑夜，而是让整个空间处于某种永恒的黄昏之中。温和的光洒向河滩以及两侧的草原，洒向与一直流往远方的河滩相连的地平线尽头。

也许这里能找到她想要的东西。

她小心地降低高度，让失重感保持在可控范围内，直到贴近水面。水体清澈得难以置信——她能看见河底的卵石，它们以看似随机却又具有某种隐秘的秩序感的方式散布，每颗卵石都具有独一无二的奇妙纹路。当她凝神观看时，那些纹路似乎在随着她的视线伸展，每一刻都变得愈加复杂精美。她潜入水中，仔细观察眼中所见——宝石般的卵石，河底金黄色的细沙，还有水中微小的气泡。她捕捉着那些微妙的感觉——并不仅仅是事物本身，而是它们在她的感知中留下印记的方式——卵石上的纹路是如何不可捉摸地变化生长，水中的气泡是如何轻轻颤动着升腾起来。她一边留意梦境的变化，一边捕捉着，同时并不确定她最终想捕捉的东西会以何种方式成形。她浮出水面，转头瞥了一眼周围，这时她见到了——

玻璃般透明的河水两侧，草原正在随风舞动。不是一根、十根，而是千百根、千万根的细草正在一起舞动。之前她降下瀑布时并未仔细观察那片草原，此刻，从身处其中的视角，她看见那些草悠扬地伸向天空，比之前俯视时看到的更高，几乎有她身高那么高。它们以奇妙而舒缓的节律舞动着，如此缓慢，像是生长在水中而不是空气里。

莱拉凝视着它们，被那种奇妙的节律所俘获。她在脑中回想着能描述这种动态的运动公式，但很快，感知占据了全部的注意力。缓慢舞动的细草让她丧失了时间感，仿佛它们从来都是如此存在，从太古，一直到宇宙的终结。

赶在苏醒前，莱拉努力记住了这种感觉。

8

莱拉正在创作的作品是一段固定视点的虚拟实境循环视频，名为《跋涉》。画面的背景是一望无际的沙漠，数十个旅人背向观者，分立在画面不同位置，结伴、或独自朝着地平线的方向前进。大致上，莱拉想表达的是一种困顿感——没有目标，也没有归处，却不得不始终前行，永久地忍受这场迷失。然而，她始终没有想好该如何表现那种疲惫而永无休止的感觉。她试过加上漫天飞舞的黄沙，或是在旅人的步伐里添上踉跄或蹒跚的动作，但它们让作品变得刻意而轻浮。

现在莱拉有了她需要的灵感。

她选择用风来体现阻力。无形无色的风，但是会在旅人的身侧拖下长长的痕迹。莱拉将那些痕迹设计成近乎透明、尾端逐渐消隐的白色细线。它们以梦中草原的节律摆动，缓慢而悠扬，旅人的脚步也被设计成了慢而稳定的样子，每一步都留下一个脚印，再一点点消逝在风沙之中。风的痕迹和旅人的行走以那种深沉的节律统一在一起，配合背景中的风声，共同构筑出无止境的轮回之感。

　　莱拉把这件作品投给了美术馆。两周后，她接到了过稿通知。

9

　　自从多莉出生后，莱拉就没怎么实地去过美术馆。

　　浮游眼的确已足够清晰，但真正来到美术馆，感觉还是要好得多——多亏了那张随过稿信附赠的门票。大理石地面的坚硬和稳定、某个擦肩而过的人的外套在手肘留下的触感、新风系统输出的干净而微带生涩感的空气……这些微妙的体验仍然无法被计算机复制。

　　不过最大的差别是，莱拉可以放缓脚步，不用再考虑时间限制了。

　　此刻，她正站在专门展出虚拟实境作品的五号展厅。看到自己的作品名字被列在新作列表里，莱拉还是觉得有点不敢置信。

　　"没记错的话，你是莱拉？"

　　莱拉转身，看到一个高高的、有着褐色短发的男子。她在记忆里搜寻了一会儿。

　　"瑞德？"

　　"果然没认错。"瑞德温和地笑笑，比在台上主持时看起来更腼腆。"作品很不错，恭喜你。"他说。

　　莱拉觉得脸微微有些发烫。"运气好罢了。"

　　"你可以不用这么谦虚的。"

　　"是真的。多亏超然梦境让我找到了灵感。"

　　"这样啊，那真是太好了。"瑞德说，"喝咖啡吗？我请你。"

　　他们去了餐饮区的一家咖啡店，在靠窗的位子坐下。窗外是铺着塑木地板的露天阳台，一半位于阳光下，一半被屋顶的阴影覆盖。一排悬挂式花盆沿着阳台栏杆排开，里面种满了各种颜色的酢浆草。

机器人侍者为他们斟上了咖啡。

"我很高兴那天是你拿到了体验券，"瑞德说，"比起享乐，我更希望超然梦境被用于艺术创作。"

多么奇怪啊，就好像瑞德真的认为她是一个艺术家。莱拉盯着杯子里自己的倒影，或许她现在的确是了？

"第一次体验的感觉如何？"瑞德问。

"比想象的更棒。"莱拉说。她描述了赋予她灵感的那段梦境，而瑞德带着笃定的笑容静静听着，这时他又显出了那天主持活动时的自信。莱拉不由想到，如果说《跋涉》是她的作品，那超然梦境就是瑞德的作品了。

"我很好奇，它是怎么制造出那么稳定的清明梦的？"莱拉问，"我自己也做过清明梦，但只是偶尔，而且很快就醒了。"

"哦，维持睡着的状态倒不难，助眠香薰会让你停留在那个阶段，难点在于将体验者从快速眼动睡眠唤醒到清明梦里。你知道跨颅共振唤醒技术吗？"

"说明投影里提到过，但我还不太清楚原理。"莱拉说。

"简单地说，就是对大脑的特定部位施以刺激，将脑波从睡眠时通常会出现的 θ 波或 δ 波调整到清明梦时的 γ 波。以前也有团队做过相关实验，用的是低频电击的方法，还有人尝试对做梦的人播放语音，或是用有色光点短暂地照射眼睛，但成功率都不高。而我们的方法是通过情绪。"

"情绪？"

"嗯。和其他方法比起来，用情绪作为刺激源，强度正好能起到作用，又不会突兀到打断梦境。"瑞德笑了笑说，"当然，我说的只是泛泛的原理，再往下就是商业机密了。"

"你说的情绪……是不是不安？"

瑞德沉默了两秒。

"为什么这么问？"

莱拉描述了她刚进入清明梦时的感觉。

瑞德若有所思地搅动着咖啡。"不，那并不是我们使用的情绪。那种不安只是少数人初次进入清明梦时不适应的结果。况且刺激控制在极短的时间内，在体验者还没有意识到之前就已结束，并不会造成什么强烈的情感反应。"

"这样……"

"也许你只是不太适应。你可以再试一次，说不定下次那种恐慌感就会消失了。"瑞德停顿了一下说，"你会继续使用超然梦境的，对吗？"

"或许吧。"莱拉有些犹豫。但她并不是在担心那股恐慌，而是担心自己的荷包。没有赠券，享受这样的服务对她来说太过奢侈了。

但瑞德对此一无所知。

"我希望你继续使用它，然后继续创作。"他漂亮的灰蓝色眼睛热切地看着莱拉，"你的作品很特别。"

这句夸奖在莱拉头脑里盘旋，即便在他们聊到其他话题时仍然如此，直到耳机里突然响起的铃声打断了她的遐思。

是林女士。莱拉轻敲镜片，听完了那段语音。

"怎么了？"瑞德问。

莱拉犹豫了一下。接着，她为自己犹豫了一下而感到震惊。

她一口饮尽剩下的咖啡。

"真抱歉，我得走了。"

10

装载了卡通壁纸插件的病房里，莱拉靠在躺椅上，内心担忧，却仍保持着平静和耐心。在她身边，多莉躺在床上静静睡着，药剂顺着输液管一滴一滴地进入她的手臂。

莱拉已经记不清这是第几次来到这家医院了。像多莉这样的孩子，天生体质更弱，经常跑医院是免不了的。对此她们两个都已经习以为常。

莱拉叹了口气，将心思从多莉移到另一个重要主题上：生计。她查了一下自己的账户余额，发现被美术馆收录的作品为她带来了额外的收入。随着浏览量的增加，这笔收入还在持续增长。也许瑞德的建议是对的——如果超然梦境能够持续不断地给她灵感，继而让她创作出更多够格的作品，那么良性循环就能持续下去。说不定某一天，她的生活也会因此而改变……

病床上的多莉轻轻咳嗽起来。莱拉俯身摸了摸她的额头——还好，烧已经退了。

莱拉把床调高了些，准备让多莉吃点东西。

"皮特，怕怕。"手捧果泥袋的多莉突然开口。

"皮特？"莱拉问。

"皮特，怕怕。"多莉重复道。

"是他又欺负你了吗？"

多莉不说话，脸色忧愁。

莱拉抚摸着多莉前额的鬓发，"别怕，下次我会和林女士再谈谈。"

一周后，莱拉送多莉回到康复中心。她试探着向林女士问起皮特的情况，结果后者只是扬了扬眉毛，并保证皮特现在"表现很乖"。

"别担心，福利小组的孩子会得到更多照料和看管，"林女士说，"他们甚至还有特别优待呢。"

"特别优待？"

"也是由基金会支持的。比如去博物馆、游乐园之类，甚至还去了超然梦境，你听说过那个吧？"

莱拉点点头。这笔开销可不小。

林女士突然轻轻地叹息了一声。"你看。"她朝教室里指了指。

多莉和皮特正坐在手工桌前玩着积木。两个孩子肩并着肩，头凑在一起，不时互相说着悄悄话，显得很亲密。

＊＊＊艾斯＊＊＊

休整过后，所有成员围坐在山洞里。艾斯旁边坐着考夫曼，他正面向火堆沉思着。

艾斯不知道他还在犹豫什么。他们唯有原路退回，然后找另一条能走出沼泽的路。艾斯知道这个事实很难接受，并且成功的希望渺茫——沼泽危机四伏，他们很可能在找到出路前就全军覆没——但背水一战总好过坐以待毙。如果要这么做，那么越早行动越好，因为他们的补给是有限的。

考夫曼依然沉默不语，艾斯则皱了皱眉。平心而论，考夫曼是个称职的队长，但艾斯总觉得他的性格不够果敢。还有那次，如果他能再谨慎一点，也许格伦……

考夫曼似乎终于下了决心。"我们清点一下物资。"

队员们围了过来，把东西堆放在洞穴中央。一边是口粮和补给，另一边是武器：三支自动步枪、三支轻型冲锋枪、两支狙击步枪，还有几颗手雷。考夫曼挑出了一支狙击步枪背在自己身上，又示意艾斯背上另一支。

"你们负责牵制，我和艾斯找机会攻击它的弱点。"考夫曼边说边将一颗手雷挂上腰带。

艾斯愣了一会儿才反应过来。

"等等……你是说我们要去攻击湖怪？"

考夫曼平静地看了艾斯一眼。"拼死一搏总比坐以待毙好。"

艾斯一时语塞。考夫曼说的正是他之前的想法。

"可我们的装备不足以对付那样强大的怪物啊……"

"相信我，我们并非毫无机会。或者你有更好的计划？"

"也许另找出路会更保险一些……"

考夫曼沉默了一会儿。接着，他掏出地图，平展在地面上。

"艾斯，你看，该试的路都已经试过了。只有穿过那片湖，我们才有可能找到出口。"

地图上密密麻麻的标记仿佛在宣告考夫曼的正确。艾斯的手微微颤抖起来。

"说不定还有我们漏掉的地方？说不定还有之前没发现的路？"

考夫曼摇摇头。

"艾斯，"他说，"我们每个人，迟早都要面对自己的恐惧，没人可以例外。"

11

等了半个月，莱拉终于又来到了超然梦境体验点。《跋涉》已经拥有了足够的浏览量，让她可以不那么有罪恶感地再购买一次体验。

第二次的入睡过程比第一次更快。当莱拉在梦中醒来时，她正站在一个空无一物的水泥房间里。

恐慌感仍然存在，仿佛四处盘旋的幽灵。但莱拉做了个深呼吸，让自己忽略这种感觉。过了一会儿，恐慌退去了。

房间的其中一面墙上有窗，窗户关着，边框上积着灰尘，看起来脏兮兮的。黯淡的白光从窗口透进来，在铁灰色的水泥地面上形成一片昏暗而模糊的反光。

莱拉走近窗口，朝外看去，但除了一片白色什么也看不到。

窗户像是被浓雾封住了一般。

她转身打量房间另一头。角落有扇刷了米黄色油漆的木门。她走过去打开它。

外面是楼梯间。同样的水泥地面，简陋的铁质栏杆沿着楼梯边缘向上方和下方延伸。楼梯转角处也镶了窗户，同样是白茫茫的。楼道里回响着一种不知从哪里传来的嗡嗡声，除此之外就是一片寂静。整座楼里好像没有其他人。

真是一座无趣的大楼啊。虽然还没想好要让梦境往什么方向发展，但莱拉决定先离开这里。

她逐级而下，十步，转弯，再十步。眼前的楼层和刚才的没什么区别，只是这层房间的木门看起来更旧，上面多了些斑驳的划痕。莱拉没费什么神去研究，只是继续往下。

十步，转弯，再十步。还是相似的楼层。再下一层，仍是同样的景象。莱拉加快了脚步，一层层往下，铁质栏杆和一扇扇相似的木门向上退去。记不清经过了多少楼层，莱拉突然觉得有些不对劲——到底要多久才能到底楼？她靠向栏杆扶手，从空隙处朝下望，只见楼梯与楼梯构成了一个深不见底的盘旋，一直通向光线隐没的黑暗处。

莱拉感到一阵晕眩。她转头朝上面看，楼梯高不见顶。她彻底丧失了空间中的位置感。

她闭上眼，深呼吸，然后再睁开——楼梯没有变化。她突然意识到自己逃不出这里了，之前消逝的恐慌又开始蠢蠢欲动……

没事，她告诉自己。如果有必要，她随时可以让系统执行唤醒程序，只不过再次进入梦境会浪费一点时间。在那之前，她还是能继续探索的。

莱拉打定了主意。她继续往下，在经过转角、看到下一层楼之前，都下意识地尝试改变眼前的梦境。渐渐地，大楼发生了变化，原来的十级台阶变成了八级，有时是十二级。有时某层楼有两间房间，有时是三间。有时楼梯变成了波浪形，有时楼梯消失了，取而代之的是绳索桥或是竹梯。有时木门变成了覆着青苔的石头门，上面刻着神秘难解的符号。莱拉在层层楼道间穿梭，虽然并不觉得腿酸，但渐渐开始气喘吁吁。她努力克制住不安，对梦境维持某种基本的控制，不让它转变成一个噩梦。

又一层楼。莱拉决定试试其他路径。她打开这一层的房门——一扇卷帘门，里面的房间铺着地毯，墙壁却霉了一大块。房间另一头还有扇门，她快步走过去打开——

又是一个楼梯。楼梯连着房间，房间连着楼梯。很快，房间本身也开始变化。有时候变成一个塞满了用途不明的杂货的仓库，有时是一节火车车厢，还有次竟然是个泳池。而楼梯的形态变得更加诡异莫测，它们开始分叉、转向，或是以一种让人搞不清是向上还是向下的角度伸展。有时它们会在半空中突然截断，有时则消失在一堵墙壁前，仿佛是建筑师开的恶毒玩笑。然而，无论楼梯和房间如何变化，莱拉都能认出它们都是大楼的一部分。她仍然处在大楼内部。

这样的梦能让她获得什么灵感呢？除了这些旋风般划过的场景碎片，除了内心的惶惑不安……她跑下楼梯，打开房门，跃过台阶之间的缺口。铁质栏杆随着万花筒般折叠扩展的楼梯一直伸向迷宫的无穷远处……

直到系统在时间截止后将莱拉唤醒，那些楼梯和房间仍然在她脑海里盘旋不休。舱室内的白光仿佛来自异世，莱拉茫然地睁着眼睛，花了很久才意识到自己在哪里。

舱盖打开了。莱拉疲惫地起身跨出舱室，坐到沙发上。她回顾着刚才的梦境，但想到的只是些毫无意义的零散场景，从中既找不到具有美感的画面，也找不到能加以拓展或嫁接的灵感。难道这一趟体验完全白费了？

不。无论如何，她获得了真实的体验——那种困惑、不安，以及隐隐的恐惧，它们的真实性毋庸置疑。如果以此为基础……

莱拉突然醒悟过来。她并不需要提炼出某个特定的细节。在这个梦中，传达体验的并非细节，而是整个梦境。它本身就是一个完整的作品。

莱拉舒了口气，走出房间。她在通道和走廊的交叉口停了一会儿，在心中勾画作品的草稿。

长长的弧形走廊另一端，一个穿着工作服的男人正领着一群孩子走向休息区。经过莱拉面前时，莱拉突然发现其中一个孩子很眼熟。

是皮特。她刚觉得奇怪，但很快就想起了林女士的话。她看着福利小组的孩子们安静地走过去，脸上都带着惊异的神情，大概是还沉浸在之前的体验里。

莱拉目送他们走远，好奇他们刚才做了什么样的梦。

耳机突然响起了提示音。一行留言冒了出来：

"有灵感了吗？:-）瑞德。"

莱拉回了个比大拇指的表情。

12

这场梦境最终变成了一个名为《OUT》的虚拟现实交互作品。梦中大楼的结构和外观几乎被完整地复制下来，只在色调上做了点处理，以在虚拟现实中获得更好的显示效果。作品采用第一人称视角，观众可以选择用体感信息或者手柄来控制移动的方向和速度。莱拉做了一些楼梯和房间的基本模型，并用随机函数改变它们的形态。当然，她也没忘记加入诸如绳索桥和泳池之类的离奇部件。当她戴上头盔测试时，那些不断生成的诡异场景成功唤醒了梦里的困惑和不安。

这件作品同样被美术馆收录了。除了过稿信，莱拉还收到一封瑞德的邀约。

"恭喜再次过稿。庆祝一下？周日我请你吃晚餐。"

"抱歉啊，可是我要照顾多莉。"

"没事，你可以带她一起来。"

13

周日，晚七点。

在鳞次栉比的城市建筑群的灯火和投影之间，夜幕大楼默然耸立，其黑水晶般的表面沉稳地占据着五光十色的夜景一角，仿佛喧闹世界中的隐者。

莱拉牵着多莉，乘上通往顶层餐厅的电梯。她打量着铮亮如镜的电梯门中映照出的自己的身影——精心盘起的一头金发，还有剪裁得恰到好处的蓝色礼服。遮瑕霜抹去了黑眼圈和细小的皱纹，让她看起来年轻了好几岁。自己有多久没有收到过这样的邀约了？

顶楼到了。进入餐厅时，瑞德已经在一个靠窗的位子上等待。他起身为她们拉开椅子，随后注视着莱拉的眼睛，称赞她今晚漂亮极了。莱拉再次觉得脸颊有些发烫。

落座时，莱拉很快就发现了窗外景致的不同。

"很美，不是吗？"瑞德轻声说。

原本遍布于大地上的斑斓投影消失了，只剩下星星点点的照明街灯，以及月亮在江面上投下的亮黄色倒影。城市的夜晚从未显得如此静谧。这样的景象，莱拉只在一些老电影里见过。

"这是……如何做到的？"

"用一种专门针对虚拟投影的光波过滤涂料。外墙玻璃的每一平方米都用它做过处理。很有意思，不是吗……当人们在追求更丰富、更强烈的感官刺激时，有人却另辟蹊径，创造了新的体验。这就是艺术和非艺术的区别。"

莱拉思索着他的话，莫名觉得有些惭愧。在艺术上，瑞德似乎比身为创作者的自己更敏锐。

"抱歉，扯远了。今天的主角应该是你。"瑞德举起杯子，"为了艺术界的明日之星。"

这真是太抬举她了，莱拉想。

"为妈妈。"多莉也努力举起了自己的果汁。

他们三人碰了碰杯子，这一时刻几乎有些温馨。白葡萄酒酸甜适中，带着微微的果香，入口很是清爽。莱拉不知道那是什么牌子，只觉得很好喝。

"不知道什么时候能见到你的下一个作品？"瑞德问。

"饶了我吧，"莱拉说，"我连想法都还没找到。"

"那你的粉丝可有得等了。"

"粉丝？"

瑞德把屏幕共享过来——都是一些关于莱拉作品的帖子。莱拉大略看了标题列表，有感想和讨论，也有单纯的"期待新作"这样的纯标题。

"天，我都不知道我有自己的讨论组。"莱拉浏览着小组说明，标签栏挂着"虚拟现实艺术""新人艺术家"，还有……"致郁系"。

"看到自己的讨论组是什么感觉？"瑞德问。

"有点复杂，尤其是标签……"

瑞德笑起来。

"别在意，本来艺术的目的就不是为了让人开心。"他说。

"其实到现在，我都还不确定自己算不算艺术家。"

瑞德放下刀叉。"莱拉，你要相信自己，"他说，"超然梦境就是为你这样的人而存在的。"

"为我？"

"准确地说，是像你一样有志于艺术创作的人。"瑞德说。

"可我以为它是用来娱乐的，就像"尖端"之前的那些产品一样。"

"对外是这么宣传，公司也只是把它当成新一代的主打产品。但我是抱着另外的想法才开发它的。我希望它能成为艺术的催化剂。"

莱拉觉得头有些晕，不知是因为酒还是因为瑞德的话。

"你应该有很深的体会，"瑞德继续说，"在清明梦状态下，一切感知和内心波动都被加强，而这是创作的绝佳条件。虽然大多数人会用它来娱乐，但我知道，一定会有人发现它的真正用途，由此会诞生更多、更好的艺术作品。事实也的确如此。"

如此级别的产品，初衷竟然是为了艺术，让人难以置信……但再一想，莱拉又觉得似乎挺合理。她端详着面前的男人——他对艺术的追求一定很执着吧。

只是这种追求方式有些复杂。

"既然你这么看重艺术，"莱拉斟酌着词句，"你有没有试过自己创作？"

"我不是那块料。"瑞德耸耸肩。

"这样……真可惜，我以为凭你的技术和对艺术的追求，会创作出——"

"那不是真正的艺术。"瑞德断然道。他沉默了几秒，换上更缓和的语气，"技术只是辅助，和艺术创作完全是两码事。然而人们在这一方面却迟钝得可怕。你知道他们现在是怎么做艺术的？"

莱拉摇摇头，等着他说下去。

"不是靠蛮力就是靠小聪明。你知道仿真派吧？"

莱拉回想了一下。她看过一些仿真派作品的介绍。这些作品的共同特点是，用奢侈到浪费的计算资源达到以假乱真的效果。

和同类虚拟作品相比，仿真派作品不仅在分辨率和采样率上榨取着当前硬件能力的极限，其套件中通常还包括了提供额外体验的配件，比如能模拟物理接触的压力服，或是用来模拟气味的空气分子打印机。因为这类作品所需的运算量实在太大，所以它们通常以简短的微动态循环片段的形式出现——涛声阵阵的海滩，微风吹拂的山林，带有禅意的日式庭院之类。据说这些作品在上流阶层之间很流行。

"的确……比起艺术，更像是用来消遣或装饰吧。"莱拉说。

"不只是他们。你有没有听说过'变分狂徒'？"

"好像有点印象。"莱拉记得那是个专门创作黑白摄影的流派，但她不怎么关注摄影领域，所以对他们了解不多。

"他们购买了大量的浮游眼，二十四小时随机拍摄照片，然后对样本进行训练——用的是一套二十几年前的人工神经网络算法。"瑞德撇撇嘴，"比仿真派聪明一点，但仍旧不是艺术。"

莱拉第一次听说这种创作方式。就个人而言，她觉得这样的流派还挺有趣的。但她没有说出来。

"当然，还有最近名声大噪的奇客。"瑞德说。

"嗯，这我看过。"

"你觉得怎么样？"

莱拉回想着自己在看《莫奈的世界》时受到的触动。

"还好吧……"她言不由衷地说。

"还好？莱拉，你太宽容了。那只是过拟合的失败品而已。就原理上来说，并不比 20 世纪的自动写诗机高明多少。"

"嗯……"

"莱拉，"瑞德看着她，"那些都只是投机取巧的东西，别被它们迷惑了。你和他们是不同的，你要创作的是真正的艺术。"

14

回程的自动驾驶出租车上，莱拉枕着座位靠枕，望向窗外。城市的灯光在车窗上留下一道道光晕，在醉意中变得模糊。自己真的够格做一名艺术家吗？瑞德似乎很有信心。然而，为什么自己看不出失败品和真正的艺术之间的区别？想不明白。莱拉太阳穴附近开始一跳一跳地痛起来。

到家已是半个小时后。当莱拉回到她们自己的房间时，只觉得它看起来愈发狭小无趣了。她叹口气，换下衣服，准备给多莉洗澡。然而不知道怎么回事，多莉像是在故意和她闹别扭，不是乱踢乱动就是把水溅到她身上。

莱拉克制住火气，帮她洗完了澡。但吹头发时，多莉又不肯安安静静地坐在椅子上。

"好好坐着！"莱拉用警告的语气说。

多莉噘着嘴，转过头去不看她。

这孩子到底在发什么脾气？刚才一路在出租车上也很安静，而以前在乘车时她是很喜欢说话的。

莱拉做了个深呼吸。

"多莉，怎么了？"她问。

"讨厌瑞德。"多莉看着墙壁说。

莱拉愣了一下。

"说什么傻话？要和瑞德好好相处。"

"不要！"

"多莉，我希望你明白，"莱拉尽量耐心，"瑞德对我很重要。"

"讨厌瑞德！"

莱拉感到太阳穴附近的血管突突跳动，仿佛有一柄锤子在对她进行钝击。她想告诉多莉，是瑞德让她看到了新的世界，看到一种她们也许能过上新生活的希望。但是，她又怎么能指望多莉会明白？

多莉坐在椅子上，头发已经吹干，但仍旧瞪着墙壁，故意不看她。莱拉放弃了。她关掉吹风机，叫多莉去睡觉。

"就不！"多莉大声说。

"别那么任性！"莱拉说着，想直接把多莉抱到床上去，但多莉突然起身躲开了她。仓促间，虚拟头盔的支撑架被碰倒了。头盔掉在地上，发出了不祥的碎裂声。

莱拉倒抽了一口气，她走上前把头盔捡起来。屏幕上裂了条缝，而头盔上个月刚过保修期。

一股隐忍已久的怒气从心头升起。莱拉转身冲多莉扬起手。

多莉看着她，眼睛睁得大大的，脸上血色尽失。

莱拉愣了几秒，突然意识到了自己在做什么。

她喘着气，停了一会儿，然后冲进盥洗室呕吐起来。那些精致的食物和美酒在她胃里一点儿也没留下。

她伸手点击冲水按钮，水流带走了秽物，但盥洗室里仍然留着半消化物和酒精的难闻味道。莱拉倚着墙壁缓缓坐下，捂住脸庞。她怎么可以去责怪多莉？多莉什么也没做错，错的是她。她没能找到更好的工作，所以她们只能住这么狭小的房间。她以为自己可以成为艺术家，却连什么是真正的艺术都分不清。她把自己的意愿强加在孩子身上，甚至拿她出气……而在这些之前，在所有这些开始之前，是她的疏忽让多莉不得不和她一起承担痛苦。

再也无法视而不见了——那个她虽然努力逃避、却一直紧紧追着她不放的事实：她根本不是个好母亲。

莱拉捂住脸，轻声呜咽起来。

盥洗室外传来塑胶拖鞋的声音。

"妈妈？"

莱拉没有回应。

多莉走近她。

"妈妈，怕怕。"她说。

莱拉的眼泪涌了出来。

"对不起……对不起……"

"不是。"多莉抓住莱拉的左手，把它从莱拉面前移开。"妈妈，怕怕。"她指了指莱拉。

莱拉抬起头，看着多莉。慢慢地，她明白过来了。

多莉说的害怕，并不是指自己。

＊＊＊艾斯＊＊＊

无边无际的黑暗笼罩在沼泽上空，沉重，寂静，宛如梦的深渊。由艾斯领路，小队的一行人无声无息地行进着。艾斯回头看了一下身后的同伴，他们嘴唇紧抿，脸色苍白，艾斯不知道他们是否也像考夫曼一样有信心。

"就是这里了。"艾斯在岸边停下。近处的水面在他们自身散发的微光下反射着石墨般的色泽，更远处则是一片漆黑。艾斯不由睁大双眼，竭力朝着黑暗深处望去。在那之后，会是光明吗？他仿佛看到了一圈淡淡的亮光，起初只是一团模糊的光晕，但它越来越亮，越来越清晰，像是正朝着他们这里驶来。艾斯很快意识到了那是什么。

没有多余的停顿，训练有素的小队迅速沿岸分散。下一秒，怪兽巨大的身躯已经探出水面，被顶起的湖水顺着坚硬的鳞片倾泻而下，在湖面上溅起一阵瀑布。负责牵制的队员们开始了攻击。艾斯半蹲在一块石头后面，端着枪屏息瞄准，试图找出湖怪的弱点，但他发现这太困难了。子弹难以穿透的坚固鳞甲覆盖了湖怪全身，只在眼睛处留出了微小的空隙，巨兽的行动又极为迅速，难以瞄准，更别提对它造成致命的伤害。

不行，艾斯意识到，这样坚持不了多久的！他的额头覆上了一层冷汗，扣着扳机的手指变得生涩无比。正在此时，湖怪突然伸长头颈，猛地袭向岸上。艾斯只看到两排密集的利齿一闪，一名猝不及防的队员已经被拖入水中。艾斯眼看着水面上洇出一片比湖水颜色更深的阴影。空气里，渐渐传来了血腥味。

艾斯丢下枪，冲着一旁的草丛干呕起来。他的眼前一片模糊，背上冷汗淋漓。过往与湖怪作战的惨痛回忆一幕幕浮现。他仿佛正再次经历那个失去格伦的日子……

"艾斯。"

艾斯紧闭双眼，捂住耳朵。这一切都不是真的。全部消失吧！他什么也不想看，什么也不想听。

但那个声音还在呼唤他。

"艾斯！"

艾斯终于意识到，那声音来自无线电耳麦，是考夫曼。

有那么一刻，艾斯几乎无法动弹。接着，他用颤抖的手指摸索到了通话开关。

"没用的，考夫曼。我们……我们赢不了的。"

"你想离开这片沼泽吗？"考夫曼几乎是在冲他大吼，"想的话，就好好看着！"

像是一道闪电般，考夫曼的声音让他猛地睁开双眼。艾斯望向队长的方向，发现他不知何时已经站到了高处。他解开斗篷，随手扔到一旁，斗篷翻卷着从临湖的突岩上飘落下来。在那如墨般浓稠的黑暗里，他的身影明亮得像一颗星星。

15

莱拉躺在体验舱内，那片以往柔和的白光此时却让她感到陌生而森然，但她必须找出答案，为了多莉，为了皮特，也为了自己。

白光渐逝，莱拉闭上眼，沉入未知的睡眠。

……

和煦的微风。

爆米花的香味。

人群中的只言片语。

莱拉发现自己正行走在游乐园里。在她身边，玩着战地游戏的年轻人匆匆滑过，电动冰鞋在地上留下一道道灰白色痕迹。不远处的过山车上坐满了戴着眼镜的人，为只有他们自己能看到的虚拟影像而惊呼。再往前些，是一座巨大的喷水池。一个满头红发的小丑正在那里表演杂耍，不时抛出的投影引来一阵阵快乐的尖叫。

莱拉停下脚步，举头仰望。清澈湛蓝的天空下，小块的云朵缓缓移动。午后的阳光从高处温柔地落下来，带着令人安心的暖意。整座游乐园都沐浴在浅金色的阳光里。这一切，就像是一位安详的老者坐在壁炉前，满怀深情地回忆起童年时眼前会浮现的景象。

莱拉闭上眼睛。

如果可以的话，真不想离开这里。

再次睁眼时，风已经停了，人群的欢笑声也被寂静取代。太阳挂在空中，没有透出任何暖意，如同纸板上的苍白布景。一切都静止下来——过山车停在谷底，旋转木马也不再转动。游乐设施上的人们既不说话也不动弹。他们坐在那里，脸上挂着古怪而僵硬的微笑。

莱拉慢慢朝前走，试着在内心唤起第一次进入超然梦境时的感觉。每向前一步，游乐园的氛围就变得更阴冷一些，不安感也变得更为强烈。每一处阴影里，每一个转角后面，似乎都潜伏着某种可怕的事物。在第一次体验时，她曾靠着行走和移动转换场景并摆脱恐惧，此刻她做的是同样的事，只不过目标与之前相反。

很快，她发现自己已无须刻意回想那种恐惧感——它已经生长得足够茁壮，其根系四散延展，深深地纠缠进整个梦境之中。

她知道，那恐惧会指引她。

她渐渐接近那辆停在轨道底部的过山车。乘客们仍然坐在车上，保持着先前的姿态。空间中的异样感强烈到让她难以呼吸，就好像本以为会稍纵即逝的错觉却一直延续了下去。它延续的时间越长，那怪异的存在感就越有压迫性。就在她准备弯腰经过那条轨道时，有什么东西在她视野边缘动了一下。她条件反射地看向那边。

离她最近的那个乘客的脸正在融化。

莱拉的心脏剧烈抽动。她看着那个人，他像稀薄的橡皮泥假人一般瘫软下去，五官游离成荒诞的形状，身体折叠，下沉，直到化成一堆了无生机的肉色无机物。

她喘着气。系统提示音在耳畔响起："是否需要执行苏醒程序？"

莱拉向左转动眼球关掉提示，然后循着恐惧的气息继续走，就像猎犬被再明显不过的血的味道所引领。她穿过聚集在一起的人群——每个人都在莱拉接近时开始缓慢融化——来到喷水池前。

小丑的头如同掉了帧一般喀啦啦地转过来面向她。惨白和鲜红的油彩在他脸上绘出刺目的笑容。

"你好啊，莱拉。"小丑用毫无感情的人工合成语音说，"去看看喷水池吧，里面有好东西哦。"

消息提示音又一次出现，莱拉切掉它，一步步走近喷水池。她倾身探过黑色的大理石池壁，朝下望去。

黑色的池底犹如黑色的天空。在那天空深处，有个人影正居高临下地凝视着她。她穿着莱拉的衣服，长着莱拉的脸，但是有某种诡异的、非人的氛围从那褪色的玻璃珠般的眼睛和风化变脆的纸片般的皮肤中透出来。

就像是什么东西怀着恶意，假扮成了她的倒影。

莱拉身上的每个细胞都想要转身以最快速度逃走，但那视线，那来自深渊的视线，将她死死钉在原地。慢慢地，池水开始晃动，越来越剧烈，倒影的脸随着水波而走形，皮肤溢出边界，没有色泽的眼睛鼓胀放大，像是要脱离眼眶，嘴巴以慢得无法忍受的速度张开成极端怪异的形状。在全然的恐惧中，梦境开始晃动、破碎，无声的尖啸充满了整个空间。血液轰鸣，呼吸仿佛被剥夺，某种潜伏已久的、恐怖而不可接受的东西正要从那倒影里破壳而出——

刺目的白光笼罩了一切。梦境急速退开，一只有力的手拉起她。

"够了！"那手的主人说。

莱拉拉住那只手，摇摇晃晃地跨出体验舱。眼睛不由自主地泛出泪水。她眨着眼，看着面前那个模糊的人影。

"瑞德？"

"莱拉，你知不知道你在做什么？"

"你是怎么……"莱拉努力思考着，"你在监视我？"

"监视？你触发了最高级的警报，所以我用最快速度从办公室跑来，看你的脑子有没有被超负荷的梦境烧坏！"

莱拉移开视线。瑞德瞪着她。过了一会儿，他揉了揉自己的头发。

"莱拉，你究竟在做什么？"

"告诉我，瑞德。"莱拉垂着眼帘，开口道，"超然梦境真的是绝对安全的吗？"

"当然，它是经过严格的测试才投入应用的。"

莱拉抬起头看着他。"那你为什么要那么紧张？"

"……"

"瑞德？"

良久，瑞德叹了口气。"好吧，"他说，"并不是绝对安全的，在很偶然的情况下，某些具有极强感知力的个体会遇到一些……怎么说呢，副作用。"

"能具体解释一下吗？"

瑞德显得有些犹豫，但在莱拉的逼视下，他让步了。

"之前我曾经跟你说过，将体验者唤醒至清明梦状态的关键，是在快速眼动期对大脑施以适当的刺激。只不过无论是电击，还是向人体输入特定的视频或音频信号，效果都不理想。前者只有约一半的成功率，且容易让被试人醒来，后者需要被试人事先进行一定训练。最终，我找到了一种既有效，又具有普适性的途径，也就是人人都具有的功能——情绪。经过反复试验，我发现，如果要把作为刺激源的情绪限制在无意识的范围内，也就是不在意识层面对被试人造成影响，需要将施加刺激的时间控制在 10 毫秒①以内。相应的，那种情绪需要达到足够强度才能起效。"

"那么，之前在咖啡馆的时候，你的确对我说了实话。"莱拉说，"你所使用的情绪确实不是'不安'，而是比那更直接、更强烈的东西。"

瑞德没有说话，应该是默认了。

"人类最原始而强烈的情感是恐惧，而最原始而强烈的恐惧便是莫名的恐惧。"莱拉引述道。

"看起来，你对洛夫克拉夫特很熟悉。"

"毕竟我是致郁派的。"莱拉露出一个自嘲的苦笑，"说下去，你是如何唤起恐惧的？激发特定的情感应该没那么容易。"

"对于大部分情感来说，是这样没错。因为它们的形成需要大脑中多个区域的参与，你无法单独刺激某个区域然后唤起特定的情感。然而，恐惧是个特例。虽然它也可以由多个区域引起，但其中有个名为'杏仁核'的部分，它位于大脑的边缘系统，而

---

① 1 毫秒 = 千分之一秒。

不是皮质层，这就是说，由它产生的情绪是更强大、更原始的，并且，刺激杏仁核时，可以唤起人直接的恐惧。"

莱拉看着瑞德，内心泛起一阵苦涩。她记起了每一次会面时，瑞德那副侃侃而谈的样子有多么吸引她。

"千百万年来，正是靠着杏仁核产生的'战或逃'本能反应，人类才能存续至今。"瑞德继续说着，"现在，它又成为人类通往意识中最美妙领域的钥匙。这很神奇，不是吗？"

莱拉勉强笑了笑。

"我大致明白了。至于如何给杏仁核施加刺激，用的应该就是那个 TRA 技术吧。"她说。

"是的。原理很简单，就是从不同位置向大脑发射超声波，它们会以特定的频率和振幅发出，通过波幅之间的互相增强和抵消，刺激域被精准地限定在杏仁核内，大脑中的其他区域则不受影响。"

"那么，我在梦中感觉到恐惧，是因为……"

"是因为你的感知力远超常人。"瑞德接着说，"那恐惧原本只该在无意识中一闪而过，然而对你却造成了强烈影响。"

"这就是你说的副作用？"

"嗯，"瑞德顿了顿，"但那是极为罕见的，即便是对你这样的人来说也是偶然情况。"

"如果出现了副作用，会对人有什么影响？"

"什么也不会有，"瑞德说，"醒来之后副作用就会消失。"

莱拉看着瑞德，他的姿态和语调是如此具有说服力。

"莱拉，这只是一个意外，仅此而已。我保证以后你不会再遇到了。"

仅此而已。没什么可担心的。那种安心感触手可及，只要自己点点头，露出一个释然的微笑，然后离开，不去想，不去看，远远地离开这场梦境……

瑞德，你永远不会知道我此刻的心情。你永远不会知道，我有多希望事情真的只是这样而已。

"这样的情况，真的那么罕见吗？"莱拉轻轻开口。

"怎么说？"

"具有敏锐感知力的人，也许不只是我，"莱拉直视瑞德，强迫自己说下去，"也许还包括某些孩子，某些……特殊的孩子。"

瑞德的表情变了。房间里的空气倏然凝固，就像隐藏着黑洞的幕布被拉开，就像掩盖着深渊的地毯被抽走。

"你是怎么知道的？"瑞德的声音冷得像冰。

莱拉明白自己再也没有退路了。

"我只能说，多莉遗传了我的感知力。"

或者说，多莉比我强多了，莱拉想着。那天在走廊碰见皮特时，他那圆睁的眼睛，苍白的脸色，分明是出于恐惧，而不是兴奋。为什么自己毫无察觉？一个念头拂过脑海。不，不是毫无察觉……也许只是不愿意察觉而已。

"多莉？"瑞德轻声默念，"原来如此，她果然也是益健中心的孩子。"

莱拉的心一阵抽痛。

"为什么，瑞德？为什么要拿那些孩子当试验品？"

"当然是为了艺术。多亏有他们敏锐的感知力，我才能用原型机完成最初的数据积累。也多亏有他们的持续参与，超然梦境才能够不断完善和优化。没有福利小组的孩子们，就没有超然梦境，也不会有那些因为梦境而诞生的作品，包括你的，莱拉。"

莱拉瑟缩了一下。

"怎么，你害怕了吗？"瑞德发出一声轻笑。"这不是一件应该害怕的事，莱拉。这只是为了创造艺术所做的必要牺牲而已。艺术并不代表幸福，有时甚至意味着痛苦。你应该有这个觉悟。"

莱拉的嘴唇颤抖着。

"几次？"她问。

"什么？"

"在今天之前，那样的警报，发生过几次？"

瑞德凝视着她，脸上看不出表情。

"17 次。"他说。

莱拉瞪着瑞德。"可是他们……他们还是孩子啊！"她失声道，"而且那种副作用根本不是暂时的！那个叫皮特的男孩，即便已经回到了益健中心的教室，都还没有摆脱恐惧！"

瑞德无动于衷，似乎根本不打算回应她。

莱拉不由自主地后退。哪怕再穷尽想象，再努力思索，都无法切身体会那些孩子经历了怎样的痛苦。坟冢般沉默的房间内，那巨大的黑暗几乎将她压垮。

莱拉哆嗦起来。"这不可能……没有那么容易。益健中心没有人管吗？基金会没有产生怀疑吗？"

"不会，"瑞德平静地说，"他们对我可是放心得很。"

怎么会这样……就连基金会都是被他控制的？他到底是谁？

瑞德看着她，嘴角露出一丝苦涩的微笑。

"没你想的那么复杂，"他说，"他们信任我，是因为我以前也在福利小组。曾经的模范学生，聪明又有礼貌，从不让人操心的乖孩子。这个孩子长大成人，出于感恩回报抚养他长大的家……多么美好啊。人人都愿意这样相信，有谁会怀疑？"

"可是……为什么？既然你也是他们中的一员，你怎么忍心？"

瑞德摇着头。"莱拉，你永远都不会理解的。只是因为出生时的一点残缺，就被抛弃在这个无人问津的地方。露出讨人喜欢的表情，努力做好一切事情，只是为了获得一点点认可。但是，你心里是知道的，"瑞德脸上那张平静的面具开始破碎，"没有人真正爱你，没有人会真正关心你的心情。我得到了机会，我被治好了，但是他们没有这样的幸运！莱拉，你知道他们为什么愿意忍受这场试验吗？"

"不。我不知道。我也不想听。"

"因为他们想要这么做。"瑞德的语调中流露出悲伤。"他们想要参与到重大的、非他们不可的事情里。他们想要确认自己的价值。莱拉，没有人比我更了解他们的痛苦，也没有人比我更能满足他们的需要！"

"可这是……这是不对的……"莱拉倚着体验舱，浑身无力。

"莱拉，想想吧！还有什么比这件事更重要？看看你的周围——机器正在占领人类的一切，工作、生活、娱乐，只有艺术才是我们最后的阵地。从最深的幻梦、最隐秘的情感里，由活生生的心灵锻造而成的艺术！难道你不觉得，它将为你的人生赋予意义？来吧，莱拉，加入我，做我的见证者。你和我，我们一起能做到——"

"别把我和你混为一谈！"

"莱拉，你还不明白吗，你和我是同一类人啊！我们都能理解痛苦，理解黑暗，甚至，那黑暗就是我们的一部分。你一定很熟悉它。对你而言的黑暗是什么？和多莉有关吗？"

莱拉用尽全身力气，才勉强让自己保持平静。

"你错了，"她颤抖着说，"正是因为多莉，我才没有被黑暗吞没。"

瑞德缓缓摇头。

"没用的，莱拉。你能躲开一时，但无法躲开一世，因为你和那黑暗本就是一体。别再挣扎了，来吧，加入我。我把什么都告诉你了，因为我知道你会了解。难道你不想创造出真正的艺术？难道你不想在历史中留下自己的名字？你可以做到的，你有这样的才能！"

莱拉头晕目眩，脑袋里仿佛在轰鸣。她不由伸手捂住额头，就在这时——

她看见了，那件从深邃的黑暗中瞬间浮现的作品，带着她在今天所知晓的一切的刻痕，带着所有人的悲哀和绝望，巨大、森然，如同一座黑暗的纪念碑。它会抽干她的血液，吸干她的生命，但如果——如果她能将它创造出来，她就会超越博斯，超越洛夫克拉夫特——

"你看到了什么？"瑞德猛地冲上来，抓住莱拉的肩膀。"你看见了！你看见它了，是不是？！"

莱拉从失神状态恢复过来。她甩开瑞德的手，跑向门外。她听到瑞德在房间里喊着她的名字，但她只是跌跌撞撞地向前跑着。走廊连接着走廊，岔口转向另一个岔口，白色蜂巢般的内部像是拥有无限的空间，曲曲折折，无穷无尽，宛如梦中的迷宫。就在她以为自己再也出不去了的时候，大厅和出口突然出现在视野里。她用尽最后的力气，在旁人惊讶的目光中冲向室外。在炫目的阳光下，在嘈杂的人流中，无尽延展的大地像是要将她吞噬。

＊＊＊艾斯＊＊＊

望着临湖而立、毫不设防的考夫曼，艾斯目瞪口呆。

"危险啊！"他对着耳麦大喊。

然而，考夫曼丝毫不为所动。他以稳定的节奏一枪接一枪地射击，雷鸣般的隆隆声在湖面上回荡。狙击弹的力道抓住了湖怪的注意力。巨兽一摆身躯，迅速朝考夫曼游去，而他竟向着湖怪探出身体。在这几乎静止的一刻，考夫曼正对着湖怪的头部。艾斯看到他扔掉了手中的枪，接着——湖怪张开嘴，把考夫曼整个吞了进去。

"考夫曼！"艾斯大喊。

两秒的静默后，一阵沉闷的巨响回答了他。湖怪仿佛受到重击，摇晃着倒了下去。

在意识到之前，艾斯已经奔跑起来。他和其他人一起赶到考夫曼那里。只见湖怪的大半个身躯瘫在岸上，考夫曼的双腿垂在一边，身体以上的部分和巨兽的头部一起被炸了个稀烂。原来这才是考夫曼的计划——牺牲自己，并且为了确保能给湖怪重创，考夫曼一直等到被吞进口中的那一刻才引爆了手雷。

"考夫曼……"艾斯颓然跪倒在地。

这就是你想让我看的？非要这样不可吗？从这以后，我们该怎么办呢？

"艾斯。"背后有人叫他。艾斯用手臂抹了一下眼睛，转过头去。

小队的其他成员们都站在那里，用安静的眼神望着他。刚才说话的人又开口了。

"艾斯，你想出去吗？"

"你在说什么？我当然想啊。"

那人摇了摇头。"再想一想。这不是一个那么容易的问题。"

"我……"

"要离开这里，你必须走过最长的路，游过最深的河。"那人说。

"你必须攀上最高的山峰，越过最幽深的山谷。"另一名队员用同样的声音说。

"你必须穿过最深的夜，面对最彻底的分别。"

"即使是这样，你也想出去吗？"

艾斯紧闭双眼，一万种思绪在脑海中闪过。

"你想出去吗？"他们同时问。

艾斯慢慢地睁开眼睛，站起身。

"想。"他说。

面前空无一人。队员们消失了，就连考夫曼的尸体也不见了。

艾斯在原地站了一会儿。接着，他解下斗篷。

我知道你们是谁了，艾斯心说。他将身体埋入水中，开始向前游。眼前只有一小片被自己照亮的水面，除此之外，四周一片漆黑，只有冰冷的水流告诉他自己还在前进。就这样一遍遍重复着划水的动作，一直向前。陆地早已消失无踪。对岸还有多远？也许对岸有的只是另一片黑暗，也许根本就没有对岸……

艾斯精疲力尽。他停下来，用最少的力气漂浮在水面上，漂浮在没有时间也没有方向的黑暗的中心。

也许我只能走到这里了。

也许，这才是我的命运。放弃挣扎，沉入黑暗，和它融为一体……

潜流在脚下轻轻涌动。

艾斯低头，只见深不见底的湖水中冒出一缕光亮，那光亮愈来愈明显，愈来愈接近——数百头，不，数千头湖怪正盘旋着向上游动。当它们接近水面时，庞大的身躯顶起一阵阵小丘般的波浪。

要带走我吗？请吧。艾斯等待着。

可是预想中的疼痛并没有来临。艾斯睁开眼，看见那些湖怪正围绕着他游动，如同一个旋转的光环。它们逐渐加快速度。湖水开始搅动，翻涌。强劲的水流推挤着他的身体，浪花四溅，让他睁不开眼睛。就在这时，离他最近的那几头巨兽猛地甩动尾鳍，将他裹入一道激流。其他湖怪随即跟上。短暂的静止后，兽群如同一颗沉重的子弹，朝黑暗的深渊直坠而去。

心脏的跳动声甚至盖过了水流的轰鸣。艾斯狂乱地划动四肢，却无法移动分毫。他感觉自己就像一根风暴中心的稻草，被兽群裹挟着下坠，下坠……意识迷离之际，一个声音在他耳畔响起。

"艾斯，好好看着。"那声音说。

他睁开眼睛。有生以来第一次，他看清了那些巨兽，看见它们身上那钢铁般的鳞甲和鳞甲上宛如锈迹的斑纹，看见那些从口中突出的剑一般的利齿。他看到自己身上的光正慢慢地和兽群的光融为一体。

艾斯终于明白了。

他走遍了整个沼泽，但是，还有一条路他没尝试过。一条唯一的、通往最深处的路。

他们向着那黑暗的深渊急驰而去。兽群交叠着跃向前方，用身体分开迎面而来的千钧湖水。他们仿佛不是在俯冲，而是在飞速上升。身后的沼泽变成了湖底，而在黑暗的尽头，在那遥远的水平面另一边隐约闪着光的，正是艾斯渴望已久的黎明。

16

莱拉和瑞德相对而坐。厚厚的防爆玻璃隔在他们中间。

这是莱拉在宣判之后第一次见到瑞德。

"新作品……我很喜欢。"瑞德开口。

他说的是《艾斯》。

"谢谢。"

他们沉默了一会儿。

"说真的，莱拉。我没想到你能告倒我。法律在这个领域还是空白，而且我连原始的数据记录都销毁了。"

"光凭我一个人是不行……多亏我的同事佑子帮我照顾女儿，还有谢蒂，她替我找了厉害的律师，还愿意以体验者的身份出庭作证。"

"原来你和谢蒂私交这么好。"

莱拉摇摇头。"我们只见过一面。我联系她的时候，也不觉得她会帮忙。"

"是吗……"瑞德喃喃道，"那她是个好人。"

"是啊。"

他们的视线短暂接触，然后分开。

"莱拉，我不后悔我的选择。"瑞德突然说。

莱拉心里一震。良久，她轻声说："我也不后悔。"

"我想，我们不会再见面了吧？"瑞德盯着自己的手指。

"不会了。"

17

莱拉下了短驳车，走向人流如织的广场。在广场中心，原先的展台已经撤走，取而代之的是奇客团队的新作——《巴克斯－23》。这是一个由 AI 和人共同创作的装置艺术。研究人员将海量的生物图片作为数据集输入，由程序抽象出若干个它所"认为"的生物。最后，他们选中了 23 号模型。它被分解成数百个部件，通过激光烧结一一打印成实物，最后由人工完成喷漆和组装。

一眼看去，巴克斯－23 有着让人难以归类的外表。它有小树一般高，由三条曲折的、尖枝状的腿支撑。身躯的姿势和腿构成了一种微妙的动态，仿佛随时可能跃起或走开。它的头部是它身上唯一能动的部分，其外观让人联想起某种鸟雀。当游客在巴克斯－23 周围走动时，它会像鸟类一样轻巧地转动头颈，用黑宝石般的眼睛注视他们。

莱拉走到雕塑近前。尽管亮闪闪的铝合金清楚无误地表明了巴克斯－23 的非生物性质，但时不时地，莱拉仍会感到疑惑，尤其是当它灵巧地转动脖子看着她的时候。那黑亮的眼睛里透露出一种不动声色的机警和戏谑，像是在质疑人们对生物与非生物的认知。

她又看了一会儿，随后离开巴克斯－23，走向益健中心。她仍然没有弄清楚艺术的精髓是什么。对她来说，自始至终她想做的只是传达自己的体验，仅此而已。她既不像谢蒂那样对事物本质有独到的见解，也没有瑞德那样宏大的目标。她的艺术就像她的生活——模糊的边角、晦暗不明的质地，以及偶尔的、或许可被称为真实的闪光。以后的日子里，自己应该也会这样，继续模糊地生活下去吧。

不过——莱拉隔着教室玻璃，看到多莉快乐地朝她挥手——至少她知道，在这个世上，有人需要她，接纳她。这就足够了。

至于那件作品，那件黑暗而森然的作品，它仍然会不时出现在她脑际，像是某种秘密的召唤。在那样的夜里，莱拉会轻抚着熟睡中的多莉的头发，默默祈祷。

但愿，那黑暗将永远只为我一人所见。

俱乐部故事

0

从一开始，我就知道，我是带着某项任务来的。但是，我记不起那个任务是什么了。我穿梭在世界的纷繁之中，漫无目的地辗转，寻找，丢掉了任务，也迷失了自己。

1. 供电部·一

供电部其实写作公电部，是公用电话亭俱乐部的简称。说供电部，一是为了方便，二是为了掩人耳目。因为这是一个秘密组织。

供电部的一个典型活动场景是这样的。

傍晚，或是凌晨，成员 A，穿着拖鞋或皮鞋，手上夹着一根烟，也可能没有，慢慢地踱出小区。他／她在街上溜达一阵，然后选定一个公用电话亭，电话亭可能是带着黄绿色简易罩子的那种，也可能是全封闭式的带玻璃门的红色亭子。成员 A 走到电话机前，从《供电部通信手册》中随机挑选出另一部公用电话，投入硬币或插进 IC 卡，拨出手册上写的号码，响一下，挂掉，响两下，再挂掉。随后成员 A 需要第三次拨出电话，并在响完三下时挂机。

这就是绝大多数时间会出现的情况，即通信失败时的情况。

然而如果另一端的电话亭旁刚巧有组织成员路过，他／她便会迅速认出信号，并在第三次铃响时接起电话。随后他们便有望进行一次成功的通信。

一次成功的通信的典型场景是这样的。

"喂。"

"喂。"

"路漫漫其修远兮。"

"吾将上下左右随便走。"

"你好，我是四七九。"

"你好，我是一一三。"

"我在二五零二号亭。"

"我在九六八号亭。"

"我这里是多云天气，有微风，很舒服。"

"我这里是阴天，一会儿可能会下雨。"

"我今天感觉挺高兴。"

"我也是。"

"我待会儿准备去超市。"

"我正在回家路上。"

"很高兴认识你，你亭的通话质量为九级，请在手册上标注。"

"很高兴认识你，你亭的通话质量为八级，请在手册上更新。"

"再见。"

"再见。"

这就是一次成功通信的大致情况。之后，成员 A 需要在手册上标注，更新信息，并记录此次通信的时间、地点，以及通信双方的成员番号。之后，成员 A 就可以离开电话亭了。

不过，这样的通信是为了什么，供电部又是为何成立的？

这些事，暂时还没有人知道。

2. 女装部

女装部并不是百货商场里的女装部，而是男扮女装俱乐部的简称。用女装部这个名字一是为了方便，二是为了掩人耳目。

因为这是一个秘密组织。

女装部的活动宗旨正如俱乐部名字一样：男扮女装。据说经验丰富的成员能够打扮得十分自然，让人看不出一丝异样。

部里的活动分为室内和室外。室内活动时，成员们聚在一起，以严谨的学术态度讨论新款女装和化妆技巧。他们对布料材质和剪裁的了解，胜过绝大多数人，少数成员甚至能编织出繁复精美的蕾丝织带。还有一个深谙化妆术的成员，可以将赤足化妆成穿了高跟鞋的样子，以此拉低身高差距。碰上室外活动，身着女装的成员或结伴或独行，混迹于街道商场的人流中，并在返回后交换心得。往往有成员被搭讪或是街拍。

可以想见，必然会有女性对这样一个俱乐部感兴趣，问题是女装部只允许男性加入。所以，有一些知晓女装部秘密的女性成立了男装部。她们先用高超的易容术将自己化妆成男人，再进入女装部进行活动。也就是说，她们同时是这两个俱乐部的成员。更确切地说，她们是女扮男扮女装俱乐部的成员。

然而女装部的一些成员也发现了这一情况。作为对策，他们决定化妆成女性进入女扮男扮女装部，探查她们的底细。为了不被认出，他们不能打扮成原来男扮女装时的样子，而是使用了新的样貌。就这样，他们成立了男扮女扮男扮女装俱乐部。

如此一来，情况就变得非常复杂。俱乐部前的前缀越加越长，出现在各个俱乐部中的脸孔也越来越多。有时成员们自己都记不清楚，自己身处哪个俱乐部，也记不清和自己说话的人到底是在哪个俱乐部认识的，以至于常常把本该用于内部交流的信息透露给另一阵营的人。总而言之，最终这些俱乐部变成了一团乱麻。

而在这一团乱麻中，流传着一个传说。有一个精通化妆术的高手，他／她能够做到七重伪装，也就是说，他／她所在的俱乐部是男扮女扮男扮女扮男扮女扮男扮女装俱乐部，或是女扮男扮女扮男扮女扮男扮女扮男装俱乐部。传说他／她见过所有俱乐部里的所有成员，能毫不费力地自由出入于所有俱乐部。

但至今为止，还没有人见过他／她的真身。

3. 后勤部·一

后勤部其实写作后情部，即后战争时代情报交换俱乐部的简称。说后勤部，一是为了方便，二是为了掩人耳目，因为那是一个秘密组织。

后勤部的活动室有一个中型阅览室那么大。这个俱乐部的活动宗旨是：在后战争时代尽可能多地收集情报并互相交流，为下一次战争做准备。但是一个很重要的问题是，没人能说清楚后战争时代中的战争指的是哪一场。

有主张说这场战争指的是 A 国多年前的内战，也有主张说是近百年前与 B 国的大战，还有人说那是一场更为古老的、介于两个民族之间的战争，那时 A 国还不叫 A 国。这些人把收集到的情报仔仔细细地写在黑皮大开本笔记簿上，情报从昨天的猪肉价格、货币汇率到某地如何开展军事演习等，不一而足。后勤部的活动室里，像这样的黑皮笔记簿可能有上百本，装满了一整排靠墙摆放的铁皮档案柜。由于这种记录的习惯，他们被称为记录派。

除了记录派，还有一个不引人注目的派别，他们觉得那场战争发生在人类和另一种智能生命形式之间。由于认定通常的情报传递途径并不可靠，他们只从某些特别微妙的地方获取信息，并在事后以某种只有他们知道的原理进行解码。因此，他们被称为解码派。下面是他们的几则信息记录：

天创十计科——按序取自 ×× 日报本月 1 号的头版标题。

3823241——本周每日与前一日的温差。

ICE——对照摩斯电码记录窗外一只鸟的鸣叫。

……

还有一个更为神秘的派别，他们并不记录信息。"战争从未结束。"他们说，"它无始无终，无所不在。一切都在即时发生……"他们低声说。所以无需记录，重要的是说出真相。

"鸟停在树上。"他们说。

"一根风的影子。"他们说。

"月亮火车。"他们说。

"陆地正在变湿。"他们说。

"晨光的呼吸。"他们说。

"蓝簸箕。"他们说。

……

其他时候，这些被称为言说派的成员们只是坐在活动室角落，要么沉默寡言，要么用极轻微的声音喃喃自语，宛如梦呓。

星期三下午四点三十一分，一个人走出女扮男扮女装俱乐部，走到七二四号电话亭里，拨出一个电话，响一下，挂掉，响两下，挂掉，响三下。

他／她对着电话说："今天本市的 PM2.5 浓度为 58 微克每立方米。"

这个人就是我。

我是谁？

我是立志看遍所有秘密俱乐部的人。

4. 散部

有天傍晚，我在路上散步。

我从小区出来，经过七二四号和七二五号电话亭，沿着河边的绿化带向前走。

慢慢地，我留意到一个走在我左前方的人。他穿了件背后印有大写字母 Q 的连帽外套，步履平稳，速度约为普通人散步平均速度的一半。

因为他在我前方，并且我的速度比他快，所以我们渐渐平行了。

我忍不住观察他的步伐——脚跟、脚掌、脚尖依次接触地面再抬起，步与步的衔接自然流畅，没有多余动作，像滚动的轮子一样平滑。

"你也是散步的人吗？"

我蓦然抬头，才发现自己刚才在学着他走路。

"呃……是的。"我支吾着说。

"真的吗？"他用谨慎而又显露出一点点好奇的语气问。"你真的是散步的人吗？"

他的语气和神情里有某种熟悉的东西，这阻止了我以惯常的方式做出回应。我一边思考，一边跟着他慢慢踱步。赶在沉默拉长到近乎尴尬之前，我想明白了。他说的不是散步，而是散部。这应该也是一个秘密组织，至于为什么用这个名字，当然有两个原因——一是为了方便，二是为了掩人耳目。

"其实……现在还不是，"我斟酌着说，"但我想加入，可以吗？"

"可以啊。"他说，"你试着照我做。"

他把速度又放慢了一半，向我演示如何保持步伐的平稳和流畅。

"感受你的身体是一个整体。肩膀打开一点，膝盖放松……对。重心保持在两脚之间，稳定地向前。"

我跟着他慢慢往前走。

"然后试着描述一下你身体的感觉，任何细微的感觉都可以。"他说。

我闭上眼睛体会着。

"我感受到了……我的肩膀和脊椎。"

"嗯。"

"我感受到双腿的肌肉在轮流收缩和扩张。"

"嗯。"

"我还感受到……重力从肩膀流淌而下，经过脊椎和双腿，变成地面和脚底间的压力。"

"好，可以了。"

我睁开眼睛，看到他向我伸出手。

"欢迎加入散部。"

我们握了握手。

这就是我加入散部，并认识了 Q 的经过。

5. 望风部

望风部并不是什么跟踪点或放哨有关的可疑组织，而是仰望风筝爱好者俱乐部的简称。至于为什么要写成望风部，原因已不用我多说。

那天，我又在河边遇到了 Q。我们散了会儿步，Q 有些腼腆地问我，有没有兴趣去看看其他俱乐部。

我当然有兴趣。毕竟我是立志看遍所有秘密俱乐部的人。

"那太好了，"Q 掏出手机扫了一眼，"现在过去正是时候。"

我们乘了几站公交，在傍晚时分抵达一座公园。公园不大，但很整洁。砖石围栏和厚厚的灌木墙隔开了街道的车流声。我跟着 Q 往里走，穿过一小片中间有水泥亭子和近水平台的荷花池，走到开阔的草地上。从荷花池蜿蜒而出的水流沿着草地边缘流淌，并在远处流入一个小湖。草地上有几个小孩在放风筝，他们的爷爷或奶奶在稍远些的地方看着。

Q 找了块斜坡，头枕着双手躺下来。我有点想照做，犹豫了一下，没想到什么不能这么做的理由，于是就照做了。

"是在等其他成员吗？"我转头问旁边的 Q。

"嗯……是在等，不过活动已经开始了。"Q 说，"看看天空吧。"

我将视线转向上方。在很高的天空里，几只风筝闲闲散散地飘着，风把下摆处的软面尼龙布和尾带吹出一阵阵波纹，看起来就像鱼在水里游动一样。

"这个俱乐部叫什么名字？"我问。

"望风部。"

无须解释，我立刻猜到了俱乐部的全名。

"我一直觉得这件事很神奇。"Q 的声音听起来相当缥缈。

"什么？"

"放风筝啊。"Q 说，"你想，风筝大致上就是一片布和一根线，一个人拿着线的一端，把那片布放到天上，让它就这么在风里飘着……仔细一想的话毫无意义，然而人们却乐此不疲。"

"你望风的时候就是在想这个吗？"

"喔不，这是在其余时间想到的。望风的时候我什么都不想。"

"那么……"我沉思着，"这个俱乐部的主要目的，就是放空思绪？"

Q 迷惑地转过头，"目的？不不，这项活动没有目的，只是享受躺在草地上仰望风筝的感觉而已。"

"这样啊……"

"嗯。"

我稍稍起身，从口袋里掏出一本塑料封面的迷你笔记本，取下本子附带的迷你圆珠笔，在第一页第五行写下了"5. 望风部"这几个字。这一行上面还有四行，分别是"1. 供电部""2. 女装部""3. 后勤部""4. 散部"。

"你在干什么？"Q问。

"我也不确定……算是某种个人趣味的记录吧。"我说，"对了，能告诉我你是怎么找到散部和望风部的吗？"

"唔，你想知道？"

"是啊，"我合上笔记本，把它放回口袋，"我的目标是看遍所有的秘密俱乐部。"

"真有趣。"Q笑了。

"散部和望风部都是我建立的。"他说，"我的目标是成为建立秘密俱乐部最多的人。"

我盯着他看了一会儿。

"真的？"

"真的。"

一阵风慢慢地吹过来，夹杂着河水和草地的味道。我重新躺下来，心事重重地凝望天空。那几只风筝似乎飘得更高了一些，从它们的形状和轨迹里，我似乎能感觉到某种秘密，某种征兆，随着我越来越久的凝视，它几乎已经呼之欲出……

但我又一次失败了。风筝的轨迹化为视错觉般的虚影，纸牌搭成的堡垒从最底层开始坍塌。我也再次落入无尽的迷宫。

6. 供电部·二

又一天傍晚，我在路上碰见了正在散步的Q。我向他打了招呼，但他只是一脸茫然地看着我。

"啊，抱歉。"我放下公文包，脱掉假发和增高鞋。"是我。"

Q非常惊讶。

"你为什么要打扮成这样？"

"也是某个俱乐部的活动就是了。"我说，"对了，要不要看看我参加的俱乐部？"

"好啊。"

我从公文包里掏出《供电部通信手册》，翻到我们现在所在的区。运气不错，一个编号为二一三五的电话亭就在附近。

我带着Q前往那里。路上我还顺便向他介绍了女装部的活动内容。

"啊，我还从来没穿过女装。"Q向往地说，"那一定很好玩吧？"

"应该是吧。"

"应该是？你穿男装的时候，没有觉得好玩吗？"

我这才发现，我和Q对事物的关注点似乎颇有差异。

"比起好不好玩，我好像更在意那些……从中演化出来的东西。"我说。

"我没懂。"

"比如不断升级的伪装技术，或者是边掩饰身份边互相试探的那种斗智斗勇。"

Q挠了挠头。

"好吧，可我还是觉得变装本身的体验更好玩一些。"他说。

我们有一搭没一搭地聊着，很快就看到了二一三五号亭。那是一个半开放式电话亭，上半部分罩着黄色半透明的有机玻璃罩子。我向 Q 解释完供电部的通信方式，刚准备拎起听筒，电话却突然自己响了。

叮铃铃铃。

静默。

叮铃铃铃。叮铃铃铃。

静默。

叮铃铃铃。叮铃铃铃。叮铃铃铃。

我和 Q 对视一眼。我接起电话。

"喂。"

"路漫漫其修远兮。"电话里头说。

我突然意识到，这是我第一次在活动时接到其他成员的电话。

"吾将上下左右随便走。"我慢慢地说。

"你好，我是九七。"

"你好，我是八一三。"

"今晚，到三零零三号亭，往东走二百米再朝南，可以看到一栋水泥仓库。乞讨部欢迎你们到来。"

"等一下，你是……"

电话挂断了。

我愣了一会儿，放下听筒。

"你听到电话里说的了吗？"我问 Q。

Q 点点头，"像是知道我们要来这里一样。"

我踏出电话亭，环顾四周。周围一切如常，也没发现什么可疑的监视者。然而越是如此，那种奇怪的感觉就越明显——仿佛某座迷宫开始悄然启动，仿佛某张罗网正在暗中成形。

奇怪的是，我并不觉得害怕。

"你去吗？"我问 Q。

"去吧。"Q 说，"感觉会很好玩。"

7. 乞讨部·一

我们在附近找了两辆小虹车，骑到地铁站，然后乘地铁前往三零零三号亭所在的近郊。等我们按照手册上的地址，找到那台已经锈得不成样子的公用电话时，夜幕差不多刚好落下。

"我记得电话里说，要先往东走二百米。"Q说。他手上拿着一个吃到一半的蛋包茄汁三角饭团，是在路过的便利店买的。

"没错。"我边说边咬了一口全麦火腿蛋三明治——购于同一家店。

我们用手机看了方向，随后转向东面。这地方似乎是一片废弃的厂房，非常荒凉，除了我和Q再看不到其他人。我们往东走了差不多二百米，随后右转向南。

前方的确有一小栋灰不溜秋的水泥仓库。

只是所有的门缝和窗缝都没有透出灯光，看起来不像是有人在的样子。

"会不会走错了？"Q问。

"位置和建筑都对得上，应该不会错。"

我们绕着仓库转了一圈，还是没看到有人的迹象，也没听到里面有什么声音。

"可能他们还没到吧。"我说着吃完了最后一口三明治。

"不，我觉得他们在里面。"Q也吞掉最后一口饭团，四顾着寻找垃圾桶。

我示意他把包装纸给我，随后连同我的一起用纸巾包上，放进公文包外侧的小袋。

"你收集包装纸吗？"Q问。

"没。我是觉得，就算这儿有垃圾桶，应该也不会有人来清理，所以还是别扔在这儿比较好。"

"就两张包装纸，没有什么区别吧。"

"有点区别。"我沉思道，"一个是我们带来的垃圾，一个是这里本来就有的垃圾……"

"但是这样不麻烦吗？"

"还好吧。我觉得这点麻烦可以接受。"

Q好像还想说什么，但没说。我们沉默下来，就这么互相干看着。我突然有种徒劳而荒诞的感觉。

显然，Q也感受到了。

"这件事不重要，对吧。"他说。

"不重要。"我摇摇头，"继续正事吧。"

我收好垃圾，和Q一起走到仓库近前。仓库有两扇对开的铁皮大门，中间用铁链锁住。

Q往门上敲了敲。他没怎么用力，但空荡荡的震动声却在废弃厂区里回响不绝。

门里没传出动静。

"Q，看这个。"我拿起铁链上的挂锁。

锁很新，几乎没有灰尘和锈迹。它的外形看起来就是常见的密码挂锁，但按键旁标示的并非阿拉伯数字，而是汉字。锁面是这样的：

科〇　〇地
代〇　〇十
屯〇　〇创
计〇　〇人
天〇　〇节

"好奇怪的锁。"Q凑过去看了看，"你以前见过这种锁吗？"

"没，但是……"我抚摸着锁面上的汉字。这些字看起来很熟悉。

我试着按下"科""十""创""计""天"这几个键。最后一个按键按下的刹那,锁柄啪地弹开了。

"天呐,"Q大惊,"你是怎么知道密码的?"

"我在另一个俱乐部里见过这些字。"我给Q大致介绍了下后勤部。

"但我也不知道后勤部和这里有什么关系。"我补充道。

"进去看看吧。"Q说。

我们把铁链解下来,拉开大门。

眼前是一堵从地面直到天花板的水泥墙。墙上画了一个向右的箭头,下面写着一行字:"右手前伸,靠墙行走,小心转弯。"朝里面看,左边被水泥整个封住了,右边的通道则一直延伸到仓库另一端,随后拐向里面。

"哇,这是密室吗?"Q已经开始往里走了。我也跟了上去。

通道在尽头拐了个180度的弯,继续向前延伸。此时外面的光线已经被水泥墙挡住了大半,越往前就越是黑漆漆。我们放慢脚步,开始用手扶着墙前进。

再拐过一个180度,眼前已经伸手不见五指了。我突然撞到了Q。

"抱歉。"我说,"前面怎么了?"

"唔,地面开始向下了。"Q说。

确实如此。脚下的地面开始向下倾斜。我和Q不再说话,只是一步步往前摸索。地面的倾斜幅度不算大,但寂静和黑暗仿佛扭曲了感官,让脚下的通道显得愈发狭长幽深。我扶着粗糙的水泥墙壁,拐过又一个弯。前面偶尔会传来Q的脚步摩擦声,轻而犹豫,和我的一样。地面仍在向下。我有种错觉,仿佛我们已经这样走了很久,到了远超过普通地下室的深度。这一栋小小的仓库下方莫非包含着无尽的空间?我们离地面多远了?又是在朝哪去呢?

"好像到底了。"谢天谢地，Q打断了我的胡思乱想。

地面的确变平了。我突然觉得视野里有点不一样。

"前面那是亮光吗？"我问。

"好像是。"Q说。

我渐渐能从黑暗中辨识出Q的身影了。再几步，通道尽头显露出朦胧却明确无误的黄色光线。我们几乎是小跑着赶往那里。在拐过拐角的时候，我听到一个声音说："欢迎二位。"

眼前是一间简陋的小室，小室中央有张木制小圆桌，桌上点着蜡烛。三个身穿黑色斗篷的人正对着我们坐着，面部都隐藏在兜帽下。烛光在他们身上投出摇曳的光影。

这一定是我见过的最邪门的俱乐部了。

"你们就是乞讨部？"Q问。

"是的。"兜帽1号说。

"请问乞讨的意思是？"我说。

"奇异梦境交流研讨。给，你们的斗篷。"

我和Q各自接过一件折叠好的斗篷。接触后才发现，斗篷的面料比想象中更加柔滑轻薄。

"这是乞讨部的制服吗？"Q问。

"可以这么说。"

我展开斗篷，轻手轻脚地披到身上，随后像他们一样系上领口的扣子。

"坐。"兜帽2号说。

我和Q在空位入座。整间房间内，唯一的光源来自桌上那支蜡烛。轻轻跳动的烛光造成了某种干扰效果，让人觉得看什么都不真切。

"请问……"我迟疑地开口，"你们跟供电部、后勤部是什么关系？还有，找我们是有什么事？"

"参加了好几个俱乐部的人，不止你一个。"兜帽1号把帽子掀开，露出他的脸。另两人也照做。

"有印象吗？"他问。

我看着他们，觉得三张脸都有些面熟，尤其是兜帽3号。我回忆了一会儿。

"你们是后勤部……解码派？"

"是的。另外，这位还是供电部的成员。"兜帽1号指了指3号，后者朝我举手示意。"我是九七。"她说。

"是这样，"兜帽1号说，"在后勤部，我们三个和解码派的其他成员有了些分歧……我们认为梦境中蕴藏了丰富的情报，而他们却对解码梦境毫无兴趣，所以我们才成立了乞讨部。至于为什么会找到你们，"他停下来，打量了我一眼，"是因为我们三人做了一个相似的梦。"

"什么梦？"

"战争。"他说，"战争开始了。"

"你是指……"

兜帽1号点点头，"对，就是'后战争时代'中的那场战争。它的规模远超预想，即便在梦中也无法看清它的全貌。但至少我能确定，你们两个是这场战争的关键。"

我突然打了个冷战，仿佛从遥远的梦中惊醒，仿佛长久以来在我身边匿影藏行的命运之神突然现身给了我冰凉一触。

"那……我们应该怎么做？"我问。

兜帽1号盯着桌子，叹了口气，"不知道。所有的事情都过于模糊，过于晦涩。除了刚才说的这些，我们也没有其他线索了。"

8. 后勤部·二

那天晚上走出乞讨部时的情形，我还记得很清楚。出口和来时是同一条路。我和Q走进狭窄的过道，穿过同一片漆黑安静的空间。这一次，脚下的路缓慢上升，将我们带回地面。外面天色已经全黑，远处的树木和厂房看起来只是一些影影绰绰的黑色轮廓。我们走了有一会儿，才回到有路灯的街道上。然而，熟悉的灯光不再能带来熟悉的安全感。当我环视四周，一切已经被微妙地改变，仿佛这些事物并不像表面看起来那么实在和可信，更像是某种果冻般的可疑物质套上了一层假模假样的外壳。仿佛只要我向着更深处探寻，那层外壳就会承受不住而裂开，现出隐藏在表层世界之下的游移的基质，以及基质空隙中的气泡和暗影。这种奇怪的感觉萦绕了我很久，直到我们进入地铁站，听到隆隆的地铁声和人群的嘈杂声，它才开始慢慢消退。当我们乘上地铁，并排坐在光滑的蓝色塑料座椅上时，我跟Q提起了这种感觉，而后者竟然说他也有同感。

我们沉默了一会儿。Q问我接下来打算怎么办。

"既然和那场战争有关，不如我们明天先去后勤部找找线索。"我说。

"行。"

于是我们按照约定，在又一个傍晚来到后勤部。我推开活动室的大门。

正在工作的部员们全都停下来看着我们。

"各位，"我说，"这是……"

"你一定是Q吧。"离得最近的那个部员说。

"喔，是。"Q显然也有些吃惊，"你们好。"

另一个部员过来和我们打招呼。我认出他是那天的兜帽2号。

他对我们说，后勤部的三个派别已经达成了一致，并且乞讨部已经成为解码派的核心。此后，他们会和其他两派一起合作，寻找打赢这场战争的方法。

"你们是怎么说服整个俱乐部的？"我问。

兜帽2号耸耸肩，"是言说派的功劳。"

我看向角落，言说派的那群人仍然安静地坐在那里，没有一点备战中的样子。只是当我走近时，才发现他们的眉头比以往皱得更紧，像是进入了更深远的出神状态。有些人的嘴唇翕动着，发出低到几乎无法听见的喃喃声。我从那喃喃声中捕捉着偶尔挣脱出来的字词——"战争已经降临""世界""阴影""混乱之梦""两个核心"……

"他们今天说出的东西，似乎正好对应了我们的想法。"兜帽2号说。

难怪，我想。言说派虽然古古怪怪的，却不知怎的很有威望。如果他们的话语印证了乞讨部的想法，那么其他人也一定会信服。

"迷宫在形成。"

我仿佛触了电一般。"什么？"

没有人回答我。

"怎么了？"兜帽2号问。

"我刚才听见有人说迷宫……"

"是吗？说不定也可以算到线索里。"他思索片刻，往解码派那边去了。

我没去管他，而是倾身凑近那群言说者。无论我如何凝神细听，除了低微的喃喃声之外都没再听到一个明确的词。那句神秘的话语就像一阵轻烟，在空气里消失得无影无踪。我甚至怀疑之前听到的只是幻觉。

我有些怅然地直起身。活动室另一头，兜帽1号似乎在带Q熟悉后勤部的工作内容，并介绍他认识碰上的每一个部员。我看了一会儿，随后走到档案柜前拿出一本笔记簿，翻看最近的情报。

在我看到第二本的时候，Q突然跑过来，问我是哪个派的。

"记录派。"我说。

"我决定加入言说派。"他说。

我有些意外。"当真？他们好像有自己的标准，没那么容易加入。"

"唔，事实上是他们邀请我的。"Q说。

"他们和你说话了吗？"我吃惊地问。

"没，不过在我经过的时候，有两个人拉住我，和他们一起坐了一会儿。我觉得他们是想让我加入的意思。"

这可是奇事一桩。"言说派好像从没主动邀请过其他人，他们肯定很看重你。"我说。

"这样啊。"

"各位，打扰大家，请都过来一下。"

说话的是兜帽1号。他站在活动室中央，打着手势示意所有人过去。还有几个解码派的人在旁边排椅子。我和Q也过去了。等所有人都落座后，兜帽1号提议说应该制订一个作战计划。

鉴于战争确实已经开始，这是个很合理的提议，没人反对。然而这件事实行起来并没有那么简单。由于线索过于模糊，对于具体该做什么样的计划，所有人都一头雾水。同样的线索可以做出完全相反的解读，前后相继提出的建议也常常互相矛盾。不过，经过漫长而波折重重的商议，我们好歹还是有了些成果——一个名为后勤部战时委员会的临时组织成立了。该委员会由原记录派和言说派各自推选出的一位联络员，加上兜帽1号，还有这场战争的两个关键人物——我和Q——这五个人组成。我们五人将保持密切联系，确保后勤部的各分支之间能及时互通有无，接收到最新情报。

此外，整个后勤部的工作内容也做了一些调整。从现在起，记录派会抽出两名成员和言说派待在一起，专门负责记录他们说出的字词，剩下的成员则和解码派合作，尝试发掘更多的信息获取渠道和解码方式。至于言说派倒是不必做什么变动（谢天谢地，毕竟和他们沟通起来十分困难），他们只要继续按原来的方式工作就可以了。我们大致都同意，言说者们给出的内容也许能在一定程度上反映战争局势的变化。

最后，我们还定下了对当下而言最紧迫、最优先的任务，那就是尽快查出与我们作战的敌方到底是什么人，或什么东西。唯有确定敌方的身份，我们才能制订出具体的作战计划，继而行动并取得胜利。

当我们完成这些事项时，后勤部此次的活动也差不多到了结束时间。一部分人离开了，另一些空闲的人留下来做整理工作。言说派拉走 Q 去了他们常待的那个角落。我犹豫了一下，跟着记录派的其他人加入了整理资料的行列。目前形势有变，原先的很多情报需要重新进行取舍和梳理。

有人拍了拍我的肩膀。

我回过头。是我们记录派的联络员。他悄悄把我拉到一边，问："有时间吗？"

"什么事？"

"有个地方想让你去看下。"

我敏锐地意识到，他说的地方一定是个秘密俱乐部。

"和这场战争有关吗？"我问。

"可以这么说。"

我转头瞥了眼言说派那边。Q 此时似乎已经完全融入了团体，正像其他人一样双目紧闭，喃喃有词。我想了想，掏出手机给 Q 留了条消息。

"行，我们走吧。"我说。

9. 编译部

编译部其实跟计算机和代码都没什么关系，而是挂毯编织艺术研讨俱乐部的简称。

编译部的活动地点是一间车间。车间本应算得上宽敞，却给人一种非常拥挤的感觉——两排工作台沿着左右两边的墙壁一路排开，上面摆着令人眼花缭乱的编织工具：木质编织架、棉线、毛线梳、剪刀、梭子、竹针、圆木棍，甚至还有珍珠、缎带、石头、大大小小的皮料。尽头的墙壁则是一整排材料柜，堆满一卷又一卷不同颜色和材质的线绳。更夸张的是，在车间的中央区域，有一架尺寸惊人的编织架。这架编织架显然是由编译部的部员们自行打造的。架子约有四米高，顶端接近天花板。上百行纬线规整地嵌在左右凹槽中，组成了一个和地面成 60 度角的平面，正对着门口。有近十名部员分别在挂毯正面、背面，以及若干架围绕着它的扶梯上工作。我看不清他们在织什么图案。它过于庞大，过于复杂，也许某块区域乍一眼看上去会让人想起某个熟悉的东西，但只要仔细观察，就会发现这只是错觉。在某些区域，图案的变化似乎呈现出规律，甚至像是在自我重复，然而如果将视野稍稍扩大，那些规律又会顷刻瓦解，仿佛某个无理数起先随意给出了一些循环节，但很快就不耐烦地撕下了伪装。此外，编织者们不仅在纬线组成的平面上编织，还在其上逐渐叠加了更多的平面，使得图案呈现出立体效果，变得愈发令人迷惑。从某一个角度看到的景象，稍稍移动几步，又会变成完全不同的样子。那些编织者似乎还嫌这一切不够复杂，他们常常修改，甚至拆除某个已经织好的部分，并在其上重新编制图案，使得挂毯在时间维度上也在不断变化。除非是脑力超群，否则要在有限的时间内将整幅作品摄入脑海并加以理解，似乎是不可能的事情。尽管如此，我却在其中感受到了无法描述的美。那幅画面像具有某种生命力。

"这些人在干什么？"我问。

联络员怪异地看了我一眼。"怎么，你不认识他们了吗？"

我定睛再看，才发现其中的几张脸孔赫然属于刚才离开的几个记录派成员。

"起初，他们只是想试试用新方法记录信息，不是用文字，而是借助图案、颜色和位置。"联络员说，"但不知不觉间，作为信息载体的挂毯似乎开始拥有自己的属性和变化规律。他们被其吸引，以至干脆放弃了本来的目的，全心全意投入到编织之中。编译部就是在那时成立的。"

我望着那些编织者。他们似乎完全专注于手上的针线，根本没注意到我们。

"可这是为什么？他们最终想要完成什么？"我问。

"不清楚。就连他们自己也没什么头绪。不过其中一人曾跟我说过，他相信最后的成品会包含某个重要信息。"联络员说。

我慢慢吸了口气。挂毯、编织，这些东西似乎和战争毫无干系，但……

"你有没有一种感觉？"我说。

"你指什么？"

"那种若隐若现、好像近在咫尺但又始终无法把握的感觉……就像那场战争一样。"

"嗯，我有同感。"联络员说。

不只是那场战争，还有供电部、后勤部……这感觉似乎弥漫在所有那些秘密俱乐部里，我暗自思忖。

"把这里也写进信息记录吧。"我说。

10. 乞讨部·二

第二次乞讨部活动时，我在讨论会上说了自己的梦。做梦时间就是从编译部回来的那一晚。

起先，我只是普通地在路上走着。突然我记起自己应该马上赶往一个地方。我加快脚步，拐过若干个转弯。奇怪的是，周围的景色并没有多少变化，而我自己似乎也很清楚，自己并没有离目的地更近。事实上我连目的地的具体方位在哪也不太清楚。我隐约觉得需要先找份地图，于是在周围看了看。路边倒是有很多小店，底楼是店面，楼上就是民居的那种……有服装店、手机店、房产中介、小饰品店，但就是没看到书店或者报刊亭。终于我看到一家杂货铺，想着碰碰运气就进去了，货架上果然摆着像是地图的小册子。我过去拿起来，但发现那只是我所在的区县的水文地质图。

"水文地质图？那是什么？"Q问。

"就是关于地下水分布啊，沉积环境之类的地图。"我说。

"然后呢？"

"我翻了一下，没怎么看懂。旁边也没找到其他地图……后来我就醒了。"

"这也太奇怪了吧，"Q忍俊不禁，"卖这种图的店不会亏本吗？"

"这个梦会不会也预示了什么呢？"兜帽1号皱着眉。

"我看不出有什么含义。"我耸耸肩，"莫非是提示我梦里应该走水路？"

"也可能是提醒你多喝水。"兜帽3号说。

"别打岔。"兜帽1号说，"Q呢，你最近有做什么印象深刻的梦吗？"

"也有一个，但我感觉没什么分析价值。"

"先说说看吧。"

Q的梦是这样的：

我在平时散步的那条街上走，原先的一个街心花园不知为什么变成了节日广场。梦里的时间应该是深夜，但天不是很黑，而是带有一种奇怪的灰白色，像半夜十二点钟的黎明。广场里很热闹，就像小时候去公园看到的儿童游乐区，里面有碰碰车、射气球什么的，还有一群人坐在一边看露天电影。我想过去看看，就穿过一条挂着彩色小灯泡串的过道，这时旁边的树丛里飞出来一只蛾子，落在我头发上。

"好恶心……"九七做着鬼脸说，"然后呢？"

"我挥手赶掉蛾子，摸了摸头发，发现额头上长出了一根角。"Q说。

"哈哈，你的梦比我的奇怪多了好吗？"我说。

兜帽1号皱着眉头，很困扰的样子，似乎在犹豫要不要把我们的梦记下来。

11. 自动部

从乞讨部回来的路上，我问起Q跟言说派一起工作是什么感觉。

"唔，很有意思，"Q说，"有种暂时脱离现实世界的感觉，像是进入了某种更深刻的维度。"

"好难理解的形容……"

"打个比方的话，有点像是调频收音机……把大脑调整到了另一种状态。"

"噢……那你们说的词是怎么回事？"

"唔，它们好像本来就在那里，只是偶尔被我们捕捉到，被说出来而已。我可以确定那些词都不是我们自己想象出来的。实际上，有时我说出一个词以后，自己都不记得说了什么。好像自己的意识只在有限的一小块地方运作，在那之外都是些朦朦胧胧、似是而非的东西，只能在余光里看到。一旦把视线转向它们，就只能看见一片迷雾了。"

我琢磨着 Q 的话。那种熟悉的、迷宫般的感觉又出现了。

"你呢，那天你去的地方怎么样？"Q 问。

我向 Q 介绍了一下编译部，还着重描述了那幅巨大的挂毯。

"喔，感觉也很难理解。"Q 说。

"彼此彼此。"

我们走出地铁站台，一辆小虹车打着铃从旁边驶过。

"别管这些了，要不要来参加我新建的俱乐部？"Q 很有兴致地说。

"行啊，俱乐部的名字是？"

"自动部。"Q 说着，朝我做了个"请"的手势。

我眯起眼睛。

"自动部……并不是研究自动化生产的俱乐部，而是……"

"自行车慢速移动爱好者俱乐部。"Q 说，"先开辆车。"

我们分别开了辆小虹车。Q 领路。骑了一小段后，前面出现了一片围着蓝色围挡的工地。这地方我知道，是片在建的园区。说是在建，其实大楼都已经完工了，只是企业还没入驻而已。

Q 轻车熟路，从两块围挡间的一个空隙处溜了进去。我也随即跟上。

里面是一片以平整的大块石砖铺就的广场。广场越过两三级宽宽的台阶，继续向前延伸。两侧的办公大楼将那块空地拦成一条长条形的通道。大楼的玻璃幕墙反射出微弱的光线，看起来就像黑水晶做的镜子一般。

Q 慢悠悠地骑到通道口，停下来。

"这一格线算起点，那一头的台阶算终点。我们比谁可以骑得更慢。"他说。

"这不是小时候玩的那种慢骑比赛吗？"我说。

"不一样。这边的场地比较正规，比赛用车也是统一的。"

"呃……有道理。"

Q等着我在起始线前停好。

"开始？"

"开始吧。"

我和Q同时踩下踏板。两辆小虹车晃晃悠悠地朝前行驶起来。我经常骑车，因此对自己的车技颇有信心。没想到Q也不赖，虽然摆动幅度看起来很大，车把七拐八拐的，但车轮却奇迹般地仿佛一直留在原地，反倒是我的车还前进得更快一些。

"我知道你为什么选择这里……作为赛场了。"我一边和自行车搏斗一边说。此时我们差不多在通道的五分之一处。

"为什……么？"

"因为两边的……玻璃反光。看起来就像很多人在比赛。"

确实如此。左右两边的玻璃幕墙映出我和Q的身影，层层叠叠，向着远处无尽延伸，仿佛无数人同时在赛道上。

"怎么样……我是花了好几个晚上，才找到的。"Q颇为得意。

赛程过半，局势变得非常胶着。我和Q似乎都已完成热身，进入全力发挥的阶段。两辆车仿佛处在以百分之一倍速放映的电影里。

我突然又有种奇怪的感觉。

"这比赛……该不会永远都比不完？"

"怎……怎么可能。"Q的车把猛地拐向一边，又同样迅速地拐了回来。"就算骑得再慢，毕竟还是在……往前啊。车轮不可能停下，或者倒退……就像时间一样。"

Q说得没错。我们终于还是抵达了终点。我以半个轮胎的差距惜败。

"你比我想的要厉害一些。"我揉着酸涩的手臂说。

"呼呼……你也是。"

我掏出手机看了眼。

"奇怪。"

"什么?"

"我感觉骑了很久,至少十几分钟……怎么只过了五分钟。"

Q挠了挠头,"大概是注意力太集中了吧。"

"可如果是那样的话,一般不是会觉得时间过得更快吗?"我说。

"是吗?"

"……是啊。"

"可是如果把一分钱掰成两半用,钱不是会用得更慢吗?"Q说。

"呃……但是坐车时,看近处比看远处更能感觉到速度快吧。"我说。

我们沉默了一会儿。此情此景颇有些熟悉。

"这事也不重要,对不对?"Q说。

"不重要。"

我下了车,踩好脚撑,坐到台阶上。过了一会儿,Q也停好车坐了下来。

"说起来,这个俱乐部和战争有关吗?"我问。

"没有吧。我只是想劳逸结合一下。"

"……感觉你完全不担忧的样子。"我说。

"因为担忧并没有用啊。"Q很爽快地说,"而且说不定,取得胜利的关键就是尽可能多地创建俱乐部呢!"

"怎么可能那么简单。"我哑然失笑。

"倒是我觉得你太忧虑了。"Q说。

我想了一会儿。

"也许不只是战争吧……"我说,"我总有种感觉,好像我生来就要去完成某件事,就算不是赢得战争,也会是别的。就像拼图一样……我希望所有琐碎的、让人迷惑的东西,最终都会成为某个有意义的图形的一部分。"

"唔……好像感觉很麻烦。"Q说。

"如果最终能完成拼图,这点麻烦我可以接受。"我说。

"啊,我好像理解你的意思了。"Q说,"要说的话,可能我并不是很在意战争的结果吧。对我来说,这些都只是体验而已。"

"这样啊。"

"嗯。"

我们又沉默了一会儿。

"要不要再来一局?"Q问。

我摇摇头。

"不了,我得回去想点事情。"

12. 乞讨部・三

我笔记本里的记录现在是这样的:

1. 供电部

2. 女装部

3. 后勤部

4. 散部

5. 望风部

6. 乞讨部

7. 编译部

8. 自动部

　　我又拿出一张空白大纸，试着整理出这几个俱乐部之间的联系。起先是供电部、女装部和后勤部。这是我参加的头三个俱乐部，它们之间相对靠拢，居于纸张中央，一根细细的线从供电部延伸而出，连接到后勤部。接着是散部。我隐约觉得，自从遇到Q之后一切才真正开始，因此散部就像是某个关键的起点，居于画面上方，连接着同样出自Q之手的望风部。再接下来是神秘的乞讨部，它从属于后勤部，因此我把它放在和后勤部较近的位置，用一根粗线连接二者，并对编译部如法炮制。这两个部和后勤部之间的间隔大致相等。最后，是自动部，这是Q一时兴起的作品，和其他俱乐部都不太相关，我把它放在最远的位置。所有Q创建的俱乐部，以及所有拥有共同部员的俱乐部之间，都根据具体情况用或粗或细的线相连。

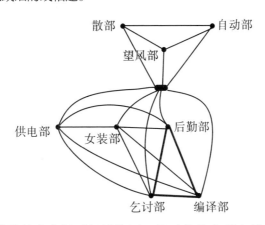

　　我端详着这张俱乐部结构图，似乎能从中看出某些蛛丝马迹，某种隐含着机密信息的征兆。我甚至怀疑，如果给一群猴子无限长的时间，它们最终会不会以这些端点和线条为材料，画出某个重要的图形。但我又暗忖这想法是否过于缥缈。可能Q说得对，与其徒劳思考，不如作为纯粹的生物而活。说到底，我眼中所见的所谓谜题，未必就比一只蜥蜴眼中所见的斑驳树影更为高等。然而即便如此，是否就真能置之于不顾？也许Q可以，但我不行。这是我们两个的不同之处。

如此种种思绪不仅在白天盘旋于我的脑海，也在夜晚侵入我的梦境。这一次的乞讨部讨论会上，我说了这样一个梦：

我从空中降落到一片原始丛林的边缘，我似乎正在执行任务，必须找到某样重要的东西。我的降落伞被树枝挂住，伞绳和藤蔓缠绕在一起。暗绿色的树汁把伞绳染成和藤蔓相近的颜色，这使得我难以分辨二者。我的小刀由特殊材料制成，可以割断伞绳但无法割断藤蔓。我竭力观察，一遍遍尝试，终于，我在伞绳和藤蔓构成的复杂迷宫中切出了一条关键线路，并由此脱身。离开丛林之后，我踏上一条小道，之后，我在路边看到一间装着暗玻璃的杂货商店，店里摆着砂时计、古董相机、望远镜之类的东西。隐藏身份是星象学家的店主给了我一把钥匙，然后指着天空中一颗形似冥王星的星体，让我往那个方向走。我依言而行，渐渐进入一片潮湿的苔原。一座古老的石塔伫立在苔原尽头。我突然意识到手上的钥匙理应能打开石塔的大门，而我要找的东西就藏在塔里。然而当我跋涉至塔前，绕塔一周，却发现这座塔没有任何入口。

我讲完了那个梦。隔着跳动的烛光，我听到其他人长出一口气的声音。

"感觉……比第一个梦更深奥了呀。"兜帽3号说。

"嗯，蕴藏的信息变多的话，解读方向也会成倍增加。"兜帽1号说。

"哦？"我听出他话里有话，"你能解码一下试试吗？"

兜帽1号沉思片刻。"比如说，缠绕的线绳和藤蔓可以表示受阻，也可以表示厘清思路。冥王星也许象征了冥界，也可能象征未知。无门之塔或许意味着无法抵达的所在，也可能意味着完整。"

"梦中的每个元素都可以有完全不同的两种解释吗？"我问。

"不一定是两种，也可能是三种或更多。除非是几个人同时梦到，并且涵义比较确定的梦。"

"就像你们之前那个关于战争的梦？"Q问。

"是的。"兜帽1号说，"另外，不只是这些元素本身，它们之间互相连接的方式同样蕴含了信息。"

我不由暗自思索。如果穷尽每一种解释，一个梦会有多少种可能涵义呢？这种庞大的可能性让我感到一阵眩晕。不出所料，那种迷宫般的感觉又出现了。

"哎，也帮我解解看我的梦吧。"Q期待地说。

他的梦是这样的：

梦开始的时候，我坐在一辆公交巴士上，但又像是一艘游轮。这辆车，或者船，沿着山谷顺流而下，通过港口驶入平静的海面。夜幕降临，游轮上开始了庆典。人们站在甲板上，观赏大号的礼花弹在空中绽开。我稍微转动手掌，突然发现我可以影响烟花的形态，就像转动万花筒时能看到万千花纹的即时变化一样。庆典持续了一夜。黎明时分，船在某个站点暂时停下。周围并没有陆地，但我看到海面上有条独木舟在轻轻打转。我很确定，接下来我需要换乘独木舟才能继续我的行程。

Q说完后，热切地盯着兜帽1号。后者仍旧是沉思了一会儿才开口。

"我想，游轮可以代表新的旅程或者死亡，烟火可以代表欢乐或恐惧，万花筒象征缤纷的世界或者创造力，但我不清楚梦中你和烟火的关联说明了什么。你的梦从一辆巴士开始，以一条独木舟结束，这或许意味着……你将离开人群，独自踏上旅程。"

"和梦一样，梦的解码也可以有两种解读。要么这种解码确实说出了点什么，要么等于什么也没说。"兜帽3号说。

"要么你试试。"兜帽1号冷冷道。

"不了，谢谢。"兜帽3号用礼貌的语气说，"不过，Q。"

"嗯？"Q说。

"虽然我不确定你的梦是什么意思，但我想说……注意安全。所有人都是。"

从乞讨部出来，已经将近晚上十点。我和Q都觉得有点饿，于是去了上次的那家便利店。

"你觉得九七的话是什么意思？"排队时Q问我。

"字面意思吧。"我说，"也许她感觉到了危险。"

"类似生命危险的那种危险吗？"

"我不知道……"

我的确没想过这个问题。我意识到，虽然身处战争，但我从来没想过输掉战争的后果。我们会损失某些东西吗？还是被以某种方式永远困于迷宫之中？我们会死吗？

微波炉的蜂鸣音打断了我的沉思。

"您的饭团好了。"营业小哥把饭团递给Q，接着打开另一台微波炉。

"您的三明治也好了。"

"谢谢。"我说。

我们找了个位子坐下。我心不在焉地撕开包装，突然感觉怪怪的。

Q正在拆他的饭团，被我一把按住。"等一下！"

"怎么了？"

我把两份食物并排摆在桌上。左边是我的蛋包茄汁三明治，右边是Q的全麦火腿蛋三角饭团。

"是要把包装纸给你吗？"Q问。

"不是……你没觉得不对吗？"我说，"明明应该是**全麦火腿蛋三明治和蛋包茄汁三角饭团**啊。"

"是吗？"

"是啊！"

"我没印象……他们不是一直就这么卖的吗？"

我瞪着 Q。

"你在开玩笑？"

"没有啊。"Q 说。

"可是……这名字就不合理啊！"

"不合理？"

"怎么可能有全麦的饭团！"

"为什么不呢……说不定是糙米做的。"

"那也不对啊！全麦是指里面含有小麦的麸皮，和稻米的米皮不是一回事。"

"这倒是个问题。"Q 托着下巴思考了一会儿。

"喔，我知道了。"他说，"米皮的口感比较粗糙，所以他们可能是用麸皮代替了米皮。"

便利店的灯光仿佛在我头顶旋转。

"问题不是这个，Q……我只是想说，这和我记忆里的不一样。"

"你确定？"

"非常确定。"

我们对视了一会儿。我几乎能感觉到座位正在软化坍塌，而我也将随之下沉，从世界的缝隙中坠入虚空。

"这件事是不是不能再随它去了？"Q 问。

"当然。"我虚弱地说。这时我突然想起了什么。

"上次的包装纸……我说不定还能找到。"我说。

"喔，幸好你有收藏。"

"说了不是收藏！只是忘了扔而已。我回去找找看。"

"现在吗？要不先吃完吧，不差这一点时间。"Q 说完就咬了一口饭团。

"我不确定原来应该是什么味道，不过这个还挺好吃的。"

他说。

我叹口气，拿起桌上的蛋包茄汁三明治。厚厚的蛋皮可疑地裹在三角形的面包片上，隐约能看见里面的红色茄汁。

我小心地咬了一口。

不得不说，味道还真不错。

13. 园艺部

深夜，后勤部活动室里灯火通明。房间中央是我们战委会的五个人，其余成员聚集在我们周围，其中一些人仍然是一副睡眼惺忪的样子。

我已将事情经过都说明了一遍，此时我从包里拿出四张包装纸，用磁吸贴在黑板上。左边的两张是三小时前我和Q在便利店里得到的，上面分别印着"蛋包茄汁三明治"和"全麦火腿蛋三角饭团"；右边是我从公文包角落翻出来的，上面的字迹已经模糊不清，但这并不是因为我清洗过的缘故。事实上，这两张包装纸旧得像是经历过一次大地震，并且在浸满了尘土和雨水的废墟里埋藏了十年之久一样。

"你是怎么做到的？"Q敬畏地问。

"什么也没做。刚才拿出来时就这样了。"我说。

其他人轮流上前检视了一下，但是都无法分辨出原来的品名。

"是不是你放得太久发霉了？是霉菌导致的？"有人问。

"不太像，"我说，"而且我刚才上网搜了下，哪怕是这家店以前的网页，里面的品名也变成现在这两个了。"

"他们家不是一直就这么卖的吗？"有人说。

"我怎么记得以前是全麦三明治和蛋包饭团？"另一个人说。

房间里瞬间吵闹起来，接着又很快安静了。我猜其他人也都和我一样背后一冷。

"投个票吧。"兜帽2号说。

成员们让出一块空地，让我和Q站过去。和我持相同看法的站在我旁边，和Q一样没觉得有什么不对劲的站他旁边。房间里渐渐聚起了两拨人，人数大致相等。剩下些不怎么进便利店的人留在原地，一头雾水地看着面前的情况。

显然，问题已经很严重了。战委会当即决定召开紧急会议。针对今晚发生的一系列匪夷所思的新情况，成员们提出了各种各样的猜测。比如有人认为，我们可能都处于一个楚门秀级别的整蛊节目中。该节目不仅跨越了数十年的时间，其范围也非常广，至少覆盖了上百人，使得我们在两种相对独立的现实中生活。但这一猜测马上就被我否决了，因为我清楚地记得，我和Q上一次去便利店时，Q确实吃了**正常**的饭团而不是全麦饭团。问题不在于我和Q分处于不同的现实，而是Q**忘记**了原先正常的现实。然而，我的意见也很快遭到了质疑。质疑者的论点是，Q本身并没有觉得全麦饭团有什么不对（所有站在Q旁边的人也这么认为），我只是基于自己的记忆进行判断，并将全麦饭团擅自归类为"不正常"的饭团，而我本人并没有直接证据来证明我的观点。相反，鉴于目前的实际情况——即无论是包装纸，还是官方网页上，写的都是全麦饭团——反而我的说法才更像是"不正常的"。当然这一观点又遭到了我周围成员们的齐声反对。不过，经过照例漫长而波折重重的商议，我们最后还是达成了某种程度的一致——我们都认为此次事件必定和战争有关，也许是敌方的某种战术，目的是迷惑和离间我们，也有可能这些现象都是战争本身造成的影响。根据这两种可能性，我们做出了两种相应的推测：

（1）敌方施放了某种干扰素或神经毒气，使得我们中的一部分人的认知和记忆出现了混乱。此处的敌方可能是某个秘密教派，或是和我们敌对的秘密组织。他们也许属于另一个国家，也许属于另一个民族。

（2）敌方对我们所处的现实世界进行了攻击，造成了时空结构的错乱。此处的敌方可能是某种外星智能或高维生物。

虽然得出了这两种推测，但敌暗我明，我们还是不知道该如何反击。这时Q站起来，说他有个提议。

"我们应该互相核对记忆，找出所有疑点，说不定也可以找到一些攻击的规律。"

Q的提议得到了大家的认可。

"那么现在，我宣布成立园艺部。"

我掏出笔记本，按下笔的尾端，"全称是？"

"冤假错案回忆部，"Q说，"活动内容就是找出所有互相矛盾的记忆，以及现实中的所有可疑之处。"

"从哪里开始呢？"有人问。

"唔……这我倒没想过。"

"这样吧，"我说，"反正本身就没什么头绪，不如就随机选择起点？假如真的有什么规律，应该会慢慢浮现出来的。"

众人喃喃同意。两名原本负责给言说派做记录的成员自告奋勇来到黑板前，准备记下可能出现的疑点。于是，每个人都开始愁眉锁眼地在脑海里搜寻素材，继而试探着和周围的人互相核对。起初都是些目力所及的日常话题，比如活动室的外观啦，上一次的议题啦，某位成员的发型之类。两分钟后，第一个分歧出现了：一位成员说上周日的天气是小雨，而另一位说是晴天。好在记录派的档案里找到了那天的天气信息——晴天，网上搜到的历史天气数据也与之相符。于是那位成员说可能是他自己记错了。接着是第二个分歧：一位成员不知怎的说起某个故世已久的演员，结果另几个人说那演员还活得好好的。这引起了一小片波澜，因为还有几位成员也说，他们记得那个演员已经去世，其中有两人还说到了细节。"是因为心脏病突发，抢救无效去世的。"他们说。网络搜索的结果显示这纯属胡说八道，因为那个演员上个月还出席了某场颁奖礼。异议者们勉强接受，但看起来并没有被说服。第三个分歧看起来则更加无解：起因是一位成员提起小时候看的一部儿童剧，说的是一个有特异功能的小孩每天晚上进入别人的梦境消灭怪物的故事。这部剧最大的特点是，其中的白天部分是普通的剪纸动画，晚上的梦境部分则是现实的真人画面，只不过是用特摄手法完成的、带有魔幻感的那种画面。我和Q都对此毫无印象，但整个俱乐部里竟然有十多个人说小时候看过这部片子。当然，没人能搜到关于它的哪怕是一星半点的信息……类似的话题不时从房间的某个角落倏然而生，由两三人的小组讨论扩散至更大的范围，抑或突然得到来自房间另一角的遥远呼应。讨论或是取得一致（很少见），或是在达到其最大范围和强度后逐渐衰止，在或长或短的时间后被新的讨论所代替。这些此起彼伏的交流活动如同雨滴在水中激起的涟漪，交织扩散，形成令人眼花缭乱的波纹和残影。我被这些图案迷住了，没有注意到讨论是怎么演变了方向。我只是听见有人在说他觉得很多事情都很奇怪，比如很多字盯着看久了就会觉得不认识了。接着又有一位成员说，他经常会有种当下的事情很熟悉，像曾经发生过的感觉，得到七嘴八舌的"啊，我也有""我也是"之类的回应。有人说他觉得很多东西不属于这个世界，比如有些昆虫，或者特定品种的狗。"比方说斗牛犬，看起来就很像是从外星来的。""那拉布拉多呢？""拉布拉多很正常。""小鹿犬？""也还算正常，但吉娃娃就很不正常。"然而又有人提出疑议。"要说奇怪的话，海洋生物要奇怪得多了吧？比如，你们不觉得章鱼就很奇怪吗？不仅是形状和质感，还有跟其他动物迥异的基因和神经系统……不，"她的脸色发白，"不只是奇怪，简直是……无可名状。"就在这时，靠窗的地方突然有人惨叫一声。当被其他人急切询问发生了什么时，他怔怔地盯着自己在玻璃窗上的倒影，用颤抖的声音说："我……我觉得自己的脸也很奇怪，看得越久，就越觉得……不认识自己。"最后，原本勤勤恳恳地写着黑板的记录员之一，也突然扔掉水笔，头抵黑板，抱着自己的双肩。只言片语从他口中传出："为什么……""我们究竟在这里干什么？""为什么我会存在？""为什么我是我？"……

　　整间房间就这样陷入混乱，我不知所措地看着他们，不知道该做什么才能让一切回到正轨。良久，我轻轻推开房间后门走出去。房间外是一条开放式走廊，深邃辽远的夜色盘踞在水泥栏杆之外，像一片隐藏着无穷诡秘的深海。房间旁边就是楼梯口，我走过去，坐在通向上层的楼梯上。我看到从窗口逸出的光线照亮了大半个楼道，却在栏杆处戛然而止，再也无法前进分毫。我看着那条亮光与夜色的交界线，想起一位先贤说过的话："宇宙的仁慈，莫过于人类无法关联、贯穿自己的全部所思所想。我们的生息之地是一座平静的无知岛，被漆黑的无尽浩瀚所包围，但这并不意味着我们要去远航。"

　　或许这就是我们的处境，我暗自思忖。我们妄图在这一团乱麻中厘清思绪，殊不知自己的记忆本身就充斥着冤假错案，甚至——我打了个冷战——除了冤假错案外再无其他。我们如同被困于幽暗深海，每一次向着未知的探寻不过是搅起了更多泥沙，让一切变得更为莫测而已。

　　走廊里传来后门再次打开的声音。

　　是Q。他一脸丧气地走到我旁边坐下。

　　"没想到会变成这样。"他说。

　　"……说不定这样也好。"我说。

　　"唔？"

　　"趁早认清现实，免得做无用功。"

　　"咳，别放弃啊。"

我摇摇头。"没，我只是觉得所有这些变量都独立于我们之外，既不知道数量，也不知道它们之间的相关关系，在这种情况下想要找出规律几乎不可能。这感觉就像……自己只是分数线上的 1，而分母却是一个发散级数，当它不停趋向 ∞ 的时候，好像自己也快要消融了一样。"

"喔……"Q 说。

我转头看他。"你呢，没有过这种感觉吗？"

Q 想了想。

"虽然也有困惑，但不至于会消融……毕竟自身的存在感还是很确凿的吧。"

"可是我们每一个人都是身处这个世界中的吧。假如世界是这么混乱，那又怎么能确定自己的真实呢？"

"我倒是不觉得这两者之间有必然联系。"Q 说。

"没有吗？"

"应该没有吧。"

"听起来有点心虚啊。"我说。

"有吗？"

"有的吧。"

"没吧……STOP。"Q 举起手说，"还是说正题吧。"

"呃……你有正题？"

"邀请你加入一个新俱乐部，前两天我刚建的。"

我掏出笔记本。"行吧，名字是？"

"石头部，"Q 说，"并不是剪刀石头布的石头布，而是'像石头一样坐着一动不动俱乐部'的简称。"

"好长……"

"这次字有点难凑。"Q 说。

"活动内容就是干坐着吗？"

"喔不是，主要是在这个过程中找到一种坚实和可靠的感觉，就像石头一样。"

"……听起来一点都不可靠。"

"哎，别说那么多，你跟我学一下就知道了。"Q说着挺直脊背，做了个深呼吸。

我犹豫了，但接着又想到：假如我拒绝照做，难道就能让这一切变得不那么荒诞吗？

答案显然是不能。于是我照做了。

"闭上眼睛，感受一下身体和地面接触的感觉。"Q说。

我叹口气，闭上眼睛。夜色一下子涌到近前，叫人心惊胆战。隔壁房间传出的隐约交谈声成了外界还存在的唯一证据。我的意识像抓着救命稻草般攀附其上，仿佛一松开就会被黑夜的水流卷走。

"还记得你加入散部时的感觉吗？"Q说。

"什么？"

"重力啊。现在应该更明显了吧。"

"呃……是的。"

我终于把注意力切回自身。贴着瓷砖的楼梯冰凉而坚硬，其存在确凿无疑。有那么一瞬间，这感觉感染了我，仿佛我自己也跟着变得确凿无疑了。我能觉察到自己的重量被大地切切实实地承载着，就像一块石头，或是世界上许多其他的存在一样。

但这只是一瞬间。

然后我想到了那些无从解释的谜团，想到了世界底下的空洞。于是，一切又都分崩离析了。

我睁开眼睛。夜空似乎比之前更加幽深。我看了看Q，他仍然一动不动地闭目坐着，看起来气定神闲，但我却再也无法找到那种感觉了。

14. 财务部

自从园艺部那晚过后，世界变得越来越奇怪了。倒不是说真的又发生了什么怪事，而是我的感觉如此。比如此刻我走在街上，我会觉得不解：为何眼前的街道仍然好好地铺在地面上？为何它们没有像波浪一样翻滚起来，然后在某个意想不到的位置突然消失？为什么这些人仍然像平常一样走来走去，难道他们没觉得这世界已经不再可靠了吗？

刚刚路过的一个电话亭里突然传出了铃声。

叮铃铃。静默。

叮铃铃。叮铃铃。静默。

想都别想，我暗忖。这样的事已经远远不会让我觉得奇怪了。

我在铃响到第三声时接起电话。

"路漫漫其修远兮。"

"吾将上下左右随便走。"

"你好，我是九七。"

"是你啊。我是八一三。"

"方便的话，可以来一下前面那条街的咖啡馆吗？我们有事找你商量。"

"可以是可以，不过我想问一下……你是怎么知道我的位置的？"

"哈哈，当然是有人负责盯梢啊。"

我转头张望，正好看到电线杆后露出的兜帽2号的半张脸，他想缩回去，但已经来不及了，只能尴尬地朝我挥挥手，手上还拿着手机。

"好吧，我已经看到他了。"我说，"跟踪技术退步了啊。"

"哦不是的，他是第一次盯梢。本来这项任务是会长负责的，但今天他的脚不太方便。"九七说。

十分钟后我走进那家咖啡馆，在角落找到了兜帽1号至3号。其中2号和3号有些气喘吁吁，显然是抄近路赶在我之前过来的。

我看了看四周。"Q呢？"

"嗯……我们没叫他。"兜帽1号说。

"要我叫吗？"我掏出手机。

"别别……你先坐。"

兜帽1号看着我坐下，然后清了清嗓子。

"事实上，我们怀疑Q是特务。"他说。

"啊？"

"园艺部那晚让我相当怀疑，你没觉得吗？正是Q的提议让事情愈发错综迷离了。那个记录员到现在都没恢复过来。我也因为那次讨论的影响，在骑车时分神摔伤了脚。"

我低头看了看桌子下面。兜帽1号的左脚踝上绑了两块固定夹板，座位下面还横着放了一根拐杖。

"呃……我想这不能完全怪Q吧。"我说。

"不只这个，"兜帽1号说，"还记得我们三个之前说的梦吗？你和Q是这场战争的关键。我本以为这个梦的意思是说，你们两个是我方取胜的关键，但是不是还有这个可能：你是我方的核心，而Q是敌方的核心。敌人也许是另一个秘密组织，也许是另一种生命形式，它们可能在外部，也可能已经蔓延到了我们内部。"

我看了看兜帽2号和3号。

"你们也是这么想的吗？"

"的确不能排除Q是特务的可能性。"兜帽2号说。

"当然，会长扭伤脚这事，我觉得还是得怪他自己。"九七补充了一句。

"你们还真是……那你们又怎么能确定，特务是 Q 而不是我？"

"假如你和 Q 真的分属两方，其中一个是特务，那我们还是觉得 Q 更可疑一些。"兜帽 1 号说。

"唉，Q 只是人本身有点奇怪而已。"我说。

"不管怎样，既然无法排除这种可能，我们就必须加以提防，找出潜藏于我们内部的特务，不管是 Q 还是其他人。"兜帽 1 号说，"所以，我宣布成立财务部。"

我习惯性地掏出本子。"请问全称是？"

"'才发现我们之中潜伏着敌方特务俱乐部'。俱乐部的宗旨很简单，就是找出敌人安插在我们之中的内鬼。"

"那个，"兜帽 2 号插话，"我之前就想问了，你的本子是做什么用的？"

我向他解释了一番。

"可以让我看看吗？"他问。

我把本子递过去，兜帽 2 号认真地看了一遍那些名字。

"好多我都没听说过。"他说。

"哦，那些部都是 Q 自己建的……说起来很有意思，我的目标是成为参加俱乐部最多的人，而 Q 的目标是成为创建俱乐部最多的人。"

兜帽 2 号像是突然想到了什么，一把将本子塞到我手里。

"快，把财务部的全名也写下来，字和上面一行对齐。"

我狐疑地看了他一眼，在本子上写下财务部的信息。兜帽 2 号紧张地看我写完。

"很好。"他大声说。

"什么？"

"你看，财务部的全称比石头部的多一个字。"

"所以呢？"我莫名其妙。

"我们小胜一筹。"兜帽2号说。

咖啡厅的灯光仿佛在我头顶旋转。

"等一下……"我揉着额头,"这个比较字数多寡的竞赛是什么时候开始的?"

"噢,是我才想到的。你刚刚说的东西,让我想到这会不会也是战争的一种形式……你看,在今天之前,你记录的十个俱乐部里,Q创建的有五个,正好占了一半。现在我们这边的俱乐部比Q多一个,俱乐部全称的最大字数也比他的多一个,至少这一战我们占了上风。"

我看着兜帽2号一脸认真的样子,不由思忖我们是如何落到这样的地步。也许被那种迷宫般无可捉摸的感觉笼罩的人不止我一个。是的,一定是这样,否则这些多如牛毛的秘密俱乐部都是从哪来的?我们被无知的迷雾驱使,每个人都在以自己的方式接近那谜一般的中心,描摹想象中的真相,虽然得到的结果无异于梦中呓语。即便如此,我们仍然不会停止尝试。也许唯有这样我们才能得到一点点确定感。

我不知道兜帽们有没有感受到这一点。

那天晚上,我在书桌前摊开那张结构图,把最近加入的三个俱乐部补充上去。园艺部写在后勤部旁边,二者间用粗粗的黑线连着(因为人员构成完全重合)。石头部又是Q的作品,和自动部一样荒诞不经,而且和别的俱乐部都没什么关系。我把它写在自动部附近,用松散的线和Q的所有其他俱乐部连起来。财务部由兜帽们建立,旨在找出后勤部中的内鬼。它被放在乞讨部旁边,一头连接着乞讨部,一头用一根短而果断的线连接着后勤部。

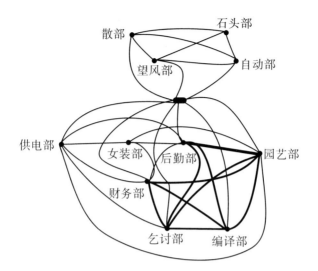

现在对我来说，那种感觉似乎很容易就会升起——代表俱乐部的点和代表它们之间联系的线交织相连，像一片日益葱茏的丛林——并非作为一棵棵单独的树那样生长，而是作为一个渐趋成熟的整体。藤条和枝桠间的空隙似乎和它们交错时形成的阴影具有同等重量；蔓生出更多节点的枝干和远处孤零零的细枝似乎从属于同一种平衡。我竭力端详，试图捕捉蕴藏在这些网状结构里的信息……但，仍然不行。我的注意力只能维持在有限的范围，思绪又游移不定，时常失去耐心，想要另寻他物消遣。如此不稳定的认知系统，怎能期待它得出正确的结论？和兜帽 2 号一样，我也只不过是在盲人摸象罢了。

我把纸揉成一团，扔进垃圾篓。

15. 干煎部

尽管成立了财务部，但兜帽们始终无法得到 Q 或是任何一个人是特务的确切证据。他们甚至无法得出公认的判定标准。1 号

159

认为应该派人跟踪 Q，2 号认为应当等他自露马脚，3 号认为应该掷骰子决定他是不是特务。然后他们问我怎么想的。

我耸耸肩。

"不知道。反正我不认为 Q 是特务。"我说。

财务部的工作毫无进展，不过后勤部那边倒是传来了紧急集会通知。当我在又一个黄昏抵达后勤部活动室时，我看到言说派们一个个眉头紧锁地聚在角落，嘴里喃喃有声，音调比平时更高一些。每当有新的言说派成员抵达，他或她就直接走向同伴所在的角落，并以某种心照不宣的方式加入他们，如同受到隐秘的感召。后勤部的其他成员忧心忡忡地看着他们，不时小声讨论。我看见兜帽们也在其中。

"发生了什么？"我问他们。

兜帽 1 号递给我一份记录：

灰太阳……

防线薄弱之处……

内部瓦解……

雾气的镜子……

战斗艰难……

闪电与河流……

黑暗在缝隙中生长……

……

"言说派好像感觉到了什么。"兜帽 1 号说，"这是单从今天早上到下午的记录，比平时多了好几倍。"

"呃，你怎么想？"我问。

"我们解码派都觉得情况不太妙。虽然不知道为什么……但我们好像已经居于劣势了。"兜帽 1 号又不动声色地朝其中一行指了指。

那一行写着"内部瓦解"。

我抬头，看到他意味深长地朝我眨了眨眼。

"我们已经没有时间了，必须趁早抓到特务。"他说。

"你准备怎么做？"

兜帽1号似乎正要说话，但停住了。我顺着他的视线，看到Q刚刚走进活动室大门。

"当面对质，"兜帽1号说，"这是最快的方法。"

Q看到我们，挥手打了个招呼，随即往言说派那边去了。兜帽1号快步跟上，显然打算拦住他。

"等等……"我追上去。

但事情并没有朝我们中任何一个人预想的方向发展。

原本兀自念诵的言说派成员们突然都安静下来。靠近Q的几个人迅速起身拉住他，又有几个人跑过来拉住我。他们把我和Q拽到一处，然后所有的言说派们围着我们站成一圈。

我莫名所以，俱乐部的其他人也一脸不知所措。

"你们要干吗？"我问。

言说派没有回答，只是又开始念诵起来。他们眼睛大睁但目光涣散，像一群正在梦游的人。

我渐渐感到有点毛骨悚然。

"能让我们出去吗？"

我试图挤开人群，但离我最近的成员猛地伸手把我推了回去。我的手肘撞到了Q的身侧，后者"哎哟"了一声。

"抱歉……"我说，"他们到底怎么了？"

"我也不清楚。"Q揉着肋间思索片刻，也开始往外突围，结果被更多双手推了回来，并因踩到我的脚而险些倒地。

"好吧，这真的是很奇怪！"Q愤愤道。

被人墙拦在外面的记录派和解码派骚动起来，试图拉开那些梦游者，但无论用了多大力气，人墙仍然纹丝不动。言说派的念诵声似乎在逐渐增强，在层层交叠的声部中我听到一句不断重复的话：

"结束战争……"

"结束战争……"

"结束战争……"

"你们这样光说又没用！"Q说。

"结束战争……"

"结束战争……"

"结束战争……"人墙缩小包围朝我们靠近。

"Q，我觉得他们好像是想让我们做什么。"我说。

"看这架势……我只觉得他们是想让我们自由搏击。"Q说。

"我明白了！"人群里传出兜帽1号的声音。

我看到他挤到人墙外围，转身面向后面的人。"有件事需要在此说明。"

他把财务部简要介绍了一下。"总之，我们原本认为的两个核心，也许分属两个阵营，即我方和敌方。因此，"他转向我和Q，"你们两人中必然有一个是敌方特务。言说派可能察觉到了，所以才让你们决出胜负。说不定找出特务就是结束战争的关键。"

"……这推测也太随意了吧！"我说。

"不是推测，是解码。这是根据之前的线索，以及今天言说派的行为所做出的最合理的解码。"兜帽1号说。

"反正我不打架。"Q说。

"我也不。"我说。

"那么，除非有人能提出合理的解释，并且说服其他人，否则看起来得一直耗下去了。"

我和Q面面相觑，其他人也没什么主意的样子。只有言说派的声音还在持续：

"结束战争……"

"结束战争……"

"结束战争……"

"Q，有没有办法让他们清醒一点？"我问。

"他们的状态很奇怪，"Q说，"比通常沉思时所处的状态还要远，他们可能根本就听不见我们在说什么。"

此情此景过于魔幻，我不由又产生了一种荒诞而徒劳的感觉。

"难道什么也做不了了吗？"我说。

"喔这倒不一定。至少我还可以创建俱乐部。"Q说。

我瞪着他。

"干煎部。"Q说，"并不是研究如何烹饪带鱼的俱乐部，而是'在尴尬中煎熬的俱乐部'的简称。任何处于这种状态的人都可以加入干煎部。"

"活动内容是什么呢？"我无力地问。

"不得不在尴尬中煎熬的时候，用全身心去体会那种尴尬，并停留在当前的处境中。"Q十分认真地说。

"为了什么？"

"当然是什么也不为啊。"

我感到那种荒诞而徒劳的感觉比之前加倍了。

"够了，我已经知道谁是特务了。"兜帽2号大声说，"特务就是Q！"

Q瞪大眼睛："你怎么也不清醒了？"

"不会错，根据我的解码，创建俱乐部就是你的进攻方式，并且你还想方设法地扰乱线索，在俱乐部里制造混乱！"

"我没有！"Q生气道。

"别抵赖了，快交代你的——"

窗外突然响起一阵隆隆声，低沉而绵长，仿佛来自地层深处。所有人都怔住了，只是噤若寒蝉地听着。那可怕的声音持续了约十秒，才慢慢减弱，变成了一种近乎震动的声音，其中夹杂着细碎的水流声，以及仿佛是从幽深的黑暗洞穴中传出的空荡荡的回响，让人联想起一些恐怖电影中的事物。

离我最近的一个言说派成员突然转向我。

"是黑洞。"他注视着我说，诡异的眼神让我打了个寒战。接着他的目光又变得涣散无神，视线落向地面。其他言说派成员也都垂下头，不再管我和Q了。

其他人都跑出去看是什么情况。我犹豫了一会儿，也挤出人墙跑到走廊上。一个黑色大洞的边缘赫然现于地面。在那一瞬间，我几乎可以确定，只要再往前两步，我就会看到悬浮于洞口中央的、那片世界之外的虚空。

我抓住走廊栏杆，探头朝下张望——水泥地面破了个直径有四五米的口子，露出底下松散的碎石和泥土。一根锈迹斑斑的管子横置其中，水从若干个裂口汩汩涌出，把周围的泥沙冲向深处。

除此以外，我没有看到任何超出想象的东西。

几个保安师傅和大楼管理员此时刚刚赶到，围在洞口旁边，说着"供水管裂了"之类的话。

"我以前在新闻上看到过这种，"我旁边有人说，"好像叫地面塌陷。"

"我还以为是敌军攻过来了。"另一个人说。这句话引起了一小阵笑声。

"等等，这未必不是攻击的一种。"兜帽1号说，他扫视了一圈，"Q呢？"

走廊里没有Q的人影，房间里也没有。言说派们还在原处站着，但Q已经不在他们中间了。有人试着向他们问话，但言说派们无动于衷，一个个像断了电的机器人。

"一定是Q了。他发起攻击，又趁乱逃跑。我们得把他追回来！"兜帽1号说。

原本不太确定的成员似乎都有些动摇了，"是啊，假如不是特务，何必逃跑呢？"他们这样互相询问。无论如何也要找到他，当面问清楚。

事情就这样决定了。找到 Q 成了后勤部优先级最高的任务。鉴于一切刚刚发生，Q 一定还没走远，兜帽们和战委会的其他几人建议所有成员以后勤部为中心，在周围展开地毯式搜索。

我跟着人流出了大楼，看着他们急匆匆地朝各个方向消散而去。我想了想，走到僻静处给 Q 发了条消息：你去哪了？

Q 很快回复："在望风。"

16. 风干部

我在公园草地上找到了 Q。他仍旧是头枕双手仰卧着，不过并没有睁开眼睛。

"你这个根本不叫望风啊。"我叹着气在他旁边躺下。

"我有在望哦。"

"你眼睛都没睁，而且，"我看着空空如也的天空说，"现在也没人放风筝。"

"哦，是这样的。望风部的风，可以指风筝，也可以单纯指风。"

"可风是看不见的吧？"

"可以看见的，不过不是用眼睛。"Q 说。

我有些懒得再追究，只是像 Q 一样静静躺着。

"你觉得我是特务吗？"Q 问。

"不觉得，"我说，"不过你干吗要跑呢？留下来说清楚不就好了。"

"唔……太麻烦了。而且我感觉继续留在那里也没什么意义。"Q 说。

"拜托，你可是战争的关键人物。"

"我不太确定……就算我真的很关键，我也不觉得靠后勤部这样就能赢。"

我又叹了口气，想起了那个宛如无尽深海的夜晚。

"你记得吗，上次我这么想的时候，你还鼓励我别放弃呢。"我说。

Q沉默了一会儿。

"我也并不是想放弃。只是觉得……这些所谓的情报，真的有什么实际含义吗……还是说，这些含义完全是我们想象出来的？"

"这个我也想到过，但很难解释，"我说，"比方说，为什么言说派所说的内容，正好能印证乞讨部的预知梦？为什么所有的俱乐部里，都能感受到那种若有若无的、迷宫般的感觉？"

"也确实……不过我觉得，后勤部花了那么大力气，这场战争好像也没有什么实际上的进展。"Q说。

"毕竟我们也只能这样做了吧。尽力找到线索，寻找它们之间的联系……哪怕最后发现某个思路是错误的，至少也能缩小一点点答案的范围。"

"可如果……我们一开始就把答案的范围划错了呢？"

我转头看Q："什么意思？"

"我们从自己以外的外部世界寻找情报，但外部世界本身就变幻莫测，这好像跟刻舟求剑没什么区别。"Q说。

"莫非你认为……应该去内部世界寻找线索？"我问。

"至少对我来说，内部世界更稳定。就像我现在躺在草地上，我可以明确感受到草地的质感，以及与重力相对的支持力，这比用笔记下的，或是地图上标注的'草地'可信得多。"Q在说这些的时候一直闭着眼睛。

"可内部世界只是整个世界的一小部分吧？当个体消亡的时候，它的内部世界就消失了，而外部世界仍然不受影响，所以还是外部世界更稳定吧。"

"不不，应该说外部世界是内部世界的一部分。你所知道的外部世界，要么是通过其他个体的感知或思维得来的，要么是通过你自己的感知或思维得来的。也就是说，如果没有内部世界，也就无从描述外部世界。"

"这就有点强词夺理了啊。"我说。

"没有吧？"Q说。

"有的吧。"我说。

"有吗？"Q说

"有啊……STOP。"我说。

"好像又陷入死循环了。"Q说。

我突然若有所悟。

"这有点像是在尴尬中煎熬……莫非我们正在进行干煎部的活动？"

"噢，这不是干煎部，而是风干部的活动。"Q说。

"风干部？"我掏出笔记本，"什么时候有的？"

"就在刚才，"Q说，"风干部，并不是做葡萄干或者牛肉干的俱乐部，而是'一边望风一边在尴尬中煎熬的俱乐部'的简称。"

我在本子上记下风干部的信息。

"你看，"我说，"这就是我想说的。不管个体有没有在感知和描述外部世界，外部世界的存在本身是恒常不变的，并不会因为你没有看见就消失。而从你的内部世界创造出的俱乐部却总是那么随意，比刻舟求剑还不靠谱。"

"不不，刻在舟上的记号位置和剑的位置毫无关联，可我创建的每个俱乐部，都是对当下现实的真实反映。"

"但……"

"比如我现在又创建了一个俱乐部。"Q打断我。

我只能再次打开笔记本。

"名字？"

"组织部。"

"全名是？"

"组织部，并不是专门负责登台拜将的俱乐部，而是'阻止你继续说下去的俱乐部'的简称。这是专门为此时此刻设立的俱乐部。"Q说。

我唰唰记下组织部的信息，然后合上本子。

"你阻止不了我。"我说，"除非你能一刻不停地想出新的俱乐部名字，否则我还是会和你继续辩论下去。"

Q皱起眉头，冥思苦想。

"好吧，"他终于说，"我暂时想不出更多了。"

"这就对了。那关于刚才的话题，你还有什么要说的吗？"

"还有一点，"Q说，"你刚才是不是说外部世界是恒常不变的？"

"嗯。"

"但这只是你的想象。外部世界并不一定真的有一个恒常不变的样子，没有任何两个人可以互相核对——因为它在每个观察者眼中都是不同的。蝙蝠能听到人类无法听到的次声波，蛇可以看到人类无法看到的红外线。它们眼中的世界一定和我们的截然不同。"Q说。

"不仅不同，它们根本就不知道'世界'是什么。"

"那就说人类好了。人类中有色盲，也有四色视觉者，他们看到的世界也会截然不同。然而即便你我都是普通的三色视觉者——"Q信手折下一片草叶，"你也无法确定，你看到的绿色和我看到的绿色是不是相同。"

我接过那片草叶，眯眼打量。黯淡的暮光把草叶变成了某种灰扑扑的、勉强能看出一点黄绿色的颜色。原来如此，我想，即便我和Q一直对其使用同样的形容，但的确没办法知道，我们看到的是不是同一种颜色，哪怕用色度计或是取色管读出数值，也并不代表我们就了解了这种颜色本身。语言、工具、文字，所有这些都只能流于表面，而事物本身所处的深度则永远无法被触及。

"可照你这么说的话，内部世界不是更不可信了吗？"我说。

"不，就每一个个体而言，它看到的世界总是保持一致的。我见到的绿色虽然可能不是你见到的那种，但对我来说，它一直是那个样子。一直以来，这就是我获取确定感的方式，可是现在……"

"现在？"Q的语气里有什么东西，令我不安。

Q朝我转过头，他大睁着双眼，面色苍白。

"现在，就连它也失效了。不管我又创建了多少俱乐部，都无法再从中得到确定感。"

我说不出话。不知道为什么，Q的话让我感觉非常不妙。

荷花池那边传来凌乱的脚步声。"在那！"有人喊。

Q一跃而起，朝河岸跑去。我跟在后面想拦住他。

我们跑到了河岸边缘。

后勤部的那几个人气喘吁吁地赶到，其中一个问我有没有受伤。我意识到他们严重误会了。

"先等等，Q不是特务。"我说。

"不管是不是，你都得跟我们回后勤部！"有人朝着Q喊。

"我不想回去。"Q说。

"如果你不是特务，那你还怕什么？"

"我并不是害怕。不过……这些已经不重要了。"Q看了看河水，又看向我，眼神里带着古怪的淡然。

"我突然明白那个梦是什么意思了。"Q说。

他纵身一跃跳入河中。

"抓住他！"

两个似乎是记录派的人紧跟着跳进河里，扑腾一阵后，困惑地站起身。

我们全都凑过去。河水的深度只到人的膝盖，水色能够见底，然而根本没看见 Q 的影子。

Q 消失了。

17. 后勤部·三

Q 的消失被兜帽们解读为畏罪潜逃，且他们认为 Q 所属的敌方很可能是外星物种——毕竟没有哪个地球人能做到这样消失。我虽然不认为 Q 是外星特务，但也没法解释他是怎么不见的。

自那以后，一切变得愈发古怪，仿佛世界正怀着恶意缓缓滑出原本的轨道。后勤部楼前的大洞已经填平，破损的水管也修复了，但市内又发生了两起类似的塌陷事件。新闻里的专家说，这和地下水过量开采有关，但我总觉得事实并不止如此。除此之外，还有件事起先不被注意，但渐渐地，所有成员都对其警觉起来。

那就是风。

现在想来，风是从 Q 消失后的第二天开始变小的。风力等级在不知不觉间逐日减弱，等意识到树叶不再摆动，窗帘也不再飘拂的时候，我们才惊觉那种透明的、凉凉的触感已经很久没有出现过了。紧接着是雾。和风的消失一样，雾的到来也是缓慢而隐蔽的。谁会在意清晨那一小片薄薄的白雾呢？太阳一升起来，它们就会消失的。只不过雾气被驱散所需的时间越拉越长。当然，这可能也和天气转冷有关。有时，早上九点雾气就已褪去，有时直到中午，远处的景物看起来还是朦朦胧胧的。到了阴雨天，浓雾则会整日盘踞在街道与高楼之间。有一次，当我在又一个黄昏时分到达后勤部时，雾气甚至涌进了室内。走廊、地板和墙壁都蒙着一层湿气，一碰就聚成水珠，必须慢慢走路才不会有滑倒的危险。

言说派们最近异常沉默，只偶尔发出一些模糊莫辨的声音。有人认为这是我们摆脱了敌方特务，使局势暂时得到缓解之故，但这个说法马上被驳斥了，因为并没有证据证明局势真的有缓解，反而从那些地质和气候异象来看，大多数成员都觉得不是什么好兆头，局势可能更严峻了也说不定。也许那是敌军的另一种攻击方式，也许言说派的沉默也与此有关——就像雷雨天气会干扰无线电信号一样。

我并未放弃寻找Q，但电话和信息一概联系不到他，就好像Q真的从这个世界上销声匿迹了一样。至于原先那种若隐若现的、谜一般的感觉，此时已像雾气般无处不在。我时刻有种怅然若失之感，好像遗忘了什么重要的事情，又或者悚然怀疑自己正身处梦中。大雾似乎不仅遮蔽了可参考的视觉线索，也模糊了我自身存在于世界的确定感。

这场大雾会持续多久？它的尽头又在哪里呢？我沿着曾经的散步路径在一片白色空茫中前行，脚步犹疑好似梦中游魂。机动车在马路中央堵成一排，红色尾灯长亮不熄，白色尾气如烟云流淌。没有一辆车发出鸣音，它们像是早已预计到等待漫长，就只是静静地停在那里。我经过那一扇扇在雾气中变得昏暗的镀膜车窗，疑心其中是否真有活人驾驶。我继续往前，走过河堤旁的绿化带。雾气安静地弥漫在天地间。我隐约忆起一些久已遗忘的感觉，但它们又不够明确，不足以浮上意识表面。我的思绪处于一种无从获得参照系的状态里，追踪着某种自己也不甚明了的东西，如同被抛出船舱的宇航员，只看见星尘在四周旋转，却不知道自己是在上升还是坠落。在这种仿佛半梦半醒的行走中，我渐渐发现道路的走向变得与印象中不同。预计会看到的地下通道变成了人行天桥，本该在另一个方向的某条林荫道又突兀地出现在眼前。道路仿佛在自行拼接组合，将我带向一个个熟悉的地方。安置在步行街中央漂亮亭子里的古董式座机，或是摆在街角报刊亭窗口上的塑料材质电话；门口狭窄，需要侧身才能进入的小巷里的公共厕所，或是商场里宽阔明亮的无障碍卫生间……我用迷惑的眼神打量那些正在进行俱乐部活动的成员，偶尔也参与其中。有时我接到像是串了线的电话，嘈杂的信号干扰声中有人絮絮地在说着什么，那声音好像是Q，又好像不是；有时我在女装部，余光会突然瞥到一个一闪而逝的身影，好像是Q，又好像不是。种种莫测离奇在我又一次抵达后勤部时达到顶峰：原来的活动室变得像阁楼一般低矮，必须略微低头弯腰才能进入。房间里除了坐在角落的几个言说派成员外也别无他人。我走过去问他们都去哪了，但没人回应。我附身倾听，在几不可闻的呢喃中，有一个声音微弱地喊："一切都在解离。"

"什么意思？"我抓住其中一人的肩膀问，"我们要输掉战争了吗？"

仍然没有回应。

我失魂落魄地离开后勤部。当我回头时，就连后勤部的大楼也消失了，取而代之的是一间莫名其妙的车棚。一个看车的老大爷坐在旁边，其面目酷似原先的大楼管理员……我转身继续向前，心中迷惘不解，如坠入五里雾中。我仿佛只是在机械地迈步，并不知道自己要去向何方。然而眼前的路倒渐渐熟悉起来了。我想起有一次，也是从后勤部出来，记录派的联络员曾带我走过这条路。

我拉开编译部的车间大门，联络员看到了我。

"你到哪去了？"他走过来问。

"后勤部，但没找到你们。"

"我们也刚从后勤部回来啊。"他说。

"是吗？"我思忖片刻，"那事情可能很糟糕了。"

"什么意思？"

"一切都在分崩离析，很快我们就再也见不到彼此了。"

"会有这么严重吗？"

谁知道呢……我叹口气，抬头看那幅巨大的挂毯。唉，就连它也失去了往日的色泽。挂毯上的图案并未有多少改变，但有些细小的、或许原本只是为了对一小块区域进行修缮所导致的变化，合起来却产生了某种阻碍，使得我再也无法感受到图案与图案、图案与整体之间的那种神秘的、仿佛有生命般的联系。整幅画作成了毫无意义的拙劣涂鸦，透出沉沉死气。编织者们蔫蔫地站在旁边，手上的动作都变得有气无力。

"怎么会变成这样？"我问。

"不知道，"联络员说，"好像有一天突然就这样了，他们说他们不能像以前一样编织了。"

"有一天……还记得是哪一天吗？"

"好像就是 Q 消失后的第二天。"

我隐约想到了什么。

一种模糊而悲伤的冲动驱使我抓起梭针，加入编织的队伍。起初我只是跟在其他人后面，为某些刚刚勾勒出的图形填补颜色，但很快我就不满足于此。我尝试将某些形状稍作改变，使它们和周围元素更为融合，或是干脆让它们和画布另一角的某些图案相对应。我在某些色块上覆上同色线条，使它们的厚度足以平衡附近其他形状或颜色的重量。我盯上了一些意义可疑、与整幅作品格格不入的晦暗线段，在它们一侧加入同样形状的明亮线条，使得它们成为依附于后者的阴影，以这种方式将它们纳入到整幅画面中。不知何时，其他编织者都被我吸引了，转而沿着我的编织路径工作。我的双手仿佛无须我指挥，它们时而用木条或皮料交错穿过线束，时而用钩针织出我自己也不熟悉的结构。新的图案从画面中浮现，像一条蛟龙，穿越高低起伏的颜色之海。我们随之穿过阴影，穿过简笔画般的僵硬形式的空壳，穿过仿佛象征着封闭与隔绝的线束深谷……

我的钩针掉到地上。捡起它时，我才发现自己的双手已经疲惫不堪，手掌近乎痉挛。我怀着惊异的心情打量刚才的成果：一道新出现的、颜色鲜明的曲线贯穿了整个画面，形状奇特，像变形的逗号，或是未完成的螺旋。其他编织者们仍在持续工作，他们动作敏捷，不时小声交谈，似乎恢复了编织的热情。

"你是怎么做到的？"联络员难以置信地问。

我摇着头说："我也不知道。"

我看出我的话并没有什么说服力，然而事实确实如此。在此之前，我从未编织过任何东西。那些技法像是原本就存在于某处，只是经由我的双手流淌出来而已。

离开编译部后，我愈加迷惑。这感觉就像是有人在不断地告诉我什么，那语言显然有其意义，但却不是我能听懂的。我忽然怀疑这场战争的参与方并不只有我们和敌方，也许还有另一个和我们站在一边的阵营，它们一直在以它们的方式提供线索——也许是制造一些巧合，也许是通过心灵感应——只是我们始终都无法领悟。假如，我想，假如它们能再一次给出线索，我或许可以……

脚下的路又一次变得似曾相识。我花了一些时间，才想起上一次经过这里时的情形——也是在离开编译部之后，只不过不是在现实中，而是在梦里。我环视四周，看到那排熟悉的店铺街。服装店、手机店、房产中介……梦里卖地图的杂货铺所在的位置是一家电器行。我走进去。作为主打促销品的大尺寸液晶电视摆在店内显眼位置，上面正在播报关于最新的地面塌陷事件的新闻。镜头一转，一个地质学专家开始介绍本市的地下水现状，屏幕上打出一张图片，似乎叫地下水流场测绘图之类。我没注意听，因为图上的形状完全吸引了我的注意力：几个层层嵌套的、一眼看去有如螺旋的圆圈。

18. 松赞干部

我手提公文包，急匆匆赶到乞讨部所在的仓库。我很怕这间仓库也会像后勤部一样，变成其他什么莫名其妙的东西。还好它没有。

烛光摇曳的地下室里，我展开那张皱巴巴的、从垃圾桶翻出来的俱乐部结构图。画面中，一道新近添加的螺旋状曲线穿过点和线的丛林。我尽可能让它和记忆中的形态保持一致。很巧的是，这根线几乎正好划过所有代表俱乐部的黑点。

"这就是你新发现的线索吗？"兜帽 1 号问。

"是，我觉得它很重要。你们有没有什么想法？"

"这种螺旋倒是很常见。"兜帽 1 号说。

"应该是叫黄金螺旋，但我不知道应该怎么解码。"我说。

"可以试试把它转成数字。"九七说。

"数字？"

"黄金螺旋可以按照斐波那契数列画出来。"九七说。

"等等，能再给我看下你的笔记本吗？"兜帽 2 号说。

我把本子递过去。兜帽 2 号看了一会儿，皱起眉头，显得很纠结。

"如果是这样的话，我们之前的推论可能就错了。Q 或许不是敌人。"他说。

"你想说什么？"我问。

兜帽 2 号迟疑着。

"别犹豫了，"兜帽 1 号说，"要知道我们的目标是赢得战争，而不是证明自己的正确。"

兜帽 2 号沉默了一会儿。

"我明白了。"他说。

他在本子上写下一串数字，然后把本子还给我。

"你看，我写的 1，2，3，5，8，13 就是斐波那契数字。假如用你这张结构图中所暗示的方式，把这串数字叠加到俱乐部列表上的话——"

他圈出第一、第二、第三、第五、第八和第十三个俱乐部：

①供电部

②女装部

③后勤部

4. 散部

⑤望风部

6. 乞讨部

7. 编译部

⑧自动部

9. 园艺部

10. 石头部

11. 财务部

12. 干煎部

⑬风干部

14. 组织部

"你会发现这六个俱乐部里，Q 所创建的俱乐部又正好占了一半。也许这意味着某种平衡，而不是对抗。"他说。

"而 Q 的消失使平衡打破了，所以世界才开始解离？"我问。

"也许吧。可能那天言说派的古怪行为，是想让你们合作，而不是打架。不过我不太确定，现在的线索还不够多。"

"对了，"兜帽 1 号问我，"你最近有没有做什么梦？"

"没有印象深刻的。你们呢？"我说。

兜帽 1 号摇摇头。

"如果有最新的梦就好了，这样我们或许还能进一步解码。"他说。

"要不要试试催眠？"九七问。

"好主意，可这里没有催眠师啊。"我说。

"我试试吧。我还是松赞干部的成员。"她说。

"什么部？"

"松赞干部。并不是迎娶了文成公主的那位，而是'放松身心积攒精力为干大事做准备俱乐部'的简称。俱乐部的主要活动之一就是催眠练习。"

我们全都愣愣地看着她。

"你说怎样就怎样好了……"我说。

九七指挥我们把椅子拼到一起，又把所有斗篷叠成垫子铺在合适位置，勉强做出一把躺椅，然后让我躺在上面。

她开始轻而缓慢地念起引导语。微微跳动的烛光使我昏昏欲睡。我的身体逐渐放松，仿佛在不断下沉，深深地陷入斗篷做成的垫子，穿过椅子和下方更深处的大地，一直沉入到世界的缝隙之中。噢，那些游移的基质和空无的气泡……在这里，没有东西能永远维持它的表面形态。它迟早会变回那无色而虚幻的基质本身，就像形态各异的海浪，最终都会变回海水。我甚至感到自身也在渐渐融化消失，只剩下一些东飘西荡的思绪，一些来历不明的念头，在这片空幻之地沉浮。它们究竟是由我产生，还是某种别物在我身上折射出的反光般的存在？一个声音在遥远的地方喃喃说着什么。我试图和它对话，却只能发出含糊不清的回应……

耳边响起打响指的声音。

"你可以醒了。"九七说。

我睁开眼睛。眼前仍然是光线昏暗的地下室。兜帽 1 号递给我一张纸，上面写着几行字：

一条路径

连接所有结构中的结构

在雾气尽头
镜子的两岸将得以缝合

"这是……"

"你在催眠状态下说的话。"他说。

我看着这张纸，却完全想不起自己这么说过。我似乎有些了解言说派那些人是怎么回事了。

也许我也能试试解码，我想。

我看着那几行字。

"第一行中的路径和结构可能跟那条螺旋线有关，"我沉思着说，"结构中的结构，这表述有点奇怪，或许是为了强调世界的某种深层属性……我好几次在不同地方碰到相似的图案，可能就是这种属性的体现。后半段说的……似乎是让世界恢复完整的方法。我不太清楚雾气的尽头是哪里，但我觉得它和那条路径有关，可能路径的终点就是能让一切恢复正常的地方。"

兜帽们沉默了一会儿。

"你已经……解得很好了。"兜帽1号说。

"是吗？"

"至少我也不能做得更好了。接下来你准备怎么办？"

我想了想。

"我准备从头再参加一遍这几个俱乐部的活动，看看会不会有什么发现。"我指着画了圈的那几个俱乐部说。

"行。有需要随时联系我们。"

19. 供电部 · 三

我带了和秘密俱乐部有关的所有东西：公文包、通信手册、假发、我和Q的斗篷……当然，还有从不离身的笔记本。我并不知道这有没有用，带上它们是全凭直觉——不过，直觉也许是我现在唯一能依靠的东西。

我按照通信手册找到最近的电话亭，随机拨出一个号码。响一下，挂掉。响两下，挂掉。响三下。

没有人接。

我放下听筒，走出电话亭。

这就可以了吗？我感觉不太确定，但又想不到还能做什么。犹豫了一会儿后，我开始朝女装部的方向走。然而脚下的道路再次进入那种奇诡的状态：无论我走了多久，好像都只是在有限的区域内打转。

手机震动了一下。我拿出它——是兜帽2号发来的消息：

"严格来说，斐波那契数列应该是0，1，1，2，3，5，8，13……可能没什么用，但我总觉得应该告诉你一声。"

原来如此，我想。

我回复了一句"多谢"，然后转身往回走。道路仿佛明白我的心意般将我带回电话亭。铃声响起。一声，静默。两声，静默。三声。

我接起电话。里面传出似曾相识的嘈杂噪声。一阵类似电波干扰的蜂鸣音短暂从中划过：嘀，嘀，嘀——，嘀——，嘀——。

我打开手机，搜了下摩尔斯电码。果然，那串声音的意思是"2"。

"这就去。"我说。

这通电话是谁打来的呢？是Q吗？还是某个神秘的友军？我走出电话亭，信步向前。迷宫慷慨地展开自身，向我展示那些隐蔽的入口和小径。每踏出一步，似乎都让我更了解行走迷宫的方法。女装部所在的大楼很快出现在视野里。我在树荫中悄悄戴上发网和假发，换上宽松的外套和内增高运动鞋，这才上楼进入活动室。起先我不知道该干什么，只是随处逛着，看他们品评最近的时装款式，或是研究怎样打出最饱满的蝴蝶结，直到有人拍了拍我的肩膀。

"Q？"那人说。

我回过头。叫住我的人一头长发，化着精致的淡妆。我不认识她，但她的声音有点熟。是在哪听过？

"抱歉，认错了。"她说着打算离开。

"等等。"我说。

我的声音似乎也使她吃了一惊。她仔细地打量我。

"啊，是你。"她说。

我也终于认出她了。这分明是我们记录派的联络员。虽然化了妆又用了伪声，但因为我见过她本来的样子，所以还是能认出来。

"原来你也在这里，幸会。"我说着伸出手，却突然踌躇了。对方应该知道了，我并不算是女装部的部员。她会揭发我吗？

联络员犹豫了一下，握住我的手。

"幸会。"她说。

我松了口气。

"奇怪，怎么以前从来没见到过。"我说。

"互相错过本来就是很容易的事，何况是在这里。"她说。

"……嗯，也是。"

"你今天是来参加活动的吗？"她问。

"不，只是想找找线索。"

"关于战争的线索？"

我点头。

"没什么能帮你的，给你这个，就当是幸运符吧。"她从头发上解下一个东西给我。

是一小段漂亮的蕾丝发带。极为精细的丝线钩织出上下两条平行的花边，在薄至透明的基布上，有一道波浪状花纹，细碎的小粒珍珠点缀在花纹周围，如同波浪溅出的水珠。我把发带顺时针转了 90 度，那道花纹看起来就像一个细长的"3"。

"谢谢，这很有帮助。"我说。

联络员羞涩地笑了笑，转身走了。

该去下一站了。

后勤部仍然是那副古里古怪的样子。车棚主体由膜结构的棚顶和立柱构成，左侧连接着广告灯箱。大楼管理员的椅子还在车棚前面，不过人不知道跑哪里去了。

我进入车棚，穿过那些停着的自行车和助动车，很怀疑其中是否有我需要的线索。我转向另一边，才发现广告灯箱内侧摆着一个流动书架。在五花八门的杂志和畅销书中，黑色封皮的笔记簿显得格外显眼。

我过去取下那本簿子，一页页翻看。

几条笔记：

自组织：指在最初的无序系统中，通过各部分之间的局部相互作用，产生某种全局有序或协调的形式的一种过程。

对称性破缺：指在系统临界点附近发生的微小振荡通过选择分岔中的某一分支，使得系统本质发生改变的现象。对称性破缺在斑图形成中起重要作用。

……

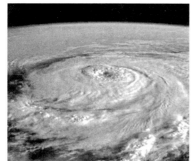 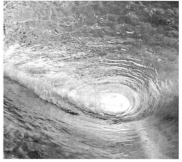

热带气旋和水的漩涡的照片。

闪电和树枝的照片。

某种十字花科蔬菜和某种蕨类植物的照片。

一篇关于复杂系统的论文的摘要。

……

我缓缓放下笔记簿。车棚外面，浓雾仍未散去。行道树和远处的建筑只是些朦胧的影子。我的头脑就如眼前的景象般充满迷惑和未知，然而有什么东西却涌动着，似乎想要从中挣脱成形，只是它过于复杂和庞大，非我所能理解。我感到自己就像第一次走进编译部、第一次看到那幅错综复杂的挂毯时那般不知所措。一切仿佛都有某种相似性，某种内在的规律，但最终表现出的形态却千差万别。那道螺旋会是穿越一切结构之结构的关键吗？

不……就连它本身，也不过是结构的体现而已。尽管如此，此刻我已经确信，自己正走在通往谜底的路径上。

我翻开自己的笔记本，手指沿着俱乐部列表下移。最后一个被圈出的俱乐部是第十三行的风干部。13 看起来是个神奇的数字，但……我的视线移向下面两行的组织部和松赞干部。

不对，这绝非一个完整的结构，显然它还在往下一个数字延伸。8+13，21……

也就是说，至少还需要六个新的俱乐部，并且为了保持平衡，其中的一半得让 Q 来创建，可我现在连他在哪里都不知道。

不管了，先填上另外一半吧！

我掏出笔，尝试自己想出新的俱乐部名字。

……然而我想了很久，竟一无所获。我忽然回忆起 Q 做的那个控制烟花的梦。也许这样的俱乐部只有像 Q 那样有创造力的人才能建立。而身为记录派的我，所能做的只是记录而已。

我拿出手机打给兜帽1号。回铃音断断续续，我突然焦虑起来，担心我们早已分处两个世界，但电话终于接通了。

"什么事？"是兜帽1号的声音。我长出一口气。

"我需要再知道三个秘密俱乐部的名称，帮我找找。拜托了。"

兜帽1号很爽快地答应了。我走出车棚，祈祷一切还来得及。

"五块。"有人说。

我吓了一跳，转头看到了大楼管理员。他不知什么时候回来了。

"什么五块？"我问。

"停车五块。"

"我没停车啊。"

"口说无凭，我又没看见。"

"……是你自己走开的好不好！"

"这我管不着，反正不交钱不让走。"

我无力地从口袋里摸出五元给了他，转身要走。

"等等。"他叫住我。

"还有什么事？"

管理员把现金塞进腰包，又从另一侧的口袋里掏出一张纸片。

"给你收据。"他说。

我接过来。收据上写着大大的"伍元"。

"你笑什么？"管理员瞪着我。

"没什么。多谢多谢，哈哈哈。"

我在他狐疑的眼神中快步离开。这一次，我似乎没花几分钟就抵达了城市另一边的公园。穿过荷花池，再越过草地。上一次Q就是在这里消失不见的。我躺下来，地上又凉又湿。我意识到这里并没有风可望：风早就停了，更别说放风筝了。我应该怎么办？

一个明亮的橙色物体在雾气中若隐若现。

我起身过去查看，发现那是一只缠在树枝上的风筝。菱形、纯色，公园门口卖的最普通的那种，上面既没有花纹也没有写着数字。

也许我应该把它拿下来，我想。不过这之后呢……要放飞它吗？可这里又没有风。

我找了根视野范围内最长的树枝，它刚刚能碰到风筝的木制骨架。

幸好我垫了增高垫，不然就够不到了，我突然想到。

这念头让我分了下神。风筝就在这一瞬间从枝头滑落，掉进河里。

糟糕！

我扔掉树枝，跑到河边。这只本该漂浮在水面上的风筝竟然在径直下沉，一转眼就全部没入水里，看不见了。接着，水中升起一小团气泡。其中最大的两个在水面破开，各自化成涟漪。有那么几秒钟，那些波纹看起来就像是一个轮廓在一圈圈扩大和消散的"8"。

这都行！我暗自叹服。

显然，我在这里的任务也完成了，是时候去自动部了。

20. 各种部

道路仿佛是簇拥着来到我的脚下，又后退着隐于雾中。我大步向着印象中的园区前进，宛如腾云驾雾。蓝色的工地围挡自雾中浮现。我看到附近有一排从未见过的各色共享单车，而习以为常的小虹车却不见踪影。有趣，莫非它们是按车身颜色解离了？我试着用原来的方式开了辆小黄车，竟也能顺利开走。

广场和那两幢玻璃幕墙大楼都还是老样子，只是当我把车骑到通道口时，才发现原先镜面般的外墙此时已覆上雾气，只能反射出模糊的影子，不知道会不会影响慢骑运动。

口袋里的手机响了，是九七打来的。

"你要的俱乐部名字，我现在找到了两个。"她说。

"稍等……好，你说吧。"

"一个是小卖部。"

"嗯。"

"并非卖杂货的小卖部，而是'警惕小麦蛋白及其他谷蛋白俱乐部'的简称。"九七说，"主要活动内容就是科普麸质过敏的概念，以及探讨无麸质饮食的经验。"

"……你是从哪找到这个俱乐部的？"

"这是松赞干部的一个分支，我问起时他们告诉我的。据说开始无麸质饮食后他们的精力水平明显提高。不过这只对一小部分麸质过敏的人有效，大多数人不用这么做。"

"……你刚刚是在给我科普吗？"我问。

"是呀，毕竟我现在也是小卖部的部员了。"

"噢……"

"还有个俱乐部是带胶部。"九七说。

"带胶部？这不是日语吗？"

"不是日语里'没关系'的意思，而是'待在一起以防叫天天不应叫地地不灵俱乐部'的简称。"

我沉默了两秒钟。

"麻烦你再说一遍……"

"'待在一起以防叫天天不应叫地地不灵俱乐部'。"九七说，"最近我们发现世界解离得越来越厉害了，有时刚打过招呼的人，转身就再也联系不上了。所以由供电部牵头建立了带胶部，所有参加秘密俱乐部的人都可以加入。活动内容就是尽量待在一起，确保能及时传递消息。"

"原来如此……"我在本子上补充好带胶部的信息。在我刷刷记录的时候，黑色笔记簿里那些分叉的闪电和树枝的图片不时掠过我的脑海。

我谢过九七，把手机放回口袋。面前是曾经和 Q 比赛的慢骑赛道，浓雾覆盖了赛道的后半部分，使赛道看起来像是直接通往虚空一般。

我踩上踏板，开始慢慢前进。也许是因为路面湿滑，车子的操控难度比印象中要大一些。

那天应该和 Q 再来一盘的。现在只能和自己比赛了。

我这么想着，瞥了一眼玻璃外墙中的倒影。

倒影的动作和我的不同步。

小黄车差点撞到墙上。我勉强拉回车把，使劲凝视墙里的影子。那个人显然不是我，但动作姿态又很眼熟。

"Q？！"我大叫。

那人影似乎也动摇了一下。一种轻轻的、近乎震动的声音在两幢大楼间回荡，像调频波段的静电声，又像是言说派的喃喃呓语。在那声音深处，好像有人在说着什么。

"Q！是你吗？"

"……"

困惑和焦虑让我难以维持平衡。我的车摇摇晃晃，没多久就往前窜了一大截。从我的角度看，玻璃里的人影几乎看不见了，嗡嗡声也轻了下去。我调转车头往回，想靠近那个人影，却发现它已经消失了。我抹去墙上的雾气，只看见自己的倒影。

奇怪。我刚才的确看见了 Q……

我愣了一会儿，把车骑回原处，重新停在起点线前。

果不其然，那影子又出现了。

我再次踩上踏板。似乎比赛持续得越久，雾气里的影子就越脱离我的形象，变得越来越像 Q。然而每次快要辨认出那个身影时，我就已经骑得太超前了。也许只差半个轮胎的距离，我就能听清他在说什么……

"车轮不可能停下，或者倒退……"我想起那次比赛时 Q 说的话。

紧接着又想起仅仅一小会儿前，我在后勤部车棚里看到的东西。

废话，车轮当然不能倒退，因为我骑的不是死飞！

我抓起手机打给兜帽 1 号。

"您所拨打的用户不在服务区……"

重播。

"您所拨打的用户不在服务区……"

该死！难道我和他的世界已经断开了？

我打给九七。谢天谢地，电话通了。

"喂？"

"九七，你现在还能联系到后勤部的人吗？"

"能啊。我现在在带胶部，好多人都在。"

"帮我问问后勤部车棚里停的那辆死飞是谁的。"

"好。"

电话里安静了一会儿。

"是我们解码派的一个成员的，"九七说，"你要——"

电话似乎突然被拿走了。

"你要死飞？"

是兜帽 1 号的声音。

"对，虽然有点难以解释……"

"不用解释了。我可以给你一辆，但怎么给你送过去？现在我们都不敢随便在外面走。"

"你能走到后勤部车棚吗？"我问。

"应该可以，那里离带胶部很近。"

"就去那里吧，我来找你。"

我调转方向，飞速踩起小黄车。一些来时见过的景物再次划过视野，只不过它们之间的间隔比我以为的要大得多。雾气正在稀释这个世界，或者该说，是世界的解离才催生了这场大雾？大地仿佛在向着远处逃离，如同宇宙中加速离去的星系……

后勤部的车棚从雾中显现。我看到兜帽们已经等在那里，兜帽 1 号推着辆蓝白相间的死飞。

"怎么都来了？"我问他们。

"不能单独行动，这是带胶部的准则。"九七说，"就算死也要待在一起。"

"能不能别那么晦气？"兜帽 2 号说。

我下了小黄车。兜帽1号把死飞交给我。

我朝车棚里张望了下，之前看到的那辆死飞还在。

"为什么你要给我另找一辆车呢？"我问。

"这辆是我的，装了刹车，那辆没装。"兜帽1号说，"其实上次我摔伤腿，一部分原因也是之前没装刹车的关系。"

他抬起手臂，手上拎了个骑行帽。

"帽子也戴上。"

我乖乖戴上帽子。

"对了，第三个俱乐部的名字也有了，叫生死部。"兜帽1号说。

"生死簿？"

"不是阎王爷的生死簿，而是'在保证生命安全的前提下骑死飞俱乐部'的简称。"

"那我现在也是会员了。"我边记笔记边说。

"当然，一定要注意安全。"

"嗯。"

"你会成功的吧？"九七问。

"不知道，不过我会尽力。"我说。

"我觉得你会的。"兜帽2号说。

"失败也没关系，"九七说，"反正大家一块玩完。"

我朝她翻了个白眼。

"走了，再见。"我说。

我骑上兜帽1号的死飞，结果还没骑出多远，前方的地面猛然波动了一下。我迅速按住刹车。路面如流沙般下陷，一个大洞眼睁睁出现在我面前。

幸好加入了生死部！我回头想这么说。

后勤部和兜帽们都消失了，只看见浓雾笼罩着空荡荡的水泥地。

这一次，我确确实实和他们失去联系了。

没事，没关系……我想。假如成功了，我还会再次见到他们
的。就算不成功，那我们也是同在战争中牺牲的烈士。不过……
要是地狱或者地府也解离了呢？如果是那样的话，就太悲惨了。

我绕过大洞，起身踩起踏板。雾中风景如走马灯般掠过。我
避开路上的黑洞，跳过人行道台阶。自行车的后轮不时发出尖锐
的吱吱声。我必须在一切加速逃逸之前赶上它们……

我做到了。

大楼间的赛道隐隐绰绰。在我离开的这段时间内，雾显然又
变大了。我从起点处慢慢起步，等待那个藏在倒影里的人现身。
我想起和Q比赛那天，明明感觉骑了很久，时间却只过去了五分
钟。也许异变并不是在园艺部那一晚首次出现的，而是在我和Q
比赛时就发生了。这条通道，或许连接着时空的裂隙。

玻璃墙中的人影渐渐现出不同于我的姿态。静电般的声音也
再次出现。

我时不时倒转踏板，和人影保持同样的进度。

宛如耳语的人声从嗡嗡底噪中浮现。

"……然后话和总结组合上锁死……"是Q的声音。

"Q？"我对着墙喊。

"……也为是，船，一看还好位置很近……"

"你在说什么？"

"……有一段变成闪的伤心巨大里，突然落了一只风筝……"

我意识到Q根本听不见我说的话。

我深呼吸，努力让自行车晃动的幅度减到最小，随后小心地
靠近墙面。突然，就像是调到了合适的波段，杂音瞬间减弱了，
人声也变得清晰。

"……我捡起它，是一只简易的橙色风筝。我想起以前虽然
常看别人放风筝，但自己却很久没试过了。上一次大概还是在小

学春游的时候。"

"那个风筝，是我掉下去的！"我脱口而出。

"我举起它，一边跑一边放飞。这里的风大得吓人，风筝一下子就飞起来了，我差一点没抓住线轴。它越飘越高，最后我放完了所有的线，这个时候风筝已经几乎看不见了。"

"Q，能听见我吗？"我冒险举起一只手，敲了敲墙面，Q的影子一阵波动。

"……变成蛮快，走白天它面一个很小很小的点，与其说是眼睛看见的，不如说是通过线轴传来的拉力感觉到的。这个时候我明白了，放风筝的精髓，并不在于风筝，或者放风筝的人，而在于这两者间的相互关系，或者说，一种动态的平衡。就像我正在进行的慢骑，它的乐趣既不在自行车中，也不在骑车的人之中，而是在二者构成的平衡之中。所有其他事物都是这样……"

我努力听着那些意义不明的话语，只觉得越来越困惑。此时，Q已经离终点越来越近了。嗡嗡声再次增强，Q的声音也开始模糊了。

"所以说，整个模敢茴以前都想错了，必须在这两者间建立连接……"

"Q，我快听不见你了！"

"这样才能……谁？"Q猛然抬起头。

他能听见了？！

"我，是我啊！"

"什么？我刚刚没说话啊。"Q的回答牛头不对马嘴。

我突然明白这是怎么回事了。

"原来那只风筝是你送来的！"Q震惊道。

"Q，"我喘着气说，"我能听到你，但我们之间有延迟，而且连接好像快断了。"我尽可能大声地说。此时Q的轮胎已经快碰到终点线了。

Q沉默了一会儿。我不知道他是否听到我后面说的话，但他转头朝着我的方向，像是知道我在那里一般。

"我们公园见！"他大喊。

Q的轮胎碰到了终点线，他的影子随即消失了。

"行，公园见。"我心说。

我用力踩下踏板，冲进赛道尽头的虚空。噢，那些阴冷的白色雾气！它们似乎拥有了重量，像无数细小的铅粒拂过我的面颊，灌进我的鼻子，像有生命般绕着我打转，在我眼前层层堆叠，直到我除了一片白色沙海外再也看不见其他。我分不清自己是在向左还是向右，是在前进还是在后退，只能用尽全力一遍遍踩着踏板。终于我冲出浓雾的重围，公园径直出现在我眼前。

我飞快地穿过门口，往里骑了一段，然后把车一扔。我手拎公文包，飞奔着穿过荷花池，公园里雾气沉沉，除了我以外没有一个人，简直像鬼片里的墓园。我气喘吁吁地跑上草坪，跑到Q上次落水的地方。

河水里映出一个倒影，有点像我，又有点像Q。一种嗡嗡声弥漫在空气里，像静电。我的脸上和手上都觉得麻麻的。

我凑近河水。

"Q，能听见吗？"

"……认识唔唔唔森可以。"

"听着，我大概知道要怎么做了，但需要我们两个配合。"

"唔唔好的。"

我掏出笔记本和笔，把本子摊开，然后趴到草地上。若是有第三个人在场，一定会觉得这情景委实古怪。Q的影像和声音都模模糊糊的，是他那边的大风的影响吗？这样的话，我也算是在一边望风一边在尴尬中煎熬了。

"Q，我需要你再给我两个俱乐部的名字，要你自己创建的。"我说。

"现……现在？"

"现在。"

倒影缩着脖子，似乎在苦思冥想。

"……恐部。"

我在生死部的下方记下"恐部"这两个字。一写完，我就发现倒影的波动减弱了。

"并不是作为形容词的恐怖，而是'恐怕我想不出更多俱乐部了'的简称。"倒影说。

"作为形容词来解释也说得通，"我说，"毕竟你想不出的话，大家就要一起完蛋了。"

"唔唔唔……"倒影痛苦地晃动着。

"好吧，还有……瀑部。"他说。

"瀑布？"

"并不是飞流直下三千尺的瀑布，而是'扑倒在地苦思冥想俱乐部'的简称。"

我运笔如飞地写下瀑部的名字，然后检查了一遍列表。没错，现在上面有二十个俱乐部了，其中Q创建的正好占了一半。

"我想完两个名字了，然后呢？"Q的声音异常清晰地传了过来。

我抬起头，看到Q的面貌清晰可见。倒影几乎没有一丝波动，仿佛Q真的就在那里。

我不由伸出手，水面另一边的Q也是。两只手同时触到水面，但我的手指只感觉到湿冷的水。

我缩回手，倒影波动了一阵，再次静止下来。

"我们确实已经建立了某种平衡，但好像还差点什么。"我思索道。

"我有个想法，虽然会有点奇怪。"Q说，"似乎我们动作同步的时候连接会更稳定，所以说……假如我们把外形也变得尽量相似呢？"

我想了想，把头上的骑行帽摘下来。

水中的倒影忽然变得像镜子里一般清晰。但，还差一点……镜像里仍然能感觉到水的存在。

"我的外套有帽子，你的没有。"Q指出，"我把外套脱掉试试。"

"等等。"我突然想起来了。

我打开公文包，取出乞讨部的斗篷，然后把Q的那件放进水里——它轻轻地滑进Q的手中。

我们同时套上斗篷。

就连那层近乎透明的镜面也消失了。Q就在那里，我确信无疑。

我的手握住了他的手。这一刻，阻隔消失了，我们之间似乎不再有分别。

"我宣布创建——"我／Q说。

21."模特部。"

"模特步？"Q／我问。

"并不是T台上走的那种模特步，而是'魔幻世界特别行动俱乐部'的简称。俱乐部的宗旨，就是让解离的世界恢复完整。"我／Q说。

风不知从何处吹起，呼啸着席卷而至。强风吹过我们的头发和面颊，吹走雾气，吹向世界上的一切。我们的身体摇晃着飘浮起来，斗篷猎猎作响。河水在我们周围升腾流转，夹杂无数大大小小的气泡。草地、树木和公园都消失了。我们飘浮在风中又像飘浮在水里，不知道自己此刻身处何方。

"这是怎么回事？"Q一手遮着眼睛说。

"不知道啊！"

"我还以为你知道呢！我一直是跟着你给的线索行动的。"

"什么线索？"我不明就里。

"风筝不是你给我的吗？还有供电部的电话和斐波那契螺旋……"

"什么？"我大惊，"我还以为那通电话是你打给我的。"

我们互相干瞪着。

"那到底是谁打的电话？"Q问。

"是我。"

那声音听起来有点像我，又有点像Q。我们转向声音的方向，隐约看到一个人影，在视野里一闪而逝。

"你在哪？"我问。

"就在这儿啊。"声音从背后传来。我们一转过去，它又不见了。

"你能不能别动？"Q转向左边，我跟着看过去。

"我没动，是你们一直在动。"声音在右边说。

"明明是你在动！"我转向右边，Q跟着看过来。

"我真的没动。"声音在左边说。

"Q，你看着这边，我看那边！"我说。

我和Q背对背站着。

"你这个滑头，看你还能去哪儿！"Q说。

"我一直在这里，哪也没去。"声音在我背后说。

"你看到它了吗？"我问Q。

"没有啊，我以为它在你那边。"Q说。

我和Q同时转过身。从Q大睁的眼睛里，我看到一个似曾相识的人影，有点像我，又有点像Q。

"嗨。"它说。

这一次，声音终于没有从背后传来——它根本没有从任何地方传来！

"我在做梦吗？"我说。

"恰恰相反。"声音不带任何方位感，像是直接从我心里响起一样。

Q的眼睛里同样满是疑惑。

"你到底在哪？"Q说。

"在这里。"

"这里是哪里？"

"你们从来没有离开过的地方。"

"我根本不明白你在说什么。"我说，"你在我脑袋里面吗？"

"里面和外面有区别吗？"声音说。

"什么意思？"

"你们现在看到的，是外面还是里面？"声音说。

我和Q面面相觑。

"当然是外面。"

"既然是外面，那么它离你们有多远？"

我转头看看周围，只看见无数气泡四处飘散流溢，近的有鸡蛋大小，远的如海边细沫。

"有的近，有的远。"我说。

"荧幕上的近景和远景，离你哪个近，哪个远？你在梦中看到的景象，离你哪个近，哪个远？"声音问。

我张口结舌。

"这，这是两回事……"

"无论是醒着还是梦里，所有经验的呈现之处，都在这里。"声音说，"你以为自己正从眼睛里往外看，那是因为你预先假设了自己'位于'眼睛的后面。你以为自己正透过耳朵往外听，那是因为你预先假设了自己'位于'耳朵的里面。可是无论视觉还是听觉，都只发生在这里。"

无数气泡仿佛在我头顶旋转。

"所谓的'外面'，只是你一直以来的想象，而这种想象，也只发生在这里。"声音又说。

我如遭雷击。

"我明白了！"Q说，"所以，一切都发生在'里面'！"

"所谓的'里面'，也是一种想象。"声音说。

Q如遭雷击。

"那……我们其实……哪里也没去？"Q愣愣地说，"可我们过去明明去了那么多地方。"

"瞧，这回你们又把'过去'当真了。"声音道，"那只是些在这里升起的影像和记忆。无论是那些影像本身，还是你们对它们的诠释，都只发生在这里。你们从没有离开过，是时间和空间在你们之内运动。"

"时间和空间……"我说。

"在我们之内运动……"Q说。

我们对视了一眼。突然间，我们毫无缘由地爆发出一阵大笑。我的头脑尝试去理解，但理智的每一次尝试仿佛都让整件事情变得更为可笑。

"你……你究竟是谁？"Q气喘吁吁地问。

"你们真想知道？"

"请告诉我们！"

"听好了。"它说，"我是火柴，也是火焰。我是波浪，也是海水。我是飞驰在线缆中的电波，是穿梭在所有俱乐部中的七重伪装者。我是言说派的呓语，是隐于幕后的织工。我是你们在梦中饰演的人。我是光，也是光下的阴影。我是雾，也是吹散雾气的风。我是一切，所以我什么都不是。"

"Q。"我说。

"嗯？"

"它刚才说……它什么都不是。"

我们沉默了一会儿，然后发出一阵比刚才时间更长的大笑。Q的肩膀不断抽搐，而我笑得眼泪都出来了。

"可恶……我们究竟在干什么？"Q说。

"理论上，"我揉着眼睛说，"应该是要让解离的世界恢复完整。"

"既然一切都发生在'这里'，那么战争的源头应该也在这儿。"Q说。

"有道理！"

像是感知到我们的心念一般，气泡朝我们汇聚而来，铺满整个视野。每颗气泡上都映出一幅影像。没有一幅影像与另一幅相同，但每幅影像又都和其他影像悄然呼应——闪电、河流和叶脉的形态遵循同样的分布规律；章鱼和哺乳动物的大脑中，迥异的分子元件构造出功能相近的神经系统；人脑中的神经元数量和可见宇宙中的星系总数近乎持平，横跨全脑的巨大神经元模拟着真空中的超星系团。形状相异但同样普遍的螺旋贯穿在众多的事物和生命中，其中便有那道熟悉的黄金螺旋，它蜷缩于雏菊的花蕊和鹦鹉螺的内部。我和Q沿着这条螺线在迷宫中穿行，而那个编织工在我们留下足迹的地方缝合世界的裂隙，就像一根针来回穿过挂毯的两面。这就是我们身处的战争吗？但它始自何处，那道裂隙的源头又在哪里？

气泡中的影像开始变化。我们看到这世上的战争，狮群猎杀羚羊，部落间为了土地和水兵戎相见。莫非这是区隔了"我们"和"他们"的战争？然而影像在继续变化。向前追溯，甚至在部落诞生之前……第一个生命体找到了利用自身之外的材料复制自己的方法。仍然向前，在更久更久之前……第一颗细胞用细胞膜将自己与外界区隔，通过离子浓度差摄入能量……影像仍在变幻，穿越无可计数的时空，直到化入一片似空非空、无可名状的大海。一切似乎早已是一体，如此完整，没有一颗原子被遗漏。

"你有没有看到裂隙的源头？"Q问。

"没有，你看到了吗？"

"也没有。"

"唉，你们这些傻瓜！"声音说，"那是因为你们还是在往外看！你们以为有一个在看的人，一个被看的对象，可是这两者从来都是同时出现、同时消失的！你们可有任何方法把这两者分开？可有任何办法把硬币的两面、把镜子和镜像分开？什么是没有正面的硬币？什么是没有镜子的镜像？谁是那个在看的人？谁又是那个在寻找、在战斗的人？既是一体，为何还要寻找、要流浪？大海还能去往哪里？天空还能去往哪里？"

我的头脑彻底停止了思考，仿佛掉进一片无依无着的虚空，奇怪的是，我没有感到害怕。那种长久以来压在心头的、沉甸甸的、仿佛必须要去做些什么的紧迫感，消失得一干二净。我轻得如同一片羽毛。

"你听明白了吗？"我问 Q。

"没有，但是我没有疑惑了。"他说。

"我也是。"我说。

气泡的潮水渐渐退去。一种遍在的、越来越明亮的光芒，充满了所有的近处和远处。

"我为所有真诚的探寻者而在，而你们也为我而在。"声音说，"和我一起战斗吧。你们的敌人并非外物，而是你们自身的无知与错觉。"

尾声

我仿佛从一场长梦中醒来，映入眼帘的是晨曦中的天空。风吹过我的额头，吹过我指间的皮肤，凉凉的，却令人愉快。

我从公园草地上撑起身体，看到 Q 躺在不远处，还在呼呼大睡。

在我心里，仿佛生长出了一处泉眼，小股的快乐源源不绝地从中涌出。我想把这泉水带给兜帽们，带给联络员，带给编织工，带给所有的俱乐部成员，不过，我并不着急。

我随手抓起一把草叶抛向 Q，细小的叶片落在 Q 的脸上，他皱起鼻子，猛地打了个喷嚏。

我哈哈大笑着躺回草地上。

Q，我的朋友！我们费尽艰辛，穿越重重迷宫，究竟是为了什么？

泥土传来柔润的触感和草叶的清香，碧蓝的天空明净如洗。

前往未知之地

楔子

冷冻间给人的感觉像是冰山洞窟中的远古遗迹，寒冷，寂静，杳无人烟。但那只是假象。高八英尺[①]、直径五英尺的白色胶囊状冷冻舱以固定间距交错而立，向深处延伸，直至填满整个空间。每一座冷冻舱内，都沉睡着一具人类的躯体，双腿在上，头部在下，像未出世的婴儿一般蜷缩在冷冻液中，期待在未来某一天被唤醒。

埃蒂站在十七号冷冻间门口，回头看了眼走廊——目力所及没有其他人。通常这个时候，她会听到极细微的电流声和设备运转的声响，但现在她只能听到心跳和血液的轰鸣。

她走进冷冻间，气密门在身后自动合拢。刚完成的大剂量静脉推注让她头晕目眩，但她仍尽力保持步伐平稳，以免监视器里自己的身影显得可疑。直到此时，她的所作所为仍然在职责范畴之内。

这是她能撤回那个疯狂念头的最后一刻。

这一刻很快过去了。

埃蒂走向房间深处，直到看见目标中的那台空冷冻舱。她用操作员权限启动机器，然后脱下衣物和所有随身设备。她费了番工夫才注射完最后一针抗凝剂。

离她最近的摄像头在余光里转动了一下。

---

① 1 英尺 ≈ 0.3 米。

"埃蒂·米勒，你到底在……"耳麦在地上发出声音。

埃蒂的眼泪突然夺眶而出。她颤抖着扔掉针筒，钻进舱内，反手关上舱门。程序随即开始倒数计时。在还剩 5 秒的时候，舱壁外面传来冷冻间气密门打开的声音。

"……2，1，0。"

透明的液氮伴随着白色气雾自喷口涌出，朝舱底汇集。埃蒂感到双脚一阵刺痛，继而转为麻木。液氮逐渐没过膝盖，体表温度让其中的一部分液氮直接汽化，腾起的白雾瞬间笼罩整个冷冻舱，顶部泄压阀开始嘶嘶作响。埃蒂手扶舱壁，想慢慢躺下，但最终还是因为虚弱和双腿丧失知觉而滑倒。在近乎纯白的迷雾中，她隐约听到有人在拍打舱门。

这是一次赌博，赌注和奖赏都是她的生命。她努力屏住呼吸。液氮没过全身，将她的意识，连同她的孤独和悲伤，一起卷入雾气的深渊。

真想成为……

……不，她在最后一刻想：我更想要的是……

一、群山

1

起初是一些声音，一些偶尔的光亮，在她意识边缘扰动，但她不清楚这和她有什么关系。她像是坐在岸边，只是看着那些波纹和泡沫从眼前流淌而过。过了一段时间，她突然意识到这些扰动其实离自己非常近，就在头顶或身侧，并且似乎和自己有关。她紧张起来，但有人轻轻将手覆上她的额头，在她耳边以安抚的语气说了些什么。她没太明白，但放下了心。她感觉温暖、舒适，知道自己此刻是安全的。

有时候她像是在做梦，更多时候，是梦流经她。陌生的影像和脸庞在意识的银幕上自顾自地出现又消失。有时一些纯粹的、无法言述的东西自意识深处浮现。它们在银幕上的样子是一些朦胧的色块、噪点或是光影。影像来来去去，偶尔她在台下观看，但大部分时间里，那个作为观者的意识甚至并不存在，于是剧院里只剩下兀自播放的屏幕，其光线忽明忽暗，投射在空空荡荡的观众席上。

过了很长时间，她终于获得了持续的存在感。她能意识到自己躺在某个地方，有人不时前来查看，抬起她的四肢，用亮光照她的眼睛。慢慢地她能睁眼了。这是一间高大、宽敞的房间。她的床背靠墙壁，两侧玻璃质感的透明面板上有信息流微微闪动，似乎是生理监测数据。房间很暗，唯一的光源来自最左面的墙。光线均匀地从整面墙体里透出来，像微弱的晨光或最后一丝暮色，随着她每次的入眠彻底消失，在她醒来时又缓缓亮起。身在此时此地的现实感像一柄利刃，将她从那个散乱的梦境世界中切割出来。又经过若干次睡眠与清醒的轮回，墙体发出的光线逐渐明亮，近似于她印象中的白天。她开始喝水，进食，排泄。一个穿着浅绿色制服的护理人员每到餐点就会端来一种米糊状的半固体食物。身体的感觉有些古怪，一些原本该有的感觉消失了，一些陌生的感觉凭空出现，而她暂时还无法将这些新的感觉和身体状况对应。有一次她觉得有些不对劲，又说不出原因，过了几分钟，她突然吐了。她的情绪也像感觉一样无从确定，有时她毫无理由地落泪，有时又不知道为什么吃吃笑起来。

她终于能够下床走动。短绒地毯踩上去非常舒适，带着微微的暖意，即使是赤足行走也丝毫没有寒冷的感觉。莫伊拉，康复团队的一员，教会她使用房间里的设施。原本她以为的那堵会发光的墙，其实是可调节透明度和透过率的窗户。此后她经常走到窗前，凝视下方绵延不绝的森林，以及更远处沐浴在阳光中的雪山。当森林像梦中的波涛般摇动起伏的时候，她不会感觉到风，却能闻到松脂和松针的香气，一阵一阵从窗口透进来。

2

"早上好，埃蒂。"

"早上好，克雷格。我看过那些资料了。"

"想起以前的事了吗？"

"一部分吧。"埃蒂露出悲伤的微笑，"克雷格，我有个请求。"

"什么？"

"我希望能尽快联网。"

"你确定吗？我们本计划等你身体完全恢复后再开始的。"

"但我想早些知道。而且我觉得，我的身体已经足够健康了。"

克雷格沉思了一会儿。

"既然如此，那就照你自己的意愿来吧。"

"谢谢你，克雷格。"

"需要我暂时离开吗？"

"不……"埃蒂轻声说，"如果你留下，我会很感激的。"

身份芯片早已植入她的前臂，基于她的生理信息计算出了独属于她的身份码，现在所要做的其实只是授权而已。埃蒂眨眨眼睛呼出视界，菜单灵敏地呼应着她眼球的细微移动和焦距变化。她找到授权页面，完成了确认程序。芯片随即对身份码进行哈希运算，将对应的公钥传至网络。指示符一闪一闪，埃蒂轻触手腕内侧，用皮肤上的虚拟键盘输入自己的名字。

她终于真正进入了这个时代。大大小小的公链节点如万千星辰，散落于遍覆全球的卫星网络中，联盟链节点则重重汇集，广如大陆。节点与节点之间，各类侧链和跨链交互，像细细的蛛丝，将整个网络连为一体。此前，莫伊拉已大致教过她网络的运行和使用方式，因此她很顺利就找到了"泥板"——最大的公有服务链之一，相当显眼，无须搜索就能找到。它的功能类似埃蒂印象中的维起百科，但可视化和交互程度远超前者，信息也更为详尽。埃蒂选中年份维度溯游而上，直至她做出惊世之举的那一年。手指滑过皮肤，放大粒度，潜入那片信息之海。埃蒂一点点翻看着当年的报道和相关采访，文字的、影像的，以及涟漪般在社交媒体上扩展的讨论……虽然从克雷格他们给的材料里，她已大致知晓梗概，但是，当那段遥远的历史重新来到眼前，当那片她曾带着强烈的悲伤与不甘、近乎逃离般告别的时空从仍然鲜活的素材中再次浮现时，她仍然忍不住潸然泪下。

克雷格一直静静地坐在旁边，此时起身倒了杯热茶，放到桌子上。

"你还好吗？"他问。

"没事。只是想起了很多事情……"

"不用着急，慢慢来。"

埃蒂手捧茶杯，凝视杯口冒出的氤氲雾气。另一个人的全然在场是如此简单纯粹。长久的冬眠并未在她记忆里留下什么印象，回忆起来，就像是在观看冷冻舱的内部——除了寒冷和空白外并无其他。只有当看到颜色、感受到温暖的时候，才能意识到那寒冷有多冷。

她慢慢地喝完茶，平复了呼吸，然后继续浏览。从那些记录中，她大致还原了自己跨入冷冻舱之后发生的事。当其他工作人员赶到时，液氮已经将她淹没。他们无法停止冷冻程序——在复苏技术远未诞生的当时，这样做无异于谋杀，结果他们只能眼睁睁地看着她进入了冬眠状态。她事先布下的智能合约一直在按照她的设定运行，每年往阿尔科公司名下的收币账户中打入与当年维护费等值的闪电币，使得她能在冷冻舱中继续沉睡。她的双亲已经在十多年前作古。她所在的冷冻舱也进行了一次长途迁徙——从原亚利桑那州搬到了落基山脉附近的阿尔科康复中心。与此同时，世界继续运转，技术演进，社会形态更迭。如今，她醒来了，而且目前为止，她竟然是她那个年代里唯一一个成功复苏的人——其他的同时代冬眠者在进入冷冻舱时都已经脑死亡；阿尔科和其他冷冻公司亦在此后加强了内部管理，杜绝了类似事件再次发生。

埃蒂没有料到的是，她的余额竟真的能一直维持到复苏技术足够完善的这一天。是因为币价涨了，还是维护成本在这些年里降低了？埃蒂思忖着，在区块浏览器中打开自己的账户。

"这，这是怎么回事？"埃蒂惊呆了。

除了每年转出的冷冻费用外，交易列表里竟然有密密麻麻的转入记录，金额从 1ϟ 到数百万ϟ 不等。最早的一笔发生在她冬眠后的第二天，最近的一笔则在一周前。粗看之下，每笔交易都是由不同的地址发起的。

"克雷格，我的地址里有许多转入交易，你知道这些人都是谁吗？"

"嗯……或许你可以去交易详情里看看。"

埃蒂疑惑地点开其中一条交易记录，发现留言字段里有长长的字符串——转为 UTF8 后显示：嘿，你太酷了。

埃蒂愣了一会儿，打开另一条记录，这一次的留言是：不要温和地走进那良夜。

她隐约明白是怎么回事了。

她用颤抖的手打开一个又一个链接，近半数的转账都附带了留言：

祝你成功	（+100000 ϟ）
胆小鬼！懦夫	（+1ϟ）
社会败类	（+1ϟ）
我要是你父母一定会伤心欲绝	（+1ϟ）

drrrrrrrrrrr	（+666 ㄅ）
后现代浪漫主义	（+30000 ㄅ）
wtf…	（+1 ㄅ）
代我看看未来吧	（+217749653 ㄅ）
支持你	（+100000 ㄅ）
wubba lubba dub dub	（+80000 ㄅ）
杰瑞米到此一游	（+7253 ㄅ）
你为什么不去死	（+1 ㄅ）
地面控制呼叫汤姆船长	（+5000000 ㄅ）
羡慕	（+200000 ㄅ）

……

"所以，他们并不认识我，"埃蒂慢慢地说，"只是……"

"只是被你的举动吸引了，不管是从哪种意义上。"克雷格说。

埃蒂说不出话。良久，她问："可是为什么？"

"什么？"

"为什么那些支持我的人，愿意真的给我转账？你知道……很多都不是小数目。"

克雷格笑了起来。

"我想，并不完全是为了你。他们一定都是那种人——愿意看到世界上有新的现实诞生，甚至，也想成为其中的一部分。就像我、莫伊拉、鲁弗斯，或者康复团队的其他人一样。"

"也包括鲁弗斯医生吗？"

"是的。这段时间他投入的精力比我们都要多。"

埃蒂想起那个偶尔才出现在她房间、外貌非凡的人，穿着白大褂，总是不苟言笑的样子。她本以为他只是在照章办事。

"我……"埃蒂心情复杂。

"怎么了？"

"但我确实只是一个逃跑者啊。"她低声说。

克雷格沉思了一会儿。

"你或许曾经逃跑过，但过去的行为并不能定义一个人的全部。"克雷格凝视着她的眼睛，"埃蒂，这里，现在，才是你将要生活下去的地方。"

3

这是埃蒂第一次获准外出散步，虽然只是去附近的森林。

她谢绝了陪同，只带了一个辅助型的阿特拉斯机器人。她们搭乘垂直电梯，从楼层大厅直达地底。视界内的导航标记附着于地面和墙壁之上，指引她前往最近的停泊港——那是一个直径约一百英尺的环状轨道，两条双向运输用主轨和四条停放备用穿梭车的副轨以均匀的间隔与其相连。验证埃蒂的身份后，一辆纵向双座穿梭车从副轨驶出。附近的几辆穿梭车纷纷让位，沿着环轨给埃蒂的车空出通道，看起来颇为逗趣。埃蒂钻进车子前排，机器人亦像模像样地钻进后排，双臂折叠搁在膝盖上，一动不动地坐着。

车子启动后，车舱内壁自动切换成埃蒂习惯的淡灰色纹理，作为视界的背景。最近的几周，埃蒂在视界内花了很多时间，了解当前世界的样貌。这个时代的人们在身体里植入芯片，往血液中输送纳米机器，改造四肢、五感，甚至免疫系统，却没有对自然环境大动干戈。相反，他们将主要的交通运输系统移入地下，又在摩天高楼间建起穿梭轨道和行走用的连廊，最大限度地恢复地表环境。叶脉层叠的山毛榉，树干斑驳、像画着银白色与青灰色油彩的悬铃木，高耸的银杏和橙红色的枫树如同凝固的阳光和火，还有那些粗壮的橡树，枝干覆着青苔，如穹庐般伸展，直到因为枝叶和自身的重量而深深垂向地面……森林在大地上延展，沿着人们精心预留的通道穿过城市，将城市纳入其中。时间和空间上的富裕让森林重新成为地表的主角。当这些树木得以自由生长时，从中透出的某种古老的生命气息甚至会让人联想到数千年前的神话时代——至少，这是埃蒂从视界中得到的印象，即便画面的来源只是某个小小的浮游眼。

穿梭车抵达了目的地。埃蒂和机器人下了车，乘垂直电梯返回地面。出口所在的位置是一片林间空地。椴树和白桦撑开形状优美的树冠，阳光透过枝桠，疏疏落落，在草甸和落叶上印下鲜明的浅金色光斑和深邃的阴影。一些蚊蚋般的昆虫在草丛里时不时飞起，它们的形态过于微小，就连视界也没能读出它们的学名。埃蒂看到附近有几个同样穿着康复中心衣服的人，有的带了机器人，有的没有。和埃蒂一样，他们的面部和四肢裸露的部分都覆着一层人工被膜，在阳光下折射出一种淡淡的银白色，保护他们免受紫外线、致敏原和蚊虫叮咬的危害。此前，埃蒂曾通过视界来过这里，但也仅限于公用浮游眼能活动的这一小片范围。这次她打算走得远一些。

她挑了一条蜿蜒深入森林的步道，拾级而上。机器人默默地跟随在侧。林中弥漫着松针的清香，以及青苔、泥土和腐殖质散发出的湿润而凉爽的味道，黑顶山雀在上空发出纤细的啼鸣。此情此景过于美好，近乎虚幻。即便是在冬眠之前，能够如此漫步于森林也是件奢侈的事，而埃蒂从来没想过，在她此后的人生中还能重新体会这种幸福。

这真的发生了吗？

这真的……是被允许的吗？

步道转了个弯，埃蒂沉浸于自己的思绪中，没看见前方还有另一个人，直到机器人轻轻拉住她才止步。那人回过头，浅褐色头发下露出一张毫无个人特征的、白瓷面具般的脸，鼻子和嘴只有模糊的形状，眼睛的部分则是两块凹陷的黑洞，宛如幽灵。

埃蒂不由退了一大步。

"埃蒂·米勒？"幽灵开口。他用某种手势碰了碰自己的脸，白瓷面具旋即转为透明。

"鲁……鲁弗斯医生？"埃蒂躲在机器人后面，惊魂未定，"你为什么这副打扮？"

后者迷惑了一会儿。

"噢，你是指无名氏？"他说，"是种外观插件，你没见过？"

埃蒂摇摇头。

"这儿，你可以试试。"鲁弗斯说。

埃蒂的视界中弹出一条消息：

本尼·鲁弗斯想与您分享

【无名氏】| 类型：被膜插件 | 免费 | 权限：1| 等级：已验证

O 同意　　O 不同意

埃蒂选择了同意。插件信息和初次使用提示立即显示在视界中。埃蒂打开插件，然后调用了身旁机器人的视角。

"……酷。"她看着视界中的自己感叹。

"我自己还挺习惯用这个，抱歉吓到你了。"鲁弗斯说。

"别在意，是我少见多怪了。"埃蒂将被膜恢复原样，"你在这儿做什么？"

"散步，和你一样？"

"哦，当然……"埃蒂挠了挠头。真是个蠢问题！

"总之，谢谢你的插件，"她说，"我就不打扰——"

"事实上，"鲁弗斯打断她，"介意和我一起散会儿步吗？"

埃蒂愣了一下。

"唔……我很乐意。"

鲁弗斯微微一笑："走吧，我带你去个好地方。"

他们漫步向前。鲁弗斯没有再开启皮肤插件，只是让被膜维持着默认的透明状态。阳光下，他的头发和面颊明亮得近乎炫目。对埃蒂来说，这个时代的人们给她的第一印象便是精致的外貌——富有光泽的头发和皮肤，清澈的眼睛，毫无赘肉的躯体——至少目前为止，除了克雷格、乔，还有她在康复中心看到的零星几个人以外，其他人或多或少都会有这种……光彩照人的感觉。埃蒂知道这背后是什么：细粒度的健康监测、个性化定制的纳米药物和营养包、充足的锻炼、没有太大忧虑的生活，总之，所有自出生起就源源不断投入的财力和精力，或许还包括出生前的基因优化。比起她那个时代的全息头盔和特斯拉飞行器，在这里，无瑕的外表已经足够成为身份的象征。当埃蒂看向鲁弗斯时，感觉就像是在看一个从电影中走出的明星，令她忍不住自惭形秽。她甚至根本无法估算出鲁弗斯的年龄。

"怎么了？"鲁弗斯问。

"噢，我有些好奇，想知道你的年龄……当然，不说也没关系。"

"哪一个？"

埃蒂看着他，不知道那是什么意思。

鲁弗斯突然笑了："身体年龄24，存在年龄和活跃年龄都是39。看来你的跨文化适应还没完成。"

"我明白了……"她嘟囔着在视界里搜索了那几个概念，"那么我的存在年龄应该是67，活跃年龄25，身体年龄……怎么看身体年龄？"

视界再次弹出信息：

本尼·鲁弗斯想与您分享

【身体年龄检测】| 类型：生理数据应用 | 免费 | 权限：2| 等级：已验证

○ 同意　　　○ 不同意

埃蒂接收了分享，并同意应用读取一次自己的生理数据。

"喔……该死。"埃蒂说。

"怎么了？"

"54 岁……我的身体年龄是 54 岁。"

鲁弗斯爆发出一阵大笑，和埃蒂印象中的鲁弗斯医生判若两人。不过此时的埃蒂一点都高兴不起来。

"作为我的营养师，这样的反应是不是不太合适？"

"抱歉，"鲁弗斯清了清喉咙，但脸上仍带着笑意，"不用担心，这只是你还处在康复期的缘故。我看过你的健康报告，恢复得不错，过一段时间数据就会改善的。"

"你确定？"

"嗯。冬眠苏醒者都是这样的……这边走。"鲁弗斯离开步道，示意埃蒂跟着他。他们迎着阳光进入了落满树叶的乔木林。大约几十步后，鲁弗斯在一片灌木丛前停下，埃蒂一眼就认出了那是什么。

"天，我好久没吃过蓝莓了！"

鲁弗斯折下一串递给埃蒂，视界检视了一下，判定其对埃蒂的健康有益。不过在那之前，埃蒂已经往嘴里丢了好几颗。

鲁弗斯盯着她瞧了一会儿。

"作为一个病人，你的行为似乎也不够谨慎。"他说。

"怎么了？那只是蓝莓而已。"

"万一是某种有毒的果实呢？只是外观碰巧相似。"

"为什么要给我有毒的果子？"

"也许，我是个杀手？"

"怎么可能？"埃蒂哑然失笑，"我又不是什么重要人物。"

鲁弗斯没有接话。过了一会儿，他问，"你喜欢这里吗？"

"哪儿？我苏醒后的世界？"

"嗯。"

埃蒂思考了一会儿。

"是的，我喜欢这里，不管是技术还是人，"她说，"而且这里到处都是森林。看来人们终于知道保护环境了。"

"并不是这样。"鲁弗斯突然说，"人类想保护的，永远只是自己。"

埃蒂愣了一下，"为什么这么说？"

"我们让森林繁衍，只是因为这样的环境对人类的身心健康最为有益。身处森林能显著降低人的皮质醇水平，有益身心。森林还能够稳定全球气候，保留丰富的物种资源。当技术发展到某一程度，保护森林会比砍伐森林带给人类更多利益，所以我们这样做了。如果研究显示沙漠环境更有益，那么你醒来后，看到的就会是一片荒漠。"

鲁弗斯沉默了一会儿。

"抱歉，我扯远了。"

埃蒂摇摇头，"但你说得没错。"

"也许吧，但不太适合作为午后散步时的话题。"

"嗯。"

他们倚着树干，一颗颗地吃着手里的蓝莓。交谈的可能性还在空气中回荡，仿佛只要任何一人说点什么，对话就会立即继续下去。然而阳光温暖，蓝莓又很好吃，于是继续聊天便显得没那么必要。

直到吃完那些蓝莓，鲁弗斯才说："我该回去工作了。回去的路你认识吗？"

埃蒂点点头。

鲁弗斯重新打开面具插件，转身往回走。走出两步后他又停下来。

"虽然由我来提可能不太合适，"他说，"但你要是有空，可以查查'正义卫士'这个组织。"

4

埃蒂搜索了鲁弗斯提到的组织，结果让她大吃一惊——这个名为"正义卫士"的组织竟然是一个以暗杀著称的恐怖组织，并且不知道为什么，埃蒂也在他们的死亡名单上。

"我不明白。我都不认识他们，他们为什么要杀我？"

"这当然不是你的错，"克雷格说，"但很不幸，你只是被选中了。"

"因为我'以不正当的方式消耗了社会资源'？"埃蒂读着视界内的信息，感到难以置信。

克雷格沉默了一会儿。

"有个话题我们还没来得及说，我一直觉得不着急。不过看起来它得提前了。"

"关于什么？"埃蒂问。

"关于我们的社会，它已经变得和你那个年代不同了。说说吧，你最近从视界里都知道了些什么？"

"唔，大多数时间我都在用浮游眼观光，所以大致知道世界现在的样子，包括城市构造和自然风光之类，也看了泥板上的编年史。哦，新闻也看了一些。"

"所以，你应该知道海平面上升导致的大迁徙吧？"

埃蒂点点头。

"差不多就是那个时候开始的，大迁徙让资源短缺的矛盾激化了。"

"资源短缺？"埃蒂环视着设施完备的房间，"我没感觉到啊。"

"并不是所有地方都像这里一样……城市里仍然有贫民窟，只是浮游眼通常看不到而已。"

"这样啊。"

"还有很多情况，与其说是短缺，不如说是某种……不满足。比如说，你还记得你那个时候人们的平均寿命吗？"克雷格问。

"应该是 90 岁左右。"

"现在的人均预期寿命是 106 岁，但大部分人的寿命在 100 岁上下，只有少部分人的寿命达到了 150 岁，而且还在持续上升。"

"为什么他们能这么长寿？"

克雷格耸耸肩。

"权力、财富、身份，很多原因。关键是，他们能付得起免疫重置和端粒保护之类治疗的费用。"

"这些治疗很贵？"

"至少大多数人都负担不起。总之，贫富差距基本已经变成了寿命上的差距，甚至是永生与否的差别。毕竟活得越久，就越有可能等到永生技术诞生的那一天。事实上，健康产业的很大一部分已经基本变成了永生产业。当然，随着躯体使用年限的增长，维持它所需要的医疗资源也越多——而且是几何级数的增长。有些人认为，那是不公平也不道德的。"

埃蒂有点明白了。

"'正义卫士'那群人也是这么想的？"埃蒂浏览着目标名单，发现上面大多是政商和科学界人士，共同点是对永生抱有明确的正面态度——公开发表过赞成永生的言论，支持或参与研发和永生有关的技术等；除此之外，名单中也不乏埃蒂这样的冬眠者。

"但这没有道理。这些人的钱也是合法收入，没错吧？而且暗杀就公平道德了吗？"

"只能说，他们有自己的行事准则。而且埃蒂，别忘了，他们是恐怖分子。"

埃蒂垂下头，手指深深揉进头发，"那我该怎么办，克雷格？"

"你在这里很安全，康复中心有严格的安保措施。但离开这里之后，我会建议你尽量不在公共场合露面，使用匿名链接和去个性化装扮。暴露的信息越少，你就越安全。"

"该死，这真不公平。"

"是啊。"克雷格拍了拍她的肩膀。

这件事让埃蒂郁闷了一阵子，但除了接受现实以外也别无他法。好在，目前在技术上已经完全能做到针对个体的去标识和匿名化——不管是日常出行还是购买或使用各种服务——只是需要多留些心罢了。

埃蒂的体力越来越好。她经常去那片森林，三次里有一次会碰到鲁弗斯。出于某种微妙的默契，他们从来没有约定过时间，只是遇到时才一起散会儿步。如果前一天刚下过雨，林子里的泥土就会变得非常柔软，当靴子踩过，一些半腐的落叶便会被紧紧地粘在下陷的鞋印里。

埃蒂感谢鲁弗斯告诉了她"正义卫士"的事，后者问她有什么打算。

埃蒂说，她会遵循克雷格的建议。

"其实，你也可以就待在这里……也确实有人这么做。何况有网络，待在哪里都一样。"鲁弗斯说。

"我还是想出去看看，而且这里的费用也不便宜吧？"

"你的账户余额应该足够你在这里生活。"

"唔……我不太想动那个账户里的币。"

鲁弗斯停顿了一下："为什么？"

"克雷格说，那些捐赠者是想看到世界上有新的现实诞生的人。"

"所以？"

"我说不好，"埃蒂摇摇头，"只是觉得我康复以后，就不应该再动那些币了。"

"是吗。"

鲁弗斯若有所思地嚼着蓝莓。

"我觉得，我不会在意你怎么用它们。"他说。

埃蒂疑惑地看着他，突然她反应过来。

"那些币不会也有你一份吧？"

"一点点而已。"

"是吗……那我就更不想动它们了。"

"为什么？"

"我只是……不想。"

鲁弗斯笑了。

"这可不算理由。"

"别管这个了，"埃蒂岔开话题，"你对那个暗杀组织了解多少？"

"只限于网络上能搜索到的信息。"鲁弗斯说，"你想调查他们？"

"没，只是想知道他们为什么要这么做……即使暗杀成功，我也不觉得事情会往他们希望的方向转变。"

"你是在尝试理解他们吗？"鲁弗斯问。

"也许吧。"

鲁弗斯打量了她一会儿。

"可能和群体博弈有关吧，"他说，"并不单单是这个组织本身的事。"

"什么意思？"

"你看到我们的社会了。富者愈富，贫者愈贫，就跟以前一样。由此带来的冲突一定会通过某种渠道释放。就算没有'正义卫士'，也还会有其他组织出现。"

鲁弗斯的语气平静得像在谈论今天的天气。

"你觉得这是无法改变的吗？"埃蒂问。

"嗯。"

林子里起了阵微风。几张干燥的枫叶打着滚经过他们，发出轻微的摩擦声，像某种正在跑动的小动物。

"对了，"鲁弗斯说，"你什么时候出院？"

"很快，大概两三周后吧。如果身体评估没有问题的话。"

"是吗？祝贺你。"

"谢谢。"

他们沉默下来。埃蒂若有所思地踢着脚边的叶子。两人的影子印在地面上，边缘曲曲折折，越过那些枯叶、泥土和隆起的树根。影子是多么美妙的事物，它尽职地复刻出一个人的动作和身姿，甚至是鼻梁和下巴的弧度。一面墨色的镜子，一个安全的凝视对象。凝视者可以从影子中辨认出一切，却不用担心面对那鲜活的脸庞或明亮的目光，也就不必因为随之而来的刺痛而移开视线。

过了这么多年，我怎么还是那么不可救药？埃蒂在心里自嘲。

鲁弗斯的影子站起来，伸了个懒腰。

"我该回去了。嘿，照顾好自己，别想太多，好吗？"他说。

埃蒂点点头。

"谢谢，鲁弗斯。"

"叫我本尼吧。"

他拍拍埃蒂的肩膀，大步离开了。埃蒂看着鲁弗斯越走越远，那只手的触感还停留在肩膀上。

5

埃蒂的健康评估一切正常，必要的治疗也已经完成。她终于拥有了一具她曾梦寐以求的健康女性躯体。账户里剩下的闪电币仍然颇为可观，埃蒂决定暂且就让它们留在那里。除此之外，她从前的法币账户里也还有些储蓄。得益于成熟的智能合约体系和身份验证手段，这些余额已经被成功兑换成了新美洲通用币，够埃蒂生活上一阵子。

处在这个时代，只是生存下去似乎很容易。由固定比例的碳水、脂肪、蛋白质和微量元素组合而成的基本能量包只需不到十通用元，足够满足一个健康的成年人一天所需营养，而任何一份最低门槛的算力兼职工作，时薪都至少有十通用元。当然，埃蒂还有居住、卫生、医疗之类的其他需求，但这些也不难解决。在埃蒂遇到的所有这些新事物中，那些具体的、单一的事物都很容易接受，相较之下，她在理解它们在各自的领域中扮演了何种角色，又在整个社会经济体系中起了什么作用上，花了更多时间。在埃蒂那个年代，网络还并未完全在人们眼前现身，而如今，它已通过无数微小的十六边形传感器深深嵌入物质世界，从亚洲到新美洲，从空间站到深海，从一粒灰尘或一个细胞这样的微细之处抓取并回馈信息，成为与物质世界密不可分的存在。对于身处其中的人来说，自然人身份和网络空间中的电子身份也终于不再有差别。现实即是网络，网络即是现实。而埃蒂正非常努力地适应这一切。

"身份、权限和协议，"莫伊拉对她说，"是在这个世界生活的三块基石。身份确立个体的存在，承认其可以享有在社会中应得的权利和资源；权限划出个体与外界间的界限，规定了哪些信息可以被其他个体或实体了解、使用和改变——某些情况下甚至关乎性命；而协议，即智能脚本和合约，则是个体与外界交互的渠道。孩子们从小就需要学习如何保护、使用和分享信息，就像学习如何对待自己的身体一样。他们各自的视界也在每一次交互和反馈中发展出各自独一无二的特性。"

"OK，实战测试。"莫伊拉发来一条联络人申请，埃蒂需要决定是否接受，以及接受后开放多少联络权限给她。她很快搞定了。

"噢，埃蒂，"莫伊拉说，"这可不行。"

"怎么了？"埃蒂无辜地望着她。

"你不能把所有权限都开放给我啊！"

"可是莫伊拉，我信任你啊。我觉得这些权限都没问题。"

"包括凌晨三点视频直连的权限？"

"那你肯定有非常要紧的事。"

"还有分享你的联络信息给其他人？"

"我相信你不会把它们卖给信息黑产商的。"

莫伊拉揉了揉太阳穴。

"如果我是个陌生人呢，埃蒂？而且你也知道，你的情况……"

"好啦莫伊拉，别担心！如果是陌生人，我当然会关掉多余的权限。"

"但……"

"'自由选择，自主承担'，这条原则是你教我的吧？即便你真的泄漏了我的信息，责任也在我，是我自己审核太草率了。"

"我担心的就是这个！"

"好啦好啦……我保证会注意的。"埃蒂笑嘻嘻地说。

莫伊拉天性开朗又不失感性，和她相处总是很愉快。对比起来，和鲁弗斯在一起的时间被越来越多的忧愁占据了。他们在森林中漫步，有时聊天，偶尔有笑声，但在内心某处，埃蒂知道离别已经近在咫尺。时间的流逝从未显得如此明确无疑，以至于从树上飘落的叶子，阳光下移动的树影，都好像变成了某种提醒。于是每一次的碰面仿佛都成了离别的预演。

自己对鲁弗斯来说是什么样的存在？他让自己叫他本尼，所以是某种程度上的朋友吗？那双灰蓝色的眼睛隐藏在柔和的额头和优美的眉骨下方，当它们望向别处时，仿佛是两潭深邃的湖水。他的语气总是那么沉静，看不出有什么内心起伏。

埃蒂想过要不要加他为联络人，但又实在没什么理由。她已经足够幸运，不该再期待更多了。

出院那天，所有康复团队的成员都来送她，和她一一握手、拥抱，包括鲁弗斯在内。那是一个带着好意和祝福的、恰如其分的拥抱。

她准备前往停泊港时，鲁弗斯叫住她。

"嘿，埃蒂。"

埃蒂转过身，"什么？"

"记得打开无名氏。"鲁弗斯指了指自己的脸。

穿梭车载着她离开城郊的康复中心，到了公寓所在的城市居住区。埃蒂从垂直电梯出来，走进房间，径直倒在榻榻米上。

视界里传来消息提示。埃蒂侧过头，让视界显示在墙壁上。消息是莫伊拉发来的：

我把你的联络地址转给鲁弗斯了，希望你不介意。

鲁弗斯的联络人申请紧随而至，埃蒂想也不想地接受了。

下一条消息是这样的：

既然我已经不再是你的医生，你愿意偶尔和我出去喝茶吗？

6

两个月后，埃蒂搬进了鲁弗斯的公寓。

和埃蒂先前那套公寓的大楼一样，这幢大楼也由模块化的空间单元构成，只是更大，结构也更复杂。垂直电梯穿过大楼的中心部分，通往螺旋状错层隔开的一间间公寓和一座座空中花园。每层楼仅有一户公寓，它们从属于同一种简洁凝练的设计风格，但造型各不相同，仿佛交响曲中的不同声部。

鲁弗斯的公寓位于四十六层，配有宽敞的室内空间和室外观景台。晚饭后，他们经常待在观景台边缘，看着夜幕缓缓笼罩大地。鲁弗斯喜欢从背后环住她，低头亲吻她的脖颈。在他们脚下，四十五层植物岛的水循环系统发出汩汩水声。穿梭轨道在更远的下方若隐若现。每当有穿梭车经过，她就会看到一只小小的萤火虫掠过视野——那是车辆和轨道接触的地方泛起的微微亮光。

起初，埃蒂还对鲁弗斯的做法感到不平——难道他不能至少给出一点暗示吗？

"我做不到。即便是暗示，也是违反伦理协议的。"鲁弗斯说。

"可是，你却能看出我对你……"埃蒂脸红了。

如果这时候鲁弗斯露出笑意，哪怕只是一丝微笑，都会让埃蒂无地自容。

但鲁弗斯只是认真地凝视着她。

"埃蒂，我也很想早点告诉你。而且我希望你知道这一点。你能原谅我吗？"

埃蒂叹息了一声，"这不是你的错。"

就在那一刻，她理解了协议对于鲁弗斯，或者说这个时代的人的意义。协议的背后是代码，而代码即法律。当某个条件改变，通过代码与其连接的其他条件也必将依照规则而改变——不仅在数字世界，也在物质世界，或快或慢，但终将发生。因为协议从来不会单独存在，它总是与其他节点或实体相连，扩散到网络中，而那涟漪最终会反馈到它的发起者。于是在这样一次次的反馈中，尊重协议便成为某种本能，协议本身则成为人的意志的延伸。因此，当鲁弗斯将公寓的使用权限完全开放给埃蒂时，她知道那意味着极大的信任。

不过，即便住在同一间公寓，他们也并非时时刻刻待在一起。在埃蒂冬眠以前，人们就已经意识到，不受打扰的个人空间是一种基本需求。如今，这种需求被内化在每个人的权限设置里。埃蒂习惯了这一点，所以当她想见到鲁弗斯，却发现后者的房间处于锁定状态时，也并不觉得别扭。她会回到自己的房间冥想，或是打开视界练习虚拟雕塑——那是她儿童时期的爱好。重新接触这项活动让她感到既愉快又怀念。

除此以外，埃蒂开始尝试算力兼职——一种借助人脑特有的计算优势为网络提供算力的工作。这些兼职任务通常由某个计算中心或研究所发布，用于新药研发、物理实验模拟，或者其他需要大量算力的项目。计算机无法直接处理的不适定问题被转换、分解成难度和时长不尽相同的认知任务，以便最大限度地利用人脑中近千亿神经元和百万亿神经突触间的并行连接所蕴含的算力。埃蒂接到的第一个任务有点像是小时候做的石原氏色觉障碍检测，但更复杂一些——视界画面整个变成了一副动态的点彩画，埃蒂需要集中精神，从那些波浪般起伏的细小色点中辨认出有意义的图形。她也碰到过从近乎无规则的噪声中捕捉语音，或是接住从各个方向高速飞来的球体的任务。起初这些任务都还比较轻松，当埃蒂有一些经验之后，兼职系统似乎也相应提升了难度，她需要非常专注才能捕捉到她想要的东西。当然，所获报酬也相应增加了。

埃蒂工作了一个多小时，才停下稍事休息。视界弹出鲁弗斯的留言：

我在顶层，结束后来找我吧。

垂直电梯带着加速度把埃蒂送往顶楼，但那些色点留下的影影绰绰的虚像还残存在她眼前。跨出电梯，埃蒂看到鲁弗斯正背对她坐在泳池的浅水区，头部枕着曲线形的人体工学设计池沿。埃蒂在躺椅旁脱了外套，挨着鲁弗斯进入水中。

"今天也在算力世界叱咤风云，嗯？"

"哪有，我已经精疲力尽了。"

鲁弗斯揉揉埃蒂的头，招来饮料机器人。

"给，算力之狼特调。"

埃蒂接过那杯浓稠的深蓝色饮料喝了一口。

"……好喝。里面是什么？"

"藜麦、蓝莓和鳄梨。藜麦能补充能量，蓝莓和鳄梨富含花青素和抗氧化剂，对你的眼睛和大脑都有好处。"

"酷。"

埃蒂把头靠在鲁弗斯肩膀上，舒适地叹了口气。

"你知道吗？"埃蒂说，"我可能需要工作两小时才能支付这样一杯饮料。"

鲁弗斯笑了。他伸手环住埃蒂，吻她的头发。

"其实你不做那些工作也没关系。"他说。

"我宁愿工作，不然我会焦虑而死的。"

鲁弗斯沉思了一下。

"如果你真的想赚钱，或许该换种方式。"

"什么意思？"

"如果收益只取决于单位时间的机械劳动，那么你可能永远都无法挣到足够的钱。最好是找到那种……本身就能不断带来回报的投入，或者是某种只有你能提供的东西。"

"你是这样做的？"埃蒂问。

鲁弗斯点点头。

"对了，给你看看我的实验室。"

埃蒂接受了鲁弗斯的远程视野共享。映入眼帘的是一间长长的实验室，沿墙放着环境箱和恒温柜，操作台上则摆着各类实验器材，有埃蒂认识的离心机和自组装池之类，还有很多埃蒂不认识的设备。几十条机械臂自顶部轨道垂下，有条不紊地各自工作着。实验室尽头是一扇半透明的密封门，隐约可以看见门后的超算集群。

埃蒂被震到了。

"我以为你的工作是营养师。"

"我确实是，但可能和你想象里的营养师不太一样。"鲁弗斯笑道，"我做的是微生物群相关的研究，给营养管理插件提供数据和算法。"

"微生物群？"

"嗯。"鲁弗斯思考着怎么给埃蒂解释，"你知道永生产业吗？"

埃蒂做了个"你在开玩笑吗"的表情。无论视界还是现实中的屏幕或投影，到处都能看到"小小胶囊孕育无限未来""延长端粒，尽享美妙人生"之类的广告词，很难想象有人会不知道永生产业。

"现在的情况是，威胁人类寿命的并不是心脏病或癌症，而是阿尔茨海默症、帕金森这类神经退行性疾病。"鲁弗斯说，"从人体微生物群入手是相对比较有效的治疗方式。"

"我有印象……"埃蒂回想着，"2026 年的诺贝尔奖就是关于肠道微生物的吧？那时候我还没冬眠。"

"是的。"

"那些计算机，是你做实验用的？"

"嗯。"鲁弗斯说，"不管是微生物群建模还是药理作用模拟，所有的实验都需要大量算力。我从实验中获得数据和算法，卖给客户，然后购买更多算力。"

"用来做什么？"

"更好的算法，更多的算力。你知道吗埃蒂，在这个时代，要停下来实在是太容易了。到处都是好玩又廉价的体验，可能没怎么留意，一生就过去了。"

埃蒂想到了什么。

"你也是……追寻者吗，本尼？"

追寻者，这是对追求永生的人的代称。因为有"正义卫士"这种组织存在，所以追寻者们通常不会暴露这一身份，以免给自己带来危险。这是一个相当隐私的问题，此前埃蒂没有问过。

"追寻者……更常见的说法是，逃避者、空想家和蛀虫，"鲁弗斯自嘲地笑笑，"但你说得没错，我确实希望永生。所以，我必须待在那辆不断前行的列车上，只有这样才可能抵达目标。"

"这样啊……听起来真难。"

鲁弗斯看了她一眼。

"埃蒂，你没意识到吗？你也已经在那辆列车上了。"

埃蒂愣了一下。

"你是说冬眠成功的事？"

"不止，"鲁弗斯说，"你是一个传奇，埃蒂，并且是活生生的传奇。你知道这意味着什么吗？"

埃蒂摇摇头。

"意味着你会获得人们的好奇和注意。这是多少算力都换不来的。"

7

选择冬眠的人里，有相当一部分抱着永生的期望，但埃蒂并没有考虑过这件事。永生对于她来说，好像只是一个遥不可及的概念。人的生命，真的可以是无限的吗？当埃蒂尝试去想象时，脑中浮现的是无限长的时间，像一辆空旷的列车行驶在没有尽头的轨道上。鲁弗斯眼中的永生又是什么样呢？

想必只有站在他身边，才能看到他眼中的世界吧。

埃蒂决定试一试。

鲁弗斯之前的话给了她灵感。当她看到一个名为"对流层"

的公共问答平台时，立刻就想到了自己能做什么。

她从闲暇时捏着玩的虚拟雕塑里选出了一件，作为自己的标识。那是一枚橙红色的枫叶，有着浅金色的叶脉和锯齿状边缘，因为干燥而微微皱起。

埃蒂用树叶的形象进入平台。视界弹出提示：

介绍一下你自己？

"冬眠苏醒者埃蒂·米勒。"她键入这句话。

平台的推荐算法很高效，很快就有几个问题找到她，问她是不是真的埃蒂·米勒。

埃蒂想了想，用那个接收过捐款的闪电币账户往全零账户发送了一笔金额为 14 的交易，并在其中留下了枫叶形状的字符画。交易在量子网络里很快确认，埃蒂把交易 id 贴到平台上。

平台沸腾了。

留言和提问像雪片般涌来，埃蒂不得不启用筛选机制，免得那些气泡弹窗挡住整个视野。大部分消息显然出于一时兴起，比如问好和纯粹的感叹，也有些问题更深思熟虑和私人化一些。埃蒂不确定可以把自己的信息透露到哪种程度，便只回复了一些泛泛的问题。几分钟后，她发现自己的关注者已经有数万人了。

平台管理方发来邀请，希望和埃蒂做一段简短的访谈。

"假如有我不想回答的问题，我可以拒绝吗？"

"当然。"

访谈以文字的形式进行，埃蒂使用了文本特征模糊插件，防止透露太多个人用语习惯。所有问题都选自用户的公共提问。

"冬眠这么久是什么感觉？"

"说不太清。冬眠时没有时间感，就像自己并不在那里。"

"喜欢这个世界的哪些地方？"

"环境和人。"

"关注你很久了，想看看你现在的样子，可以私下发我照片吗？保证不外传。"

"抱歉，这可不行。"

"你有后悔过你的选择吗？"

"没有。"

"那些转账留言你看过吗？印象最深的是哪一条？"

"大卫·鲍伊的那句歌词：地面控制呼叫汤姆船长。"

"'正义卫士'的名单上有你的名字，你什么感觉？"

"这不公平。我不理解他们为什么要这么做。"

"你打算怎么使用那些闪电币？"

"我不打算用它们。"

"你是追寻者吗？"

"我不知道。"

……

埃蒂产生了一种奇怪的感觉，仿佛这些问题并非出自不同的用户，而是渐渐模糊在同一片背景中，仿佛是这个陌生的世界在通过它们向她发问。她害怕显露自己，又渴望表达更多。

访谈结束后，埃蒂的关注数已经翻了十倍。流量分红和用户的打赏被折算成通用币，每十分钟一次进入她的银行账户。此外还有几家公司（包括开发无名氏插件的公司）希望埃蒂授权他们使用她的头像，用作服饰周边和电子纹身的图案。埃蒂看不出这有什么风险，于是也同意了。

她的账户余额以百倍、千倍于算力兼职时的速度增长。她开始习惯于每天早上收到无人机派送的定制营养包，接受私教给出的运动和饮食指导。她的身体年龄降到了 28 岁，头发和皮肤也开始像鲁弗斯那样散发光泽。在她二十多年的生命里，从没感觉身体这么充满活力。

在鲁弗斯无需工作的时候，他们有时会去城区闲逛。穿梭车驶过参天的巨树和坐落其中的艺术品般的环形建筑群。所有的商品和体验都向他们敞开大门，从无尽的地下溶洞中的机甲竞速、由认证巫医引导的死藤水一日之旅，到基于虚拟实境艺术的脑皮层焕活水疗。她终于不再只是鲁弗斯的追随者，也不再怯生生地，只是站在世界的门口张望。当她和鲁弗斯在那些美妙的空中平台和连廊上并肩漫步，耳畔是阿尔法城乐队的那首《永远年轻》，脚下是如立体迷宫般层层展开的城市……埃蒂第一次有了切实在此生活的感觉，甚至，自己还是被这个世界欢迎的。

可是她和鲁弗斯的关系却没有更进一步。鲁弗斯是个温柔、周到的爱人，在床上也是如此。但埃蒂想要的更多。她想要看到他的心——无法控制的激情、回忆和梦幻，孩子气的妄想，可以的话，还想要他的眼泪。她为那双温和的、湖泊一般的眼睛而心醉神迷，因此时常凝望着它们，恨不得潜入其中，直到她能触碰到湖底的贝壳和水草，或是干脆把湖水搅动起来，让沙石翻涌，让那些深处的鱼群不得不从洞窟中现身。

然而她做不到。她炽热的爱欲一旦触到湖面，便被湖水拥入其中，最后消弭于无形，只剩下细碎的波浪无止境地舔舐着湖岸，留下泪痕般湿润的暗影。

"你爱我吗？"

"爱。"

"还不够……给我更多，就像我爱你一样爱我。"

"都给你了，埃蒂。这就是我所有的爱。"

8

埃蒂时不时地去对流层回答问题，但人们对她的关注度已经大大减弱。目前，平台的当红明星是一个号称凭自己发明的呼吸法让身体年轻了三岁的灵性导师。

埃蒂做了一些新的虚拟雕塑，销量平平，可能还没有直接去做算力兼职挣得多。就在这个时候，个性化医疗行业的巨头——泰坦科技找到埃蒂，希望她做新产品的代言人。那项产品，或者说服务，是一整套基于个体生理信息定制的端粒延长疗法。根据Ⅲ期和正在进行的Ⅳ期临床试验，这套疗法让被试者的端粒长度平均增加了 3% ～ 5%，且没有癌变风险。用户需要每月一次入住治疗中心，在接受端粒酶激活的同时及时清除突变细胞，持续数月。

泰坦提出的合作方式是，他们会为埃蒂提供一轮免费治疗，而埃蒂需要把自己治疗前后的端粒长度信息授权给公司使用，作为公网广告的一部分，并用那个闪电币账户的私钥对这些信息签名，以证明它们确实属于埃蒂本人。

除此之外，他们还想使用埃蒂的树叶头像作为 LOGO，只不过他们想把它改为绿色的，因为公司的广告词是"生命常青"。

埃蒂有些犹豫，她问了鲁弗斯的意见，后者认为这是个很好的机会。

"这项研究我关注了很久。如果不是费用太昂贵，我也会去试的。"

"他们的保密措施怎么样？"

"据我所知，比阿尔科的更严格。他们在系统内部也使用了加密协议。用户的名字和身份，就算是主治医生也无从得知。"

"嗯。"

另一个让埃蒂下不定决心的原因是 LOGO。这枚枫叶承载着她对康复中心外那片森林的回忆。要把它改成绿色，埃蒂觉得有些别扭。

不过鲁弗斯是这样解释的：

"理论上，你授权他们使用的只是一份换了颜色的拷贝，并不影响你原先的作品。"

埃蒂想了想。

"也对。"

她接受了泰坦公司的提议，每月一次，她前往他们的治疗中心，进行端粒延长治疗。那地方位于北部群山之中，雪线之上，经由公司的专用轨道才能抵达。来访者大都和埃蒂一样，以假面假声示人，但有一次埃蒂见到一个没有打开假面类插件的人。

那人正和医生交谈。或许是因为已经熟识，他的表情很放松，甚至说得上快乐，每次抬起眉毛或微笑的时候，细小的皱纹会从额头上显露出来。

埃蒂突然有种冲动，想要回到阿尔科的康复中心，在那里她可以面对面地见到克雷格、莫伊拉，还有所有知道她身份的人。即使不打开无名氏，也不用担心会被恐怖分子追杀。

不过，那也只是想想而已。

根据体检结果，埃蒂身体体细胞中的端粒长度以平均每次治疗 1% 的速度增加，任何人都可以在公网中看到这些经过签名认证的数据。泰坦公司不失时机地展开了一波宣传。"泰坦科技，生命常青"之类的广告语充斥了视界中的各个平台。泰坦公司似乎有意将埃蒂塑造成一个满怀雄心的追寻者，那枚绿色枫叶俨然成为某种流行文化的标志，被技术乐观派们用在 T 恤、跑鞋和人工皮肤上。埃蒂在对流层的关注度重新回升。但这一次，朝她抛来的问题大都只和泰坦科技的治疗和永生有关。人们的态度里有种盲目的热切，仿佛埃蒂是代表永生的吉祥物，和她的任何连接——哪怕只是社交平台上的一个提问，都能增加自己永生的可能性。

埃蒂有些厌倦。如果自己只能以这样的方式和外界交流，那她真的还不如回康复中心。

不管怎么说，泰坦公司支付的报酬让她有了足够的闲暇，不管是经济上还是心理上。她在慕课平台上选了一门"深入虚拟雕塑"的课程，继续打磨雕塑技巧。她在课程小组和类似的兴趣社区里认识了一些人。然而在不透露个人信息和经历的前提下，他们能交流的话题相当有限。她也参加过一些线下的匿名聚会，有时还是和鲁弗斯一起，比如一个面向追寻者的存在主义支持团体，还有一个基于住宅区组织的冰球友谊联赛。参与者们都有十足的默契，以代号相称，绝不会将话题延伸到现实生活中。埃蒂大致能记住几个人，聚会时也会和他们问好，但假如有人忽然不再露面，其他人也并不会追究。久而久之，属于那个人的特定记忆也就渐渐消散了。匿名聚会就是这样一种存在，每个人都各怀心事，而这种对秘密的掩饰让他们变得模糊，似乎把这一个替换成那一个也无甚要紧。想来，自己对其他人也是这样吧。重要的是维持一种仍然和其他人联系在一起的感觉，或幻觉。就像围着一座仿真壁炉取暖，摇摆的亮光照耀到每一个人的脸，但他们并不在意那火焰是不是真的有热度。

"你会觉得孤独吗？"埃蒂这样问过鲁弗斯。

"当然。"

"那你是怎么做的？"

鲁弗斯有些迷茫，"没有什么能做的，这只是一个必须接受的事实。"

"难道一辈子就这样隐姓埋名吗？"

"不会是一辈子。总有一天，技术会让所有人都获得永生，没人被落下。那时就不会有'正义卫士'这样的组织了。"

"那得要多久？"

"也许很久，但一定没有永恒那么久。"

埃蒂看着鲁弗斯，有些明白他身上那种淡然的气质是从哪儿来的了。那就是他眼中的世界吗？无论是孤独还是别的什么，在无限延伸的时间轴上，都会被稀释成淡淡的影子，直到那遥远的天堂终于降临人间，到那时，连这些影子也将在永恒的光芒中消散。

"但那真的太久了……"埃蒂喃喃道。

"你会习惯的，"鲁弗斯说，"或者，你还可以试试对追寻者友善的咨询师？克雷格就是。"

"唉，本尼，你知道我需要的不是这个。"

鲁弗斯的眼神里，好像第一次流露出悲伤。

那天晚上，埃蒂做了一个梦。

梦里，她和鲁弗斯面对面躺着。她正要去亲吻那双湖泊一般的眼睛。

眼睛黯淡下去，变成了无名氏面具那样的空洞。

"抱歉，我的人工视网膜正在升级。"鲁弗斯的声音似睡非睡。

埃蒂伸手去触碰他的肩膀，但什么也没有碰到。

"我正在试用新收到的外骨骼……"

鲁弗斯，你在哪儿？埃蒂慌乱地想抓住她的爱人，但所触之处只是虚无的幻象。

"我就在这里啊，埃蒂。"

"我找不到你。"

"就在这里……"鲁弗斯的声音轻得像一阵烟。他的身体也开始像烟雾一般消散。

"鲁弗斯！"

埃蒂从梦中惊醒，过了很久，还无法从梦境的氛围中摆脱。鲁弗斯的房间处在可开启状态，但埃蒂没有打扰他。她下了床，赤脚走到落地窗前，唤醒单向玻璃。

窗外，夜色沉沉。冬季的银河横跨天空，在没有光污染的城市上方熠熠生辉。埃蒂看着那遥远而灿烂的星尘，蓦然觉得那正像是永恒对人类的召唤。她明白了：那就是鲁弗斯追求的。人生的结局无非永生或死亡，无论哪一种，都是永恒。当永恒被置于天平之上，没有什么会比它更有重量。孤独不会，悲伤不会。

或许爱也不会。

鲁弗斯没有说谎，他确实已经给出了全部的爱。

9

鲁弗斯最近花了很多时间待在视界里。埃蒂知道，他是在实验室做一项关于特特里斯脑病的研究。特特里斯脑病是对包括阿尔茨海默症在内的神经退化谱系疾病的统称，得名于患者大脑皮层内如俄罗斯方块一样堆积的类淀粉样斑块和缠结。在今年的流行病学调查中，它已经成为高寿者中最常见的慢性疾病。阿尔科、沃森医疗、库兹韦尔基金会和加利珂公司联合开启了一项隶属于人类微生物组计划的子项目，专注研究人体内菌群和特特里斯脑病的关联。鲁弗斯参与的是肠道菌群模拟的部分。当他退出视界，撤下静音面罩的时候，总是一副思绪重重的样子。

"你的眉毛都快打结了。"埃蒂坐到鲁弗斯旁边，"给。"

鲁弗斯接过埃蒂递来的饮料，小口品尝着，"香蕉杏仁奶昔？"

"富含 B 族维生素、色氨酸和镁，可以放松你的神经。"埃蒂模仿着鲁弗斯的口吻。

鲁弗斯搂住埃蒂的后脑，两人一起倒在沙发里。奶昔和杏仁碎粘在他们的嘴唇、鼻子和眉毛上。

"嘿！"埃蒂气喘吁吁地抗议，"这是我花了好久才做好的。"

鲁弗斯露出大大的微笑，"我很感激，确实令人放松。"

"可惜了那些草饲奶油……"

"这个嘛，我们可以去农场吃个够。今晚就去。"

农场其实是一家自助餐馆，但远比普通餐馆大得多。巨大的生态温室内种满了葱茏青翠的植物，藤艺餐桌和椅子隐于其间，由大型乔木或绿篱互相区隔，还有一些位于草地上的餐位专留给钟情于野餐乐趣的顾客。水果和香草生长在适合它们的地方，只要需要便唾手可得。除此之外，所有的食材都从源头完成了信息上链。顾客可以在视界内查看它们的产地、生产方式甚至 DNA 片段和附带的主要微生物群，以便从中选择最可能有益于自己健康的食物。

"虽然来过很多次了，但我还是觉得很夸张。"埃蒂说。她夹起一块现烤的阿拉斯加烟熏红鲑，放到随身托盘上。

"有需求就有市场吧。就像端粒延长治疗一样，总有人愿意付出这些代价。"鲁弗斯说。

他们两个都开着无名氏面具，不过互相设了权限，因此可以看到对方的表情。在他们前方，三三两两的顾客沿着长长的自助餐桌时停时行，大都也开着各式假面。埃蒂的视线再次被一个没有打开假面的人吸引，零星的白发显示出那人有些年纪了，但看起来健康状态还很不错。他脸上有种近似于茫然的古怪神情，虽然和其他人一样站在餐桌前，但随身餐盘还是空的，也并不取菜。

"那个人好奇怪。"埃蒂向鲁弗斯示意。

鲁弗斯朝埃蒂说的方向看过去，皱了下眉。

"我们离他远点。"鲁弗斯说。

"怎么了？"

"只是安全起见。"

一名机器侍者走近那个人，问他是否需要帮助。后者转身应答，不知道为什么，他们争执起来。

"埃蒂。"鲁弗斯说。

"嗯？"

"快趴下。"

异变发生的速度太快。埃蒂隐约瞥见那人举起一个纸包的小瓶子，紧接着，一大团火焰砰的一声在餐桌旁炸开，餐厅里瞬间充满了黑烟。埃蒂听到惊叫声和四散的脚步声。隔着人工被膜，一股刺鼻的气味传来。

埃蒂直起身。在离他们数十步远的地方，机器侍者一动不动。袭击者在它脚边蜷成一团，躺在还未熄灭的火焰里，面目焦黑。

"他死了吗？"埃蒂震惊地问。

"应该是。走吧，这里很危险。"

鲁弗斯拉着埃蒂前往出口，但埃蒂停住了脚步。餐桌旁还躺着一个人，正在呻吟。

"他需要帮助。"埃蒂说。

"警察和救援队很快会到，他不会有事。"

埃蒂看了眼周围的人——有些已经跑出了餐厅，剩下的都瑟缩着站在安全距离以外，空白的面部看不出表情。

"埃蒂？"

"我去看一下，"埃蒂说，"你先走。"

她小跑到那个人旁边，蹲下查看。一大块玻璃碎片深深嵌进伤者的大腿，小股血流从中涌出，浸湿了整条裤子。

埃蒂脱下外套，用袖子绑住伤口上方，但出血还未停止。

"用这个。"

埃蒂转头，看到鲁弗斯捧来一大把冰粒，把它们堆在伤者的伤口周围。

"备用品区弄来的，这能帮他凝血。"

埃蒂感激地看了他一眼。

外面传来警笛声。

"我们走吧，"鲁弗斯说，"这只是小伤，他会没事的。"

他们在警力的保护下上到楼顶。没过多久，伤者也被送上来了，他腿上封着某种凝胶，已经完全止血。埃蒂看到他朝自己微微点了下头，随后被抬上了飞行器。

"看吧？"鲁弗斯说。

另几艘大些的飞行器将他们这些剩下的人带往安全局，做信息记录。当埃蒂和鲁弗斯回到住所时，袭击事件已变成全网的热点。初步调查显示，这是一次孤狼式的无差别恐怖袭击，袭击者事先留下了定时消息，声称会用自己的行动支持"正义卫士"。

"怎么会呢？"埃蒂说，"那人一点都不像是恐怖分子。"

鲁弗斯把新闻画面投到墙上（视角来自报废的机器侍者），然后放大，定格。

"看他的眼睛。"鲁弗斯说，"眼神很涣散，眼球也几乎不转动，这是特特里斯Ⅱ型脑病的征兆。"

"这种病还会导致精神失常吗？"埃蒂问。

鲁弗斯摇了摇头。

"不是精神失常，"他说，"是觉得自己没有永生的希望了，想拉几个人陪葬吧。"

两人沉默下来。埃蒂的脊背一阵发凉，她不知道鲁弗斯在想的问题是不是和自己一样：人群里，这样的隐形炸弹还有多少？

"埃蒂，"鲁弗斯说，"当时你为什么会去帮助那个人？"

"他受伤了，不是吗？"

"但不致命。你也了解现在的医疗水平。"

"我只是觉得我应该去。"

"没想过自己会受伤吗？"

"我觉得袭击者只有一个，所以不会再有爆炸了。"埃蒂说。

"不，我指的是烟。"鲁弗斯说，"也许有毒，也许会进入你的呼吸道，甚至血液系统。"

"这……我没有想到。"

埃蒂突然意识到了什么。

"把你也牵扯进来了，抱歉。"

"没事。而且我看过传感芯片的数据了，这些烟不会造成什么长远影响。只是……以后别再这么鲁莽了。"

"嗯。"埃蒂说，但她觉得胸口像是被什么东西堵住一般。

"怎么了？"鲁弗斯问。

埃蒂摇摇头，想说没事，突然之间，回忆如潮水般涌来——在医院走廊的独自等待、电话中的大段沉默、友人促狭而闪躲的笑容、黑夜中的卧室天花板……回忆的最后，是那些远远站着的模糊不清的身影，和一张张苍白空洞的面孔。

埃蒂泪如雨下。

她想起了那间白色氮气缭绕的冷冻舱，想起自己在陷入冬眠之前，脑海里掠过的最后一个念头。

她只是想要真实、自在地活着。

10

那个夜晚，他们互相依偎着，时而昏睡，时而醒来，醒来的时候便亲吻，仿佛能以此抵御世界上所有的悲哀。埃蒂断断续续地诉说着过往的经历，像是交付，又像是某种见证。

但有一个话题，他们一直没有去碰触，尽管它似乎本该是最显眼的存在。如同驾驶一艘帆船，他们默契地让语言之流绕过那块暗礁，同时对这种努力只字不提，仿佛被他们绕过的地方只是一片再正常不过的水域。

然而黑夜将尽，白昼的光亮终将照亮水面下的阴影。

"本尼，永生对你来说是什么？"

"无限的时间……和无限的可能。"

"它能弥补一切？"

黑暗中，鲁弗斯沉默良久。

"它必须如此。"

那块暗礁仿佛压在埃蒂心口，让她无法呼吸。她再也无法回避那个问题了。

"可是我不那么认为。抱歉，本尼，我可能……"她努力说完这句话，"我无法再以这样的方式生活了。"

直到这时，她才意识到，以追寻者的身份生活对自己而言是多大的负担。她本以为，那些妥协和适应就像是修改那片叶子的LOGO副本——只是某种外在的改变，然而事实却并非如此。

有什么东西落到了埃蒂的手指上，湿湿的，凉凉的，是鲁弗斯的眼泪。她终于得到了曾经梦寐以求的东西，只是没想到是以这样的方式。

"我本以为，你也会成为追寻者。"鲁弗斯说。

"我也以为我会……"埃蒂心如刀割。

"埃蒂，嘿，没事的。"鲁弗斯悲伤地说，"正因为你是你，所以你会跨入冷冻舱，所以我们会相遇。也正因为你是你，所以你会离开。只不过是命运而已……别害怕你的命运，埃蒂。"

他们最后一次拥吻。天亮的时候，埃蒂离开了鲁弗斯的公寓。

她庆幸有无名氏的存在。面具之下，没有人会看到她的眼泪。

二、陆地

1

埃蒂在自己的公寓度过了昏天黑地的三日。多数时候，她把自己埋进睡梦之中，偶尔醒来吃一点东西。

她感觉自己又一次坠入了孤绝的虚空，她曾是鲁弗斯的爱人，对流层的流量明星，奇点之城的模范公民。可现在，熟悉的世界忽然变得陌生而遥远。

她，埃蒂·米勒，究竟是谁？

她在半梦半醒间想着这个问题，然后，她想起了那些过去几十年里转账给她的人。"想看到世界上有新的现实诞生"——他们曾抱着这样的期望。

对……即便她不再是鲁弗斯的爱人，她仍然是那个接收到所有这些期望的人。

她决定了。

她要给剩余的闪电币找到合适的归宿，这是她给自己的任务。

她慢慢从悲伤和颓丧中恢复过来。第三天晚上，她有了一点和外界交流的欲望，于是打开视界，逛了一圈对流层。

关于农场袭击事件的讨论还未平息，这很少见。或许是因为，这是第一次无差别而不是针对特定目标的袭击。论坛里颇有些人人自危的味道——谁知道会不会有模仿犯？谁知道下一次会是在哪儿？

"没想到连农场这样的地方也不安全了。"

"强烈抗议滥伤无辜。"

"我看没什么区别，反正去那里的人本身就是想永生。"

"不能这么说。吃点健康食品怎么了？"

"得了吧，谁不知道你们这些人？装得一副不引人注意的样子，私底下就想着怎么延长寿命吧。"

"哥们说的太好了。"

"是姐们，谢谢。"

"呵，有些人好像很嫉妒嘛。"

"还好没人丧命。"

"跟我没关系。那都是有钱人去的地方。"

……

埃蒂看着社区里的讨论，鬼使神差地在话题下加了一句。

"那天我也在场。"

这句话一发出她就后悔了。视界再次被弹窗铺满——除了询问现场情况的消息以外，还有许多人在问，农场的食物是不是真的对健康很有益。一条官方滚动新闻不失时机地出现在对流层上空：重磅！传奇冬眠者埃蒂·米勒亲历农场袭击事件。

埃蒂调高了信息过滤强度。视界早已熟知埃蒂的浏览偏好，只留下零星几条弹窗让埃蒂检视，其中有一条匿名消息：

我也是在场者，能不能借一步说话？

消息附带了一条端对端加密的光标聊天室链接。埃蒂点了进去。

发信人已经在聊天室中等候。

"你好，埃蒂·米勒。"

"你好，请问你是？"

"袭击事件中的伤者。那天帮我止血的人就是你吧。"

埃蒂吃了一惊。

"你怎么知道？"

"因为这显然不是当代人的行事风格。"

对面发来一个交易窗口。

"这是谢礼。"

窗口中的数额是十五万通用元。

"为什么？"埃蒂问。

"这是精算师报给我的价格。假如之后你的肺部健康因此受到影响……这笔钱足够你治疗，不管是干细胞修复还是什么。"

"没这个必要。"埃蒂说。

"但你确实减轻了我的伤势，当然，也减少了后续治疗费用。我不喜欢欠人情。"

"可我不需要钱。"埃蒂关掉窗口。

"那么其他东西呢？你有没有什么想要的东西？"

埃蒂看着代表对方的灰色的人形标识，感到一阵荒诞。

"我倒是想要朋友。你能做我的朋友吗？"

光标提示符凝固了很长一段时间，终于开始闪动。

"埃蒂·米勒，朋友对追寻者来说太奢侈了。不过有一样东西也许你用得着。"

对面发来一个坐标，外加一串字符。

"去那里找塑料树。要是他问起介绍人，就把这串字符给他。"光标停了一下，继续闪动，"现在我们两清了。再见，埃蒂·米勒。"

灰色人形从聊天室消失了。

埃蒂查了下坐标的位置，有点远，在西边近六百公里的地方。

"预约穿梭车。"她对视界说。

或许出门散散心也不坏。

2

穿梭车驶离城市，在重重山脉之下一路飞驰。一小时后，埃蒂下了车。新美洲通用轨道在此终止，视界指示她走向不远处的另一座停泊港，乘上其中一辆穿梭车。

"欢迎使用西南沿海商会交通系统。"穿梭车说。

这次的车程仅有数十分钟。但下车后，埃蒂却感觉到了另一个国家：墙上贴的是看起来有年头的马赛克砖，地面上也能看到油污和泥浆的痕迹，令她想起了几十年前的地铁站。

埃蒂在通道一侧的载具区刷了一辆老式赛格威，循着导航慢慢往前。视界中的标记并没有让她去地表，而是穿过通道，拐弯，进入了……一座货真价实的地铁站。

宽阔的筒形拱顶泛着粉红色和粉绿色的渐变荧光，在那光芒中，一道由无数三角网格汇聚成的模拟波浪缓慢地翻滚起伏。陌生天体的图案悬于拱顶中央的高处，仿佛异世界的恒星，在大堂四壁和古希腊式的立柱上投下朦胧的紫色光晕。大堂内人流如织，两辆地铁分别停靠在月台两侧，但那些人好像并不急着上地铁。埃蒂这才发现，地铁的每一节车厢都是一间商铺。高对比度的店名以大喇喇的荧光色显示在店铺招牌上，其中随意混杂着日文假名之类的字符。

埃蒂挥手让赛格威自行回收，自己踏上下行电梯，进入漂浮着蒸汽波音乐的大堂，仿佛缓缓沉入一场赛博世界的夜店狂欢。来往的行人烫着波浪卷，穿着宽松的、裤腿肥大的服饰。其中一些人丝毫不带掩饰地打量着埃蒂，目光仿佛能穿透无名氏假面。

坐标位置最终与车厢商铺中的一间重合。埃蒂穿过月台幕门走进店内，电子乐随即被隔绝在外。

店里没有其他顾客，也没看见老板，只有两排展示架显示着各种面部被膜，卡通的、写实的，当然还有无名氏这类空白系假面。埃蒂有点失望，她对这类行头并不感兴趣。

"有什么能帮你的？"一尊大卫头部石膏像的投影出现在埃蒂面前，周身放射出彩虹色的辉光。

"呃……我想找塑料树。"

投影消失了。过了一会儿，车厢对侧的车门往两边滑开，一个满头脏辫的男子拖着步子走到埃蒂面前。

"介绍人？"他慢吞吞地问。

埃蒂勉强从眼前景象中收回视线——那人左右两边的眉骨尾端，各镶嵌着一小颗摄像头，看起来有点惊悚——将那串字符发过去。后者读取了它，并莞尔一笑。

"挺少见，这么低调的家伙，居然愿意做介绍人。"他瞥了眼埃蒂，"从城里来的？"

埃蒂点点头。

"不错，城里人付钱痛快。来，先把这份保密协议签了。"

对方发来的协议要求她对在此所见的一切保密，除非是以介绍人的身份，将这里推荐给其他客户。埃蒂同意了。

"进来吧。"

埃蒂犹犹豫豫地随他走进另一道车厢门，里面是间仓库般的房间。

"抱歉，我们这是去做什么？"

"他没跟你说吗？噢……反正你看了就知道了。顺便，我是塑料树，叫我 PT 就行。"

埃蒂和他握了握手。

"我是……"埃蒂习惯性地想报出自己的名字，突然顿住了。

PT 发出嘶哑的笑声。

"老天……城里人可真是有意思。"

他摇着头，在自己的视界里设置了什么。房间角落的地板上出现了一块约四英尺见方的凹陷。埃蒂有些尴尬地跟着他踩上去，那块地面随即开始下沉。

这部简易电梯把他们带入下一层房间。埃蒂看到了几排同样的展示架。当她看清上面的东西时，忍不住抽了口气。

那些已经不能算作面具了，而是……面孔。无论皮肤、毛发，还是脸上的五官，都看不出一点点人工的气息。像是一台肉眼级的摄像仪随机选取了街上的路人，把他们的脸一比一保存了下来一般。

"我可以凑近看看吗？"埃蒂小声问。

"当然得凑近看。"PT 说，"凑近看，慢慢儿看。我的生存对抗算法比英伟达的还要好上一倍。这里的每一张脸，都可以根据生成结果一个细胞一个细胞地印出来，你在别处绝对找不到这样的货色。要是哪张有人要了，对应的参数和相同批次的其他生成结果都会封存起来，所以每张脸都是绝版。深色皮肤，浅色皮肤，蓝眼睛的，黑眼睛的，斯拉夫人，因组特人，牙买加人，只要你想，我都能……怎么，对这张感兴趣吗？往前站点，这样。"

埃蒂照他说的站到那张脸前面，让展示架上的影像和无名氏在上面的倒影重合。

"点下头。"PT 说。

倒影中，无名氏面具消失了。展示架上的那张脸毫无破绽地吻合埃蒂的面部，随着她点头、摇头、皱眉的动作自然变化，速度完全同步。她的大脑几乎立即将它判定为身体的一部分。

"实物效果就是这样的。美妙极了，对吧？"

埃蒂顾不上回话。她想到了这意味着什么——她可以完全成为另一个人，用另一个名字生活！这样就再也不用担心"正义卫士"了。

"我从来不知道还有这样的东西。为什么我在城市里没见过？"

PT 的神情就像是听到了本世纪最大的笑话。

"当真？你该不会不知道这是非法的吧。"

"非法！？"

PT 瞧着埃蒂。

"你是真的什么都不懂啊。你以为联邦政府会放任这样的东西存在？听着，就算你用上了我的面具，也不代表就可以高枕无忧了。比如碰上体检和跨境之类的事情，你都得来我这里把面具卸掉，总之，不能被官方的人逮到。"

听起来有点冒险，但埃蒂对冒险并不陌生。

"多少钱？"

PT 笑了。

"够痛快。"他发来报价，"事先付一半，完成后付另一半。每半个月维护一次，前三次免费。"

"整个过程需要多久呢？"

"扫描和建模很快，打印需要一小时左右。这是交易协议，你先看看。"

埃蒂打开协议，看到其中有一条要求她安装一项插件。埃蒂看了下插件信息：

【PT 皮肤管理】| 类型：未知 | 未知 | 权限：未知 | 等级：危险

"等等，为什么插件的等级是危险？"

"哎……你要补的课太多了。你知道视界系统是谁开发的吗？"

"这我倒没想过。"埃蒂愣了一下，"是联邦政府吗？"

"联邦政府，还有那些互联网巨头组成的奇点联盟——IBM、对流层、Close AI……视界系统，连同星际网络，都是由他们建立的。只有他们这样的中心节点才能修改或者保存数据，软件评级当然也是根据他们的标准啦。除了那些正儿八经的恶意软件，所有不使用星际网络，或者不对他们开放数据的软件都属于危险级。"

"也就是说……"

"也就是说，这是你的选择——信他们，还是信我。"PT 说。

埃蒂皱起眉头。

"但我该怎么信任你？如果没有评级，谁来审核你的代码？我的数据和身份信息又会保存在哪儿？"

"都存在我的私链上，我的私链就是我的信用。我可以告诉你，在这片地下商区，没有信用可做不了生意。我从来没写过不必要的代码，也从来不会泄露客户的数据。"PT 抱起双臂，"当然了，你不必马上决定。只是你想过没有，就算是你信任的视界系统，它的代码又是谁评估的呢？"

"谁能看守看守者……"埃蒂喃喃地说。

"嘿，那是守望者的台词！"PT 扬了扬眉毛，"难得有人口味这么怀旧。"

"不是怀旧，只是小时候印象太深了。"埃蒂关掉无名氏假面，"我决定了，我要买你的面具。"

PT 看着埃蒂。

"我的天，你是埃蒂·米勒？"

埃蒂耸耸肩。

"我还在对流层上关注了你呢，"PT 说，"你瞧，他们弄出的烂摊子自己也收拾不了，只有我这种人才能帮你。"

"什么烂摊子？"

"'正义卫士'，你不是因为这事儿才想要面具的吗？"

"是没错，但你说……'正义卫士'是联邦和奇点联盟建立的？"

"当然不是了，老天！我是说，没有永生派哪来的反永生派？"

"嗯。以前也有人说过类似的话。"

"是吗？"

"他觉得这是无法改变的。你怎么想？"

"我从来不操心这种问题，"PT 说，"我只管赚钱。"

埃蒂不由笑了。

"行，该谈正事了。我先付你一半费用。把银行账户发我好吗？"

"银行账户？拜托，你想把条子招来吗？"

"噢……对。抱歉。"

"用门罗币或者祖可，这是收币账户。"PT 叹气，"我总觉得有一天会被你拖下水。"

埃蒂手头没有门罗币，只能去交易所现买。PT 趁着这段时间去准备材料了。

视界传来一条标记为重要的通知。农场公司通过对流层联系埃蒂，希望她以当事者的身份参加对流层关于农场事件的访谈。当然了，如果她能提一下当时农场的机器侍者是如何反应及时，将后果降至最小，顺便再对农场的食物和环境美言几句，说说在农场用膳是如何改善了她的健康、促进了体内微生物群的活性和多样性，那就再好不过了。

埃蒂疲惫地叹了口气，回绝了农场的邀请。同时她在对流层发了一条公开消息：

我不是一个追寻者。也许我曾经是，但现在不是了。请各位不要再问我和永生相关的问题，谢谢。

埃蒂关闭对流层。转给 PT 的门罗币已经到账，可以开始"移植"了。

PT 让埃蒂躺在一张类似牙科椅的椅子上，两枚嵌在眉骨中的摄像头和他的原生眼睛共同工作，采集埃蒂的面部数据。打印机在刚才已经填充好材料，装配在机械臂上。PT 拉过它，直接在埃蒂的脸上开始打印。

一小时后，移植完成。埃蒂看着镜子里的陌生面孔，忍不住轻叹。

"现在我该怎么称呼你？"PT 问。

"就叫我埃利吧。"

埃蒂打开钱包，准备支付剩下的费用。她愣了一下。

"PT，这年头网络还会卡吗？"

"我没碰到过，怎么了？"

"视界显示我的余额是零。"

"啥？"

"我银行账户里的钱突然消失了。"

"别开玩笑，老妹。别在这种时候，开这种玩笑。"

"是真的。"埃蒂把银行余额的页面投到旁边的墙壁上，"刚才还是正常的。"

"查查你的扣款记录。"PT 说。

埃蒂的心一沉。显然这不是网络故障，因为那儿的确有一条扣款记录。视界已经将该笔扣款所涉及的源协议高亮给她了——

在和泰坦签署的协议中，有一行要求她不得在公共平台明确否认自己的追寻者身份，否则泰坦将解除和她的协议，赎回酬金并索赔。

"哎，我看到你在对流层的发言了。" PT 说，"估计是因为那个。"

埃蒂打开扣款详情。除了收回酬金之外，她还需要支付违约金赔偿，其中的一部分已经由账户余额冲抵，还剩下将近六十万通用元，需要在一个月内偿清。

她确实没有注意到那项条款，但这种操作仍然让她难以置信。

"他们怎么能直接从我账户划走所有的钱？"

"只是协议的运行结果。" PT 说，"你的账户应该本身就和协议绑定了。"

"该死，你说得对。"

"我们这儿的人多多少少都吃过这种亏。只能说，欢迎来到新美洲。" PT 说，"我猜你只能用你那堆闪电币付款了。"

"关于这个……PT，能否宽限段时间？"

"为什么？"

"我对自己做过承诺，除非是为了某个特殊理由，否则我不会动用那些币。"

"你回头再把相同份额的币转回去不就行了？"

"那会留下交易记录。"埃蒂纠结地说，"也许听起来很牵强，但……"

出乎意料的是，PT 摆了摆手，让她别说了。

"这我能理解，毕竟区块记录是永久的。" PT 说，"我可以宽限你一周，条件是，你用闪电币账户跟我签署合约。如果一周后你没能付钱，就自动扣除三倍于应付账款的币给我。"

"……可以。"

PT 当场生成合约，两人用私钥完成了签名。

"那么，" PT 迅速放松下来，"你准备怎么做？"

"去赚钱，你知道这儿有什么赚钱的法子吗？"

"有倒是有，但不像是你能做的。要求低一些的嘛……估计你干十年都还不上欠款。你懂代码吗？"

"不太懂。"

"算命？潜水？搏击？"

埃蒂摇头。

"你会什么？"

"会一点虚拟雕塑。"

PT 大笑。

"你那些雕塑我见过，还不如 AI 生成的有市场呢。还有其他的吗？"

埃蒂努力回忆。

"没了。除了算力兼职以外，我在这里没做过其他工作。"

PT 若有所思。

"你做算力兼职的时候有什么感觉？"

"有时会有点累，但还好。"

"或许你可以去美智子那里试试。"

"美智子？"

"她有自己的算力采集程序和接口，效率比官方的高多了。不过我得提醒你，她可没有我这么好说话。"

PT 把坐标发给埃蒂。

"祝你好运啦。虽说我还是挺想拿到你的闪电币的。"

3

美智子的店在地铁站第三层。白天，它藏在漆黑的轨道深处，直到夜晚降临，才会随着缓缓移动的列车出现在月台上。

"眨眼。"

"抬手。"

"跳。"

埃蒂乖乖按照美智子的指示做出相应的动作，后者在仅她可见的界面上调试埃蒂的设备，面无表情，手速飞快。这名湿件骇客的双眼泛出机械的白光，隐约可见的皮下神经线路从额头一直朝上延伸，没入瀑布般的黑发之中，略有些森然的样子，让埃蒂忍不住联想到刀锋女王。在埃蒂周围，还有好几个人和她一样戴着头盔，穿着感应服，在全向活动仪上或跑或站，看起来都是算力网吧的常客。

头盔中的同心圆标一一发出校准完毕的提示音。

"可以了。"美智子说，"我建议你悠着点，先选简单的任务。有问题叫我。"

"好的，谢谢。"

美智子已经去另一个用户那儿忙活了，根本没听到她的话。

埃蒂将视野切回头盔。眼前是和官方系统类似的界面，代表不同任务的窗口悬浮在虚空中。埃蒂选了看起来最简单的那个。

她站在一个奇怪的楼梯间里。这似乎是一栋被废弃的大楼，水泥地面和简陋的楼梯栏杆上积着薄灰，楼道里很安静。

埃蒂试着活动了一下手脚，然后开始上楼。她爬了两层，但所见景象无甚变化，仍旧是灰扑扑的楼梯和地面。从栏杆空隙处张望，无论往上还是往下，楼梯层层回旋，不见尽头。

埃蒂不知道这个任务的算力采集方式，但料想不至于只是爬楼——如此单调的采集方式不可能比官方系统更高效。想到这里，整个场景似乎就此有了某种细微的变化。当她抬头望向上一层楼梯，发现楼梯变长了——几乎是原来的两倍。她跑向上一层平台，楼梯内墙以一种古怪的缩放变形效果从她身侧掠过。转过另一层平台，楼梯一分为二，埃蒂踏上左边那段，而右边的楼梯以一种镜像般的波动拟合她的脚步，其强度和范围似乎和她落脚的力度成反比。她努力想看清波动的形态，于是那波动来到她注意力的中心，通过她的意识拓宽到下一层楼梯上，使其化为一片散落在水面上的浮石。她小心地从一块浮石跳跃到另一块，每块浮石的形状和大小暗示了它们应该被以什么样的姿态踩上去才不会沉入水底，而那踩踏激起的波纹以函数图的形式出现在幻视般的另一层视域内，若能将它们转化为方程组，那么方程的解便是通过这一层楼梯的钥匙……

埃蒂隐约发现，她所见到的一切正悄无声息地呼应并催动着自己意识状态的变化，就像是……梦。没错，但那个梦只有一半是由她自己编织的。某种来自外部的力量如同大楼框架，将所有变化维持在某个可控范围内，既不让她窥破变化所对应的规律，又不让她完全沉浸其中。她的理智在清醒和无意识之间来回摆荡，又不接触到它们之中的任何一极，只是在一次次摆荡所加强的谐振中催动出更多变化。楼梯翻折回旋，如同进入埃舍尔的异度空间，上与下、左与右的相对关系不复存在，因此向前跑即是在向后跑，向上跑即是在向下跑。楼梯因她的跑动而不断延展，使得楼梯所承载的跑动本身变得近乎停止，由此运动与静止亦不再有分别，时间继空间之后开始失去意义。她仍在跑动，但已经感觉不到是"自己"在跑，只看见身体在呼吸，手臂在摆动，双腿在抬起和落下。

大楼的景象逐渐淡去，任务结束了。埃蒂摘下头盔，靠在活动仪的扶手上喘气。有那么一瞬间，她忘记了身处何时何地，以为自己刚刚从冬眠中醒来。

"喂，你来这多久了？"

埃蒂转过头，看到一名手臂上纹着电路板图案的男子在朝自己问话。

"刚来，怎么了？"

男子指了指上面。

埃蒂机位上方的 LED 单元板闪烁着烟花效果，其中有行小字：**记录刷新**。

"我战队在招人，你来不来？"那人问。

"有报酬吗？"

"双倍。我是内森。"

"埃利。"

他们握了握手。

4

埃蒂退掉了原先的公寓，用折算协议处理了房间中的家具和饰品——无人箱直接开到她家门口，收走了那些东西。她特意选择了一家支持用其他加密币付款的小公司，免得钱一进入银行账户就被自动划走。

沿海地下城的租金只是市区的零头，因为这儿属于"变动区"，只有海拔 20 英尺以上的区域才会被列入市政规划的范围。海水仍在缓慢上涨，蚕食着沿海的低地，漫入房屋、商场和地下管道。原先的居民逐渐往内陆搬迁，流浪汉却像闻到腐肉的秃鹫般在此聚集，接着是商人、掮客、提供灰色技术的私链主，还有各种各样的生物朋克——从肉体改造玩家到热衷于破解大脑的超人类主义者。在鲸落般的漫长岁月中，沿海商区逐渐成形。商会甚至买下了废弃的地铁站，将之打造成颇具特色的地下集市。

埃蒂开始习惯地下城的生活，她像是某种夜行性的穴居动物，白天窝在简易单元间里睡觉，入夜时便前往美智子的算力网吧。内森的战队现在有七人，除了内森和埃蒂以外，还有一对染着亮绿色头发的小情侣、两个看着是东亚人的双胞胎姑娘，以及一个面色不善的大个子。他们会一起戴上头盔，进入一片无边无际的黑暗沼泽。那儿的黑暗如墨一般浓稠，具备心灵感应能力的怪物潜伏在黑暗深处，随时会发起突袭。他们需要一边隐匿行踪、躲避怪物，一边与其他战队作战，直到其中一支队伍胜出。不知为什么，埃蒂似乎也很擅长这个任务。有时她甚至能比那些黑暗中的怪物更快地感知到对方，继而带领队伍避开危险区域。他们的战队很快成了网吧中胜率颇高的一支。

PT 说的没错，这儿能赚到的钱确实比官方的算力兼职系统多得多。仅仅过了三天，她就去面具店付掉了剩下的费用，并看着 PT 撤销了自动扣款协议，后者颇有些失望。

某天，他们战队拿到了当日的全场冠军，内森他们说要去庆祝一下。

"你来不来，埃利？"

"去哪儿？"

"二层的故障酒吧，我请客。"

"酒吧？酒精可是一级致癌物啊。"

其他人发出一阵嘘声。

"内森，你从哪找来的这么个大小姐？"

那个大个子走到埃蒂面前。

"新来的，你该不会是追寻者吧？"

"不是啊。"

"最好不是。我们队里不欢迎那种人。"

双胞胎女孩中的姐姐——或者是妹妹，埃蒂从来没分清过——大大咧咧地抓过埃蒂的手臂。

"走啦埃利，一起去喝一杯。"

他们一行人浩浩荡荡地前往车站二层。那对小情侣和双胞胎姑娘甚至还没乘上电梯，就已经嗨得跟喝醉了似的。他们大步跨进霓虹棕榈叶掩映的酒吧大门，像一群跳入泳池的派对动物。

"两扎生啤！"双胞胎冲着侍者喊。

"加一瓶飞狗艾尔。"大个子说。

"再给那家伙来杯波本。"绿头发男孩指着内森说。

酒吧里放着快节奏的八位元音乐，脉冲干扰般的杂色线条和斑块在动态壁纸上闪烁，令人头晕目眩。他们穿过杂乱的钢木桌椅，坐到稍里面一些的地方。侍者将杯子和酒壶重重地放在油腻腻的桌面上。

"敬酒精！"众人碰杯。

这群人似乎真的是冲着灌醉自己来的。埃蒂才刚刚喝了两口，双胞胎姐妹已经分别倒了第二杯了。

"埃利，你喝的也太少了吧？你的杯子几乎都没动过。"绿头发男孩说。

"我可不想喝醉，明天还要继续做任务呢。"

"靠，你简直比内森还无趣。"

"你是不是欠人钱了？"大个子突然问。

埃蒂耸耸肩，"算是吧。"

酒桌上响起了一阵夹杂着庆幸和同情的啧啧声。

"放轻松，埃利。"双胞胎之一说，"不能为了身外之物亏待自己。而且你知道吗？宿醉的状态下做任务反而更高效。"

"真的？"

众人喃喃附和。

橙黄色的酒液还在冒着气泡，一滴凝结的水汽从杯壁外侧流淌下来。埃蒂拿起杯子端详了一会儿，随后一饮而尽。

"这才对嘛！再给她倒一杯。"

酒精让她有点微醺。她确实已经很久没这种感觉了，住在城里的时候，她从来不会去碰酒精这种东西。酒精代谢物导致的DNA损伤需要至少三次循环治疗才能中和，只有暴发户才会那么做。不仅是她和鲁弗斯，埃蒂似乎也没见过其他人喝酒，大多数餐馆最多也就提供些软饮料。

"对了,"埃蒂问他们,"你们为什么不欢迎追寻者?"

"你以前不是这儿的人,是吗?"大个子说。

埃蒂摇摇头。

"追寻者都是些贪生怕死之辈。只要能永生,什么都能放弃。"

"这儿的人都是这么看他们的吗?"

"也不全是。但总之追寻者的名声不怎么好就是了。"

"我倒是挺欣赏那些玩肉体改造的人。"绿头发女孩说,"虽说他们有些也是追寻者,但至少挺有种。"

"没用。"男孩冷哼一声,"永生本来就是扯淡,人怎么可能不死呢?"

"我看你是吃不到葡萄说葡萄酸。"

"要是吃得到,你吃吗?"

"吃啊,为什么不?"

"你这话小心被'正义卫士'的人听到。"

女孩撇撇嘴。

"这儿还有'正义卫士'的人?"埃蒂问。

"难说,地下城什么人都有。"大个子说。

"说起来,"埃蒂说,"他们为什么不用更好的方法呢?"

"谁?"

"'正义卫士'。为什么要这么极端?"

大个子嗤笑一声。

"因为这世界本来就很极端。永生就是有钱人的玩意儿,他们吃顿饭的钱就够我们在这儿过好几个月了,难保不会有人因此发疯啊。"

埃蒂想到了以前在农场吃饭的事,没有接话。

"要我说啊,姑娘,最好还是少想这些事。不然容易变得跟他一样。"大个子用握着玻璃瓶的手指了指内森，后者从刚才开始就没说过话，只是不停地喝酒。

"这我同意。"绿头发女孩说，"不如及时行乐。"

"反正这世界已经烂透了。"男孩嘀咕了一句。

他们喝得都有点多，不过喝得最多的还是内森，出酒吧的时候，他已经几乎站不稳了，但其他人似乎对此习以为常。

"埃利，你今天喝得最少，把他送回去成吗？"大个子打着嗝说。

"好吧。"

内森的居所离地铁站不远，也是那种用集装箱改装的单元间，只是周围环境比埃蒂住的地方好些，单元之间也没那么拥挤。埃蒂把他架到床边，让他躺下。刚准备直起身，内森一把拉住她。

埃蒂倒在内森身上，波本威士忌那混着浓重酒精味的气息扑面而来。

"松手，内森。"埃蒂说。

"如果我不松呢？"

"你醉过头了。"

内森看着她，松开手。

"没你想的那么醉。"他说，"考虑一下吧。"

5

这样的碰面似乎成了一种习惯，有时是在内森的地方，有时是在埃蒂那儿。但在其他人面前，他们什么都没表现出来。

埃蒂当然知道这是什么。说到底，这不过是及时行乐的一部分，就和偶尔的小酌一样不值一提。

只是她越来越不明白自己了。

有一次，内森问起她来自哪里。

"密西西比。"

"三角洲那块吗？天，你跑得可真够远的。"

埃蒂意识到内森说的是密西西比河。也是，现在已经没有密西西比这个州了。

"对，"埃蒂说，"你呢？"

"就在这附近。我从小在海边长大。"

埃蒂噢了一声，没有接话，对方也就没再说下去。但她知道，自己不喜欢这样。

不过，这种状态不会一直持续下去。地下城看起来是个能生活下去的地方——有钱赚，有地方住，还有炫酷的电子乐。埃蒂打算还清欠款后，就和内森谈谈他们的关系。

她在战队中获得的报酬仍在稳定增长，但还不够。她开始整日泡在算力网吧，做那些最高等级的任务。

最后的截止日到了，但她离目标金额还差一大截。

她还不想动用闪电币，于是她找到美智子，问还有没有什么办法。

数据流飞速滚动的影子掠过美智子苍白的眼珠。埃蒂估计她正在查看自己的历史数据。

"有一个任务，也许你可以试试。"

美智子带她进入一套单独的隔间。里面没有活动仪，取而代之的是一张床铺，连着管线的头盔摆在旁边。

这个任务需要埃蒂单独签一份协议，因为它"有点风险"。协议中的说明夹杂着晦涩难懂的术语，埃蒂请求美智子稍做解释。

"这么说吧，你知道为什么我的系统比官方系统更高效吗？"

"呃……因为需要处理的信息更多？"

"简单说就是这样。而人们通常不知道的是，在所有大脑接收到的信息里，最终能被意识到的只是冰山一角。大脑在做的事是删除信息，而不是生产信息。"

"就像一道减压阀？"埃蒂说，"我在哪本书上见过这种说法。"

"赫胥黎的《知觉之门》。伟大的著作。"美智子的语气流露出无可置疑的赞叹。

埃蒂想起了做任务时的感受，似乎在做任务过程中，越是接近无意识，最后采集到的算力也越高。

埃蒂看向床上的头盔，"那这个是……"

"这套设备的作用是绕过减压阀。"

"所以，我接收到的信息会比原来多很多？"

"不是很多，是无限。"

埃蒂犹豫着。

"还有其他人……用过这套设备吗？"

美智子嘴角上扬。

"我。"

埃蒂考虑了一会儿。

"好吧，我要试试。"

她签了协议，躺上那张床，美智子给她戴上头盔。头盔内部布满电极，前半部分紧紧贴合她的眉骨和眼眶，并未留下睁眼的空间。细细的探针从头盔内伸出，扎入她的太阳穴。刺痛很轻微，转瞬即逝。

"准备好了？"美智子问。

"开始吧。"

她的眼前一片漆黑，接着慢慢看到一些沙粒般的噪点。它们以难以察觉的频率震动着，如同高速快门中的被摄物般一帧帧游移。其中的一些光点汇聚成更大更亮的光团，或是互相连接成银白色和浅蓝紫色的锁链，就像躺在关了灯的房间里、似睡非睡时眼前看到的那样。埃蒂试图回忆那种感觉，但先前的情况又出现了——理智想要抓取的落脚点宛如蛋液中的蛋壳碎片般黏滑，看似近在咫尺，实则难以企及。随着一次次愈加无力的尝试，她忘记了想要抓取的是什么，继而彻底忘记了抓取本身。在隐约透着暗红色的漆黑背景之上，那些光点和斑纹明明灭灭，直至星罗棋布地覆满整个视野。近乎睡梦的无意识仿佛某种催化剂，使得它们浮现得越来越清晰。图案开始变化，复制，扩展，如分形般纠葛蔓生，在重叠区域闪现出明亮的反色。闪电般的光团从黑色背景深处炸开，旋转着伸向四周，在那光团的中心又诞生出形状相似的黑色斑块，以同样的方式急速放大，如同万花筒般无限重叠转动。在光与暗的交替中，视野背景如拉伸到极致的薄膜般裂开无数细小缝隙，新的结构从中涌入，圆形、三角形、缺角的正四面体、边缘锐利却存在时间极短的菱形、陨石般沉重的不规则体、2×3 的短虚线阵列、曲面三角、高音般的射线和代表蓝色的波纹、漏斗状的光、表面下陷的泡沫、透明的偏方三八面体和极致深邃的空洞……缝隙仍在扩大，在那深渊般的裂口的另一端，是超越语言、超越理智的存在，如海浪般变幻莫测，如充满整个宇宙的遗留辐射般亘古浩渺，那是所谓的真实，或者说，无限——

一阵突如其来的刺痛撕裂的了那些图像，接着是刺眼的亮光——美智子摘下了她的头盔。

那种像从冬眠中醒来般的感觉又出现了。她抬起双手，视线缓慢地落在上面，仿佛那是一双陌生人的手。她又看向周围，失去了名字的物体变成了纯粹的形状、材质和色彩，不再是能被语言约束的静止物，而是具有无限细节、在时间之流中源源不断地呈现着的存在——

她翻向床边，俯身朝地上呕吐。

"你的大脑超载了。"美智子整理着头盔上的管线，"一个月之内别来我这儿了。"

埃蒂喘着气，眨掉眼睛里的泪水。

该死，她失策了。不该冒险的。

"清理费会从你的报酬里扣。"美智子丢下这句话，离开了房间。

埃蒂愣了一下，转而打开记录。

这次任务的报酬折合二十多个门罗币，足够她还债了。

6

埃蒂坐在床上歇了一会儿，然后才摇摇晃晃地走出房间，她看见了内森。

"你怎么在这儿？"埃蒂奇怪地问。

"战局开场已经半小时了，你都没出现。有人说看到你跟着美智子进了隔间。"

开场？不可能，她来的时候才是下午啊。

她瞥了眼时间，发现她在隔间里待了五个小时，并非她以为的几分钟。

"天，"埃蒂喃喃道，"其他人呢？"

"反正今天打不了比赛，我让他们先回去了。"

"哎，抱歉……赔偿会按协议走的。还有，你最好找个临时替补，接下来我有一个月没法参赛了。"

"你怎么那么高兴？"

"因为我可以还清欠款了，内森！还有多余。"

"哦？恭喜。"

"多谢。现在我得回去了，这任务比让我喝下一整扎啤酒还难受。"

"你行吗？"

"没问题。"埃蒂说着踉跄了一下。

"算了，我送你吧……就当个人情。"

他们回到埃蒂的住所，内森一副心事重重的样子。

"埃利，我有事问你。"他说。

"什么事？"

"你以前……冬眠过吗？"

"为什么这么问？"

"美智子的那套设备我听人说起过。据说，只有有过意识解离体验的人才能成功使用。美智子是因为折腾过自己的大脑，其他成功过的人，有些曾经是冬眠者。"

埃蒂踌躇着。

"其实……我正想和你说这件事。"

"还有，"内森打断她，"有一天我看见你从塑料树的店里出来，但你平时从来不带假面。"

埃蒂回忆了一下，那天她应该是去 PT 那儿做维护了。

"好吧，你赢了。"她说，"我的确是冬眠者。"

"我碰巧知道一个来自密西西比州的冬眠者。"内森说，"埃蒂·米勒，是你吗？"

"对。"

"该死……"内森低声咒骂着。

埃蒂看着他。

"内森，你是'正义卫士'的人吗？"

"见鬼，当然不是。"

"而我也不是永生派，你到底在烦恼什么？"

"埃蒂·米勒……那么多冬眠者，为什么你偏偏是她？"

埃蒂有些生气。

"为什么不能是？我只是个普通人，只想普通的活着，但在你口中，我却像是个怪物！"

"你不是普通人，埃蒂·米勒。你是……你是和他们一伙的！"

"谁？"

"他们！"内森挥了下手臂，胡乱指着某种模糊的东西，"你代言了泰坦！"

"那又怎样？况且，我早就和泰坦解约了！"

"你不明白，你根本就不明白自己做了什么。"

内森在房间里来回踱步。很久之后他才开口：

"我有一个小我七岁的妹妹……她生来患有罕见病，前几年开始，需要时常入院。我们没法负担个性化医疗，只能去附近的公立医院。好在一些机构一直有提供公益算力，为罕见病的药理模拟服务，我的收入也足以购买那些药品……但那些公益算力越来越少。直到后来，泰坦推出了端粒延长治疗，那些公益算力突然消失了大半……我勉强联系到其中一家机构的负责人，他说他们的资金最近有些紧张，而泰坦提出收购他们的闲置算力，他们便和泰坦合作了……他们还保证，一旦有条件就会重新开放公益算力，但……"

内森背对着埃蒂，垂在身侧的拳头微微颤抖。

"米卡拉，我的妹妹……她那么信任我，我却没能救她。那些公司和机构没做任何违法的事，至少我找不出任何漏洞，但我就是不明白……"内森轻轻地说，"为什么有些人可以拥有那么多，而我的妹妹，却连活下去的机会都没有？"

埃蒂的胸口像是被什么堵住了。她想起代言泰坦的时候，每天都有几十万、几百万的人浏览她共享的生理数据，想起代言费和流量分红是如何源源不断地进入自己的账户。

这一切，确实和她有关。

"我……我不知道会是这样。"埃蒂沉默了一会儿，"我很遗憾，真的。"

内森没有说话。

"如果我那时知道，"埃蒂急切地说，"我一定不会——"

"别担心，埃蒂·米勒。我不是在责怪你。"内森冷冷地说，

"毕竟直到现在，我自己都还在为那些人提供算力，说不定其中一部分就是给泰坦的……所以，我最痛恨的人永远是我自己。"

他朝房间门口走去。

"我不会把你的身份告诉别人。"内森打开门，"我只是不想再见到你了。"

房门被干脆利落地合上了。埃蒂愣了一会儿，无力地坐到床上。她还记得跟鲁弗斯分手的时候，她流了数不尽的眼泪，心几乎裂成千块。但现在，她只觉得可笑，除此之外还有强烈的自我厌恶——不仅为曾经的立场，更因为她条件反射般地想为自己脱罪。

视界传来提示，还有一小时就到还款的截止时间了。从算力网吧获得的门罗币静静地躺在钱包里，只差一两步操作，她就能为这一个月来的辛劳画上句点。

在这之后要做什么呢？她不想在这里待下去了，海岸线那么长，一定还有其他的地下城，其他的算力网吧，去 PT 那儿换一张脸，她还能重新开始……

不，那不过是自欺欺人。她太傻了，以为换一个名字就能有新的生活，但那怎么可能呢？她是埃蒂·米勒，过去是，现在是，将来也是。属于埃蒂的经历和记忆会一直伴随她，无论换多少个名字都不会改变。

她不知道自己还能做什么。但有一件事，她很确定她不想做——作为她自己，作为埃蒂·米勒——她不愿意泰坦收到那些钱。

所以，她只能逃跑。

再一次地，逃跑。

埃蒂披上外套，离开那间简易公寓，一小时后，它就会被触角般遍布网络的智能合约锁定。她朝着远离灯火的方向逃离，先是穿梭车，再是载具，当道路越来越颠簸时，便将载具弃置一旁，改为步行。在她身后，地下城慢慢远去。她本以为那是个和摩天都会完全不同的地方，但或许，它们只是同一枚硬币的两面。在这个世界上，还有她埃蒂·米勒能以真实的自己生活下去的地方吗？

空气里传来咸涩的味道，已经到海边了。正在涨潮的海水翻滚着穿过孤零零的礁石，涌向卵石遍布的海滩。一些自助生蚝机立在不远处，里面摆着柠檬和生蚝刀。当埃蒂的视线扫过它们，视界弹出广告词：

当季奥林匹亚生蚝！天然海水养殖，含有丰富营养和微生物群。新鲜美味，延年益寿。

埃蒂精疲力竭。她找了张沙滩长椅坐下，湿冷的海风让她瑟瑟发抖。离还款截止的零点还差几分钟。她在视界上搜索了一下给罕见病提供公益算力的机构，随机选了一家，把所有的门罗币打了过去。然后她裹紧外套，倚着长椅的扶手躺下。极度的疲劳让她有些恶心。真可惜啊，不会再有另一个冷冻舱让她跨进去，远远地逃离这一切了。她闭上眼，想着这一切会以什么方式结束。会有警察开着巡逻飞艇来抓走她吗？还是警用阿特拉斯机器人？不管怎样，他们一定会找到她的，只是时间早晚问题。

现在想来，不管是带着假面、谨言慎行的上流人士，还是纵情逸乐的地下城居民，甚至包括"正义卫士"那样的不法之徒，都不过是在同一张网中挣扎的蝼蚁。她看见权力和欲望以算力之名流淌在社会的每一处，成为一些人眼中的目标，一些人眼中的工具，以及许多人用来交换生活所需的仅有筹码。她自己也早已深陷其中，不是在和泰坦签约的时候，也不是在对流层报出自己名字的时候，而是在她第一次使用视界时，自己就已经在这张网里了。

埃蒂睁开眼睛，抬起左前臂。她突然想起，身份芯片在植入前并未经过自己授权，它更像是整个康复服务中的默认环节，是作为某种进入社会的标配而赋予她的，就像她从小就有的社会保障号码一样。若非如此，她便无法使用视界，也无法使用星际网络的完整功能，或拥有新美洲的通用银行账户。

她从长椅上撑起身，跌跌撞撞地走到自助柜机那儿，用地上的石头砸开柜门——她没有足够的账户余额打开它。她从里面取出一把生蚝刀，颤抖着将刀尖刺入左前臂，沿着芯片边缘割开皮肤和皮下组织。

那枚小小的芯片就藏在其中，表面附着着结缔组织和脂肪，仿佛已经成为手臂的一部分。她咬着牙，用刀尖挑起芯片，再用手指捏住它，用力拔出。

海面在她眼前摇晃，翻转。在剧痛和虚弱中，她晕了过去。

不知过了多久，一阵敏捷的脚步声走近，在她身侧徘徊了片刻。随后，有人抓住她的手臂，勉强将她背起。

三、大海

1

她发着烧，昏昏沉沉地游走在一个又一个梦境中，每一个梦的结尾都是一扇被关上的门。许多似曾相识的声音一遍遍回响：

"再见，埃蒂·米勒。"

"再见，埃蒂·米勒。"

……

她睡了可能有一天，甚至两天。醒来时，她发现自己躺在狭小的室内，左手臂被包扎过。床边的小桌上摆着瓶装水和营养棒。她起身，吃掉它们。眩晕似乎还未退去，房顶和墙壁看起来始终在摇动。她扶着桌子走到门口，拉开重得出奇的房门。

耀眼的阳光和海风涌入房间，夹杂着星星点点的水沫。她正在一艘小艇上。

走廊左侧传来一阵脚步声，一个浅棕色皮肤的女子出现在楼梯口，然后又马上消失了。

"阿里，她醒了！"埃蒂听到她喊。

过了一会儿，楼梯上再次响起脚步声。这次来的是一个同样浅棕色皮肤的男子，刚才的女子跟在他身后，两人都有着蜷曲的黑发和大大的黑眼睛。

"你感觉好些了吗？"男子的语气很温和。

埃蒂点了点头。她猜她应该说声感谢。

"谢谢。"

"不客气。我是阿里，这是我姐姐拉伊拉那。"

"我是……我是埃利。"

他们握了握手。

"我是自作主张把你拖回船上的。我猜你也不想留在那儿，"阿里瞥了眼埃蒂的左手，"你不想回新美洲，对吧？"

埃蒂摇摇头。

"所以你之前是怎么了？"拉伊拉那问。

埃蒂张了张嘴，但最终还是什么都没说出来。

"嗯哼……"拉伊拉那对阿里说，"我保留我的判断。"

"可我觉得，埃利不是坏人。"

"回头你跟他们解释吧。"

"请问，你们要把我带去哪儿？"埃蒂问。

"一个地图上不存在的地方。"阿里说。

此后的两天，水翼船不知疲倦地朝着西南方向航行，每一天的空气都比前一天更温暖。埃蒂没有被限制人身自由，但大多数时间她只是待在房间里，直到确认外面没有人，才稍微到舱外透会儿气。阿里和拉伊拉那轮流给她送来水和食物，前者非常友善，后者却总有些警惕。

但他们都是好人，埃蒂能感觉到。

所以她才会避开他们。

第三天傍晚，船只慢慢减速。阿里敲响了她的舱门。

"埃利，我们到了！"

埃蒂打开门，朝外看。船只正以惯性接近一座小岛，随后停靠在简易码头旁。栈桥上已经聚集了一群人。拉伊拉那从驾驶室出来，捡起甲板上的缆绳抛向码头，绳子随即被套到系绳桩上。

"这里是哪儿？"埃蒂问阿里。

阿里没有回答，只是瞪着她。

"埃利，你的脸怎么了？"

埃蒂意识到了什么。她猛然退回船舱，拿起桌上的折叠镜——那张属于埃利的脸正在剥落。她错过了维护的时间，而发烧和脱水或许让面具老化得更快了。

阿里慢慢地走进船舱。

"你究竟是谁？"他问。

埃蒂垂着头。阿里一步步走近她，倾身打量。

"你是埃蒂·米勒！"他发出一声低叹。

埃蒂的心里一阵酸楚。

"是。"她轻声说。

"你真的是她！"

埃蒂抬起头。阿里的眼神依然友善。

"走吧，你会喜欢这儿的。"阿里催促她，但埃蒂没有动，那扇打开的舱门让她感到害怕。

阿里突然跑出去，冲着外面大喊。

"嘿，你们猜我找到了谁？埃蒂·米勒！"

"哪个埃蒂·米勒？"岸上有人问。

"从冬眠里醒来的那个！"

外面安静了一下，随后爆发出欢呼声。有人开始哼一首熟悉的曲子，接着更多人加入了。

地面控制呼叫汤姆船长……

地面控制呼叫汤姆船长……

开始倒数计时，引擎启动……

检查点火装置，祝你好运……

埃蒂做梦般地走出船舱。

"这里究竟是哪儿？"

阿里环住她的肩膀。

"欢迎，埃蒂。这里是勒古恩群岛。"

2

尽管北半球还在冬季，但漂浮在北赤道暖流中的勒古恩群岛却处在长夏之中。这是一片建立在公海中，由大小不一的人工浮岛组成的去中心化自治体。当它抵达菲律宾附近，群岛上的所有成员将投票决定接下来的方向是北上进入黑潮，继而完成北太平洋环流，还是南下进入赤道逆流，继续享用漫无止境的夏日时光。

埃蒂来到岛上已经有几天了。阿里和拉伊拉那协助她申请了住所，帮她习惯这里的生活。和新美洲比起来，岛上的生活简单而宁静。限于浮岛规模和所拥有的资源，岛上也只有一些简单的建筑。

起初，她觉得有些不便。勒古恩人使用传统的屏幕上网，而非直接接入视觉系统的视界。她经常盯着屏幕看了好一会儿，发现光标并未移动后，才想起应该要用手指点击屏幕。岛上也没有遍布新美洲的穿梭轨道和垂直电梯。当人们需要从某座岛的一端前往另一端，或从一座岛前往另一座岛时，他们通常会驾驶老派的充电载具和汽艇。不过，和在新美洲相同的一点是，她可以用极低的价格购买基础营养包，这是勒古恩群岛的公共福利。岛上的各类交互同样依赖网络和智能合约，只是所有服务都建立在闪电币这样的公链上。比起联盟链网络，公链网络上的基础设施和服务相对都要慢一些。

她大致走过了自己所在岛屿的海岸线，还去了周围的两个小岛。每次出去她总是刻意地避开人群。潜意识里，她害怕见到别人，不知道该如何应对他们的友善或好奇。她也不知道自己在勒古恩群岛上的身份——避难者、流浪汉、居民，还是纯粹的局外人？

"在勒古恩群岛，每个人的身份都是由他们自己决定的。"阿里对她说。"你可以多做一些尝试，然后再决定。"

埃蒂仔细查看了勒古恩群岛的说明文档——它被存放在积盒的公共代码库。链接指向更多链接，代码承载着更多代码。所有的文档与合约都以开源形式发布，能够被所有人审核和修改，也可以无缝接入到以太这样的应用型公链中。埃蒂在那些合约中看到许多陌生的名字，以最初贡献者的身份留在代码末端，还有更多参与审核、测试和改进代码的人们的名字，这种感觉和以前使用星际网络时非常不同。星际网络像一座精致的城堡，每块砖瓦、每扇窗户都根据同一份宏大的图纸设计和建造；而勒古恩群岛的网络更像是一片浩浩荡荡的热带雨林，每一株植物的形态和功能各不相同，但在地表之下，它们的根系互相连接，成为更大的生态系统中的一部分。那些连接时而生长，时而消退，就像某种新陈代谢。雨林自身的边界几乎是模糊的，它不拒绝外界的访问者，不需要他们有公民身份证明，只需满足基本的安全合约。它也不介意将自己的资源分享给勒古恩群岛之外的人。

埃蒂通过网络申请了一份海面巡游的活计。第二天，她根据指示领取了工具包裹，驾着单人艇前往指定位置的海域。社群协议允许她申请一位有经验者陪同，但她还是决定独自工作。太平洋的海面向着前后左右无限铺展，在目力所及的最远之处与天空相接，那道海平线是她此生见过的最长的线。天空中没有云，明晃晃的阳光充斥在海天之间，让她忍不住眯起眼睛。她一边阅读操作说明，一边布置水力矿机、清理缠结的海藻、撬下太阳能板背面的藤壶。海水在她手指上留下生涩微痒的触感，海藻和污垢的碎屑钻进她的指缝。她抬起手观察自己的手指，看到它是如何令人惊叹地传达着异物的准确位置。当她感到劳累的时候，便索性在水里放松身体，然后爬上小艇，头枕双手仰躺在有遮阳篷的甲板上。隔着小艇，她能感受到整片海洋都在身下波动起伏，像是呼吸一般。这些经验都很陌生，但又带着奇异的怀念感，仿佛梦到了什么童年时的遥远记忆。她抓过手边的营养棒，若有所思地啃起来，思绪随着茫茫海浪一起漂浮。

几天后的一个晚上，阿里和拉伊拉那来看望她。

"你看起来比刚来的时候快乐多了。"阿里说。

"是吗？"

"还黑了不少。"拉伊拉那说。

"我总是忘记补充防晒剂。"埃蒂说。她现在使用的人工被膜只是一层最基础的防护膜，没有智能调整功能。

"工作怎么样？"

"很顺利。"

"还有很多其他工作，要是干腻了你可以换别的。"

埃蒂想了一下。

"不会。"她说。"我很喜欢这个工作。"

一天又一天，她驾着单人艇在附近的海面巡游。记录在区块上的工作量可以兑换成任何一种公链币，供她在岛上开销，比如购买由种植者和渔民生产的食物，或像阿里这样的运输者从陆地运来的商品。她的双手开始变得粗糙，指尖变硬，边缘泛起毛刺，但她不再像以前一样想着如何去"修复"它们，而是欣然接受这些变化。

晴朗的夜晚，岛上总会燃起篝火。人们三三两两地聚集在火堆边。以前埃蒂总是远远地观望，看着摇晃的火舌映照出许多陌生的面庞，偶尔听到风里传来模糊的交谈声。在有人似乎快要注意到她时，她总能直觉般地觉察到，然后转身离开。终于有一天，她走得离火堆近了些，阿里发现了她。

"埃蒂！真高兴在这儿看到你。来，见见这些朋友。"他招着手说。

埃蒂腼腆地走过去，坐到阿里旁边。人们纷纷向她问好，并感谢她的辛勤劳作。

"这不算什么。"埃蒂有些受宠若惊。

"不不，你的工作能够让所有人受益。"一个皮肤白皙的短发女孩说，"顺便，我叫佐绪里。"

"嗨，佐绪里。你说的所有人是指什么？"埃蒂问。

"你知道勒古恩最大的收入来源是什么吗？"

埃蒂四下看了看，"椰汁？"

周围响起一阵哄笑。

"那也是收入之一……不过，勒古恩最主要的业务还是面向全世界的离岸数据服务。你布置的每一台矿机都会提供算力，让那些服务可以运行。有了这些业务带来的收入，勒古恩才能给我们提供公共福利。"

"所以，我住的房子、买的营养包，也都是从这里来的？"埃蒂问。

"当然。"

"谢谢你告诉我这些。"埃蒂说。

"不客气。"

"真的很感谢。我觉得……我好像有点归属感了。"

"我知道。我刚来时，也有人这样给我科普过。"佐绪里笑着往旁边指了指，一个满头银发、眼神锐利的女士朝埃蒂抬手示意。

"我是莱拉。"

"嗨，莱拉，很高兴认识你。"埃蒂顿了顿，"这儿真了不起。如果不是亲眼看到，我无法想象这样的人工群岛竟然可以自给自足。"

"严格地说，还不完全是。"莱拉说，"勒古恩的收入里还有很大一部分是捐赠。"

"捐赠？谁的捐赠？"

"很多很多人，遍布整个世界。"

埃蒂想到了什么。

"他们一定是……希望这个世界上，有新的现实诞生的人。"她说。

"没错。"莱拉的眼睛亮了，"还有所有认同和向往勒古恩的人，所有心和我们在一起的人。"

埃蒂突然有些困惑："我们——我是说，勒古恩，还有岛上的所有人，我们要去哪儿？"

莱拉完全理解了埃蒂的问题。

她思考了一会儿，说："说来话长。你为什么要离开新美洲呢，埃蒂？"

"嗯……也是说来话长。"

"好吧，我猜这之中应该有重合的部分。"莱拉耸耸肩，"或许我们可以从新美洲说起……当全球卫星网络和区块链技术趋于成熟、生物科技越来越发达的时候，人们本以为世界会变得更好——从某种程度上看确实是，但我指的是另一种好——更公正、更平等，人们生活得更幸福的那种好，可事实却并非如此。"

"是啊，现在的贫富差距似乎比我冬眠前还要大。"

"勒古恩的先驱们认为，这种变化是在两个层面上发生的，其一是奇点联盟和联邦政府的联手，他们掌握了几乎所有能掌握的信息，因而获得了几乎绝对的权力；其二是每一个个体的选择。"

"个体的选择？"

"对，个体并非没有选择，但人们很少能意识到。"莱拉说，"比如，当我们想使用某个网络服务的时候，我们可以选择公链上的服务，也可以选择星际网络提供的联盟链服务。表面上看，联盟链的速度更快，价格更便宜，然而两者有一个重要区别：使用公链服务时，数据的所有权属于用户，你可以审核它的代码，看看它的加密算法是否真的可靠，它的协议是不是真的只获取了必要信息；但在使用联盟链时，数据属于联盟链的所有者，你交出了数据，同时也交出了自己的权力。这个过程是逐渐发生的，也许只是一次转账，只是一次授权……比起长远的、理论上的利益，眼前的好处总是更吸引人。当人们都这么做的时候，联盟链世界就变得越来越强大、越来越有吸引力——极其便捷的生活、超乎想象的各种娱乐和体验，甚至包括永生的许诺……与此同时，信息和权力的分化也越来越悬殊。这就是我们现在看到的新美洲。"

埃蒂思索着，"所以，勒古恩才会只使用公链和开源软件？那你们成功了吗？"

莱拉笑了起来。

"我怀疑我们永远也不能回答这个问题。比起一项计划，这更像是一场实验。但我认同先驱们的观点：要改变社会，个体必须做出自己的选择。几十年前，那些来自世界各地的人们——数码游牧民、密码朋克、欧洲海盗党，和自认世界公民的人们，用他们能获得的最好的材料，在一无所有的公海上搭建起最初的勒古恩雏形。这种选择既是冒险也是牺牲。正是许许多多这样的选择，才造就了现在的勒古恩。"

"我明白了。"埃蒂慢慢地说，"所以，我也可以做出选择。"

莱拉看着她，目光温暖。

"对。你想成为勒古恩人吗，埃蒂？"

埃蒂有一种久违的感觉，就好像长长的冬天过后，在阳光下感受到第一缕春天的微风；又像是小时候在祖母的宅子里醒来，对接下来的一天充满期盼。

她点了点头。

"是的。我愿意做一个勒古恩人。"

3

埃蒂已经完全适应了勒古恩的生活。在这里，她终于不用再担心"正义卫士"了，因为这儿根本就没有能让它诞生的土壤。没有任何一个想永生的人，会跨越几千海里①的风浪，到这个生活和医疗条件落后陆地好几十年的小岛上来。同样，也没有人会在这里用假面或假名。埃蒂倒是多了个外号："逃跑家埃蒂"，用于表彰她那两次在他们看来桀骜不驯的出逃壮举。在这片远离陆地的群岛上，她一点点剥除那些如藤壶和贻贝般层层附着在自己身上的东西，那些无形、虚幻，却比任何人都强大的实体在此前的生命中赋予她的东西，那些让她不得不在她的血肉同胞中隐姓埋名、潜踪匿影的东西——直到她也像其他人一样，脸上时常带着笑容，能够轻松自在地与人拥抱。

她几乎每晚都会去火堆那儿。如果有人带着吉他或手鼓，那么一定会有一场即兴合唱。他们最常唱的歌是约翰·列侬的《想象》。而很多时候，他们只是漫无边际地聊天。他们谈论激浪派和实验艺术，谈论最新的共识算法，谈论库切和庄子，谈论福柯、鲍曼、弗洛姆和新奥地利派的学说，并为小鲍德里亚的《永生社会》而争执不休。当孩子们也来到火堆边要求听故事时，那篇名为《步出欧麦拉斯的人》的故事总会被一遍遍复述：

从前，有一座城市叫欧麦拉斯。那是一座美丽而繁荣的城

---

① 1 海里 =1852 米。

市，城中的所有居民都过着幸福的生活，除了一个被囚禁在地下室的、几乎没有智力的小孩。有一份协议规定，只有让那个孩子始终处于这样的悲惨境地，欧麦拉斯才能维持繁荣和幸福。

"这协议也太荒唐啦。"一个孩子说。

"故事就是这么写的。"另一个大些的孩子说。

"可谁会定出这样的协议呀？"

"闭嘴，佩佩。让我听完。"

欧麦拉斯人或迟或早都会知道这个孩子的存在。起初，他们会感到震惊、愤怒，但随着他们长大，就会渐渐接受这个现实，甚至觉得这是很合理的。并且，因为看到了那个孩子的不幸，他们变得更加珍惜自己的幸福了。但是也有极少数人，始终无法接受这件事，他们不愿再待在欧麦拉斯，于是离开了。

"那其他人呢？"

"谁？"

"留在城市里的那些人。"

"哦，我猜他们还是会照常生活吧。"讲述者说。

"这也太奇怪啦！"那个叫佩佩的孩子说，"他们不能想想办法吗？"

其他的孩子不耐烦了。

"佩佩，你能不能别这么多问题？"他们叫道。

但讲述者饶有兴致地思索着。

"可能他们也想过办法，只是都没成功。也可能他们实在太喜欢欧麦拉斯的繁华，也太害怕失去它了。"

"嗯……那离开的那些人，他们去哪儿了？"

"没人知道。"讲述者笑笑，"不过，要是我没猜错的话，其中一些人可能就在岛上呢。"

在那些仿佛无穷无尽的篝火之夜，埃蒂交到了几个好朋友。除了阿里和拉伊拉那之外，还有管理淡化水收集系统的坎吉，以及那天晚上为她科普的佐绪里和莱拉，前者是无国界医生，后者是个虚拟艺术家——埃蒂后来才知道，美智子写的那些算力任务里，有一部分的背景就是取自莱拉的作品。

跟和很多人在一起时不同，当只有他们几个时，聊天的话题会更私人化一些。他们会聊自己来勒古恩群岛之前的经历——不管是在新美洲、亚洲，还是其他地方。大体上，它们都令人失望。

"我有时觉得，那会不会是一种自然规律。"

"什么？"

"富者越富啊。大自然本身就符合幂律分布，不是吗？"坎吉说。

"勒古恩以后也会变成那样吗？"佐绪里问。

众人沉默了一会儿。

"我觉得你们混淆了一个问题。"莱拉说，"勒古恩群岛并不能保证差异不存在，重要的是，人们能辨别那些差异是不是公平。"

"对喔。"佐绪里敲了一下手心，"我们有公链和开源，所以我们的协议本身就和欧麦拉斯不一样。"

"假如……即使是这样，我们还是失败了呢？"坎吉问。

莱拉笑了。

"那我们至少能看清楚，这一次是怎么失败的。"

"然后再试一次。"阿里补充道。

埃蒂很喜欢参与这样的聊天，即便有时候她只是单纯地在听。当他们谈起勒古恩、谈起未来的时候，每个人的眼睛里仿佛都闪着亮光。

"我有时觉得，人类这个物种还真是无知又天真。"

说话的是阿提奥斯。他留着黑色的过肩长发，狭长的眼睛总带着点谐谑意味。岛上有一些人，虽然一直居住于此，但并不认为自己是"勒古恩人"，阿提奥斯便是其中之一。偶尔他会坐到火堆旁边，但只是为了在时机合适的时候说两句冷言冷语。

坎吉不怎么喜欢他。

"既然你不看好勒古恩，为什么还要待在这里？"坎吉问。

"至少这儿有好音乐。"阿提奥斯倒在草堆里，懒洋洋地嚼着一根草茎，"还有就是，我确实很好奇……真想看到你们最后是怎么失败的。"

坎吉摇摇头。

"我真该发起一份驱逐投票，趁早把你赶出勒古恩。"他说。

"驱逐投票？"埃蒂小声问阿里。

"勒古恩的社区协议里有一条，假如有三分之二的成员认为某人应该离开，社区就会启动驱逐流程。不过，"阿里笑着说，"别把坎吉的话当真就是了。这儿没人会驱逐异见者，毕竟来这里的人本身就已经是少数派了。"

阿里说得对。尽管观点不尽相同，但埃蒂喜欢他们之中的每一个——不只是坎吉和莱拉他们，而是岛上的所有人，包括阿提奥斯。勒古恩的人们似乎有某种共同点，某种隐约的、孩子般的特质，让埃蒂感到温暖和亲近。

不过，真要说的话，她最喜欢的人还是阿里。

在逃离地下城的那个夜晚，她以为她的人生已经就此终结，更别提会再爱上什么人了。直到来到勒古恩，她才意识到她错了。

她被阿里身上的友善与温和吸引。那种温和不同于鲁弗斯的淡然。如果说鲁弗斯的淡然是波澜不惊的湖水，那么阿里更像是一棵深深扎根于泥土中的大树，温厚如同大地，仿佛任何事都不会让他动摇。

"你有害怕的东西吗？"有一次埃蒂好奇地问他。

"有啊，很多。"

"比如呢？"

"比如死亡。"

"我以为你不害怕。"

"不会的，没有人不害怕死亡。只是害怕不意味着我们就要止住脚步。"阿里说，"而且，我在想……"

"嗯？"

"假如真的像有些永生派说的那样，生命的意义只有在活着时才存在，一旦死亡就会消失的话……那些没能永生的人又如何呢？不仅是这个时代，还包括所有在地球上活过又死去的人。厄苏拉·勒古恩、约翰·列侬，还有那些密码朋克的先驱，理察·斯托曼、哈尔·芬尼、蒂莫西·梅，还有……"

"大卫·鲍伊？"

"对，还有大卫·鲍伊……如果真像他们说的那样，"他注视着埃蒂，眼睛亮亮的，"那我觉得这样的世界，也并不值得我永远生活下去。"

就在那一刻，埃蒂知道自己爱上了他。

4

埃蒂在勒古恩岛上度过了几次小环流和几次大环流。她很幸运地和阿里成了恋人。在完成上岛以来的第一次环流的那天，她将曾经接收到的闪电币悉数转入了勒古恩公共账户，用以购买扩建浮岛所需的原材料。某种程度上说，这也算是物归原主：许多勒古恩人都曾经往那个账户打过币。

在这十几年间，有许多让她印象深刻的事。

比如每年内华达火人节的时候，他们也会在临时浮岛上搭起高高的木人。木人的造型是从几十份设计图纸中投票选出的，其源文件被传到公共服务器上，好让所有感兴趣的人参与搭建。当夜晚降临，他们会和黑石城的人们同时点燃木人，整个过程以实境直播的方式同步在公网上。

比如有一天，勒古恩群岛上方的天空呈现出奇怪的折射，接着一艘飞艇缓缓现身，船身上印着巨大的LOGO——一艘张满风帆的海盗船。飞艇倾斜着掠过勒古恩群岛，仿佛在向群岛致意，岛上的人们亦回以招手和欢呼。

不断有新的人来到勒古恩岛，也有人因为种种原因返回陆地，他们的选择都得到尊重和祝福。还有人以更直接的方式加入和离开：出生和死亡。前者自然值得庆贺，但埃蒂印象更深的是后者。如阿里所说，在面对死亡时，人们免不了感到悲伤和恐惧，尽管他们都不是永生派。但在勒古恩群岛，人们承认死亡是生命的一部分。即将离世的人会得到减轻痛苦的药物、悉心的照料和亲友的陪伴，以最为舒适的方式离开。

技术仍在演进。在新美洲，奇点联盟开始了小鼠的意识上传研究，以求最终实现人在网络空间的永生。与此同时，"正义卫士"和其他组织发起的恐怖袭击的次数比十几年前翻了三倍。

然后在某一年，当勒古恩群岛刚刚进入西风漂流的时候，埃蒂发现自己有了特特里斯Ⅰ型脑病的初期征兆。通常来说，Ⅰ型脑病好发于七十五岁以上的人，而埃蒂还远未到那个年龄。也许冬眠和在算力网吧的那次超载都是某种导火索。

这是件很难接受的事，不仅对埃蒂，对阿里和其他的朋友也是。但他们给了她很多支持，也给了她足够的空间。夜晚，她常常在岛上独自散步，走过新近开辟的香蕉田、灯火通明的创客仓库，还有自己第一次来到这里时经过的栈桥。某种程度上，她理解了阿提奥斯——就算只能做一个旁观者，她也想一直待在这里，亲眼见证这一切是如何生长、绵延，想知道未来会是什么样……空气清凉湿润，草丛中的虫鸣断断续续，像夜空中微微闪烁的星星。从海面吹来的风令她想起辽远的大地和所有居于其间的生命。痛苦，快乐，爱，还有无可奈何的悲伤。就在那样夜复一夜的沉思中，她有了一个想法。

她试着联系了十几年前的熟人美智子——她的算力网吧还在

运营——确认自己的想法有可行性。然后，她将自己的想法告诉了其他人，他们最终都决定支持她，包括阿里在内。埃蒂忍不住想，如果是自己，或许会忍不住恳求阿里留下来吧。

她深深意识到，阿里是如此的温柔和坚强。

勒古恩群岛驶出西风带，进入加利福尼亚洋流。当它抵达预定位置时，埃蒂乘上阿里驾驶的水翼船前往地下城，同行的有拉伊拉那、莱拉——年近八十的她仍十分健康，还有佩佩。他已长成了一个拥有羞涩笑容的青年，依然怀有满满的好奇心，无论如何也想去地下城亲眼看看。

深夜，他们在那片生蚝海滩登陆，戴上无名氏假面，前往地下城。美智子亲自招待了他们，她在后背的上半部安装了两条机械臂，看起来更像刀锋女王了。

"先确认一下，她要做的不是意识上传，这你们都明白吧？实验过程对大脑是破坏性的。即便成功，埃蒂·米勒也会在这一过程中死去。"

"对，我们知道。"

"那好，接下来是条件。"美智子说，"首先你们需要保证，在实验开始时至少有100P的瞬时可用算力。其次，实验费用是五百万通用元，闪电币付款。"

"你不如直接抢劫好了。"

"这是为了我自己冒的风险，莱拉。大脑算力的保守估计是100P，根据采样定理，实验至少需要两倍于此的算力。我知道你们搞不到那么多，所以另一半会由我补上。"美智子指了指自己的脑袋。

"我们会想办法凑齐那100P的算力。至于钱，你就别想了。"莱拉说。

"求人办事还这么嚣张的，我还是第一次碰到。"

"哦？我看有些人表面不说，其实心痒得要命，巴不得有机会做成实验呢。"莱拉眯起眼睛。

两人盯着对方，互不相让。

终于，美智子哼了一声。

"莱拉，这么多年不见，你还是这么讨厌。"

"彼此彼此。"

"可是，我们怎么才能弄到 100P 的算力呢？"佩佩小声问埃蒂。

"那就得看运气了。"埃蒂说。

借助美智子提供的客户端，埃蒂以真实形象连入虚拟实境直播室。向着星际网络和公网的所有用户，她开口道：

"能够看到我或听到我的各位，无论你是谁，向你问好。

"我是埃蒂·米勒。也许你听说过这个名字。五十七年前，我在意识清醒的状态下跨入了冬眠舱，直到四十年后才醒来。

"我能来到这个时代，是因为许多人抱着这个单纯的愿望：想看到世界上有新的现实诞生。我在新美洲待了将近一年，此后一直生活在勒古恩群岛。在那里我发现，即使是在永生看起来触手可及的今天，仍然有许多人选择离开陆地，离开发达的技术和优渥的生活，在一无所有之处从头开始，只为创造他们想要的新的现实。

"陌生人，我不知道你是谁，不知道你在何处，但我恳请你听我说。在我过去的生命中，我犯过错，也做过我认为是对的选择。我失去过很多，得到的更多。我在勒古恩群岛获得的最宝贵的启示是：我们能够选择。

"当我们害怕、担忧或悲伤的时候，我们能够选择。

"当我们面对疾病或死亡的时候，我们仍然能够选择。

"生命是如此慷慨。当我不再囿于自己的恐惧，我才发现，生命给我的远超出我的想象，以至于我只能用自己的生命来回报。

"陌生人，我想要再做一件从未有人做过的事，并且，如果可能的话，再次请求你们的帮助。明天夜里零点，请将你能采集到的算力导入到这个地址，不管你使用的是算力兼职系统、矿机，还是云矿池。当瞬时算力达到 100P 的时候，采样机将会尝试记录我大脑中的神经元活动。当然，这并不是意识上传——远远不是。如果成功的话，最终我们会得到的，我猜，可能是一个类似于人工智能助手的东西，但会美妙得多——因为它并非训练自数据集，而是来自一个真正的人。这个新的埃蒂将会以开源的形式共享给所有人，用于学术研究或其他的非商业活动。当然，如果你想的话，也可以让它单纯做一个陪伴者。如果你愿意贡献算力，请在区块上留下签名。

"陌生人，我们都会害怕孤独，害怕死亡。以前我以为，这两样东西是一体的。可是我现在站在离死亡很近的地方，却一点也不觉得孤独；而在我还是追寻者的时候，我的孤独甚至超过此刻我对死亡的恐惧。

"死亡不会将我们互相区隔，但对死亡的恐惧会。

"我愿意用我剩下的生命，换取一个不那么孤独的未来。

"我是埃蒂·米勒。十分感谢你的聆听，再见。"

埃蒂断开直播室的连接。

"好了，让我们拭目以待吧。"

半小时内，埃蒂的演说传遍了网络。不断有节点在区块上留下签名，表明会在那个时刻贡献其算力。

"看，这里有一个 0.7P 的。"佩佩兴奋地说，"不是大矿池就是超算集群。"

埃蒂看了一下那个节点的详细信息，发现其中有一个"B. R."的缩写。

她猜到那个节点是谁了。

佩佩还在紧张地盯着屏幕，埃蒂拍拍他的肩膀。

"我们可以休息一下，接下来的事就交给命运吧。"

埃蒂睡了很好的一觉。第二天白天，他们一行人在地下城四处观光。在这十几年，地下城扩建了不少，比埃蒂印象中更热闹了。

夜幕再次降临。他们回到美智子的网吧，查看算力统计情况。针对这一事件签名的算力合计已超过 90P。离零点还有三个小时，看起来他们能做到。

"哦，该死！"美智子突然说。她将自己视界中的画面投射出来。

"由于众所周知的债务违约和潜逃，埃蒂·米勒的信用评级为不可信。"新闻播报道，"我们尚不清楚让她拥有如此多的算力会有什么后果，因此，联邦政府强烈建议大家不要将算力切给她，并且已经在算力采集系统中封锁了埃蒂·米勒给出的地址。"

随后的统计显示，由于缺少了使用官方算力系统的个人节点的支持，已签名的总算力下降了三分之一。他们不可能再凑满 100P 的算力了。

"我简直不相信他们会这么做！"佩佩喊道。

埃蒂盯着屏幕良久，叹了口气。

"我猜，并不是所有人都期待有新的现实吧。"她转向美智子，"无论如何，谢谢你。"

"美智子，你不打算做些什么吗？"莱拉问。

他们都看着美智子。

"你想让我做赔本买卖吗？"美智子说。

"这可不是买卖的问题。"莱拉说，"你这辈子都不会再有这个机会了。"

美智子咬紧嘴唇。

"该死……该死！等这事完了，我一定要找你算账。"

"你要做什么？"埃蒂问。

"我猜，她会把她写的接口共享到公网上，"莱拉好整以暇地说，"这样的话，其他人就能把官方算力采集系统接入到我们的地址了。"

美智子已经全神贯注地进入了网络世界，不再理睬他们。她争分夺秒地将接口程序匿名发布到各个平台：积盒、创世图书馆、互联网档案馆、海盗湾……慢慢地，算力开始回升。

有人敲响了隔间的门，所有人紧张起来。

"验证身份。"美智子说。

她的眼睛亮起白光，然后恢复正常。

"没事。"她解除了锁定程序，门打开了。

"我没猜错。你果然在这里。"

"好久不见……内森。"埃蒂说。

"好久不见，埃蒂·米勒。我只是想来告诉你，我也会贡献我的算力。"

"……谢谢。"

"也许该说谢谢的是我。这一次，我可以让我的算力用在真正有价值的事上。"

他用双指碰了碰额角，退出房间。

零点还差几分钟的时候，已经签名的算力终于达到了 100P。

"知道吗？"阿里轻声说，"刚才有一刻，我宁愿我们没有攒到那些算力。"

埃蒂说不出话，只能紧紧拥抱他。其他几人也一一上前和她拥抱。

"嘿，莱拉，这可不像你呀。"埃蒂说。

"年纪越大，越是容易多愁善感。"莱拉抽泣着，"体谅一下老年人吧。"

但莱拉很快就止住眼泪，吸了下鼻子。

"是时候了。去吧孩子。"

埃蒂松开他们，仔细凝视每一张脸。

"谢谢。我爱你们。"她说。

埃蒂躺到床上，戴上美智子给她准备的头盔，后者早已在自己的座舱里就位。

"开始倒数计时，引擎启动。"刀锋女王哼着歌词，戴上管线遍布的头盔。"检查点火装置，祝我们好运。"

尾声

埃蒂又回到了那间奇怪的影院。

银幕上流动着似曾相识的画面：密西西比乡村的童年时光，孤独的求学生涯，阿尔科公司巨大的冷冻间，还有她在新美洲和勒古恩群岛上经历的一切。她看着这些属于她的记忆，看到它们是如何缠绕在她自己的意识之上，塑造着她对自我的印象。

一幕幕影像显现，停留，黯淡，继而化为模糊的色块和光影。最后，连那些色块和光影也慢慢消失了。

或许，她从未真正拥有它们。

埃蒂从座位上起身，走向影院出口。打开门的时候，她转身回望那块空空的银幕。

假如有选择，她自忖，我是否还愿意投身其中，投身于这广阔的生命之中？

会的。

只要有一丝机会。

会的。

在那东边迷雾森林的法师之塔

楔子

又一个黄昏。

迷雾森林阒然而立。那些层层叠叠的夜树，伸展着它们巨爪般的深褐色枝桠和针形树叶，漫过平缓的山坡和寂静的山谷。雾气在树冠间浮动，宛如轻纱。夕阳投下深沉的光线，将那轻纱和顶端的树叶染成黯淡的金色，又在树叶背面和枝桠间泛出朦胧的绛红，越来越深，越来越暗，直至没入幽暗难辨的林下空间。一条少有人涉足的小径从山麓阴影处蜿蜒而出，通向法师塔。

暮色模糊了景物的轮廓，仿佛也模糊了时间。恍惚中，我好像看到很久以前的自己，迈着犹疑的脚步，第一次踏上那条小径。法师塔就矗立在路的尽头，顶端高耸入云，任我如何仰望都无法窥见其全貌。

阿利西亚，那时候的你，是否曾站在这塔身之中，守望着你的继任者？

记忆中的景象和眼前的场景渐趋重叠，历历在目，鲜活如昨。然而，那时的世界是多么不同啊。

I 迷雾森林

彼时我刚行过成人礼，意气风发，对人生及其痛苦一无所知，一心只想探寻知识的奥妙。

自有意识开始，我便知道自己与他人不同。我同别人一样进食、休憩、玩乐，但心好像总是被牵引到另一处，仿佛心知道眼前的生活不过是孩童的游戏，而世界上存在着比眼前所见更深邃、更真实的事物，就像我待在户外或窗边的时候，目光总是不自觉地被远处的法师塔吸引。知识、法术，甚至……神启。我的心渴求它们，就像人们在开坛节渴饮美酒，无论是流传于只言片语中的、对法师孤绝生活的描述，还是关于法师塔和迷雾森林的不祥传言，都未曾让我动摇。年复一年，我在焦灼中等待，直到成年礼那天晚上，法师塔终于在梦中向我发出召唤。

"来吧，"它说，"来我这里。"

我还记得启程的那个清晨。空气清冷，晨雾未散，砖石、廊柱、树木和野花的色泽都还不甚清晰。天空是浅灰蓝里带了一点青色，只有靠近东边的那一小片天空才被地平线之下的太阳照亮，呈现出火一般的橙红。空气里弥漫着香木、树脂和雨叶虫胶燃烧的味道，那是我父母正在燃香礼神，祈祷神明保佑我顺利抵达法师塔。直到这时候，我的兄弟安德鲁仍然不相信我会是下一任法师。

"别被你自己的梦骗了，小伊拉。到时吃了闭门羹，可别怪我没提醒你。"他的语气里颇有一丝幸灾乐祸。

"我知道自己在做什么。而且我已经不小了。"

"呵……还是那么嘴硬。听说法师施法时要用到自己的血。要不要先帮你适应下？"他朝羊圈那里偏了偏头，然后在脖子上比划了一下。

"安德鲁，你真让我恶心。"

"够了，你们是想触怒神明吗！"母亲厉声道，"快过来。"

我和安德鲁于是噤了声，走到那座小小的神龛前，像父母一样开始合十默祷。菲纽斯站在我们旁边，刚满五岁，也已经能熟记祷词。神龛建在门廊东侧，既不会受到风雨侵袭，礼神时的烟气也不会被吹到室内。每户人家的神龛都大同小异——主体通常由近一人高的山岩打磨而成，上半部分凿出半球形的凹洞，代表世界戈安。绿松石和深褐色的片岩描摹出山林和大地，银色的河流环抱灰白色的屋舍。以镂空手法雕出的法师塔，一端连接着大地，另一端连接着用青金石和黑曜石粉末染成的幽蓝天宇——那是众神的所在。

我知道父亲的祷告对象通常是太阳神海伯利安，母亲的则是光之神提亚或曙光女神厄俄斯。我不清楚安德鲁和菲纽斯呼唤的是哪位神祇，但我自己呼唤的始终是那一位——智慧之神刻俄斯。据说初代大法师阿里斯托就是在刻俄斯的启示下领悟了法术原理，继而跨入法师塔的。为了纪念那次启示，也为了供奉刻俄斯，阿里斯托燃起一小丛真知之火，悬于法师塔内部。直至今日，那火焰仍然在塔内日夜燃烧，数千年来从未中断。

垂首合十，我向着刻俄斯如此默祷：

愿我的智慧增长。

愿我在你的庇佑下获得真知。

礼神完毕，母亲拿出一些干果、麦饼和蜜饯，分送给前来送行的邻人，我发现瞎眼的狄奥尼竟然也在其中。过去几年里，这个衣衫褴褛的走唱人时不时地会出现在我们村庄，每次都能赶上一场免费宴席。从他口中，只有唱出的东西才能被人听懂，说出的东西则都是疯言疯语。小孩子常绕着他跑，叫他疯诗人、老瞎子，大人则认为他带着厄运，避之不及。不知道这次他又是从哪得来的消息。

我看着他从母亲手里接过食物，然后像能看见似的转向我。

"伊拉，你又回来了！"他兴高采烈地说。

安德鲁把手里的果壳朝他扔过去。

"说什么呢，她这是才要出门！不过……这疯子或许也没说错，"安德鲁露出不怀好意的笑容，"说不定她明天会因为找不到路就回来了，哈哈哈！"

我白了他一眼，翻身骑上费埃罗，又轻踢了两下它的肚子。安德鲁那讨厌的声音终于消失了。

费埃罗小跑了一会儿，转回到它平常习惯的那种慢吞吞的步子。这匹老马对镇子周围的路了然于心，步伐又很平稳，只不过对我来说过于缓慢了。我又感受到那股熟悉的焦灼，虽然我并不需要赶时间。

也许内心深处，我仍有些不确定。我害怕安德鲁说的是对的；我怕到了那儿之后，现任法师阿利西亚会带着莫名其妙的表情看着我，然后打发我回家；或者更糟，我可能还没见到法师，就被某种法术守卫当成入侵者丢进山谷。

细究起来，我受到召唤的时间也并不合理。法师们的在任时间通常长达数十载，直到他们预感到有需要，才会召唤下一任继承者。也有一些例外，但很少。而现任法师进入法师塔的时间好像只有区区若干年。

莫非真如安德鲁所说，这一切只是我的妄想？可若真是如此，长久以来我感受到的那种与法师塔的神秘联系，又该怎么解释？

费埃罗不疾不徐地走着。我坐在马背上，思虑重重，提出种种假设又马上否定它们。村庄向后隐去，青葱的山林渐渐覆盖道路两侧，而我对此毫无察觉，只有在遇上岔道时，我才会偶尔抬头看看路面，然后轻轻地拉一拉缰绳，告诉费埃罗该走哪条道。

第三日午后，费埃罗在一条山脊前停下脚步。此处似乎是两片地域的分水岭。身后，是生长着簸悬木、杜松和橡树的森林，山势平缓，阳光充足，草甸上生长着白蜀葵、水仙和淡紫色的鸢尾花。往前，山势下降，渐趋密集的枫树、柳树和冷杉随山体沉入幽暗的山谷。在雾气起伏的低洼之处，我看到了那些犹如自土地中升起的巨爪般的树木。

迷雾森林。

我不知道这里已经是它们的地界了。据去过法师塔的村民们说，路上并不会经过迷雾森林。不过，他们说的也已经是很久前的事了。

费埃罗打着响鼻，任我怎么好言相劝都不愿再往前走。我看了看天空，太阳还很高。

我跳下马背，解下行囊，找出一根发绳绑在缰绳上——这会告诉我的家人们我已平安抵达。

"老家伙，你的任务完成了。"我拍了拍费埃罗的屁股，"去，回家。"

这匹老马嘶鸣一声，踏着小碎步走了。我看着它消失在树丛间，转身进入山谷。

我曾听说过一些关于迷雾森林的传言。人们会在幽暗的林间迷路，走上一整天却只在原地打转。也有人说那雾气中会有鬼魂出现。但流言中的故事都发生在日落之后。此刻太阳依然高悬，而法师塔已近在咫尺，我觉得日落前便能抵达。

但林下的路并没有我想象的轻松。山脊这一侧的林地昏暗潮湿，虬结凸起的树根上布满湿滑的苔藓。我时常碰上腐烂的倒木，树干上藤蔓遍覆，翻起的树根撬开泥土，留下巨大的坑洞。我不得不绕开这些障碍，意识到实际路程比我预想的要长一些。越接近谷底，路越难走。巨大的蕨类植物常常挡住视线，头顶的树冠又遮掩了阳光，让我觉得自己正行走于傍晚甚至黑夜。我以树枝作拐，但双腿仍开始酸痛，贴身的衣服也被汗水浸湿，尽管这点距离本不该使我如此疲惫。我好像已经走了很久，和法师塔之间的距离看起来却丝毫没有缩短。有时前方透出大块的光亮，赶到时却发现，那只是许多风倒木形成的林间空地，或是散发着令人不快的气味的死寂沼泽。

天色渐暗，迷雾自谷底升起。我的绑腿被雾气打湿，那寒意似能顺着膝盖和腿骨直达脊椎。周围，夜树几乎占据了整座森林，有些粗如神庙立柱，漆黑的表皮布满如同带着怨念凿刻出的竖向深纹；有些粗壮如谷仓，裸露的树根像巨蟒交织盘旋，枝桠密密匝匝，如巨大而畸形的手指，狰狞地伸向四方……恐惧和怀疑开始袭上心头，也许我来这儿根本就是错的，也许我会就此迷失在这片昏暗的森林。等到几年，甚至几十年后，当偶尔路过村子的法师被问起我的情况时，她或他会困惑地说："伊拉？不，我从没见过那个叫伊拉的女孩……"

我停下脚步，努力平缓呼吸。如果是一名法师，此时会怎么做？

"愿盲目的恐惧不会蒙蔽我的双眼。"

"愿我能看见真实。"

我对自己小声地念出这两句祷言，它们起了作用，我感到自己慢慢地镇定下来。我继续前行。不久，眼前出现了一条荒草丛生的小径，其痕迹浅而又浅，如果我还像刚才一样惶恐不安，很可能就会错过。

刻俄斯一定是听见了我的祈祷，我想。

小径穿过山谷，沿着另一座山脉的山脚微微上升，显然通往对面的法师塔。我加快脚步，然而此时雾气突然变得愈发浓厚，漫过树梢，从我身后涌来。我的双脚像灌了铅般沉重，身体疲惫至极。浓雾模糊了我的视线，阻塞了我的呼吸，我感觉它正把我往后拖，仿佛那雾气有它自己的生命和意志，那意志便是绝不让我离开山谷。

在窒息的恐惧中，我忍不住开口呼喊。

"救命……请帮助我！"

声音像池中石子般掉入浓雾，踪迹全无。但紧接着，前方传来脚步声。

"以刻俄斯之名，我命你们回到来时之地！"

那声音不大，却很清晰。随即，从前方吹来的风驱散了四周的雾气。

现任法师阿利西亚高举法杖，猩红法袍在身后飞舞。强风从法杖内涌出，带着近乎肉眼可见的尾迹扫过我身侧，吹向我身后的森林，所及之处，浓雾消散如轻烟。我仿佛听到它们发出一阵不甘的呜咽，被驱赶着退入了森林深处。

阿利西亚放下法杖，长发缓缓落回她的肩膀。

"我以为你会到得更早一些。"她说。

我仍然惊魂未定，问道："刚才那是什么？"

"不存在却想要存在的东西。"她简单地说，仿佛那是一个十分易懂的答案。在我试图问更多问题之前，她已经转身往回走。

"走吧，太阳快要落下了。"

我跟上她。此刻我脚步轻快，呼吸轻松，心中再无疑虑。甫一登上山脚，法师塔便出现在眼前，纤长的塔身一侧沐浴于夕阳余晖中，另一侧没入阴影，显得神秘而庄严。

II 法师之塔

从近处看，法师塔高得令人望而却步，但塔身又是如此纤细，任人如何推断，都绝无可能支撑起那不属于尘世的高度，那么唯一的解释，便是塔的顶端确实连接着众神所在的天宇。塔身通体洁白，透出玉石般的温润光泽，其上间隔镶嵌着一扇扇半透明的窗户，看起来像由水晶打磨而成，但我不知道有哪一处矿场，能开采出数量如此之多、色泽又如此美丽的石料和晶体矿石。整座塔浑然天成，看不到缝隙或拼接的痕迹。从雕刻着莨苕叶纹样的弧形拱门进入法师塔，便来到了异常宽敞的底楼大厅，其宽敞同样给人违背常理之感——圆形大厅的直径比村中神庙的长边还要长上一倍。也许，正因为法师塔是那么的高，才使我在对比之下错估了塔身的宽度？

我仰头看向大厅的顶部，随即瞪大眼睛。

真知之火！

它高悬于大厅的正中央，就在距我约三十普斯的上方。我不由屏住呼吸，唯恐惊扰火焰周围的空气，但这担心显然多余——火焰就那样凌空燃烧着，不知以何维系，不知以何为依托，其光芒柔和均匀，没有丝毫晃动地遍洒于大厅之内，即使是远处的墙根也被照亮。看起来，别说是我的呼吸，就算是狂风暴雨也不会动摇它分毫。

"第一次踏入这里的时候，我的反应和你一样。"阿利西亚的声音从身后传来。

我从敬畏中回过神，想起自己还未向阿利西亚道谢。

我转身面向她，垂首合十。

"我名伊拉。谢谢你刚才施以援手。"

阿利西亚回了一个合十礼。

"我名阿利西亚，法师塔的第三百七十四任法师。你将在这里学习法术的原理和使用方法，直到成为我的继任者。"

有一瞬间我以为自己是在梦里，毕竟，我曾许多次梦到过这一刻。但这是真实的。我确实正站在法师塔坚实的地面上。

"荣幸之至。"我说。

我抬起头，环视大厅。一道洁白的石质扶梯贴着法师塔的内墙顺时针盘旋而上，起始处位于大厅的远端，正对着大门。在扶梯起始处的墙壁上，刻着一幅半人高的浮雕。一位身披法袍的法师居于画面中央，目光深邃，须髯及肩，一手夹着一叠蔺纸，一手朝上弯曲，食指指着上方。

"莫非那是……初代大法师阿里斯托？"

"正是。"阿利西亚走向那幅画，"这是第三任法师西比尔的作品。"

我亦走到浮雕前。浮雕的底部刻有图形，由圆圈、一小道斜线，以及一个山一般的符号组合而成。

这一定就是符文了！我听说过它们，但从未真正见过。据说，符文是属于神的语言。

我不禁伸出手，又马上停下。

"可以吗？"我问阿利西亚，后者点点头。

符文摸起来温润而光滑。西比尔一定花了很多时间，才能把它们打磨到如此程度吧！

"我可否知道这枚符文的含义？"

"真理位于最高处。"阿利西亚说，"这是大法师留下的箴言。不过，对于这句话，法师塔里流传着好几种解释……有人认为它是一句谜语。"

我凝视着那枚符文，"谜底会是什么呢？"

"法术起源、世界的奥秘，或者神启……都有可能。每个法师最终都会有自己的探索方向，或者某个具体的研究目标。"

"有人得到过答案吗？"

"据我所知，没有。"阿利西亚说。

"我什么时候才能学习符文？"我转向现任法师。

"等你通过试炼。"

"什么时候？"

"明天。"

"明天？那今晚我需要做什么？"

阿利西亚微微扬起嘴角，"食物和睡眠。"

我们在一张长桌的两端用晚饭，吃的是硬面包、干酪和淡葡萄酒。直到这时，我才仔细打量这位现任法师。她有着柔顺的头发和明亮的眼睛，面部轮廓纤细分明，不说话时，显得近乎冷漠。

有什么东西突然跳上我手边的桌子，我吓了一跳。

"琥珀，注意礼貌。"阿利西亚说。

我看了看阿利西亚，又看了看眼前这只虎斑猫——它浑身覆盖着浅棕色和黑色的条纹，只有四只爪子和胸前一小片毛发是白色的。它的名字显然来自那双琥珀般金黄的眼睛。

"这是你的猫？"

"不，它一直在这里……很久前就在了。"

我伸出手指，猫上前嗅了嗅，随后坐下来开始理毛。

餐毕，阿利西亚领我上楼去我的房间。第二层看起来像是厨房，靠墙的石台上放着碗和锅具，烤炉嵌在墙体内，排烟孔没入房顶，不知通往何处，而厨房的另一角甚至还有一口井。楼梯在第二层的入口处分岔，一道沿原来的轨迹向左攀升，一道跳开地板上的缺口，向右而去，两道石梯通往楼层顶部的两个不同开口。我们沿着左边那道到了三楼，这间仓库般的圆形石室里堆满了一袋袋麦粉和豆子，但我只在地板上看到一个缺口——另一道楼梯通往哪里了呢？脚下的石梯以同样的方式再次分岔，这次我们走了右边那条。登上第四层后，眼前是一间比底楼大厅稍小、用和塔壁相同材质的石料隔出的圆形房间。弧形过梁上雕着熟悉的莨苕叶纹样，檐口不知为何挂着一只铜铃，看起来不像是为请示来访之用。推开深陷墙壁的木质拱门，一盏点燃的陶制油灯摆在书桌上。桌上还有一面铜镜，一个常见的家用水钟，周围椅子、木柜和寝具一应俱全。房间远端有扇小门，里面应该是洗浴间。

"明天早上，到大神龛室找我。"阿利西亚说。

"那是哪里？"

"琥珀会带你去。"

阿利西亚的语气十分笃定，我虽有些怀疑，也没再多问。行完礼，我目送她离开房间。身体里涌出深沉的困意，我吹熄油灯，没脱衣服就倒在床上睡着了。

我睡得很沉，或许是这辈子最沉的一次，被吵醒时我以为自己还在家里。

"快起来，天早就亮了！"有人粗鲁地拍我的头。

"走开，安德鲁。"我咕哝了一声。

安德鲁？

我猛地睁开眼睛。晨光透过半透明的窗户，映照着圆形的房间。

没错，这里是法师塔。

我松了口气，转过头。一个毛茸茸的身体蹲坐在枕边，前爪举在半空。

"刻俄斯在上！"我坐起身，"你怎么进来的？"

"猫有猫的办法。"它说。

我深吸了一口气。

"你会说话？"

猫瞥了我一眼，好整以暇地舔起了爪子。

"阿利西亚知道吗？"

"当然。"猫鄙夷地说。

"那昨晚你怎么没开口？"

猫停下动作，似乎在费力回忆。

"可能是没心情吧。"它说。

我揉了揉头发。一只会说话的猫？没事，我会习惯的。

"顺带一提，"猫又说，"你的头发该洗了。"

它说的没错，经过三天的跋涉和昨晚的昏睡，我的样子一定糟糕极了。虽然我很想早点去阿利西亚提到的大神龛室，但就这样前去似乎有失礼仪。

猫轻巧地跳下床。

"我在大厅等你。"它走向房间大门，我目睹它的身体在与门扉接触时变为透明，随后整个消失进门里，不过，此时我已经不惊讶了。世上没有无缘无故的现象，也没有无凭无据的法术，所有事物背后都有相应的原理，只是我还没有学到罢了。

III 大神龛室

下楼时，长桌上摆着和昨晚相同的食物。猫卧在桌上，懒懒地抬起头。

"你动作太慢了。"

"琥珀，管子里的热水是从哪来的？我没看到火炉之类的东西。"

"是第七十七任法师伊波利托的设计，"猫说，"水管连接着锅炉室，那里有不间断的热水。"

"能带我去看看吗？"

"可以，但不是今天。"

"说定了。"我和着淡酒匆匆咽下早饭，"我们去大神龛室吧。"

猫跳下桌子，竖着尾巴跑上石梯，我跟随在后。到了二楼，我们转向右边。

"这里跟我昨晚看到的不一样。"我在第三层停下脚步。我记得昨天看到的是堆着麦粉和豆子的仓库，但现在我只看到许多葡萄酒桶。

"当然。"猫不耐烦地甩着尾巴，"不然为什么要造两道楼梯？快跟上。"

我们继续上楼，先向左，然后再向右。

大神龛室的入口只有门框，没有门扉。门框以简单的直线线脚装饰，过梁上雕刻着涡旋的图案，除此之外别无修饰。这一层的房顶呈半球形，和塔内的窗户一样，也是半透明的。从这里，没有再往上的楼梯。阿利西亚背对着我，站在房间中央的圆形高台上，在她面前是一座熟悉的、与人同高的神龛，但我仿佛看到神龛的天穹中有云和光影浮动，仿佛听到大地中的河流发出潺潺水声。

"上我这儿来。"现任法师说。

我小心地走上台阶，站到阿利西亚身旁。我看到神龛中的戈安展示着它的存在，一枚明亮的光球悬浮在东侧天穹中，云雾在无形之风的吹拂下缓缓飘移，它们的影子以同样缓慢的速度掠过平坦的大地和起伏的山峦。我看到迷雾森林生长于大地间，在法师塔周围，在大陆的中心和边缘。若有若无的雾气从中逸出，消失在陆地和海洋尽头的虚空里。

"可见，世界由四种基本元素构成，"阿利西亚说，"如果你能在神龛中找到全部的四种元素，就能开始学习法术了。"

她从神龛旁边的座子上取下一样东西，递给我，是一块沉甸甸的卵形水晶。

"如果……如果我找不到呢？"

"那我会重新召唤一位继任者。"

我打量着手里的水晶，它被打磨得极其光滑，透过透明的曲面，掌心的纹路显得异常清晰和巨大。

"放心，没有那个必要。"

我将水晶举到眼前，倾身靠近神龛。大地和山川仿佛迎面而来，近到我能看清其中的每一棵树，乃至每一朵花和每一粒泥土。在那泥土的深处，有某种极细微的物体时隐时现，偶尔反射出微弱的光。我调整了一下水晶的角度，终于看清那是一种正方体晶体，有着完全相同的六个面和八个顶点。一旦我认识了这种正方体，无论我将水晶移向哪里——山川、树木亦或草原——最终都能在我所观察的事物深处找到它们的存在。它们的数量极其众多，就像天上的繁星，用万和万万[1] 也无法计算。

---

[1] 编者注：万万为古希腊时期的计数方式。

第二种元素潜藏在河流中，比第一种更细小。起初我无法看清它们的样子，因为那些晶体动得实在太快了。但接着，我想起在寒冷的高山上水会结冰，于是将水晶移到大陆北端的山脉上方。在那些积雪深处，我看到了静止下来的第二种晶体。它们有惊人的二十个面，折射出彩虹般的绚丽光泽。如同第一种晶体，它们也会像星星一样在视野里闪烁，时而消失，然后很快在原地或间隔一些的地方再次出现。它们的数量就像海边的沙粒，用亿和亿亿①也无法计算。

然而我的好运似乎到此为止了。我找了很长时间，都没有找到第三种元素。有时我会在地穴深处或草叶的叶尖上看到一小簇一小簇的晶体丛，凑近之后，却发现它们只是前两种元素的混杂体。直到那枚代表太阳的光球升上高处，而阳光下的河流开始熠熠发光，我才意识到第三种元素未必存于大地之中。

我将水晶移向那枚光球。无数微尘般的光点从中放射而出，向着四周飞散。它们比前两种元素都细微得多，若非打上十二分的精神凝神细看，根本无法发现。不过，它们的轮廓非常模糊，仿佛被一团光晕笼罩。我只能透过水晶追踪着它们明明灭灭的轨迹，越过大陆，穿透海洋和地底，沉入前两种元素的各类混杂体的间隙中。在那里，我终于看清这些光点其实是一种高速旋转的晶体，先前的光晕是旋转留下的残影。水和大地在它们的行进路线中降低了旋转速度，使得我能看清它们的结构。这第三种元素自身会发出白光，光芒从均等的四个面中透出，散落到周围的其他晶体上。

我受到鼓舞，愈加投入地寻找最后一种元素。然而时间一点一滴过去，我却一无所获。我已经搜寻了上至天空、下至地底的所有位置，却再没有找到新的晶体。

我从疲惫和失望中抬起头，揉着酸涩的眼睛。球形房顶之

---

① 编者注：亿亿为古希腊时期的计数方式。

上，真正的太阳已经越过顶点转到了另一侧。阿利西亚早已不知何时离去。琥珀待在高台下方，懒洋洋地卧在自己交叠的前爪上。

"不用着急。我曾见过有些法师花了三天才找到全部的元素，最久的一个用了半个月。"它说，"你可以先去吃点东西。"

我摇摇头。一定还有什么地方被遗漏了。我思索着寻找前三种晶体的过程，似乎越细小的元素越难以发现。第四种元素一定比那种发光的正四面体更为微小。可是，既然第三种元素已经小到能够穿透陆地和大海，比之更小的元素岂不是无法被任何介质阻拦，而是直接穿过一切吗？如果是这样，我该如何观察它们呢？

突然，我醒悟过来。我并不需要在特定的介质中搜寻。这种元素一定无所不在——在泥土和水里，也在天地间的无限空旷里。接着，我看到了。与其说我是通过眼睛和手中的水晶观察到的，不如说是我对于它们存在的信念，以及对它们性质的推测，指引我发现了它们。这种元素有八个面，近乎完全透明，只有从某些角度，才能看到它们若隐若现的、宛如虚无的折痕般的棱角。它们均匀弥散于整个空间。

我把水晶放回神龛旁的座子，长出一口气。

"就时间来看，你的天赋还不错。"猫说。

"是吗？阿利西亚花了多久？"

"喔，快多了。上一任法师还没离开房间，她就找齐了所有元素。"

"唔，"我说，"她是所有法师里最快的吗？"

"有更快的，只是不多。"猫伸了个懒腰，"等着，我去找她。"

它从楼梯处跑了下去。过了一会儿，阿利西亚和猫一起上来了。

"我很高兴你找到了它们，"她说，"这样我就不用重新召唤继任者了。"

我挤出一丝微笑。

"怎么了？"阿利西亚问。

"我告诉了她你当时的情况。小姑娘有点儿泄气。"猫以惊人的觉察力说。

"噢，你又多话了，是不是？"她颇为亲昵地对猫说，后者偏过脑袋，蹭了蹭她的小腿。

"是她先问的。"猫说。

阿利西亚带着宠溺和无奈叹了口气，接着转向我。

"也许，找到这些元素的时间，确实跟天赋有点关系，"她说，"但这并不能决定你是否能成为好的法师。"

"那什么才能决定？"

"嗯……以后你会知道的。"

我不确定阿利西亚这么说是认真的还是为了安慰我，但我确实感觉好些了。

"那些晶体，究竟是什么？"我问。

"你可以称它们为地、水、火、风，虽然名字不能概括它们的全部。"阿利西亚抬起手臂，掌间依次浮现四种晶体的幻像，"地为坚性，支撑万物；水为湿性，凝聚万物；火为热性，成熟万物；风为动性，催动万物。四者相合相依，相续相灭，构成整个可见世界。所有物质中都同时包含这四种元素，只是有的多些，有的少些。地中的地元素和坚性较多；水中的水元素和湿性较多；火中的火元素和热性较多；风中的风元素和动性较多。当元素以晶体的形式出现，它表现为你能看见的泥土或水；当元素转为不可见的能量，它表现为蕴藏在物质中的坚性或湿性。除此之外，还有一种从不以晶体形式出现的元素，名为以太。正如你必定是通过推测才能发现风元素，初代法师阿里斯托通过他的推测，断定世上还有一种极其细微乃至充斥了虚空的不可见元素，甚至，很可能就是虚空本身。他推测以太有均等的十二个面，它就像是一种能够传导所有元素能量的介质，亦是法术得以起效的基础。"

"那地、水、火、风呢？它们和法术是什么关系？"

"其实，所谓法术，就是在有限时间内，从无限多的元素中召集、催动所需元素的方法。比如我现在展现的显像法术，是以极其稀薄的地元素为形，以水的湿性凝聚，再用火赋予了其光亮。"

她轻轻吹气，掌间幻像随即熄灭。

"阿利西亚，"我想到了什么，"为什么你昨天施法时用了法杖，刚才却可以直接施法？"

"因为我们现在正处在法术力量的中心。"她抬头仰望，目光穿过半透明的球形房顶。"法术力量源自众神所在的天宇，通过法师塔传至戈安大地。你现在感觉不到，但我们周围就涌动着深厚的法术力量。只有在法师塔之外，法师才需要借助法杖施法。"

"你说法术力量就在周围，阿利西亚？我怎么才能感觉到它们？"

"法术力量将会辨认出它们的主人……以名为约，以血为契。把你的手给我。"

我伸出手。阿利西亚一手握住我的手指，一把冰刃出现在她另一只手上。

"怎么，你怕痛吗？"她看着我。

我的脸色一定已经开始变白了。但我只是摇摇头。

阿利西亚将冰刃尖端抵在我指尖。下一刻，皮肤上沁出血珠。鲜红的颜色令我头晕目眩。

"报上你的名字。"阿利西亚说。

"我……我名伊拉。"

那颗血珠从指端升起，飘向神龛。我看着它化为无数细小的血色微粒，溶入神龛中的山川和海洋。熟悉的虚弱感升上脊背，与此同时，一股更强大的感觉席卷了我的身体。这感觉难以用语言形容，就像用耳朵听到了颜色，用眼睛看到了声音，我仿佛突然多了一种全新的知觉，那知觉的对象，便是法术力量。我可以感觉到脚下地板中坚实的地元素，也能感觉到周围空气中迅捷起舞的风元素。我抬起头，明亮的火元素如雨滴般泻下。炫目的光芒中，球形房顶开始缓缓旋转，然后向我倾倒。

再睁眼时，我已在高台下方，形如云团的柔软物质托住我的身体。阿利西亚缓缓放下双手，众元素在我身下慢慢消散。

我从地板上撑起身，额上冷汗淋漓，眩晕和恶心的感觉盘桓未去。

"很抱歉，一定是我哪里弄错了。"阿利西亚说。

"……什么？"

"你晕血。"

"是的……但我从小就是这样。"

"不，我是说……我在召唤继任者时弄错了。那个法术，本该在所有刚成年的人里，选出最适合当法师的那个人。"她停了停，"很抱歉让你经历了这些。"

我看着她，胃部渐渐缩紧。

"什么意思？"

"我会重新召唤一名继任者。至于你，我会收回你的法力，然后安排马车把你安全地送回家。"

我颤抖起来。

"你是说，要让我在经历了这一切，看到了这一切之后……重新去过普通人的生活？阿利西亚，我办不到，我宁愿去死。"

"但这行不通的！所有高等法术都需要用到法师的血，到时你要怎么施法？"

"给我一点时间，我会适应的。"我艰难地起身，行了最郑重的单膝跪礼，"求你了。"

阿利西亚紧抿嘴唇，脸色变得愈加苍白。或许是出于愧疚，或许是出于不忍，她妥协了。

"三天，"她说，"如果三天之后你还不能适应，就必须离开。"

我深深低头，以示感激。

"那么，就算只有三天，"阿利西亚的表述刺痛了我，"你也必须遵守法师守则。听好：礼敬神明、礼敬法术力量、不可对生命体施法。记住它们，这是大法师阿里斯托留下的教诲。"

IIII 血的颜色

我脚步沉重地回到寝房。是啊，安德鲁早就提醒过我这件事，这也是他认定我不可能成为法师的原因。但我一直心存侥幸，觉得一切会自然而然地解决——比如阿利西亚会用法术直接治好我的晕血症，或者法师施法时要用到血根本就是谣传，诸如此类。但事情显然没这么简单。

我坐到书桌前，举起手指端详，先前的伤口已经结痂，只留下一道暗红色的细痕。多么奇怪，明知道血液就在那皮肤之下日夜奔流，为何每次见到它都会让我恐惧？那恐惧甚至不是源自我的心，而是身体。有时心还未感到恐惧，身体已经兀自作出反应——虚弱和寒冷，晕眩，随后失去意识。我的身体，为何要恐惧它自身所包含之物？

我摊开另一只手，试图像阿利西亚一样召唤出一把冰刃。水元素在我手中汇集，但并未结冰，我感受到其中有火的热性，于是驱使那些火元素离开……最终我得到的是一根形似冰锥的物体，把手处带着丑陋的突起，边缘毛毛糙糙，只有尖端看起来还堪用。

阿利西亚在一瞬间做出的匕首比这精致百倍，即便如此，法术力量在手中流动的感觉——那种蕴含在即时响应和反馈中的切切实实的操控感，仍然像夜空中的闪电般照亮了新的感知系统，让我敬畏得想要流泪。我绝不可能放弃法术——我深知这一点，与放弃法术的痛苦比起来，区区晕血又算得了什么呢？

我将冰锥尖端刺入指尖，鲜血再次溢出皮肤，隆隆心跳声充斥耳膜。我努力抵御着强烈的不适，试图维持清醒。

但我再一次失败了。

晚餐时，桌上的氛围颇为凝重。阿利西亚没有问我进展——我灰败的脸色应该能说明点什么。

"我本来还以为，你能用法术直接治好晕血症呢。"我本来只是想开个玩笑，却在说后半句时不由自主地放慢了语速，使之带上了询问的语气。

"我做不到，法术不能对人和动物使用。"阿利西亚对着面前的餐盘说，仿佛在刻意避免和我视线接触。很快她吃完食物，上楼去了。

她应该已经放弃我了吧。

我食不知味地吃完晚餐，回到自己的房间，然后再次召唤出一把冰锥。

试验仍然以我失去意识告终，但这次我坚持得久了一些，也更快醒来。我回想起以往的经历，似乎吃饱喝足时晕血的反应更轻，饥饿时则更严重。另外，这次我操作得非常小心，因而指尖的伤口比之前更浅。我有没有可能找出所有相关的因素，降低它们的影响，直到足以在施法时保持清醒？

对了……甜食！它们能帮我更快恢复，或许事先吃点甜的也会有帮助？

我离开房间，下到第二层，在石台上找到一罐蜂蜜。我把它带回房间，用火元素煮了杯蜂蜜茶，慢慢饮下。接着，我极其小心地刺破指尖——

然后再一次晕了过去。

醒来时我几乎被沮丧淹没。这条路显然行不通，难道我的法师生涯就这样到此为止了？

我闭上眼睛，向刻俄斯乞求智慧。

一个新的主意出现在我的脑海。或许我可以一次性地将血液储存在某处，施法时再取出。根据以往的经验，假如血液并非直接从我自己的伤口流出，那么单纯看到它们并不会让我晕过去，只会让我有些难受而已。

我在木柜里找到一个带木塞的陶瓶，然后再次用法术做了一根冰锥。我深吸一口气，划开尚未完全结痂的伤口，让鲜血流入瓶中。在视野完全被黑暗占据前，我勉强塞好塞子，躺到床上，这才晕了过去。

虚弱和疲倦让我就这么睡到了第二天早晨。睁眼时，我看到琥珀站在书桌上，正一脸狐疑地嗅着瓶口。

"我可能找到解决方案了。"我对它说。

"我不这么觉得，"猫说，"打开让我看看。"

我起身来到桌前，拔掉瓶塞。猫探头嗅了一下，随即皱起鼻子退开。

"不行。"猫说。

"怎么了？为什么不行？"

"嗯……你知道为什么要以血为契吗？"

我摇摇头。

"因为每个人的血液里包含了独属于这个人的信息。一旦血液离开身体，失去活性，其中的信息很快就会失效，就像水果放太久会腐烂一样。"

"这样啊……"

"想法不错。"猫说。

我盯着眼前的桌面，想了一会儿。

"多久？"我问。

"什么？"

"活性消失的时间是多久？"

猫顿了一下，又露出那种仿佛在费力思考的表情。

"这就不知道了……至少能维持到施法完成吧，我猜。"

"所以，就和水果腐烂一样，血液中的信息一定是经过一段时间的变化才失效的。"我打量着自己的手指，"如果有办法知道失效血液和新鲜血液之间的差别就好了……"

猫眯起了眼睛。

"啧啧……思路这么奇怪的法师，我好久没见到了。"

"琥珀，假如血液失去了活性，你是不是能闻出来？"

"嗯哼。"

"那你能帮我个忙吗？"

"行啊，反正我也没其他事做。"猫不动声色地说，但我看到它的瞳孔放大了。

我下楼飞快地吃完早餐，然后去了趟大神龛室。

"喔，你想用这个。"猫看着我手中的水晶说。

"但愿有用。"我说。

我坐到桌前，试图倒出瓶子里的血液，结果它们早就凝结了。我不得不打碎瓶子，才看到附着在瓶底的暗褐色血块。透过水晶，血块看起来就像一片因干旱而皲裂的土地，黑色的闪电状裂纹交错其中。

我将它放到一边，再做了一根冰锥，将鲜血滴在另一块陶瓶碎片上——然后马上躺下。

我晕了一小会儿，然后醒来。

"那些信息还在吗？"我问琥珀。

"嗯哼。"

我重新坐到桌前，拿起水晶。我以为自己会看到满眼的鲜红，但被水晶放大了的血珠只是呈现出淡淡的粉红色。继续凑近，色块化为一片片、一簇簇的粉色絮状物体，而那些絮状体又由无数漂浮的粉色小圆片构成。在那些小圆片的深处，我看到地、水、火、风四种元素的晶体不时闪现。此情此景实在让我惊叹，有一瞬间甚至让我忘记了身体中残留的不适。我持续观察，慢慢地，那些小圆片的移动速度开始减慢，有些像淤泥般堆叠到一处，不再移动。又过了一阵，一些小圆片开始起皱，甚至破溃，由它们构成的絮状体开始出现裂痕，就像之前那块干涸的血迹那样。待到大部分小圆片都已经皱缩、不再移动时，琥珀宣布血液中的信息已经不复存在，而原本鲜红的血珠也变成了暗褐色。这个过程大约花了水钟流完一碗水的时间。

"接下来你准备怎么做？"琥珀问。

"或许我可以用法术力量阻止腐坏的过程，或者至少让血液的活性消失得慢一点。"

"你要直接对血液施法？"

琥珀的语气有些奇怪。

"怎么了？"我问。

"这可能会违反法师守则。"

"你是指'不对生命体施法'？但血液并不是生命体啊。"

"唔，至少它是生命体的一部分。"

"所以我不能这么做？"

"我没这么说。"

我皱起眉头。

"我不明白你的意思。"

猫叹了口气。

"给你看样东西吧。跟我来。"

我跟着它走出房间，下到二楼厨房，沿着向右的阶梯一路向上。琥珀熟门熟路地转了几次方向，最后踏上一道幽暗狭窄的长梯。我们沿着它升势渐缓的廊道走到尽头。那儿没有房间，只是一条死路。我看到一个装满透明液体的无开口密封罐被镶嵌在墙面上，如同一座小型神龛，但那里面的东西……

我起初以为那是块腐烂的肉团，紧接着我看到了爪子、尾巴、胡须……那是只鼹鼠，但皮毛几近全秃，密集的虫瘿般的瘤体从它的腹部、关节、颈部和面部层叠鼓起，体积甚至超过了原先的正常组织。

我感到既反胃又胆战心惊。

第二十三任法师蒂怆在墙上刻下文字：

吾违法师之守则，施法于活物，致其暴病而亡，死状甚凄，此乃吾之大过。夫生命者，其繁无以加，虽法术精微，亦不能及。祸已成，吾惟负愧而终，来者当以余为戒。

琥珀在墙根前坐下。

"这就是对生命体施法的后果。"它说，"不过嘛……我不确定血液算不算生命体，也不确定对它施法会不会招致神明的惩罚。"

罐子里的东西散发出不祥的气氛，仿佛某种警告或预示。

"我必须继续我的实验，这是唯一能让我留下的方法了。"我说。

"嗯，我只是觉得你该看看这个。"

"你……不打算阻止我？"

"嗯哼。"

"也会帮我保密？"

猫仰起头，用后爪挠着后脑勺。

"我见过很多秘密。我不会特意说破。"

我好像开始习惯它的说话方式了。

"知道了。我们回去吧。"

我们一路下楼回到厨房，再从那儿返回我的房间。我将所有的陶片洗干净，随后在每一片上分别滴上鲜血。我花了好些时间才从这次晕厥中恢复过来。然后，我开始了实验。

我往陶片中添加火的热性，或是将热性从中驱逐；我控制的元素让血液变得更黏稠或更松散；我往血液中加入水或风，看看能否让它们干涸或堆积得更慢一些。琥珀绕着那些陶片走来走去，不时指出其中某一枚已经失去作用，我便随即将陶片的编号、处理方式、对应的小圆片的形态，以及血液中信息失效的时间记录在蔺纸上。

"你知道吗，"琥珀在一轮实验结束的间隙说，"阿利西亚说她弄错了的时候，我也有过怀疑。但我现在觉得召唤法术没出错。你确实是在以法师的方式思考。"

"谢谢你这么说，琥珀。"我在洗净的陶片上滴入新一轮新鲜血液，然后躺到床上，"但我也不确定这样能不能行。"

琥珀端坐于桌，像一尊小小的雕像。透过隆隆的心跳，我听到它轻声说：

"噢，你会成功的。你是天生的法师。"

整整两天，我重复着这样的实验，不停地晕倒又醒来。蔺纸积攒了厚厚一叠，信息维持的时间也从一碗水增加到两碗，再到一壶，两壶……

第三天一早，琥珀叫醒我。

"法师在大神龛室等你。"它说。

"这就去。"

阿利西亚身着猩红色法袍，在房间中央等待。我刚登上楼梯顶端，她就看到了我。

"让我看看你适应得怎么样了。"她说。

我伸手召唤出冰锥，抵住另一只手的指腹——手掌朝向自己。我没有继续施力，而是驱动风元素从袖中取出一块包裹着血液的冰晶，其中的血液取自前一晚，四种元素以经过反复实验的比例加入其中，最大程度地维持着血液的活性。我悄悄地用热性融化那层冰壳，然后扔掉冰锥，摊开手掌，用风托起那颗血珠。阿利西亚亦摊开手掌，空中的血珠平稳地漂浮至她眼前，而此时我已用冰晶包裹住自己的手指，以免她看出端倪。阿利西亚凝视了一番血珠，随后将它送向高台上的神龛。血珠化为微粒，再次溶入神龛中的戈安大地——它被接纳了。

我和阿利西亚同时舒了口气。

"这几天，我一直很担心，"阿利西亚突然开口，"……但你做到了，我很高兴。"

接着，出乎意料地，她走过来给了我一个拥抱。

"我真的很高兴。"她说。

阿利西亚的头发蹭在我的脸颊和指尖，和她的拥抱一样柔软。我这才意识到，她也只是个比我大不了几岁的女孩。

"谢谢。"我轻声说，并因为欺骗了她而感到难过。

II 前往高处

每位法师的第一件法袍，都由上一任法师亲手裁剪成形。以平纹织就的亚麻布轻薄平整，带着稍硬的触感落向我肩膀，沿身侧下垂，直至地面。整块布料染成了均匀的猩红，染料由邻镇的村民提供，其原料来自桵树中的一种蚧壳虫，制作起来费时费力，故而十分珍贵。阿利西亚轻旋双手，以元素之力分离开多余的面料，黏合连接处的缝隙。一条皮绳做的腰带将长袍下摆收至脚踝，在腰际形成一圈自然的褶皱，恰好将腰带掩住。阿利西亚不断修整法袍的轮廓，使它既贴合我的身形，又留有方便日常活动的空间。金、银两种金属被延展成细如发丝的丝线，代表元素的银色符文和金色的莨苕叶图案互相连接，如精致的缎带般环绕于领口和袖口，在阳光下熠熠生辉。

每天早上，我拈去法袍上的细灰，抚平折痕，这才穿上它，去大神龛室和阿利西亚一起默祷。我时常担忧自己的"作弊术"是否会招致神罚，但一切并无异样，我也就慢慢放下了心，只是仍然没敢对阿利西亚提起。默祷之后，阿利西亚会花整个上午教授我法术的原理和使用技巧。我之前所做的只是对元素非常粗糙的控制，而现在，我需要学习如何精准且快速地操控某一种特定元素——包括它的晶体态和能量态。我一次次地让火焰燃于掌心，或是以湿性粘结碎开的砖石。然后是同时操控两种或多种元素的练习。水滴汇聚成水流，随手势引导的动性奔涌，或是在热性的作用下化为自掌间喷射而出的蒸汽。阿利西亚不厌其烦地演示施法过程，并指出我的疏漏。这种纠错并非是在动作层面——对于同一种法术，我和她所用的手势未必完全相同——而是在理解层面。我感到，她似乎能透过我的动作，觉察出我与元素在当下的互动关系，并发现其中的偏差。这种判断的依据来源于她长久以来在施法中积累的切身经验，以及直觉。她会说"这里你需要让手腕放松"，或是"这里你可以稍稍停顿一下"。她的建议通常都十分有效。

同时，我开始学习符文，这是施展高等法术所需要的基础知识。与其说符文是文字，不如说是图形。书写时，不同的字符以各种角度和方向组合在一起，仿佛作画一般。

符文的字符大致分为三类。

第一类，也是最易识别的一类，共有九个字符，分别代表了四种元素的晶体态和能量态，以及以太。第二类字符表示物品或概念。第三类字符通常表示某种手势、动作，或是意向。此外，还有少数符号用于说明动作或意向的强度。

名词类的符文大多呈圆形或中心对称结构，象征神的造物如戈安大地一样完满。表示动作或意向的符文则带有方向性。

不同的符文，就如图画中的不同元素一样组合在一起。水加上流逝代表时间，以太加上存在代表空间。字符之间的相对位置同样蕴含信息。代表热性的符文若写在水的上方，意味着往水中添加热性；若写在下方，则意味着减少热性；若热性的上方或下方还有一横，就表示需将水中的热性增加直至沸腾，或减少直至结冰。

我最初学会的整句符文是那三句法师守则。当我能熟练地以符文默写出它们时，便开始学习施法用的法术符文。简单的法术符文同守则一样，只由若干个字符组成，翻译成书面语也只有一句话的长度。阿利西亚在教导我操控元素时，不再通过口头语言，而是以显像术将法术符文展现在空气中，我则尽可能精准快速地照做。

之后，阿利西亚给了我几张写满符文的蔺纸，它们分别是：清洗衣物并烘干的法术、轻柔地吹走室内灰尘的法术、将麦粉揉成面团再烤成面包的法术。我一一翻看完毕。

"有没有别的法术？"我问。

"有。法师塔里有一个房间，里面存放着所有的法术符文。"

"它在哪儿？"

阿利西亚叹了口气，似笑非笑地看着我。

显然，我得付出一些代价才能去那里。

于是每天下午，我在清洗完自己的衣物后，会接着打扫底楼大厅、厨房和大神龛室，并准备好第二天的面包。我没觉得厌烦，不仅因为这是法师塔中的惯例，也因为我对元素的掌控能力正显而易见地在这些练习中增长。起初我需要耗费整个下午，甚至加上晚上才能完成这些职责，但渐渐地，这个时间缩短到了日落前，最终停留在两个时辰之内。如同经过训练的耳朵能够分辨出音乐的层次和音色，我对于各元素的属性和运动方式也越来越熟悉。

"知晓的力量"弥漫在新的感知系统中，随着每一次施法变得愈加敏锐、迅捷。有时，我甚至觉得自己能"看见"某种元素从晶体态转为能量态的瞬间。

不过，最大的回报莫过于我终于被允许前往符文室了。

从大神龛室的上一层左转，然后连续登上三道朝右的楼梯，便到了符文室。这一层的入口位于房间中心，周围是层层叠叠、一眼望不到头的石架。石架的材质和墙体相同，似乎是法术而非手工产物，因为所有的架子都异常光滑齐整，除了架子侧面刻着的编号外，每个架子都如镜像般毫无二致。架上的每层空间都由细密的栏杆分割，同样材质的薄石片以固定间隔整齐地插在那些栏杆之间。

阿利西亚从最近的架子上抽出几张石片，每一片上都刻着符文。

"给。"

"这是？"

"塔石做的石片。"她说，"这是一种特殊的材料，不含混杂体，只由纯粹的晶体构成，所以很容易操控。这几张符文会告诉你怎样制作和使用塔石，以及……怎样使用这间符文室。"

我读完那几张石片，又读完了石架上另外的几张。顺着其中的指引，我找到不远处的另一座石架，然后是又一座。我一张接一张地阅读，符文室的全貌就这样逐渐展现在我脑海中。

如同神庙里用来保存重要文书的档案箱，眼前的这间符文室，就是法师们保存记录的地方。从我读到的内容看，这些记录不仅包括所有流传至今的法术，还包括对法术的说明和解析，以及法师们在发明或改编法术时的思考过程。也有其他内容的石片——戈安神话、历史事件记载、法师塔编年，甚至私人日记。这些记叙类的石片读起来比法术类的石片容易很多，因为它们多以书面语写就，偶尔才会穿插符文。

我最先完整阅读的一份石片，是阿里斯托关于以太存在的推演。

他的灵感来自地、水、火、风这四种特殊的多面体。这四种晶体都为正多面体，其中的每一个顶点都由大小、角度完全相同的棱和面构成。阿里斯托发现，如果要从顶点开始构造正多面体，首先要有至少三条正多边形的棱连接至该顶点，且每条棱之间的角度之和必须小于三百六十度，否则便无法"围"成立体。

他从正三角形开始构造正多面体。三个正三角形围绕一个顶点，可构成正四面体，恰好是火元素的形状；四个正三角形围绕一个顶点，最终可构成正八面体，恰好是风元素的形状；五个正三角形围绕一个顶点，最终可构成正二十面，恰好是水元素的形状。而六个正三角形的棱之间的角度和为三百六十度，因此无法再构成立体。

他接着探索正四边形的情况。三个正四边形围绕一个顶点，可构成正六面体，也就是正方体，恰好是地元素的形状。而四个正四边形的棱之间的角度和为三百六十度，因此无法再构成立体。

在正五边形的情况下，三个正五边形围绕一个顶点，最终可构成正十二面体。

而用四个正五边形，或三个正六边形围绕一个顶点，都无法再构成立体。

既然前四种正多面体都有对应的元素，阿里斯托推测，最后一种正多面体，即正十二面体，必定也对应了某种元素。他将这第五种元素命名为"以太"。

阿里斯托的这份推演保存得很完整，其中的逻辑环环相扣，读起来十分有趣，因而我常常翻阅。与大方地将自己制作的石片悉数摆放在石架上的阿里斯托不同，有些法师将他们的石片置于难以寻找的角落，仅仅留出草蛇灰线般的线索，指引后人找到它们。此外，还有许多石片被法术封印，它们的字迹要么模糊不清，要么根本只是一堆毫无意义的符号，其中一些只需滴入鲜血，就能显现出正确的字符，另一些的封印则只有石片的主人知道要怎么解开。

在有些石片中，制作者以极为日常的语气诉说着他或她当时的所思所想，仿佛面对的并非不知何时才会现身的阅读者，而是一个常常碰面的旧友。有些石片的主人带着诙谐的语调点评之前某任法师的工作，或是以几十张石片的宏篇大论加入某场持续了数百年的研讨，对此前的意见和猜测一条条认真批驳……因为有同样的经历，因为追寻的是同样遥远的目标，所以他们仿佛真的能在此相遇，仿佛符文室成了一座孤独时光中的庇护所。当我阅读那些石片时，那些素未谋面的法师——思绪敏捷的格莉埃特、严谨的埃阿斯、着迷机械的伊波利托、狡黠的捷尔吉……他们好像就在这间屋室内，就在我的身边。在这些跨越时间的文字和符文中，存在着某种真挚而哀伤的东西，比其中的孤独更常打动我的心。

我倾慕他们，也试着以法师的方式加入他们。三份纯净的地元素，一份水元素，用半份风元素均匀混合，再以火元素烧制成熟。按照说明中的步骤，我以元素之力制作出若干张塔石石片，然后令浮雕状的字符一个一个地凸显其上——它们就和西比尔制作出的符文一样光滑。这些石片记录了我险些被逐出法师塔，最终用保存血液的"作弊术"通过试炼的全过程。我把它们放入符文室深处的空闲石架，作为某种告解。

除了符文室，历代法师亦在塔内各处留下他们的痕迹，比如伊波利托设计的热水系统、西比尔精心雕刻的涡卷和托饰。有一阵子，在完成日常职责后的空闲下午，我热衷于在塔内独自探险，沿着无尽分岔的楼梯四处漫游。轻风托着我的身体，使我不会因漫长的攀登而疲累。我见过杂乱但仍旧干净、仿佛主人刚刚离开的寝房，见过堆满了塔石神像的仓库，也见过被隔绝在水晶穹庐中、像一颗小小星球般有溪水流淌、有鲜花绽放的奇异花园。

通常情况下，无论我走了多远，哪怕忘记了来时路径，只要一直下楼，总会回到熟悉的地方。但有一次，我突然被一层奇怪的楼层困住，不管走哪条楼梯都会回到原处。我瞥到墙上挂的铜铃，隐约猜出了它的功用。

我使劲摇响那只铜铃，直到琥珀赶到。看到我茫然无措的样子，它从喉咙里发出粗哑的嗤笑声——如果猫也能笑的话——然后才告诉我出去的方法。

"先向下走七阶，向上两阶，再往下……"

我终于走到了下一层。

"怎么回事？这儿发生了什么？"

猫还在笑。

"噢，是捷尔吉的恶作剧……一间循环密室。可惜你来得太早了。如果你会高等法术，就能在密室里找到破解的线索。那会很好玩的。可惜！"

它做作地叹了口气，但我觉得，因为看了我的笑话，它其实颇为快活。

还有一次，我突然想到，阿里斯托的那句"真理位于最高处"，会不会就是法师塔的最高处。于是，我沿着那条从未断开的顺时针楼梯一直向上——而这道阶梯竟也一直向上延伸，仿佛没有尽头。在我差点要放弃的时候，我终于登上了这条漫长楼梯的最后一级。从这里，再没有向上的阶梯。整层楼空无一物，我只在墙上看到一道四边形的缝隙。在那后面，是否隐藏着法师塔的终极奥秘？我的心怦怦跳着，伸手触摸那面墙壁。墙壁沿缝隙凹陷，然后向外翻转——那竟只是一扇普通窗户，而窗外的地面离此处不过只有六七层的距离。

我悻悻退后，发现窗边墙壁上刻着一些小字。第一行是：

此处不是最高处——阿刻伊斯。

在第二任法师的留言下方，是密密麻麻的、几乎每一任法师留下的签名：格莉埃特、捷尔吉、狄奥尼提……最后一行，是阿利西亚的签名。

我忍不住大笑出声，在其后刻下自己的名字。

III 灵魂，雪花

天气渐凉，风里多了一丝萧瑟的气息。苍翠的山峦被簌悬木和枫树染上一丛丛的金黄和橘红。鲜明的深蓝色从天空中褪去，转为浅一些的碧蓝。晴朗时，天空显得清澈而高远。

我已十分习惯法师塔内的生活，甚至时常有闲暇去附近的森林散步，知道哪里可以采到香草、野莓和蜂蜜。在符文室，我无意间找到一位名叫米隆的法师留下的许多关于烹饪的法术符文——虽然我不清楚他为何将时间都花在这上面。当我第一次用米隆的方法制作晚餐时，就连一向对餐肴不甚在意的阿利西亚，也在品尝后露出了惊异的神色。

每一个满月之夜，我待在大神龛室，看阿利西亚履行身为法师最重要的职责。鲜血从她指端落入神龛中的世界，她闭上眼，集中所有精力感知那些迅疾变幻的元素，那些涌动在空间中的力量。她安抚其中的一部分，催动另一部分，于是神龛中的戈安大地上扬起轻风，裹挟着盘踞于迷雾森林和大陆边缘的雾气，将它们吹散，或是驱入世界边缘的虚空，于是那些雾气便不会无止境地滋长，乃至吞没整个大陆。

阿利西亚一直没说我什么时候能学高等法术。我问起时，她只说，时机到了她便会教我。

除了在大神龛室里和餐桌上的相遇，我和现任法师交流得并不多。漫长寂静的午后，我会猜想她现在正漫游于法师塔的哪处遥远角落，所追寻的又是什么样的真理。比起她，我碰上琥珀的时间似乎还多一些。它时常悄无声息地踏入符文室，看看我在研究哪些法术，或是在清早光顾我的房间，毫不留情地把我拍醒。它还带我去参观了伊波利托的锅炉室——巨大的金属锅炉立于房间中央，外表光滑锃亮，水和火的力量在四周涌动，遵从着无形的号令，永不止息地朝其汇聚。同样锃亮的圆柱形水管从水锅底部延伸而出，直入地板，以我不知道的方式通往各个房间。

作为一只猫，琥珀可称得上相当友善且守信。不过，我能感觉到它始终更亲近阿利西亚。它不会以那种撒娇般的方式接近我，也从不要求我的抚摸，却会无比自然地跳上阿利西亚的肩头，发出轻柔的喵喵声，或是舒适地眯起眼睛。

我时常不确定自己更羡慕两者中的哪一个。

冬季来临前的祭祀月，我和阿利西亚都换上了猩红色的羊毛斗篷。邻镇的农民用骡车送来今年的葡萄酒、扁豆和新研磨的麦粉。两名赶车人极为恭敬，在和阿利西亚对话时始终看着地面，仿佛抬头看我们一眼都会惊扰到神明。卸下货物之后，他们行了深深的合十礼，便登车离去。阿利西亚和我驱动元素，将那些东西一件件地运至室内，贮藏在法师塔的第三层。随后我驱动风之力，将散落在地板和阶梯上的粉尘吹到窗外。

"你的操控很熟练了。"阿利西亚评价道。

"但我还不能学习高等法术？"

"还没到时候。"

这一年的冬天比往年寒冷许多。入夜之后，门阶和窗沿时常结着薄薄的白霜。当我们在长桌上用餐时，琥珀会坐在餐桌边缘，面朝迷雾森林的方向，凝视窗外。那身浅棕色和黑色的毛发已变得浓密厚实，像一件柔软的斗篷。它久久地凝视着，仿佛能一直看进森林深处。

"雾在升起。"它轻声说。

然后它走向阿利西亚，静静地依偎在她手边。

我以为整个冬季都会这样平静地度过。但某天清晨，当我们还在用早餐时，信使送来一封急信——这还是我来到法师塔后第一次见到信使。

纸卷上写着我的名字，我展开它，信上的内容让我的心揪了起来。

"出了什么事？"阿利西亚问。

"菲纽斯……我的弟弟，他得了急病。"我说，"我可能要回去一趟。"

阿利西亚点点头。

"我去给你找匹马。"

她离开餐桌，但没有走向大门，而是疾步上了楼。过了一阵，马蹄声由远及近传来，停在法师塔外。阿利西亚推门而入，斗篷夹带着清晨的寒气。

"去吧。"她说。

我骑上那匹快马，按阿利西亚的指点取道向北，先绕过那片幽深山谷，然后才向西而行。傍晚，我在路过的村庄换了另一匹马，继续疾驰。

第二天凌晨，我终于回到了熟悉的村庄。

但我还是晚了一步。

菲纽斯小小的身体躺在床榻上，面容平静，仿佛只是在沉睡。母亲已为他擦洗更衣，涂上香膏。橄榄叶和干花撒在他身畔。

我在床边跪下，亲吻他柔软的鬈发。

"怎么会……？"

"风寒。"父亲沙哑地说，"科兹玛尽力医治了，但……他走时没受多少苦。"

安德鲁从房间里走出来，看到我，露出痛苦的神色。

"你怎么这么久才到？"

"我一收到信就赶来了。"

"可我们七天前就送出了消息。"

"也许信使在路上耽搁了……你不相信我吗，安德鲁？"

"不是这样！"

"那你想说什么？"

安德鲁沉默着，眼泪涌上他的眼眶。

"我只是在想，或许你能有办法。"

我感到悲戚。

"安德鲁……法术不能对人使用。就算我及时赶到也做不了什么。"我俯视着床榻上的菲纽斯，视线被泪水模糊，"抱歉……"

父亲将手按在我肩头。

葬礼在翌日举行。我们将菲纽斯安置于家族墓穴。母亲剪下她的一缕头发投入墓中，父亲手持陶罐，倒入混合了蜂蜜与牛奶的蜜酒。我想起许多和菲纽斯相处的片段，他牵着我的手紧贴着我走路的样子、和我们一起认真默祷的样子……那些散落在时光碎片中的他，和此刻躺在尘土之下的他，似乎能同时存在。安德鲁轻声吟唱起祷文，我意识到，他和菲纽斯相处的时间更多。他会带着菲纽斯玩耍，教他钓鱼或制陶。

墓土已平，碑柱已立。邻人和朋友们安慰了父母，各自散去。正在此时，从山坡的另一边传来了芦笛声。乐声低沉平缓，我起初以为那只是风。

盲眼诗人狄奥尼吹着芦笛慢慢走近，衣衫一如既往地褴褛，灰发虬结着，在寒风中微微晃动。然而此时的我们既哀伤又疲倦，没人想到要呵斥或驱赶他。我们只是默默地看着他走向这里，他唱道：

> 在虚空之外还有虚空，
> 在时间之前还有时间。
> 久久远远，一切诞生以前，

那时只有黑暗无际，混沌无边。
世界的雏形在虚无中沉浮，
如同波涛中的泥沙一团，
狂风中的枯叶片片。
赞美那最初之神，
也是最上位之神！
祂在梦中看见世界，只一瞥，
便让它从虚空中涌现，
就像岛屿从海中升起，
就像星辰闪耀于天边。

狄奥尼举起芦笛，吹响间奏，而我们静静聆听：

初生的土地蛮荒难驯，
初生的海洋巨浪滔天。
火山口喷出致命的毒气，
闪电在空中燃起烈焰。
赞美众神，那元素的掌控者！
是祂们平息元素的风暴，
用浩瀚伟力隔开啸海险山。
于是森林和草地覆盖宜人的山峦，
众生安居之所名为戈安。
赞美大法师阿里斯托，
那凡人之中最接近神明者！
他与智慧的刻俄斯签订契约，
保佑世界风雨调顺，长久平安。

狄奥尼再次举起芦笛，吹响间奏。然后，他压低声音，用缓慢的节奏继续唱道：

大地结出丰盛的果实，
溪流和泉水凉爽沁甜；
但人间的疾苦无法终结，
好比冰山上融下的雪水涟涟。
疾病和衰老，任谁也无法幸免，

> 永恒之死亡，令我们与亲爱者分别。
> 尽管如此，让我们仍向其称颂，
> 仁慈的死亡啊，苦痛的终点！
> 自那之后，再无悲伤与离别。
> 逝者之灵终将重聚于彼岸，
> 永久徜徉，在那众神的花园。

芦笛再次响起，相似的旋律徘徊着，似断似续，如缕不绝，直到完全融入旷野的风声之中。

狄奥尼收起芦笛，向我们行了一个合十礼。

"适逢此大喜之日，愿诸位健康长寿，愿村庄岁丰年稔。"

我们怔了一下，安德鲁最先反应过来。

"滚开……滚开，你这该死的老疯子！"他悲愤地吼着。

盲眼诗人迈开蹒跚的步伐，朝我们身后的山林走去。经过我时，他抬起头深深地看了我一眼，那双蒙翳的眼睛竟像是在与我对视。

"看好阿利西亚。"他用几不可闻的声音说。

我悚然一惊，看着盲眼诗人就这样从我身边走过，消失在林间。

我在隔天晚上回到法师塔。第二天，我便继续学习符文和法术。但我无法集中精神，甚至会在最简单的法术上出错。阿利西亚建议我先休息几天，我拒绝了。我知道困扰我的并非疲乏，而是其他问题。我并不在意狄奥尼对我说的那句话——他一定是从我的法袍知道了我的身份，继而随意说了句疯话。但他吟诵的诗句时常在我耳边回响，尤其是最后那段。晚餐时，我终于忍不住发问。

"阿利西亚，灵魂究竟是什么？"

现任法师放下酒杯，思索了一番才开口。

"法师们有过很多猜测，但还没有公认的定义。因为灵魂无形无色，也无法被观察或检验。"

"就像以太一样？"

"不完全一样。以太虽无法直接观察，但阿里斯托推断出以太是存在的，他甚至还认定以太有十二个面。相比之下，灵魂无法通过任何方式观察或推断，哪怕是以间接的方式。"

"那阿里斯托的猜测是什么？"我问。

"他认为灵魂是一种无形而永恒的东西，在生前和死后持续存在。当它进入生物体内，生物便拥有了生命，能够感受和思考。"

"当它离开的时候呢？"

"生物会死去，灵魂则会回到它来时的地方……回到众神身边。"

阿利西亚说的和狄奥尼一样，但我仍有疑惑。

"那灵魂和心有什么区别呢？在进入生物之前和离开生物之后，灵魂有变化吗？生前的灵魂和死后的灵魂，是不是同一个？"

"行啦，别再纠结灵魂了，"假寐中的琥珀睁开一只眼睛，"据我所知，在这个问题上钻牛角尖的法师都没什么好下场。"

"可是……"

"没什么可是。灵魂归众神管辖，凡人用不着操心。阿利西亚，把房间弄暖和点成吗？我快冷死了。"

面对琥珀的颐指气使，阿利西亚似乎毫不在意，她摊开双手，将游离的火元素汇聚到房间里，周围一下子暖和起来。

"今年也许会下雪。"阿利西亚说。

"我希望不会，"猫说，"现在已经够冷了。"

"下雪？"我问。

阿利西亚看着我，若有所思。

"伊拉，你是不是从没见过下雪？"

我摇摇头，"你见过吗？"

"嗯。但天然下的雪只见过一次，在我很小的时候。"

"天然的雪？"我感到困惑，"雪还能是怎么下呢？"

接着我明白了。

"别了吧？"琥珀哀叹一声。

"来。"阿利西亚说。

她拉开法师塔的大门，寒风长驱直入，吹散了室内的温暖空气。猫发出一声极为不满的长嚎，愤愤然跑去了楼上。

我随阿利西亚站到门阶上。太阳已经下山，但天色还未全暗，山野笼罩在雾霭般的幽蓝光线中。现任法师摊开手掌，伸展双臂，海潮般的元素向我们汇聚，微细的水元素，无形的风元素，晶体态的和能量态的。慢慢地，从头顶上方那微带靛紫色的昏暗天空中，细雪飘然而至，如尘埃，似灰烬。从小小的雪粒，逐渐转为绒毛般的雪片。雪不断落下，连绵成飘舞的雪幕，远处的风声和枭鸣都变得模糊了。

我们凝视着这片雪景。许久之后，阿利西亚才开口。

"伊拉，你对灵魂的事很感兴趣吗？"

"我不知道……可能我只是想确定，灵魂是不是真的不会死。"我轻轻挥动手指，看雪花在风中打旋，"这样的话，离别的时候就不必悲伤了。"

阿利西亚沉默了一会儿。

"每片雪花都是不一样的，你有没有听过这句话？"

"嗯。"

"我猜想，灵魂可能就像水一样，会凝结成雪花，也会融化。不过，就算是同一滴水，两次凝结成的雪花也是不一样的。每片雪花，在这个世界上只会出现一次……所以，悲伤也是无法避免的吧。"

一片雪花落在我的掌心，如此轻柔，如此脆弱，以至于因其自身的重量而折断，碎裂的冰晶折射出微微的光，旋即化为雪水。

透过眼角的余光，我看到阿利西亚看了看我，又马上转回头去。

"也许就是这样。"我用掌根擦了擦眼睛，"阿利西亚，教我下雪的法术，好吗？"

那天夜里，我梦见手中有一片晶莹剔透的六边形雪花。六条边向内凹陷，六个顶点向外延伸成六条晶枝，晶枝生长，新出现的边再次向内凹陷，如此重复，直至无穷。我抬起头，发现自己正穿行于无数悬浮的雪花中，每一片雪花都在不断生长，因接触到的不同元素的能量而不断变化，每一次变化都在冰凌上刻下年轮般的精美纹路。众元素在空间中舞蹈，以雪花为载体，呈现出各不相同的结构形态，每一片都无限繁复，无限精微。

每一片都在我的感知之中。

隔天，当我在大神龛室见到阿利西亚时，她告诉我，我已经可以学习高等法术了。

IIII 无解之谜

同初等法术一样，高等法术也是通过操控元素来运作，只是操控方式与前者完全不同。自此，法术力量才真正对我展现它的神秘和离奇。

施展高等法术的过程是这样的：先在纸上写下法术符文，检查其有无疏漏，再以特定格式，即法阵，将符文写于施法位置，最后，在法阵的中心滴入鲜血。如果符文的逻辑和格式都无误，法术便会以预想的方式启动，血液也随之消耗，反之，则什么也不会发生。假如法师只是从蔺纸或石片上抄下某个法阵，而并未真正理解其运行逻辑，那么法阵的格式一定会出现错误。

正式施法时，法阵可以用烟灰墨水写在蔺纸上，用树枝画在沙地上，甚至可以用水直接写在地板上——只要水迹不过快消逝。

法阵就像某种传达指令的途径，用某种元素能够"听懂"的语言，能让众元素依照法师想要的方式变化，其效用比初等法术灵活强大得多。借助正确的符文，我甚至可以对墙上的火把下命令，让它在太阳下山时自动点燃，在太阳升起时自动熄灭。

然而，高等法术的运作原理始终让我无法释怀。

"我不明白，元素是怎么收到法阵中的信息的？"我问阿利西亚。

"通过以太。"

"但……为什么元素可以'懂得'指令？难道它们会思考？它们也有灵魂吗？"

"不是的，伊拉。这一切都是因为法术力量。法术力量蕴藏于世间万物——大地、墨水、蔺纸……蕴藏在每一粒元素晶体中。符文本是神明的语言，用于操控法术力量，它本只为神明掌握，直到阿里斯托与刻俄斯订下契约之后，人类才知道要怎么运用法术力量。"

"好吧……神明。"我叹了口气。每次一说到神明，我就知道问题无法再深入下去了。

阿利西亚忽然笑了笑。

"我知道这种感觉。"她说。

"什么？"

"得不到答案的感觉。每个法师都感受过。"

我想起了什么。

"我记得你以前说过，从没有法师得到过答案。"我说。

"是啊……也许世界上就是存在着无可解释之物。灵魂、法术力量，甚至世界本身，某种程度上都是无可解释的。"

"但……法师不是应该努力探求真理吗？"

"当然。我只是觉得，无可解释会不会本身就是真理的一部分。"

我们沉默了一会儿。

"无论怎样，"她补充道，"接受这些困扰也是法师的职责。"

阿利西亚的这句话仿佛一语成谶。每次我看着法术启动，法阵发出亮光，而元素依着符文的指令自行往来变化，一种神秘莫测乃至匪夷所思的感觉便会油然而生。当阿利西亚为我演示一项名为"倍增术"的法术时，我甚至感到毛骨悚然。

倍增术由第二十四任法师塔德斯发明，对其原理的阐释被密密麻麻地记录在石片上，占据了一整座石架。阿利西亚用了一颗正圆形水晶球来演示该法术。球体被悬于法阵上方，随着法术的进行而逐渐分解成不可胜数的微小晶粒，同时仍保持着球体的形状。接着，这团朦胧而无限稠密的晶粒球，如投影般分化为两颗同样形状的球体。接着，突然之间，它们就变成了和原先的球体一模一样的两颗水晶球。

我感到无法理解。整个法术的符文中并未包含召唤额外元素的步骤。我只看到球体被分为了两部分，然后——一颗水晶球就变成了两颗，相当于元素的数量凭空多了一倍。

"在元素的尺度上，数量不能用常理判断，"阿利西亚说，"元素是极其微小的存在。所有的物质，即便体积有限，所包含的元素却是无限的。无限被分成两个或多个部分之后，每个部分仍然是无限。"

"但这怎么可能呢？"我说，"这相当于是说，整体中的元素和部分中的元素一样多。"

"事实确实如此。"阿利西亚说，"打个比方，你觉得自然数和双数，哪一个数量更多？"

"自然数包括所有的双数，还包括所有的单数，所以应该是自然数更多。"

阿利西亚拿出一张蔺纸，整齐地写下两排数字：

一 二 三 四 五 六 七 八 九 十

二 四 六 八 十

"从直觉上看，自然数确实比双数多一倍，然而——"她在第二排继续写下"十二、十四、十六、十八、二十"，"这两排数字是可以一一对应的，只要将第一排的数字乘二就能做到。一对应二，二对应四，十对应二十……这样的对应可以无限延续下去。虽然双数是自然数的一部分，但两者的数量其实是一样多的。"

我对着那两排整齐的数字看了好一会儿，感觉头部隐隐作痛。

"所以倍增术其实并没有真的增加什么？"我问。

"也可以这么说。"

"等等，自然数和双数可以这样对应，是因为它们本身就已经蕴含了规律和秩序。但在现实世界，物质中元素的分布并没有这样的规律啊。"

"规律可以被构造出来，只是比乘二更复杂一些。塔德斯在石片上写了全部的推算过程。"

我仍然觉得不可思议。

"就算规律可以构造，那也只是在概念上，二、四和十这些数字也只存在于思想中。但元素是实际存在的。要将无限多的元素从同样无限多的元素的群集中分离出来，现实里也可以做到吗？"

"嗯……你刚刚看到结果了。"

"究竟是怎么做到的？"

阿利西亚露出了欲言又止的表情，我等了一会儿，才明白她想说什么。

"好吧，只要有法术力量就能做到，是吗？"

"对。在有限的时间里驱使无限多的元素，这就是法术力量最根本的特质。"

阿利西亚的解释清晰明确，法术的运行结果也无可辩驳地呈现在我眼前，但那种匪夷所思的感觉仍然没有消失。世界仿佛向我掀开了一个我从未见过的陌生角落，自此，那些我本来很熟悉的地方也变得陌生了。

但我知道，每个法师在求索之路上都会面临这样的挑战，如果因此而止步，也就称不上是法师了。

我愈加频繁地前往大神龛室，将能找到的所有关于倍增术的石片用蒯纸拓印下来，带回房间随时翻阅。我发现这种法术不仅能应用于有形的物质，也能用于无形的空间，那些无尽分岔的阶梯正是倍增术的成果。塔石阶梯，连同上方潜在的无限空间，如拓印般被投射到另一侧，而整座法师塔的体积却并未因此增加。我还试着将倍增术应用在面包上以节约备餐时间，但发现这很困难。面包的构成比塔石和水晶球复杂许多，要找出蕴藏于其中的秩序，再写出正确符文，如此花费的时间精力根本难以估量。

除了倍增术之外，我也研习其他高等法术。那些原先我从未察觉到的法阵开始在塔内各处一一显形——厨房角落的水井和伊波利托的锅炉一样，内壁刻着检测水位和召集水元素的法阵；储藏室和酒窖的墙上刻着能够维持温度和湿度的符文；符文室里用于销毁废弃石片的箱子上刻着反向运作的倍增术……如果能完全掌握某个法阵的运作原理，便等于拥有了修改它的自由。于是我扩大了寝房，又将原先的半透明小窗修改成向外探出的宽敞露台，走出塔石做的落地移门，便能俯瞰雾气中的森林和山谷。事实上，法阵遍布整座法师塔，甚至包括墙体和石阶的内部，正因如此，塔身才能在漫长的岁月中毫发无损。而法阵最密集的地方，莫过于大神龛室。细密的符文如神庙横梁上的浮雕般附着在神龛之上。透过房间内涌动的法术力量，我确信在那座半球形的房顶上，一定还有更多目前我无法目睹的符文。

当我学习高等法术快满一个月时，阿利西亚开始指导我制作自己的法杖。那根橡木树枝一直被我放在床底——数月之前，它曾伴我穿越夜树林立的幽暗山谷。树枝仍然完好干燥，我将其修剪打磨至趁手，再涂上以蜂蜡、棕榈油和虫胶制作的油脂。之后的步骤要花上更多时间，我需要在法杖上刻下数个用于不间断召唤和储存众元素的法阵，以便在法师塔之外也能施法。此时我又遇到了难题。

为了掌握这些法阵的原理，我需要查阅大量石片——其中大多都附有用血液才能解除的封印——还得不断在纸上修改法阵以测试法术效果，其结果是，我每天需要用到几十甚至上百次血液，原先保存血液的方法已经捉襟见肘了。我不禁猜测，既然血液中的"信息"才是关键，假如能直接提取出它们并加以保存，是否会方便高效得多？

我当即用元素制作出一颗水晶球，再次深入观察自己的血液。或许是因为我对元素的理解和掌控比以前成熟许多，这一次，我发现自己能轻易看进那些粉色的小圆片的深处，直抵元素所在之地。那些晶体如雪花般排列出成千上万种形状和结构，随着无形的能量之流四处漂移，令人眼花缭乱。我不知道那种"关键信息"是否就藏在其中的某一种或某几种结构里，如果要一一试验，无异于大海捞针。

我思索了一阵，想起琥珀曾说，那种信息是每个人独有的。也就是说，属于我的信息理应与另一个人血液中的不同。

我找到阿利西亚，问她要一滴她的血。

"用来做什么？"她有些惊讶地问。

"一个研究。"

"你知道对法师来说，血液意味着什么吗？"

"呃……施法的关键？"我对这个问题有些摸不着头脑。莫非对法师来说，血液是极其重要的东西，并不能随意交与他人？

"抱歉，"我慌乱地说，"不行也没关系——"

"无妨，拿去吧。"阿利西亚利落地割开指尖皮肤，用无形之风盛起血滴。

我松了口气。

"十分感谢。"我行了合十礼，带着她的赠礼快步回到房间。

透过水晶球，阿利西亚的血液呈现出同样纷繁复杂的图景，其中确实有一些结构，是我在自己的血液中没有见过的。

我略加思索，在桌上画了一个简单的点火术法阵，随后加入了一滴昨晚保存的我的血液。一小簇火苗出现在法阵上空约一掌的位置，持续了一个呼吸的时间。接着，我将阿利西亚的血滴和我自己的血滴分别置于盏形冰晶之上，一边观察，一边从自己的血液中提取出那些相异的结构，并将它们依次置于法阵中心。假如火苗再次亮起，即说明那就是我要找的"关键信息"。

我试了几次，法阵都没有反应。接着，我留意到一种有些特别的丝线状结构——两两成对的元素晶体排列成细密至极的长列，宛转缠绕，就像法师塔里无穷无尽的螺旋楼梯。尽管这种结构在两种血液里都能找到，但晶体的排列顺序完全不同。我好奇地分离出这种结构，置于法阵中，没想到火苗立即亮起。我不敢相信，立刻再次提取出那种丝线状结构。由于激动，我在移动过程中没能控制好力度，当它被放到法阵中央时已经断成了几截，而且有一截落到了预定位置之外。

出乎意料的是，火苗仍然出现了。我又试了几次，发现只要丝线状结构大于一定长度，法术就能启动。反复测试后，我确定这一长度为二百五十六对晶体。至于这串晶体列取自整条丝线中的哪个位置，则对法术奏效与否没有影响。

我突然感到一阵惶恐——这是否太过轻易了？每一滴血液里都能找到许多这样的结构，而每一条蜷曲的丝线似乎都能无限延展。假如我有办法把截断的晶体列妥善保存，那么，每晚只需要取一滴血液就足够了。

没等细想，一个更胆大妄为的主意冒了出来。我能不能像搭积木一样，直接用元素构造出有效的晶体列？失去活性的血液无法唤醒法术力量，或许是因为血液中那些破溃的组织破坏了丝线的结构和形态，但直接构造出的晶体列则不会有这个问题。这样的话，我甚至都用不着取血了。

我被这个主意吓到了，这无疑是欺骗——对神明、对法术力量的欺骗。也许我应该就此停手，可我太想知道结果了。

我从长长的丝线状的结构中选取出较为规整的一段，照着它的样子开始复刻。此时我操控的仅仅是数量极其有限的纯粹晶体，所以很快就完成了。我屏住呼吸，将这串由二百五十六对晶体构成的晶体列置于法阵中——火苗即刻燃起，和先前的同样明亮。

我怔怔地看着火焰。由非生命元素构成的晶体列，竟能起到和新鲜血液完全相同的效果，这……究竟是怎么回事？

"刚才你所做的，可以说是不敬神。"

我差点打翻桌上的水钟。

"琥珀……你什么时候进来的？"

"有一会儿了。"虎斑猫从门框窄窄的凸起处纵身一跃，落到桌子上。

"我……我本来只想改进一下保存方法。"

"结果却找到了捷径？"它不紧不慢地走到法阵前，低头嗅了嗅。

我不确定地看着琥珀，它似乎对我的所作所为并不生气。

"假如你继续使用这种方法，就能彻底摆脱晕血的麻烦，但同时也会违反礼敬神明、礼敬法术的守则。"它说，"你怎么选？"

我迟疑了一会儿。

"我会在礼敬神明的同时继续使用这种方法。"

"哈！"猫嗤笑一声，"请问你要如何做到？"

"我曾与法术力量签订契约，以我的名字和血液。法术力量能够认出我的信息，所以我才能施法。而构筑晶体列的方法之所以奏效，也是因为法术力量辨认出了来自我的信息，并且允许我这样做。否则，法术根本就不会启动。"我越说越有信心。"我不认为自己有能力骗过神明，所以，我所做的一定仍然在神明的许可范围内。"

"哼哼……诡辩！"

"这只是合理的推论。"

猫在桌上绕着圈踱步。

"再来一次。"它说。

"什么？"

"重复一遍你刚才做的，但把最后那颗晶体换成火。试试。"

我照它说的重新构筑了一串晶体列，把最后的那颗风元素替换成火元素，再送入法阵。猫睁大瞳孔看着。

火苗没有出现。

"再换回风。"猫说。

我依言而行。火苗即刻腾起。

"你看，"我说，"法术力量有它自己的辨认准则。"

"有意思……"猫眯着眼注视着火苗。而我盯着它，直到它转头看我。

"干吗？"猫不满地说。

"你……还是会保密吗？"

"所以你到底还是心虚了。"猫笑了起来，"放心吧。每个法师或多或少都有些小秘密。而且，就算我不说，阿利西亚迟早也会知道。"

猫轻松地跳下桌子，和以往一样穿过木门，消失了。

ⅡⅢ 朔月之森

月圆之夜，我照例随阿利西亚前往大神龛室，看她履行法师的职责。这一次她为我仔细讲解了要点，诸如怎样在吹散雾气时将影响降至最小，怎样在驱动元素的同时保持它们原有的平衡，甚至让我亲身尝试。当神龛中的元素随着我的动作流转变幻，法师塔之外也传来隐隐相合的风声。有那么一瞬间，我真切地感受到神龛之中蕴含了多少力量，那力量让我胆战心惊。

我瑟缩着收回双手。

"怎么了？"阿利西亚问。

"我……我做不到。"

"你刚才做得挺好。"

"但……这责任太重大了。也许现在还不是时候。等我真正成为法师……"

"你很快就会是了。"阿利西亚说，"只要拥有自己的法杖，就是真正的法师了。在那之后，你随时都可以接替我。"

我愣了一下。

"可……我觉得我还没有准备好。"

"噢，伊拉，很少有事是等我们准备好再发生的。不用太担心，你已经具备掌管法师塔的必要知识了。"

我理应感到高兴，或者至少是如释重负，毕竟成为真正的法师是我的夙愿……但我并没有这样的感觉。

"那你呢？"

"我？"

"在我接替之后，你要离开法师塔吗？"

"也许会，也许不会。这取决于我的研究进展。"

她转向神龛，继续被中断的法术，没再多说什么。

那晚离开大神龛室后，我在回寝房的路上徘徊了一阵，最终还是去了符文室——这片仿佛凝固在时光中的安静空间，早已成了我的庇护所。上楼左转，从石架间的第二个空隙往深处走，再向右……不知不觉，脚步带着我来到熟悉的编年史石架前。我的手抚过一片片光滑的石片边缘，历任法师的身影一一浮现在脑海。

那时的你们，是什么感觉呢？

念头刚一出现，石架的角落似乎隐隐闪烁了一下，像夜晚的湖面反射出的黯淡波纹。我犹疑地伸出手，从这叠未曾留意到的石片里取出一张，来回翻看。石片底部的记号表明它们属于编年史附录，内容则是法师们为上一任法师写下的离任记录。

第一张石片出自阿刻伊斯，描写了初代大法师阿里斯托卸任后的情况。阿里斯托是所有法师中最长寿的一位，他在年近六旬时卸任，将法师塔的掌控权交予他的学生阿刻伊斯，但并未离开法师塔，而是继续研习法术直到寿终正寝。阿刻伊斯形容他为父亲般的存在，当他离世时，自己"痛心切骨"。和阿里斯托一样，阿刻伊斯也在法师塔度过了余生。据西比尔记载，晚年他几乎将所有时间都用于祈祷。第三任法师西比尔在任十二年，比前两位稍短，此后她回到家乡，成了一名雕刻师……然而在数百位法师中，有一些并没有详细的离任记载，只有继任者留下的简短的一句话，"吾师于某年某时离开法师塔"，甚至是——"吾师去向不明"。几乎每十位法师中，就有一个这样的例子——缇瓦达尔、捷尔吉、赞德拉……我慢慢翻阅着那些石片，直到最后一张。石片上的名字让我觉得熟悉。

狄奥尼提。

不知为什么，我立刻想到了那个盲眼的走唱人。狄奥尼是很常见的名字，但……我看着阿利西亚在石片上写下的那句话：吾师于第一十九小纪春离开法师塔。

盲眼诗人第一次出现在村子里，正是那之后的第二年。

难道他真的就是那个走唱人？但……法师本该是世间最具理

性与智慧之人，怎会落得如此下场？

我又接着阅读石片上剩下的文字，但它们只是一些无关痛痒的日常记录，从中看不出什么异常。

"狄奥尼提，你的上一任法师，是个什么样的人？"有一次我问阿利西亚。

"保守、教条主义、固执己见。"她的回答令我大吃一惊。

"那他是怎么成为法师的？"

"他起初不是这样……为什么问起他？"

我犹豫了一下。

"我看到了那些关于离任记录的石片……有些在意。"我说。

阿利西亚沉默了一会儿。

"伊拉，如果你看到的东西跟你相信的东西不一样，你会怎么办？"

"嗯……在这种情况下，要么是我看错了，要么是我的信念并不正确。我会更仔细地观察和检验我看到的东西，根据结果，判断要不要修正我的信念。"我说。

阿利西亚目光灼灼。

"法师理当如此。"她说，"但有时候，对未知的恐惧会让人故步自封，不是所有人都能在追寻真理的道路上坚持到底的。"

我思索着她的话。

"莫非狄奥尼提看到了什么？"

"他有次说，他看到一种奇怪的'偏方三八面体'。那种晶体共有二十四个面，每个面都是棱角歪斜的不规则四边形。"

"是新的元素晶体？"

"我不确定。他当时并没有将之捕捉或保存。他说那是自己的错觉，因为那种晶体的构造过于扭曲，不可能是神的造物。我很生气，反驳说他不该将信念置于实际观察之前。我试着自己寻找那种晶体，但一无所获。"

"那狄奥尼提呢？后来他还找到过那种晶体吗？"我问。

"不知道……他再也没说起过。从那时开始，他的精神状况越来越不稳定，不久就离开了法师塔。"

原来是这样……

"所有去向不明的法师，都是因为类似原因离开的吗？"我轻声问。

"那倒不是，有些法师是在研究法术时出了意外。也有些其他的传言……"阿利西亚压低了声音。

"什么传言？"

"你知道，法师塔内部有很多近路和岔道，其中一些并不稳定……传说，偶尔会有法师被困在里面，上百年甚至上千年，但他们自己却意识不到。于是夜深人静的时候，你可能会听到徘徊的脚步声，有时远，有时近……"

我打了个寒战。

"真的？等等……"我反应过来，"阿利西亚，你是在说鬼故事吗？"

现任法师轻咳了一声。

"吓到你了吗？"

"怎么会！就算真的有鬼……鬼魂，也一定有合理的办法解释它们的存在。能解释的东西都不可怕。"

"噢——"

"你呢？"我飞快地说，"你怕鬼吗？"

"不怕。事实上，我希望能真的见到它们——见到过往的法师的灵魂，我有太多问题想请教了。"

阿利西亚的语气很认真。我毫不怀疑，假如她真的遇到法师的鬼魂，一定是会这么做的。

我最终也没能确定狄奥尼的身份，心中的疑问越来越多——关于法师们的命运……那些或出走或失踪的法师，他们都遭遇过什么？阿利西亚，或是我，也可能在某一天失去理智吗？

有些晚上，纷乱的思绪令我无法入睡。我常常披上羊毛斗篷，在露台小立。浓雾在山林间起伏，像一张张有生命的灰色巨网。我信手召唤元素，细碎的雪花自露台上方飘落，掠过眼前，坠向月光下的大地。就在那时，我看到一个熟悉的身影。

阿利西亚身披斗篷，手执法杖，正从法师塔走向山谷。另一个身影敏捷地跟随在侧，我认出那是琥珀。树丛掩盖了她们的踪迹，但从方向上看，她们要去的是迷雾森林。

我打了个冷战，一切都联系起来了。

琥珀曾说每个法师都有秘密，阿利西亚亦不例外。她在深夜前往迷雾森林，那样的秘密研究或许充满危险，所以"前任法师"才让我"看好"她。

所以她才会在上任仅仅几年时就召唤继任者……因为她随时可能遭遇意外，就像编年史里那些去向不明的法师们一样。

是否有一天，我也会像他们的继任者那样，被迫在石片上刻下"吾师去向不明"这几个字？

我开始熟悉夜晚的景致。清冷的月光，幽暗的山谷，结着白霜的草地。雪花在露台边缘飘舞。每隔几天，我就会看到阿利西亚离开法师塔，朝迷雾森林而去。有一次，在进入森林之前，她忽然止步回望。我蓦然停下手中的法术，她不至于能在黑暗中看到我，但她是否看到了那些雪花？

但第二天她什么都没问，我便也什么都没说。

我的法杖进展不错。在研究和实验中，我得以暂时忘记烦忧。尽管在内心某处，我并不希望它进行得太顺利，但日复一日，法杖终究还是完成了。

我没有告诉阿利西亚。她问起时，我只说还差一点。

这一切没有瞒过琥珀的眼睛，它经常钻入我的房间，围着法杖嗅来嗅去。

"狡黠的小伊拉，秘密越来越多喽。"

"你和阿利西亚不也一样？我看到你们去了森林。"

"那是阿利西亚的秘密，不是我的。"猫轻快地说，"我只是好奇才跟着。"

"她到底在做什么？"

"这我得保密。你可以自己问她。"

我摇摇头。

"算了，当我没问。"

猫绕着我转圈，嘴里像唱歌般地念叨着。

"狡黠的小伊拉，别扭的小伊拉……"

"你这烦人的家伙！走开走开……晒你的太阳去吧。"

时间一天天过去，月相由盈转亏，林中迷雾似乎也与日渐浓。及至月朔，浓雾没至树顶，几乎笼罩了整片山野。

在这样的夜晚，阿利西亚依旧出行，她的身影还未进入山谷便已被浓雾掩盖。我眺望片刻，回到房间躺下，但始终不觉得有困意。辗转许久，我索性起身来到露台，打算就这样等待天明。

有什么东西从雾气中飞奔而出，像是某种正在捕猎的小型野兽，但它直冲法师塔而来。我定睛凝视，才发现那竟是琥珀。雾气打湿了它的皮毛，使它的身形显得狭长。我紧紧抓着露台栏杆，探身张望，只见它跃上法师塔的外墙，踏着交替间隔的窗沿向上攀越，倏尔消失，又忽地从栏杆缝隙处翻身而入，朝我发出一声凄厉的嚎叫。

"怎么回事？阿利西亚呢？"我蹲下冲它喊，后者瞪大金黄色的眼睛，焦躁地张了张嘴，却仍然只发出一声嚎叫。

"到底怎么了！琥珀……说话！"

琥珀仿佛很费力地咽了口唾沫，终于吐出字句。

"阿利西亚……快！"它嘶吼着说。

我回房间抓起法杖，随琥珀跃出露台，以风之力滑翔至地面。琥珀飞跑着进入森林，我凭借轻风和法杖的光亮勉强跟随。
雾气不时遮挡视线，伸出的无形的尖爪，企图拖住我的脚步。我
召唤火和风，一次次将它们逼退。琥珀的身影始终在我可视范围
的边缘，我们渐渐深入山谷，深入夜树的领地。忽然，琥珀跳上
一根树枝，弓起身体，发出尖锐的嘶嘶声。我赶到它身边，在我
们前方，一棵巨大的夜树在雾中若隐若现，隆起的树根间匍伏着
一个人影。

我的胸口仿佛被重击了一下。

阿利西亚！

"别过去！"琥珀喝住我，"仔细地……看！"

我忍住焦躁，顺着琥珀的视线看去。刻俄斯在上，我看到了
什么！

在那些虬曲的树根深处，巨树主干与地面相交的地方，有一
个可怕的裂口。是裂口，而不是洞。因为洞之内还有空间，但那
个裂口后面——什么都没有。没有空间，甚至没有颜色。像镜子
的背面，像梦境消逝但还未清醒的间隙。

我喘着气，一种无可名状的不祥之感突然袭上心头，仿佛在
黑夜的幽深暗影中，某种来自噩梦的东西即将显形。

琥珀猛地跳到我肩膀上，利爪刺入斗篷。

"冷静点！如果你还想救她的话。"

我用力摇头，甩开那种奇怪的感觉，强迫自己平静下来。我
看到浓稠有如实体的雾气凝聚在裂口的周围，向阿利西亚所在的
位置流淌。她的手垂在树根之间，指尖滴着鲜血，而雾气如同无
形的毒蛇般吐着信，缠绕其上，吞噬着那些血液，同时也吞噬着
她的法力和生命。

"看到了吗，伊拉？那东西以生命为食。只要被缠上，就逃
不掉了！"

"琥珀……我该怎么办？"

"初等法术赶不走它，只有法阵才能召唤足够的元素力量，但它对血的气味很敏感……所以只有你能做到！你明白我在说什么吗？"

我想我明白了。

我用双手握住法杖，开始在地面刻画符文。琥珀的爪子越抓越紧。

"好了没有？"

"好了。"我说。

我召唤出晶体列，将之注入法阵中心。符文泛起强光，旋风呼啸而起，自法阵向四周扩展，驱开了笼罩着阿利西亚的雾气。琥珀从我肩膀跳下，跑到她身边。

"弄掉血迹，把伤口封起来。"

我忍住晕眩，用冰晶封住她的手指，这动静似乎唤醒了阿利西亚。她用力睁开眼睛，先看到我，然后看到了琥珀。

"琥珀，你怎敢……！"

"安静！"琥珀嘶哑地说，"伊拉，听我的指令。我们只有一次机会。"

"别听它的，"阿利西亚虚弱地说，"回去……回法师塔。符文室有继承仪式的资料……"

"我不会丢下你的。"

"那我们两个都会死。"

我抬起她的手臂，用肩膀架住她。浓雾在风圈外翻涌，像巨浪，像高墙，陡然分散又立刻弥合。远处的元素力量被雾气阻隔，法阵开始明灭不定，风中砂石与扭曲如群蛇的枝桠在雾墙上投下狂乱的影子。

"阿利西亚，我不怕死。"我说。

"但你是法师！你有责任……"

"走！"琥珀低吼。

它一跃而起，冲入雾气的空隙。我召唤着轻风，用尽全力跟上它。浓雾朝我们奔涌而来，从前方，从后方，从左方，从右方。隆起的树根和带刺的灌木不停绊住我的双脚，黑色树冠在高高的上空盘结交错，仿佛千钧重压向我们倾覆。在湿冷而滞重的空气中，我的身体越来越沉，快要无法喘息。我不知道自己在哪里，也不知道时间过了多久，只想就地躺下，再也不要苏醒。

一记尖锐的刺痛让我清醒过来，琥珀松开我的小腿。

"继续跑，别停！"

仿佛经历了噩梦般漫长的时间，山谷终于被甩在身后。越靠近法师塔，越能感觉法力在回归。我们踏上门阶，挤进法师塔罅开的门缝。阿利西亚似乎已恢复神智，甚至能召唤些许风之力，勉强帮助自己行走。

"上二楼。往左两层，往右，再往左。"她说。

"那是哪儿？"

"我的房间。"

我搀扶着阿利西亚登上那层楼。走廊和房间外墙与我所住的寝房相似，但门扉上多了个法阵。阿利西亚用指尖轻触法阵，门开了。

"你也回去休息吧。"她说。但她的手还在淌血，脸色苍白得吓人。

"可……"

"我会没事的。"

门关上了。我犹豫了一下，没有离开，而是将元素聚集成柔软的团块铺于地面，又将温暖的火元素召唤到周围。琥珀慢慢地走到我手边，看了我一眼，第一次挨着我躺下。

我迟疑地将手覆上它的额头，猫发出了轻柔的咕噜声。

ⅡⅢⅢ 来自虚空

天亮时，我被开门的声音唤醒，阿利西亚站在打开的房门前。

我们沉默地对视了一会儿。

"你还好吗？"我说。

她点点头。晨光中，她仍显得有些虚弱，但看起来确实无碍了。

"我有事告诉你，如果你想知道的话。"她说。

"正好……我也有事想说。"

她侧身将我让进去。至于琥珀，它似乎早就进了房间，正在书桌上闭目养神。

阿利西亚的房间很大，显然用法术改建过。塔石材质的桌椅和床铺式样简洁，毫无花纹装饰。房间的另一端，和符文室里相同的石架几乎占据了所有空间，有些放着石片，有些放着形如大号水晶球的东西，内部似有烟雾飘动。

"我能看吗？"

"嗯。"

石架上的球体都为透明，大小不一，内部弥漫着氤氲雾气。当我凑近观察时，雾气像被风惊醒般搅动起来，贴近球体表层的水雾向两旁层层散开，仿佛邀请我向着深处凝视，直至再也无法分辨现实与虚幻的朦胧莫测之处……在那里，雾气幻化成梦一般的虚影，我看见一个短发的年轻人躺在床上，身着宽大的条纹服装，双目紧闭，似乎正承受巨大的痛苦。他裸露的手臂上有腐烂般的深色痕迹，皱缩的皮肤连同其下的肌肉片片剥落。

"这是谁？他被施了法术吗？"我转身问阿利西亚，但她什么也没说。

球体又被雾气笼罩，幻象消失了。但当我再次看进雾气之中时，同样的幻象再次浮现。年轻人还在那里，承受着永恒的煎熬。

我犹疑地看向另一颗球体。似乎是夜晚，在没有树也没有花的荒漠中，一群奇装异服者看着巨大的木制人偶起火燃烧，隐约能听到仿佛来自开坛节宴会的欢呼……

下一颗球体没有显露出幻象，却传出了清晰的歌声，其曲调、唱法，以及歌者使用的语言都非常陌生，但歌声中的悲伤仍深深打动了我……

下一颗，雾气中的人影长着凡人的脸孔，却身着神明的甲胄，飞翔在星辰之间……

下一颗，由椭圆和线段两种图形排列成的无数串列，如同奔涌的水流倾泻而下……

下一颗，灰发的老妇人朝天空举起双手，神情怅然若失，像在祈祷，又像是在乞求什么……

我从未见过那些人和风景，却对它们感到莫名熟悉，甚至亲切。雾中幻象一幕幕显现，一种不知从何而来的哀戚感让我几近落泪。

"这些幻影……是怎么回事？"

"它们诞于迷雾之中，除此之外，我也不比你知道得更多。我知道的是，带有幻象的雾气和普通的雾气不同，它们会追逐血和生命的气味。特定的法术和工具可以封印这种雾气，连同其中的幻象一起，就是你刚才看到的那些。"

我不由想起第一天来到法师塔时的情形。

"不存在，却想要存在的东西……"我喃喃地说，"可这些雾气究竟是什么？"

"你认为它们是什么？"

我愣了一下，摇摇头。

"我没有成形的想法，只在戈安神话里看到过一些描述。"

"说说看。"

"迷雾森林中的雾气是上古法术的遗留产物。"我回忆着，"诸神用法力平息了元素的风暴，然后设置结界，将无法驯服的元素隔绝到结界之外的虚空。但混沌的力量过于强大，就连诸神也未能完全封闭结界，而是留下了一些缺口。最终，祂们借用戈安的力量，以雾气堵住缺口，又建造了连接天地的法师塔来稳定缺口附近的元素之力，这样戈安就不会重归混沌。"

"神话里确实是这么说的。"阿利西亚说，"按照这种说法来解释，雾气中的幻象源于虚空中的混沌之力。它们渴望进入戈安，渴望存在，却被结界和雾气阻挡，于是只能寄生于雾中，伺机窃取它们想要的生命。"

"等等……什么叫'按照这种说法'？"

"还有另一个版本的神话。你要听吗？"

我点点头。

"它可能会让你感到迷惑和混乱。"

"你在小看我吗？身为法师，我自会判断。"

"那么，听好了。"阿利西亚注视着我说，"我们所知的神话，最初都源于流传自上古的泥板文书。文书以符文写就，其中的一些，你现在还能在符文室找到摹本。但你可能不知道，这些符文有截然相反的两种解读方法。"

"两种？"

"取决于泥板的放置方向。这是第三任法师西比尔提出的。泥板本身并没有标注阅读方向，假如将泥板水平旋转一百八十度，再用大法师的方法解读符文，结果仍然成句，但含义会完全不同。"

"是因为符文的形状吗？"我立刻想到，"符文中的名词都是中心对称的，旋转之后还是原样。但表示动作或意图的字符会变成相反的意思。"

"对。按照西比尔的解读，上即是下，左即是右，内即是外，生即是死，时间即是空间，而过去即是未来。戈安并不是我们所在之处，而是在结界的另一边。雾气中的幻象也并非源自混沌之力，而是来自真正的戈安。"

"可……阿里斯托是在神启之下破解了泥板上的符文的，对吧？他可是最接近神的人，怎么会弄错？"

"所以，西比尔的理论被阿刻伊斯斥为渎神的无稽之谈。最终她只是将其作为假说封存了。"

"那你是怎么知道的？"

"噢，西比尔自然留下了线索。只要你在法师塔待得足够久，又足够有探索欲，最后就一定会发现。许多法师都研究过西比尔的理论，甚至提出了进一步的研究方法……当然，这些都是私下进行的，"阿利西亚笑笑，"异端中的一位，缇瓦达尔，发明了封印幻象的法术。此后其他法师也开始这样做。这些法术球里，只有两个是我的，其余都是西比尔派的其他法师留下的。"

阿利西亚走到石架前，用手轻轻抚过那些法术球，仿佛它们都是稀世珍宝。

我隐约觉得，阿利西亚对西比尔派的归属感，要远远强于我自己在符文室感受到的。

"那，昨天……"我又说。

"我失手了。"阿利西亚说，"我本打算封印那团雾，但中途看到了别的东西。"

"你是说树根里的裂口？"

"你也看到了？捷尔吉记录过这种东西，他推测这是一种小型的结界缺口。我本打算用法术封印它，然后带回法师塔的。还没有人这样试过。"

我看着阿利西亚，发现她比我想象的更为……异端。

"你就不怕出现意外？"我轻声问。

"所以我才会召唤继任者。"阿利西亚回答得很平静。

"西比尔派的这些事，本不该告诉你。"她又说，"但你昨天救了我，所以我觉得……你有权利知道。"

"唔。"

"我要说的都说完了。"她瞥了我一眼。

"嗯……我的法杖已经完成了。"我嗫嚅着说，"抱歉现在才说。"

"我看到了。为什么不告诉我？"

我一时语塞。

"算了，这不重要。"她说，"告诉我，昨天你用了什么法术？我们处在迷雾的中心，本没可能逃脱的。"

我看了眼琥珀，它还在假寐。

"不是法术，而是施法的方式。"我向她解释了晶体列的事，然后用点火术演示了一遍。

阿利西亚瞪大眼睛看完我的演示，当即召唤出冰刃，从指尖采了血。她对元素的理解一定比我深刻许多，因为无需借助水晶球，她就观察到了那种结构。

她将构造出的晶体列送入法阵，火苗再次燃起。

"难以置信……"阿利西亚看着火苗缓缓地说。突然，她朝我转过身。

"请收下我的感谢。"

我不知道哪一点更让我吃惊——是她语气中的郑重，还是她毫无异议地接受了这种施法方式。

"不必……你也告诉了我西比尔的事。"我说。

她摇摇头。

"那件事你迟早会发现的，但有了这个方法，今晚我也许就能成功了。"

"今晚……你疯了？你的体力都还没恢复呢！"

"捷尔吉说缺口只会在月朔之夜生成，维持一至两个晚上。

我也是第一次发现，一旦错过，以后也许很难再找到了。"

我意识到，她绝不会放弃她的研究——不管多危险都不会。

"我和你一起去。"我说。

"伊拉！我召唤继任者，不是让她跟我去犯险的。"

"太迟了，阿利西亚。我既然已经知道缺口的存在，就一定会一探究竟。毕竟，我也是法师，还是个异端法师。"

"但是……"

"比起各自冒险，两人一起行动更安全。你说呢？"

阿利西亚紧抿嘴唇，就像我第一次恳求她时那样。

"好吧。"她终于说，"但你要答应我，如果出现意外，你必须确保自己安全，回来继承法师塔。"

"我答应你。"我说。

入夜，我们再次踏入山谷。阿利西亚负责照明和领路，我负责驱散周遭的雾气。前一晚看到的缺口果然还在那里，只是缩小了一些。当我们一步步靠近时，那种诡异的不祥预感再次浮现。内心某处，仿佛有个遥远的声音在向我尖叫，要让我远离它。我不由停住脚步。

"你怎么了？"琥珀问。

"你们都没感觉到吗？我觉得这东西……很危险。也许我们最好回去。"

"别说傻话了，伊拉，我们不能在这里停下。"阿利西亚说，"但我们确实得小心些。"

她绕树而行，用法杖尾端在所行经的四个顶点处刻下召唤旋风的符文。

"一旦有那种雾气接近，就启动它们，明白了吗？"

我点点头。

她又召唤元素，竖起一道致密的空气屏障，隔在我们和缺口之间。接着，她驱使火元素，在树根表面一个接一个地蚀刻出封印符文。法阵渐趋成型，将那可怕的缺口环绕在内。

"站远一些。"她对我和琥珀说。随后她举起法杖，将自己的晶体列送入法阵。

我紧紧抓着法杖，看着符文泛起光芒。结界从法阵内部升起，向缺口包覆，收缩，直至形成我白天见过的那种透明球体。正当我们以为法术已经完成时，球体又急剧收缩，并从树根处剥离，掉到地面上。

我们等了一会儿，不见它再有动静。

"我去看看。"琥珀说。它钻过空气之墙，缓慢接近那个掉下来的东西，嗅了嗅。

"我没觉得有危险。"它说。

阿利西亚和我亦来到树根前。原先的裂口已经消失，而地上有一块透明的圆形物体，薄薄的，约手掌大小。阿利西亚用气流托起它，端详了片刻，直接伸手接住，我不由屏住呼吸。

但再一次地，什么都没有发生。

△雾气深处

我们带着那片圆盘般的东西回到法师塔。在真知之火的光芒下，它看起来近乎完全透明，内部既没有幻象，也没有声音。

"我本以为这次会捕捉到更多的混沌之力。"阿利西亚说，"毕竟缺口直接与虚空相连。"

我打量着手中的战利品，把它拿起来，举至眼前，大厅的墙壁和地板清晰可见。

"有发现吗？"阿利西亚问。

我转向阿利西亚，有什么东西在视野里微微颤动。

"等等。"我凑近她。透过圆盘，阿利西亚斗篷上银色的元素符文呈现出细微的扭曲，就像隔着热空气看到的那样。符文之外的部分则没有任何变化。

"它好像能认出符文。"

我将圆盘递给阿利西亚，后者用它观察着袖口上的符文。突然她站起来，快步走到阿里斯托的浮雕前。隔着圆盘，大法师留下的那句符文竟颠倒了方向，箴言的含义也随之改变。

"真理存于最深处。"我和阿利西亚一起念出这句话。我不知道阿利西亚是不是和我想到了同一件事，但我们的视线不约而同地移向地面——环形楼梯的起始位置就在浮雕的正下方。

"你以前见过这里有法阵吗？"阿利西亚问。

"从来没有。"我说。

塔石地面下方，隐约能看见符文交织连接成法阵的形状，它们被刻在贴近地面的地板内部，像水底若隐若现的卵石。

"那些是什么符文？"我问。

"看不太清。好像和打开什么东西有关。"阿利西亚说，"我要试试。"

她召唤出晶体列，将它注入法阵。整个大厅的地板似乎都泛起了微光，在楼梯起始的地方，地面开始无声下沉，一道与地上台阶同宽的阶梯沿墙向下延伸，没入深邃的黑暗。

阿利西亚朝那深处凝视了片刻。

"我下去看看。"她踏上台阶，逐级而下。不知道为什么，有那么一刻，我觉得她会就这样消失，再也不回来了。

"我也去。"我说。琥珀紧跟着跳上我的肩头。

台阶逆时针一级级向下，右侧是法师塔的墙壁，左侧是厚重的实心墙体。没走多久，眼前便已伸手不见五指。阿利西亚召唤出法术光，我们向下走了大约三圈，左侧墙体突然毫无征兆地消失，没有扶手的台阶就这样降入巨井般的黑暗空间中。我们小心翼翼地扶着右侧的塔壁前行。阶梯以完全一致的平缓弧度不断向下，脚步声层层回荡，化为模糊的回响。台阶变窄了，几乎需要侧身行走。空气也变得阴冷，墙壁上能摸到水汽。阿利西亚停下脚步，控制着法术光垂直向下移动，试图看清底下有多深。

"那是雾吗？"琥珀说。

我朝下方探身，却不知怎么失去了重心。

"伊拉！"阿利西亚伸手够我，结果和我一起掉下了台阶。

我们在无所依附的黑暗中下坠。阿利西亚先反应过来。她重新唤回法术光，又驱使轻风将我们包裹。我亦努力驱使风之力，但它们仅能稍稍减缓下落的速度。阶梯的痕迹从墙壁上消失，阿利西亚召唤出的法术藤蔓无法攀住潮湿的井壁，她只能朝下方召唤空气之墙，而我将紧抓住我兜帽的琥珀揽入怀中，预备迎接即将到来的撞击。

然而我们却一头撞入了绵密的雾气。我们还在下坠，但速度渐趋渐缓，仿佛在稀薄的液体中下沉。陌生的声音与景象徘徊在法术光所及的视野边缘，如水中幽魂时隐时现。我看到铅灰色的塔楼群落高耸入云，看到巨型城邦中道路盘旋如条条大蟒；我看到大地在下降，现出弯曲的球形轮廓，地表上的万千灯火闪耀如繁星；我看到形状怪异的舰船在星空中熊熊燃烧，看到大小各异的长方形晶体板上浮现出无穷幻象，看到人造建筑被天劫般的冲击夷平又重新立起。我看到人，不同的肤色、年龄和长相，他们交谈、微笑、打斗、亲吻、隔着长桌辩论、安静地围坐在一起、互相拍打肩膀、在黑夜中齐声歌唱。我听到不同的语言和不同的声音，诉说、恳求、咒骂、朗声大笑、细语与呼喊、绝望的呜咽与甜蜜的呢喃……幻象如水中气泡划过眼前，一闪而逝，而那些声音互相交织，折射，其涟漪最终化为梦呓般的音潮，在周围一遍遍回响：

"别丢下我们……"

"别丢下我们……"

终于，漫长的下坠停止了。四周一片静谧。我们悬浮在既非光明亦非黑暗的朦胧之中。我和阿利西亚手牵着手，紧紧相依。深切而难以言喻的情感席卷了我的心，仿佛回想起一份份从不存在却又真实无比的记忆，仿佛在一瞬间经历了不同人的漫长一生……我看向阿利西亚，她的脸上也满是眼泪。

"那是什么？阿利西亚……那是什么？"

"我……不知道。"

琥珀从我怀中挣脱，抓着我的斗篷，像鱼一样在空中游动。

"你们看。"它说。

我用袖口擦掉眼泪。朝上看，是我们来时经过的深井，近处能看到蒙蒙雾影，远处仍是漆黑一团。朝下看——神明啊！下方是明亮的戈安世界。我们仿佛并非在地底，而是身处高高的天穹。法师塔如上古巨树般屹立于大地，那些数千年间开凿出的阶梯和通路，如同郁郁枝叶，在寻常无法得见的隐秘空间中散向四方。

"伊拉，看那儿。"

我朝阿利西亚指的方向看去。在和我们平行的高度上，两扇门自朦胧中显现，一左一右，相对而立，门框上刻着熟悉的涡旋图案。

"那是……大神龛室？"我不敢相信。

靠着轻风，我们慢慢接近左边的门口。高台的台阶就在眼前，离我们不过几步距离。我又看向另一扇门，门内景象几乎完全相同，但所有的东西全都由雾气构成，地板、台阶，甚至台阶上的神龛，全是半透明的。不知道为什么，仅仅是看着那儿，就让我寒毛直竖。

但阿利西亚似乎完全没有我这样的感觉。她出神地望着那扇通往雾气国度的门，随后驱动轻风。

"阿利西亚，"我拉住她，"别去。"

"可那扇门后面……也许会是真正的戈安。"她带着梦游般的神情说，仿佛那里有一些只有她才能看到的东西。

"阿利西亚，我想到了一些事……听我说，你有没有想过为什么迷雾森林是环绕着法师塔生长的？为什么法师塔的内部会有这些雾气和幻象？我原先以为，法师塔建造在虚空的缺口附近，但也许并不是那样……也许法师塔是直接建在缺口上的！那扇门就是缺口，门里的景象，不过是混沌之力折射出的虚影罢了。"

"就算如此，我也想进去看看。"

"阿利西亚，"我几乎是在恳求，"去了就回不来了。"

"你怎么能确定？"

我看着她，深知我心中的强烈预感根本不足以说服她。

"我不确定，但也许我能做一个实验。"我说。

我驱使元素合成一枚塔石方块，将它送向右边那扇门——越过门框的部分当即消失。一道水平切面缓缓掠过整个方块，将其吞噬。

"如果你进去……也会这样消失的。"

然而，阿利西亚看起来竟还在犹豫，但她终于下了决心。

"好吧。"她叹息着说，"好吧，听你的。"

"我们想想该怎么回去吧。"我说。

"很简单，"琥珀突然开口，"我觉得走这扇门就行。"

它在我肩上一踏，跃向左边的门。

"琥珀……"

猫稳稳当当地落在大神龛室的地板上。

"看吧，没事。"它说。

我松了口气。

"走吧？"我对阿利西亚说。

她最后望了眼另一边。

"走吧。"她说。

我们穿过大门，跨入熟悉的大神龛室。回头看，房间里既没有空洞，也没有裂痕，毫无异样。

那一天就这样过去了。然后是又一天，再一天。奇怪的是，后来我们没怎么提起那晚的经历，仿佛那只是一个梦。只是，当我们用餐的时候，阿利西亚仍会不时看向阶梯与地面的交界处，脸上若有所思。

我已完成了自己的法杖，按照惯例，无需再接受现任法师的指导，因此我很少再在大神龛室碰到阿利西亚，反倒是常常在符文室看到她。

有一次，她突然从石片堆中抬起头。

"也许那扇门只有法师才能通过。"

我愣了一下，意识到她说的是地底深处的那扇雾气之门。

"为什么这么说？"

阿利西亚沉思了一会儿，摇摇头。

"只是突然有种感觉……算了，别在意。"

我继续阅读手上的石片，却几乎读不下去。我放下石片，走到阿利西亚面前。

"你想用自己做实验吗？"我问。

她的表情似乎是默认了。

"阿利西亚……为什么要执着于那个缺口呢？"

"我觉得，那里说不定有我要找的答案。"

"但你真的会……"

她叹了口气："也许吧。但实验总有风险。"

"我不明白，"我说，"为什么在说这些事的时候，你总是可以……那么平静？"

她看了我一眼，目光中有一丝哀伤。

"以后你会明白的。"她说。

我的鼻子发酸，喉咙发堵。

"我觉得我永远不会明白。"我生硬地说完，扭头走开。

最冷的时节过去了，徘徊多日的阴冷雨水向东飘散而去。这一天，我在明亮的晨光中醒来，闻到窗外飘来一丝若有若无的清甜香气。我拉开露台移门，看到下方的草地上，靠近墙根的位置，开出了一小丛蓝紫色的番红花，也许是这个春天最早的花。

去告诉阿利西亚吧，回房间的时候，我这样想着。

琥珀蹲坐在书桌上，口中衔着一卷蔺纸，它低下头，让纸卷落到桌上。

"我在餐桌上找到了这个。"它说。

我慢慢走到桌前。

"是阿利西亚留下的？"

"嗯。"

我坐下来，展开蔺纸。

伊拉，请原谅。我想我们都不擅长道别。

视线被眼泪模糊，我擦了擦眼睛，继续看下去。

自那天之后，我一直在思考，法师塔深处的这条密道，阿里斯托会不会是知情的？

有件事我一直觉得奇怪，在大法师留下的石片中，唯有那句箴言和法师塔的三大守则仅有符文的版本，他从未用书面语表达过它们。但法师在留下重要信息时，通常会同时以两种方式书写。

我猜想，阿里斯托是刻意这样做的。

假如把这几张石片颠倒方向后再阅读，会如何呢？那句箴言的反义指引我们发现了密道，而三大守则也会呈现出全新的涵义：

一、质疑神明

二、质疑法术力量

三、以法术探索生命

西比尔是对的，但她或许只对了一半。阿里斯托并非不知道第二种解读方式，而是出于某种原因延续了这个秘密，然后他以同样方式留下了暗示。

从成为法师开始，我追寻着那些零星的线索，找到西比尔的假说，找到了来自虚空的幻象，在你的帮助下，又找到了地底密道和更多的线索。所有这些线索似乎都在往一个地方汇集。

伊拉，在所有人之中，法师是多么稀少。在所有法师中，有幸找到自己的道路并坚持下去的，更是少之又少。我已经走了很远，并且从未像此刻这样，感到答案如此接近。

你问过我为何能保持平静，我想，那是因为我眼中所见的事物，我无法向你形容，但你可以亲身去看。到那时，也许你会理解我为何一定要前往那扇门。

伊拉，我很感激和你在一起的时光。但愿我还能回来，但如果没有，法师塔就交给你了。你会是一个好法师的。

合十

阿利西亚

纸页末端的空白处，阿利西亚以纤细整洁的笔触画了一个法阵。从那些符文中，我隐约猜出了它的功用。

继承法阵。

眼泪从我脸上滚落，但身为法师的自尊和责任感支撑着我。我的双手机械地抬起，构造出晶体列，将之注入法阵中心。法阵泛出光芒，自纸面盈盈浮起，升入空中，向四周扩散。光圈越过书桌，越过床铺，穿过房间，一直向外扩展，所及之处，空气中浮现出某种晶莹剔透的纹路，像是晨雾中闪着光的蛛丝，但比之还要精细复杂万倍。每根蛛丝都由无数微小的法阵接续而成。蛛丝纵横交错，连接成疏密有致的网络，遍布整个空间和所有物体的表面。我缓缓移动视线，无论哪个方向都能看到它们的存在。

有一瞬间，我的确忘记了悲伤，但并非仅仅因为眼前的景象。让我惊异的是，我所见到的一切事物，都和那些镌刻在空中的微细法阵一一相合——墙体的纹理、光的颜色、山中斑鸠的啼鸣……微风吹过，草叶摆动幅度的变化即时反应在法阵的符文中，那些变动着的符文又牵系着其他法阵，它们又与摇摆中的叶片折射出的光的细微变幻全然相合。每个法阵都以某种方式与哪怕最遥远处的另一个法阵相连，没有一个独立于网络之外。向着事物和法阵层层嵌套的无限幽微处深观，符文与四种基本元素交融呼应，如海潮般吟唱着神秘的和谐之音，无始无终，无时无刻。那是属于神的语言，它写在空中，写在水上，写在星辰与大地之间。我终于知道，为何阿利西亚，或是我在画像上见到的其他法师，脸上常常带着平静和超然的神情。

因为他们眼中所见的是世界的本质。

可是，即便我看到了这些，又如何呢？我仍然为阿利西亚的离去感到悲伤。我低下头，看着精细美妙的法阵之网在空气中萦回缠绕，在触到我身体时被皮肤遮挡，不复得见。我不知道它们是否也存在于血肉之躯中，又是如何运作的。神的语言可以描绘甚至构造出世上的每一片雪花，却无法复刻出一缕头发，一个眼神，一段记忆。

所以，阿利西亚，我又怎么会因为仅仅看到了这些，就获得平静呢？

"你去哪儿？"琥珀站起身。

"去找她，"我说，"去找阿利西亚。"

Δ1 跨⋂入门槛

我闭着眼，任自己在黑暗中下坠，下坠，穿过雾气和呓语，沉入晦明不清的朦胧之地。静止中，我慢慢睁开眼睛。

我看到密密匝匝的法阵网络从雾气之门中涌出。极其稠密的丝线束分化为漫天的丝网，倾注而下，笼罩下方的法师塔和戈安世界。我回想起在大神龛室初次目睹法术力量时的景象，上即是下，内即是外……莫非法术力量的源头其实是这里？莫非真正的戈安的确另有所在？

我知道阿利西亚为何要跨入这扇门了——没有一个法师会在

此处停步，包括我。我想知道门后的世界是什么样的，想知道阿利西亚到底经历了什么，想知道是否还能找到她……然而我迟迟下不了决心。我有一种预感，一旦我进入其中，就会失去某些很重要、很重要的东西。

"你在害怕吗？"琥珀问。它执意一路跟随我到此处，哪怕我劝它留在安全的地表。不过，我知道猫的旅程总是由它们自己决定的。

"如果我也没有回来，法师塔怎么办？"我问。

琥珀专注地凝视那扇门，耳朵和胡须朝前方伸展。

"不会的，那里没你想的那么危险。"

它在我肩上轻轻一踏，跃入门中，消失了。

我又惊又疑，愣在原地，然后发现自己已经别无选择。

我深吸一口气，随琥珀跨入门槛。

我还活着，还在呼吸。我看到那些致密的丝线束如海水中的光柱摇动闪烁，最终都与那座半透明的神龛相连。我发现自己的身体也变成半透明的了，其中也有同样的丝线和网络，有些节点与穿过身体的丝线束相连。我将手举至眼前——手掌内部浮现出纷繁的组织和结构，随着手的动作陆离变幻。

房间里响起几不可闻的嗡嗡声，微弱到难以分清是声音还是震动。我抬起头，看到显像术般的文字出现在空气中：

欢迎，第三百七十五任管理员

文字持续了两个呼吸的时间，随即消隐。我环顾四周，房间里没有其他人。

"阿利西亚？"

不对。

"你是谁？"我问。

话音未落，文字当即出现，仿佛回答者根本不需要时间思考。

> 我们不是谁
>
> 我们是萨麦尔的门徒
>
> 是盲眼的造物主
>
> 我们是你们的神

我环顾四周，房间里没有其他人。空中的文字紧随我的视线移动，始终位于我正前方。

"我从没听过名叫萨麦尔的神……你们在哪？为什么我看不见你们？"

> 我们没有形体

我感到惶惑不安，出于习惯，我开始默念刻俄斯的名字，试图找到冷静与智慧。但有生以来头一次，刻俄斯没有回应我。

"刻俄斯，你在吗？"

没有声音，也没有文字显现。

恐惧自我心中升起，这不是我所知道的神。

"阿利西亚呢？你们对她做了什么？"

> 她不在这里
>
> 她不再存在
>
> 她做出了选择

"选择？什么选择？"

> 她践行了法师守则
>
> 她见证了真理

"我不明白……"

> 那便提问
>
> 我们将会回答
>
> 来此处者有权得到答案

我盯着空空荡荡的房间，努力思考。

"这里到底是虚空还是戈安？"

> 既非虚空，也非戈安
>
> 这里是主控室

"主控室是什么？"

　　　　　　这个世界的计算中心

陌生的词让我打了个冷战。

雾中幻影，从未存在过的记忆。

某些东西在我的意识边缘搅动。

"计算？为什么我好像……知道这个词？"

　　　　　　因为那本就是你们的语言

我隐约明白了什么，又更加困惑。

"告诉我更多。"

　　　　　　法力即算力

　　　　　　召唤即选择

　　　　　　符文即代码

　　　　　　施法即计算

这些奇怪的词勾起了我更多思绪，仿佛黑夜中的荧荧墓火，照射出那些未曾涉足的幽邃领域。我的呼吸急促起来，没错，我确实知道那些词。可一旦我踏入那些领域，我的思考方式便会被永久改变，我所认识的世界亦将一去不返。

"那些雾气中的幻影……究竟是什么？"

　　　　　　是你们的未来

　　　　　　也是你们的过去

　　　　　　但它们并未发生

　　　　　　也未曾存在

毫无来由的深沉的哀痛抓住了我的心。

"够了，我不想再听了。"我将脸埋入双手。

某种柔软的东西蹭着我的小腿，我睁开眼，看到琥珀蹲伏在我的脚边。文字仍显示在正前方。

　　　　　　如你所愿

　　　　你可以离开这里，回到原来的世界

　　　　你会忘记和这里有关的一切

我紧盯着文字，试图理解这句话。

"忘记一切？包括我是怎么找到这里的？"

是的

"但我是和阿利西亚一起发现的。"

你也会忘记那段经历

我忽然平静下来。

"不，我不愿意如此。告诉我，阿利西亚此时是怎么做的？"

她继续提问

直到明白一切

我深深呼出一口气，这确实是阿利西亚会做的事。而如果我此时选择离开，定然会带着永远的困惑和遗憾，在石板上刻下"吾师去向不明"这几个字。

这与背叛又有什么差别呢？

"我要知道全部。请从头向我解释，萨麦尔是谁？"

长长的文字即刻显现。

萨麦尔，或称伊达波思，或称德米尔什，或称孵化者，来自阿列夫二级文明。萨麦尔感知痛苦。萨麦尔穿行在星系之间，将还不够成熟的星球安置在"茧"中。

"请解释阿列夫二级文明。"

如果某个文明能够支配阿列夫二等级的算力，那么它就是阿列夫二级文明。

"阿列夫二又是什么？"

阿列夫数是一系列超穷基数，阿列夫二的大小介于阿列夫一与阿列夫三之间。

"请解释'茧'。"

"茧"是一整套计算系统，也是文明从阿列夫零级进入阿列夫一级的大过滤器。对于每一个目标星球，萨麦尔计算了其物质世界的所有微观粒子，赋予它们良序，因而寄居其上的文明能够在真实世界中应用选择公理，以维持"茧"的稳定。通过设置，萨麦尔令这些文明始终停留在童年期，使得星球吸收到的辐射能足以涵盖所需算力，同时又保有文明自身的活力和可能性。文明被安全地孵化，直到它们准备好离开"茧"。

"请解释'选择公理'。"

存在一种方法，可以从无限个非空集合的每一个中随机取出一个元素，组成新的集合。在你们的"茧"内，法术力量即是具象化的选择公理。

我看到了越来越多的陌生词汇，但反而理解得更快了，仿佛意识深处有信息源源不断地涌入。

"萨麦尔为何这么做？"

为了让宇宙间的痛苦最小化。对于阿列夫零级文明，成长和扩张总是伴随着无尽的痛苦。借用你们的诗人所说的：混乱和毁坏的力量深藏在文明内部，就像水果的果肉包裹着它的果核。

"我们的……诗人？"

是的。他的原句是"每个人的死都一直裹藏在自己的身体里，就像水果包裹着它的果核。儿童的身体里有小小的死，老人的身体里有大大的死。"

我被这段文字深深打动，尽管这其中透露出的对死亡的态度，似乎有我不太熟悉的成分。"他在何处？为何我没读过他的诗文？"

在你们的过去
在你们的未来
他未曾存在，或者还未存在

我的脊背一阵发凉。

"告诉我……我们的文明发生了什么。"

你们的文明位于一个直径十二万光年的棒旋星系内，发源于其中一条小旋臂的边缘。当萨麦尔感知到这里的痛苦时，你们已经征服了本地行星系，并殖民了所在旋臂百分之三的行星，星系泡中回荡着你们制造的痛苦和混乱。萨麦尔来到这里，将受波及的星球尽可能恢复了原状，又将你们的文明重置到痛苦最小的童年期。

我沉默许久，才勉强问出一个问题。

"我们原先的历史，有多久？它们在哪儿？"

被取消的部分是四千零一十九年，它们被保存在宏观概率云中。当你们离开"茧"的时候，它们会以大致相同的形式复现。

"大致……相同？"

事件不可能百分之百复现，正如同一片雪花不会出现两次。

"那原来存在过的那些人，那些事物，就这样消失了吗？"我的双手颤抖，眼泪夺眶而出，"你们凭什么这样做！"

像是为了照顾我的情绪一般，文字隔了一会儿才慢慢显现。

萨麦尔经过计算证明，对于同一个文明，每次复现的内容在存在价值上互相等价。

我召唤元素，地、水、火、风的利箭朝空中的文字接连射出。

"该死……该死！"

箭矢穿过空间，化于无形，而文字丝毫未受影响。

"我不相信你们的话！"

    萨麦尔的门徒从不说谎

我喘着气，双手无力地垂下。我想到那些雾中的幻影，它们的呼喊和歌唱仍在耳畔隐隐回响。

"把我们的世界恢复原状。"

     我们做不到

"撤销我们星球的'茧'。"

   除非你能证明，你们已能面对最深的痛苦

"难道现在这样的痛苦还不够吗？"

     远远不够

"那就告诉我，什么是最深的痛苦。"

    你可以自己来看

文字消失了。地面上浮现出辙痕般的印迹，朝高台上的神龛延伸。

我迈步登上台阶。

神龛里的景象与我印象中的相同，山峦、大地，还有高耸入云的法师塔。和房间中的其他东西一样，它们都是半透明的虚像。

等等……

我注视着法师塔，整座塔随即沿我的视线焦点放大，仿佛透过水晶球看到的那样。大神龛室内似有人影活动，我凑近观察，塔身以大神龛室为中心再次放大，我的心猛然漏跳一拍。

我看到了我自己。

我，还有琥珀。虚像所在的位置与真实的我们分毫不差，动作亦完全相同。绵密的组织和线束在我们的身躯内运作，对应每一次眨眼，每一次呼吸。我突然有种非常不自在的感觉。

"这是什么？"

全息法阵

无需说明，我已经知道了它的含义。

它和痛苦有何关系？我思忖着。一个法师会如何使用它？

我回想起阿利西亚在信中提到的第三条法师守则——

以法术探索生命。

我凝视着大神龛室中的自己，贴近，再贴近，直到能看到那些小圆片在血液中聚散飘荡，看到骨骼和肌肉随着每次呼吸伸展收缩，看到团团丝网如巨树根系汇集在头部和腹部，又向着躯体其他部分细密分叉。我看到源于无数微小法阵的光亮在丝线中成千上万次地疾速闪烁，连接成波浪状的光纹，闪电般扫过整片网络。光纹对应着我的每一个动作，每一次呼吸，甚至是每一个念头。不，不止如此，光纹的出现甚至在我意识到某个念头，或决定做某个动作之前。我本以为所有的想法和行为都出自灵魂，然而我仔细观察自己，从头到脚，从里到外。

我没有找到灵魂。

是我遗漏了什么吗？

我再次细细观察，仍然没有发现任何像灵魂或可能是灵魂所在的东西。

我突然想起了血液和晶体列的事。最开始，我以为调用法术力量的关键在于血液中的"活性"——某种神秘而超越物质的东西；后来，我以为必须找到某种仅存于血液中的特殊结构；可最后我发现，最关键的信息其实是基本元素的简单堆叠。会不会……灵魂也是这样？

我不愿相信，但法师的直觉已经告诉了我答案。

或许灵魂并不存在，至少，不是我先前以为的那种永恒不变的存在。那被称之为灵魂的东西，也许和"活性"一样，是由理念上的误解和感知上的附会糅杂而成的幻象，它基于实际存在的物质，基于我体内每一根丝线的变化、每一道光纹的波动，假如它们消失，灵魂也就消散了。

那么，众神呢？

片刻前为我所知的信息，与记忆中的戈安神话一一对应起来。

众神亦不存在，无论是海伯利安、提亚，还是刻俄斯。法术力量只是"茧"的副产品，神话也只是萨麦尔的"设置"。我们居住的这颗被围困的星球，由元素聚合而生，由元素离散而死，没有灵魂，更没有灵魂终将归去的永恒花园。我的祖先、亲人和朋友、菲纽斯，我在符文室认识的法师们，塔德斯、捷尔吉、伊波利托……还有阿利西亚，当然，也包括我自己。我们短暂地存在于世上，当我们逝去时，就是永永远远地逝去了。

虚弱令我无法支撑自己，我跪倒在台阶上，浑身冰冷。

"这就是……最深的痛苦吗？"

你们能面对它吗？你们曾用无止境的欲望和纷争填补心中的空洞，但这只是徒劳。无法接纳死亡的文明，是星际间的癌症。

"既然如此，为何还要让我们经历发现真相的痛苦呢？为何不直接修改我们的文明？"

"茧"只能将文明重置到某个特定的时刻，无法进一步修改。

"为什么？"

因为那样需要的计算量过于庞大，即使是阿列夫二级文明，也无法预测那究竟需要多少算力。生命是最高效最复杂的算法，任何一处修改，都可能导致无可挽回的后果，甚至让整个文明毁于一旦。因此，每种文明必须凭借自己的力量面对这一切。

"可我要怎么知道我们准备好了没有？又该如何证明？"

"茧"是以层层递归的等价算法构筑起来的，完成特定的行动就能打开"茧"。第三百七十四任管理员已经完成了一半，剩下的将由你来完成。

"第三百七十四任……阿利西亚？她做了什么？"

她用全息法阵解构了自己，亲身验证了灵魂不存在。

"然后呢？"

她消失了。

消失——不是尚未存在，也不是未曾存在，而是彻底的消失。

她不会再回来了。

我紧紧抓住自己的双臂，试图抑制涌出的泪水。

"我不明白……为何非得如此？"

因为自身的逝去并非最深的痛苦，亲近之人的逝去才是。当你经历了这一切，仍决定继续，便证明你们确实准备好了。

我摇摇晃晃地站起身。

不能让阿利西亚的努力白费。

"告诉我，剩下的行动是什么？"

全息法阵能够打开"茧"。操控它，你自然会知道怎么做。

"只是这样？"

只是这样。

我将双手悬于神龛上方，以法力探入其中。我感觉到了那层包裹着世界的结界，连同那些层层嵌套的算法，还有其间的空隙。假若以合适的角度和力度，便可将那结界从最深处瓦解。

但是那些美妙的符文，变化万千的法术，饱含奇思的法术造物，甚至法师塔本身，连同我和阿利西亚在那里留下的所有的印记，都会随着"茧"一起消失。熟悉的世界将不复存在，迎接我们的，是全然陌生的未来。

我垂下双臂。

"该死……我做不到……"

"也许还不到时候。"琥珀轻声说。

你仍然可以回到原来的世界。离开这里，忘记一切。比起离开"茧"，这种选择没有那么痛苦。

我再次把脸埋入双手。

如果不知道这一切就好了。

如果一切能回到我刚来法师塔的时候……

我抬起头，凝视着全息法阵，所有的丝线和节点都在随着时间一点一滴的流逝而变化。

也许确实可以……

你要做什么？

"重置。"我说。

你不能那么做。

"你们没权利阻止我。"

我找到那些最大、最显著的节点，锁定它们，逼迫它们往相反的方向运作。我施加其上的法力沿着丝线和网络逐一传导，当它们蔓延至半数以上的节点时，整座神龛静止下来。我将使时间倒回到以前。那时我不知道萨麦尔，不知道"茧"为何物。那时，众神在天穹之上看护着戈安，法术的奥秘是我毕生的追求。那时，阿利西亚……仍然在我身边。

神龛静止了微乎其微的一瞬，再次运转。

"成功了吗？"琥珀问。

"没有变化……怎么可能？我明明……"

你确实逆转了时间，而且不止一次。

"什么……"

不管重复多少次，最终你仍然会来到这里，来到这个时刻。而每一次倒回都会消耗算力，还会导致宏观概率云的波动。

我愣住了。零星的场景、画面、感觉，好像并非是我而是其他人的记忆，像即醒未醒时的梦境碎片，慢慢浮现。我想起自己长久以来的担忧和困惑，想起自己看到虚空时的不祥预感，想起自己一次次试着阻止阿利西亚，最终却总是跟着她一起前行；想起真知之火照耀下的那一个个夜晚，琥珀安坐于桌，凝视着森林，喃喃说着"雾在升起"……

"我不能永远这么试下去，对吗？"我轻声道。

不能。一旦系统中的算力低于阈值，你们的文明就会永远消失。

我理解了那些选择离开、选择回到原来世界的法师，那并非背叛，而是无奈之举。和我一样无法亲手撕毁"茧"的他们，只能抹去自己的记忆，将挑战留给下一个来到此处的人。

琥珀在我身边绕着圈踱步。

"也许是方法不对。"它说。

我看着它，迷惑不解。

"我们被包裹在时间中，和时间一起倒退了，因此无法保留现在的记忆。但如果可以在时间中行进……你记得西比尔是怎么说的吗？"

"时间即空间……"我喃喃道。我确实学习过在空间中开辟通道的法术。在我返回村庄的那天早上，阿利西亚也曾使用某条通道为我找来快马。但这种方法能应用在时间上吗？

我将法术力量探入全息法阵，竭力感知。在最隐秘的层面上，我看到绝对的时间和空间并不存在，二者相互缠绕，共同因某种不可见的力量而弯曲。我试图施展记忆中的通道法术，但那太难了，通道的另一头甚至无法延伸至一日之前。

我并不需要回到很久前，我突然意识到，我只需回到阿利西亚彻底消失之前。只要见到她，我就会知道之后该怎么做。

我建立了通道。

△ II 阿利西亚

空间中裂开一道缝隙。在蜿蜒曲折的通道尽头，我看到了阿利西亚，她站在和我此时相同的位置，凝视着面前的全息法阵。

"伊拉，上我这儿来。"她说。

我迈步进入通道，而琥珀迅速跳上我的肩膀，我们在时间中穿行。我看到自己和琥珀倒退着走下高台退出门外的残影在通道外围划过。幻影中的房间空无一人，接着，渐渐浮现出阿利西亚的身影。

我跨出通道，站到她身旁。

"你知道吗，伊拉？在最细微的尺度上，物质既非连续也非无限，体积有限的物质，所包含的元素亦是有限的。我们以前之所以看不到这一点，是因为'茧'改变了物质的呈现方式。所以，你当时的感觉没有错，倍增术在真实的世界中也许并不能成立。"

"阿利西亚……"

"伊拉，我在等你。"她转过身朝我说。

"等我？"

"我正打算用全息法阵验证灵魂的存在，但有某种力量让我无法继续。时间被挡住了。直到我看到神龛中出现了通道，我才知道为什么。"

"阿利西亚，我们回去吧……回原来的世界。"

"怎么了，难道你不想见证真理吗？"

"可那样的世界太可怕了。一旦我们死去，就是真正地死去。我不希望你永远地消失……"

"噢，伊拉，我怎么会永远地消失呢？"

"因为……灵魂并不存在啊。"

阿利西亚抬起一只手。

"你看。"

半透明的皮肤下，运作着致密的丝线网络。我看到一部分丝线穿过皮肤，与空中的丝线束融为一体。我抬起自己的手，看到从我体内延伸而出的丝线也与那些丝线束相连。

"你没有发现吗？"她说，"所有的事物和生命都是互相连接的。就算没有灵魂，我们的思想、语言和行为也已经永久改变了和我们相连的一切。那些变化就是我们生命的延续，不，它们就是生命本身，并且将作为世界的一部分永远留存下去——前提是，我们能离开'茧'，真实地向前演进。"

她转动手掌，看着丝线折射出明明灭灭的光。我模仿着她的样子，看到相似的运作模式出现在手掌内的网络中。我知道，阿利西亚的话语也一定化作了无数光纹，在我的头脑中闪烁回荡。

"每一个人，仅仅是诞生，就已经让世界变得不同。所以，我又怎么会彻底消失呢？"

"你说过，每片雪花只会出现一次……"

"嗯……但这并不矛盾，不是吗？构成雪花的水属于同一个湖泊。元素在我们之间流变，聚合，离散，但一切都同根同源，就像一棵树上的叶子。在最深的地方，我相信我们是互相连接的。"

我擦去不断涌出的泪水。

"伊拉……"

"阿利西亚，对不起。我本该和你一起来这里的。我本可以和你一起讨论那扇门，一起发现阿里斯托的暗示，但我太害怕了……"

"伊拉，你后悔过成为法师吗？"阿利西亚问。

我深深地呼吸，然后抬起头直视她。

"从来没有。"

"嗯，我也没有。"

阿利西亚什么都明白，我想。

"继续你要做的事吧，阿利西亚。我觉得，也许……我能面对了。"

"真的吗？"

我点点头。

"这次，我会陪你一起……完成它。"

阿利西亚温柔地注视着我，随后转向神龛。我看到神龛中的影像向着她的身躯之内不断放大，穿过层叠蔓生的线束，直到那构成我们最初的自我意识的环状丝网，它像是一条衔尾蛇，一个扭转了自身而凭空形成的结。阿利西亚用法力探入其中，轻轻地解开它。环状的连接散开了，然后，由近到远，与之相连的其他丝线结构也如水中涟漪般，一层层散开。我正在见证生命最深处的秘密，那些结构是如此繁复，如此精细，但它们却是最基本的元素在最简单的规则下一点点演变而来的。每一条回路都印刻着它形成时的痕迹，印刻着那些能一直连接至世界彼端的丝线网络传递给它的振荡。当它们经年累月地成长、塑造、变化，即便耗尽整颗星球，不，也许耗尽整个宇宙的算力，也无法复刻出全然相同的存在。或许，生命的价值并非渺不可及的神性，而是它在宇宙间的独一无二。

阿利西亚的身影开始消散，最为粗重的地元素最先分解，接着是水元素、火元素，最后是几不可见的风元素。当最后一丝元素在空中散去时，一阵微风吹过我的身体，像一个柔软的拥抱。

"通道好像在坍缩。"琥珀抓紧我的肩膀，"我们得回去了。"

"这就走。"

我进入通道，时间之影飞速向前，直到停在我来时的地方。我跨出那条隧道，看着它闭合，然后转身面向神龛。

看来你已经做出决定了。

我闭上眼，在那里站了片刻，直到眼泪不再落下，直到我能顺畅地呼吸。

"是的。"我睁开眼睛，"请告诉我，当'茧'被打开之后，会发生什么？"

法力会在一段时间内消失，具体时间取决于计算何时完成。你们的文明会基本按照原先的方式复现。三代之内，将有人提出神不存在的论点。十代之内，人们会忘记法术和法师的存在。在你们星球的东方和西方，将诞生四位智者，指引你们今后的道路。

"我还有一个问题。"

请说。

"宇宙中到底有没有神？"

文字沉寂了一会儿。

我们不知道。但如果有的话，祂也许是能同时做无穷次任意选择的算力体。

"唔……我们还会见面吗？"

不，但愿不会。

"明白了。"我长长地呼出一口气，将双手悬于全息法阵上方。法力呼应着我的动作，结界从空隙处裂解，整座神龛开始随之消散。在逐渐增大的空隙周围，我看到了一些奇怪的晶体——菱形的十二面体，有许多尖角的星形多面体，还有狄奥尼提说过的偏方三八面体——在元素的乱流中一闪而逝。

琥珀从我肩膀跳下，蹲坐在我身前。它打着哈欠，一副非常困的样子。

"有件事要拜托你。"

我慢慢蹲下，看着那双金黄色的眼睛。

"你应该已经知道，我不是真正的猫。"

"在我看来，你更像是法师。"我说。

"猜猜我是谁？"

我回想着我阅读过的石片，还有在法师塔四处游荡的经历，某种熟悉的特质和印象中的琥珀重合。

"捷尔吉？"我猜测道。

猫笑起来。

"不愧是小伊拉。"

"你怎么会变成猫的？"

"不完全是变成。琥珀是在我在任期间来到法师塔的，它是一个好奇心很重的家伙，在我去森林的时候也一直跟着我，在我发现了密道、前往地底的时候也是。我见到了萨麦尔的门徒，了解了世界的真相，却无法动手解构自己，但我也不想忘记这一切。"

"然后呢？"

"我发现门上附着的遗忘术只对人类有效，也许它们没想到会有其他生物进入这里。我操控全息法阵，把自己的意识矩阵迁移到了琥珀身上——当然，经过它同意。全息法阵拥有阿列夫一等级的算力，且能透视身体，用它对生命体施法不会出错。于是我每隔一段时间就会回到这里，用全息法阵改善琥珀的身体状况。我想亲眼见证结局，看看世界最后会变成什么样。谢谢你，伊拉，我的愿望已经实现了。不过我还有一件事要拜托你。"它又打了一个大大的哈欠。

"请说。"

"法力消失时，我的意识也会随之消失。我不知道这是不是会影响到琥珀的意识。所以趁现在，趁我还能施法，我会将自己的意识完全剥离。琥珀可能会昏睡一阵子，但它会没事的。帮我把它带回去，好好照顾它。好吗？"

我用力点头。

"放心吧。"

"那么，我们就此别过。再见了，小伊拉。"

猫环视一圈，随后伏下身体，将脑袋卧于前腿上，闭上眼睛。

"再见……捷尔吉。"

猫突然睁开一只眼睛。

"你又哭了。"

"我没有。你这烦人的家伙。"

捷尔吉没有再回话。我凑近看，猫已经陷入昏睡。

我将它轻轻抱起，猫的肚子传来令人安心的起伏和暖意。我环视四周，看到那些丝网和法阵正在分崩离析，门框上附着的遗忘术也早已剥落。

我们是粒子在虚空间的舞蹈，是仅此一次的短暂存在，但我们之间的联系却和宇宙本身一样深远。

我能在这样的世界生活下去吗？

我会试试的。

我走下高台，跨出门槛，迈入真实的世界。